# 星卡大師

STAR DECK ✿ GRANDMASTER

6

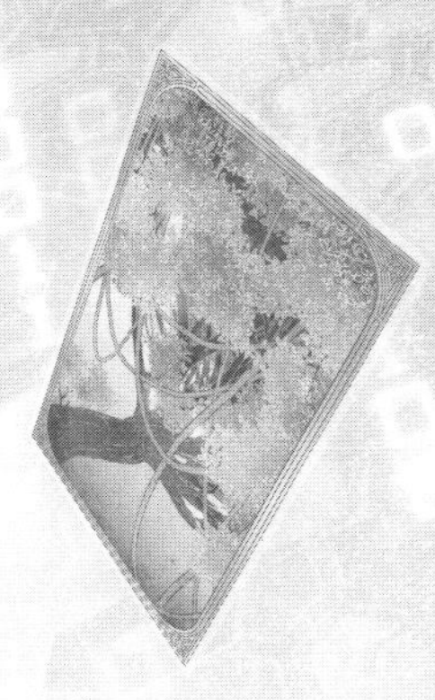

# 目　錄

CONTENT

## 【番外二】以後，換我與你並肩同行

二十年前，山嵐的父母因工作調動的原因買下了一套房子，正好和聶家同一個社區。聶遠道的父親得知隔壁搬來的鄰居是他的大學同學，十分興奮，請他們一家人來做客，恭賀喬遷之喜。

那是聶遠道第一次見到山嵐。

四歲的小男孩兒穿著件藍色印著卡通圖案的短袖，露出一截胳膊，白皙的小臉嫩得能掐出水來，小孩兒的眼睛清澈明亮，睫毛格外長，笑起來的時候，一雙眼睛會彎成月牙的形狀，可愛極了。

小孩兒仰起頭好奇地看著聶遠道，奶聲奶氣地叫：「哥哥！」

聶遠道伸出手，揉了揉小男孩兒的腦袋，手指接觸到的頭髮細膩而柔軟，他不由微微一笑，問：「你叫什麼名字？幾歲了？」

山嵐認認真真地答：「我叫山嵐，四歲啦。」

聶遠道牽著他的小手走進屋裡，山嵐有些害羞，怯生生地躲在聶遠道的背後，大眼睛好奇地四處張望。

聶爸和山爸是多年不見的老同學，坐在客廳敘舊，兩位媽媽在廚房忙碌，聶遠道便帶著小山嵐去自己的屋裡，給他找了些玩具。

山嵐很開心，抱著聶遠道送的玩具坐在地上自顧自地玩。

聶遠道本來還頭疼要是小孩兒哭鬧起來他該怎麼哄，結果發現自己的擔心完全多餘——這個小孩子特別乖，坐在地上認真擺弄機器人，連續一個小時都不說話。

直到父母叫他們吃飯，山嵐才走到門口，依依不捨地看著聶遠道，認真問：「哥哥，我明天還能來你家玩嗎？」

聶遠道愣了愣，問道：「喜歡這些玩具？」

山嵐點頭如小雞啄米。

聶遠道摸摸他的腦袋說：「這些我都用不上，全部送給你。」

山嵐的雙眼驀地一亮，跑過去抱了滿懷的玩具，眼睛笑成月牙，「謝謝哥哥！」

大概覺得「給自己送玩具的哥哥是個好人」，從那天起，山嵐就很喜歡跟在聶遠道的屁股後面，當一個小跟班。

於是每天傍晚，聶遠道去打球時就會順路帶上小嵐。小嵐屁顛屁顛地跟在他後面撿籃球。身為獨生子，很少有人陪的聶遠道，漸漸習慣了身後的小跟屁蟲。

打完球後，聶遠道會領著小傢伙的手一起回家，山嵐就乖乖地跟著他，一口一個「哥哥」叫得特別甜。

很快開學了，聶遠道去附近的初中讀書，山嵐五歲，讀幼稚園大班。

為了讓山嵐從小接受最好的教育，山嵐父母將他送去帝都最好的幼稚園，距離他們所住的社區有些遠，好在學校有校車接送，倒也不怕孩子在路上出事。

開學的第一天，山嵐下了校車，揹著書包回家，居然跑到聶家門口。

聽到門鈴聲，聶遠道打開門，發現山嵐站在門口，不由疑惑：「小嵐，你找我？」

山嵐問：「哥哥怎麼在我家？」

聶遠道怔了怔，道：「這是我家。」

山嵐茫然地仰起頭看著他，「這不是我家嗎？」

聽到動靜的聶媽媽走出來，看見揹著書包的小山嵐，臉上立刻露出慈母的微笑，把山嵐領進屋裡，「小嵐，快進來，阿姨給你切水果。」

山嵐迷迷糊糊地被拉進了聶家。

半小時後，他的父母找了過來，大家這才知道，山嵐對社區的路況不熟悉，從小就沒什麼方向感。以前有聶遠道帶著他，天天把他送到家門口，他不會走丟。如今校車把小朋友們送到路口，正好有兩條岔路分別通向兩棟別墅，岔路之間不過三十公尺的距離，只是兩條路長太像，兩家的大門也相似，他分不清東邊西邊，不小心就走錯路跑來聶家。

山嵐的媽媽滿臉的歉意，「真是給您添麻煩了。」

聶媽媽毫不介意，笑著揉揉小朋友的腦袋，「沒事兒，小嵐以後常來玩啊！」

山嵐認真地道：「阿姨再見、哥哥再見！」

次日放學後，聽到門鈴聲的聶遠道開門一看，揹著書包的山嵐小朋友又一次走錯了路，站在聶家門口，茫然又無辜地仰頭看著聶遠道，「哥哥怎麼在我家？」

聶遠道無奈扶額，「這是我家……進來吧。」

第三天，門鈴聲再次準時響起。

聶媽媽哭笑不得：「小嵐又走錯了嗎？」

聶遠道揉揉太陽穴，頭疼地道：「他怎麼老是跑來我家？」

這個問題必須解決，不能讓山嵐小朋友總是走錯門。於是，聶遠道想到一個好主意，在不遠處的岔路口立了一個牌子，上面用筆寫了標注——

「←聶家」、「→山嵐家」

聶遠道還耐心地教山嵐認字，告訴他，右箭頭是去他家的，左箭頭是去聶家的。

山嵐開心地表示：再也不會走錯了。

從那天開始，山嵐確實沒走錯過，自家的門鈴也沒再響起。

就這麼過了一週，有一次聶遠道站在二樓，透過窗戶正好看見山嵐放學回家，小朋友穿著可愛的卡通運動服，揹著書包在岔路口駐足觀望三秒，然後就蹦蹦跳跳地回家了。

聶遠道心想，開學一個星期了，他應該會認自己家的大門在哪裡了吧？那個路牌可以撤了，不然立在岔路口看著特別傻。

於是，次日早晨上學時，聶遠道就順手把路標給撤了。

傍晚放學後，聶遠道站在二樓的窗邊觀望，很快，視線中就出現那個小小的身影，山嵐走到岔路口，發現指路牌不見了，他站在原地茫然地轉了兩圈，然後，他似乎終於確認了方向，轉過身朝著聶家走來，跑到聶家的門口按響了門鈴。

聽到門鈴聲的聶遠道：「……」

——所以，他真的只能靠指示牌才能認家門嗎？這孩子的認路能力還不如一條小狗！

聶媽媽打開門，看見站在門口的山嵐小朋友，不由疑惑：「小嵐？」

聶遠道忍著笑從二樓下來，走到山嵐面前說：「你又走錯了。」

山嵐仰起腦袋，「這不是我家嗎？」

山嵐垂下頭，紅著臉道：「路口的指示牌不見了，我、我感覺這邊更像是我家……」

聶遠道看著小孩兒一臉茫然的樣子，輕笑著揉亂了他的頭髮，「是我家。」

聶遠道哭笑不得，「哪裡更像是你家？」

山嵐半天說不出理由來，垂下頭委屈極了。

聶遠道無奈，回頭就把岔路口的路標重新放好。看來，對山嵐小朋友的認路能力不能抱有太高的期待。

山嵐的爸爸是科研人員，一個月只能回家一趟，媽媽是小兒科醫生經常值夜班。山嵐小的時候都是由保姆照顧，習慣了父母不在身邊，他小小年紀就已經非常懂事。

聶媽媽聽說小嵐只有保姆陪著，很是心疼，乾脆讓小嵐每天晚上來聶家一起吃飯——反正山嵐小朋友總是認錯門，不如把聶家當成自己家得了。

山嵐的父母覺得這樣太麻煩鄰居，不好意思答應。

聶遠道的爸爸很直率地說：「老同學沒必要這麼客氣，再說，小嵐一個人在家也沒事幹。」

聶媽媽微笑著握住山嵐的小手，問：「小嵐很喜歡來我們家，對不對？」

山嵐看了聶遠道一眼，認真地點頭，「嗯嗯，喜歡！」

聶媽媽道：「以後就讓小嵐來我們家吃晚飯吧，他這麼小能吃多少？加一雙筷子的事，一點都不麻煩。好不好啊小嵐？」

山嵐毫不猶豫：「好的阿姨！」

小孩兒說罷還朝聶遠道彎起眼睛笑，顯然，他喜歡去聶家，完全是衝著聶遠道去的。聶遠道無奈扶額——岔路口的指示牌看來是沒用了，以後山嵐小朋友會變成聶家的常客。

事情就這麼決定下來，從那天開始，山嵐放學後天天跑來聶家吃晚飯，天黑再回去。

聶遠道明明討厭小孩子，可看著山嵐笑咪咪的樣子，卻一點也討厭不起來——這孩子實在太乖了，從來不會煩他，只知道跟在他的屁股後面，安安靜靜地當一個小跟班。

這天，聶遠道寫完作業，閒著無聊，回頭見山嵐在看童話書，他一時好奇，走過去問：「幼稚園的老師教你寫字了嗎？」

「嗯，教了幾個。」

「會寫什麼字？」聶遠道找來一個空白的本子，把筆遞給山嵐，「寫給我看看。」

山嵐小朋友立刻握住筆，認認真真地寫起來——他寫的是自己的名字，兩個字歪歪扭扭，「嵐」字的中間隔著老遠，被拆分成「山風」。

聶遠道皺眉，「上下兩部分為什麼要離那麼遠？」

「不是這樣寫嗎？」山嵐很無辜。

「嵐字不是這麼寫，你把一個字拆成了兩個。」聶遠道乾脆轉過身坐在桌前，把小朋友抱到自

己的腿上，從背後握住他的手，耐心地教他，「山字頭，下面是『風』字，要貼在一起，中間不能隔太遠，知道了嗎？」

他一邊講解，一邊迅速寫下「嵐」字，字跡工整，如同印刷體。

山嵐瞪大眼睛，目光裡滿是崇拜，「哥哥寫得真好看！」

聶遠道鬆開他的手，「多寫幾遍。」

山嵐聽話地點頭，「嗯！」

看小孩兒趴在桌前認真練字，聶遠道的唇角微微揚起，繼續讓山嵐坐在自己的腿上——反正小嵐很輕，聶遠道抱起他來非常輕鬆。

從那天起，每天晚上吃過飯後聶遠道都會教山嵐寫字，相處久了，聶遠道漸漸就把隔壁家的小朋友當成了自己的弟弟看待。

有時候，山嵐的媽媽在醫院值夜班，爸爸也不回家，聶媽媽就會把山嵐留在家裡睡覺。聶家雖然有客房，可山嵐不想一個人睡客房，眼巴巴地看著聶遠道，「哥哥，我能和你睡嗎？」

聶遠道不忍心打擊小孩兒，便讓他睡在自己屋裡。

雙人床很大，多睡一個小朋友綽綽有餘。只不過，山嵐睡覺的時候有個不大好的習慣——他喜歡抱著聶遠道睡，因為聶遠道的體溫偏高，就像個暖爐，抱著睡特別舒服。

聶遠道不習慣跟人這麼親密。但山嵐只是個五歲的小孩子，短胳膊短腿的，一臉依賴地窩在自己的懷裡，軟軟的身體就像是一個人形抱枕……

聶遠道最終還是沒把山嵐推開，反而將小孩兒摟進懷裡。

有一次，山嵐的父母都不在家，山嵐被幼稚園的小朋友傳染流感，發起高燒，聶遠道察覺到懷裡的小孩兒體溫燙得嚇人，立刻叫來醫生給他看病，折騰了一夜沒睡。

山嵐迷迷糊糊醒來的時候，就見聶遠道坐在床邊，摸著他的額頭，「燒總算退了。」

小孩兒的眼睛淚汪汪的，聲音沙啞：「哥哥，我好難受。」

聶遠道柔聲說：「你生病了當然會難受，乖，待會兒喝點粥，今天不去幼稚園，留在家裡好好養病。」

山嵐點點頭，抓著聶遠道的手不肯鬆開。不知不覺間，他對聶遠道產生強烈的依賴感，在他的心裡，這位聶哥哥的地位，甚至超過長期不在家的父母。

時間過得很快，山嵐讀完幼稚園，很快就要上小學。這是一所寄宿制的小學，山嵐需要住校，意味著他不能再每天見到聶遠道了。

去學校報到的那天，山嵐依依不捨地看著聶遠道，眼眶通紅。

聶遠道的聲音難得溫柔：「別擔心，去學校和同學們一起住，老師會給你安排好宿舍。要是有同學欺負你，你就告訴哥哥，我替你教訓他們。」

山嵐抓著聶遠道的手，「哥哥，週末的時候我就能見到你，對不對？」

聶遠道點頭，「對，週末放假，你可以到我家來吃飯。」

山嵐這才開心起來，跟著父母轉身離開，走了幾步又回頭和聶遠道揮手。

開學後，山嵐努力適應新環境，認識不少同齡小朋友，但他心裡依舊記掛著聶遠道哥哥，他已經把聶遠道當成最值得相信和依賴的人了。聶遠道則投入到緊張的學習當中，他即將面臨中考，一刻都不能鬆懈。

兩人見面的機會明顯變少。

山嵐週末放假回家時，聶遠道經常不在家，因為他要去補習班上課，或者和同學們參加課外活

動。山嵐守在聶家門口，沒等到聶遠道，他心裡很失落，本來還想跟著聶遠道寫字，現在只能自己練了。

第二年夏天，聶遠道以全校第一的成績考入帝都最好的高中。

回到家的時候，聶遠道意外地發現山嵐也在，記憶中的小孩兒長高了一些，身高已經到自己的腰部，見到自己，他立刻開心地跑過來。

聶遠道輕笑著問：「小嵐怎麼在我家？今天不會又走錯門了吧？」

山嵐搖頭澄清，「不是的，我專門來祝賀你考了第一名。」說罷就轉身拿來一個籃球，山嵐抱著籃球送到聶遠道面前，「哥哥，我給你買了個新的籃球，是給你的禮物。」

聶遠道疑惑：「怎麼突然想到給我買禮物？」

山嵐笑咪咪地說：「以前，你也給我買了很多玩具，還教我寫字，我的字是全班最好看的，前幾天比賽還拿了獎，我用獎金給哥哥買的籃球。」

小傢伙笑起來的時候眼睛彎彎的就像是月牙，跟記憶裡一樣可愛。聶遠道忍不住伸出手，輕輕揉了揉他的腦袋，「謝謝小嵐。走吧，我帶你去打球。」

這個假期很長，聶遠道帶著山嵐到處玩，山嵐每天都很開心。

但隨著開學的日子臨近，山嵐知道他和聶遠道又要分開了。

他們都有了自己的生活，兩個生活圈子之間幾乎毫無交集。無法跨越的年齡差讓他們的距離似乎漸漸走遠，但山嵐相信，總有一天自己會追上聶遠道。

他也要考上聶遠道讀過的初中、高中，聶遠道將來去哪所大學，他也一定會考上同樣的大學——這是山嵐內心深處的執念。

轉眼間，聶遠道十八歲，參加高考，再次以全市第一的優異成績考入名牌大學。

再次見到聶遠道時，是在社區的籃球場上。十八歲的聶遠道身高已經超過一百八十五公分，身材挺拔的少年穿著一身運動裝，在球場上揮汗如雨。陽光的照射下，他臉上的汗水像是鍍了一層柔和的金色光澤，上衣被汗水浸得濕透，依稀露出結實的肌肉線條。

他的手裡，拿著的是自己送給他的籃球。

山嵐呆呆地看著他，幾乎不敢相認。

聶遠道回過頭來，發現站在球場旁邊發呆的小朋友，嘴角輕揚，「小嵐長這麼大了？」他單手拿起籃球，走到山嵐面前，伸出手習慣性地揉了揉山嵐的腦袋，「怎麼，不認識我？」

山嵐瞪大眼睛看他，「聶……哥哥？」

聶遠道點頭，「嗯，好久不見。」

聶遠道變化太大了，他的容貌已經顯出幾分介於少年和成年人之間的英俊，身體也在飛快地拔高，濕透的衣服貼在身上，肌理分明，身上男性荷爾蒙爆棚。山嵐還是個小朋友，他覺得自己長得夠快了，長了近十公分，結果依舊在哥哥的腰部？

山嵐沮喪地垂下頭，發現這八歲的年齡差真的好難追趕。

察覺到小孩兒有些失落，聶遠道便拉著他的手道：「走吧，到我家吃飯。」

岔路口，那個「↓山嵐家」的路標還立在那裡，上面的字跡有些模糊。

聶遠道想起小時候老是走錯門的小孩兒，微微一笑，「我都快忘了，你現在讀幾年級？」

山嵐回道：「四年級，我跳級一次。」

聶遠道意外地回頭看他，「跳級？這麼厲害？」

山嵐認真地仰起小臉，看著聶遠道：「可惜我跳級也追不上你，你馬上讀大學了。」

聶遠道哭笑不得：「我比你大了八歲，你怎麼可能追得上我？」

山嵐愣住。

對方明明大了他八歲，他為什麼那麼執著於追趕聶遠道呢？

其實山嵐也說不清楚這種心情，他只是想和聶遠道距離更近一些，而不是被對方遠遠地拋在身後。畢竟這是他最喜歡的哥哥，是他最想親近的人。

見山嵐發呆，聶遠道輕輕拍拍他的腦袋，「想什麼呢？」

山嵐回過神來，低下頭道：「沒什麼，反正我會努力，將來也考上你讀的這所大學。」

聶遠道眼含讚賞：「有目標是好事，加油吧。」

當時，聶遠道並沒有多想，他只覺得小孩子有個奮鬥的目標挺不錯的，山嵐如果抱著這份信念繼續努力，將來肯定能考上好學校。

《星卡風暴》在那一年正式開啟公測，聶遠道初入遊戲後做了許多攻擊力極強的獸系卡牌，引起大公會的注意，但他已經決定跟幾個朋友合夥建立裁決戰隊，明年去打職業聯賽。但這件事正在祕密地準備當中，他還沒跟家裡人說，更不可能和山嵐小朋友提起。

假期結束後聶遠道去大學報到，並且和幾個好友正式創建了裁決戰隊，這件事家人和山嵐完全不知情，直到一年後，星卡職業聯盟第一賽季的職業聯賽結束，裁決戰隊一舉斬獲團賽項目的冠軍，而聶遠道也在個人賽拿下具有紀念意義的首枚金牌！

鋪天蓋地的新聞一時間刷遍網路，山嵐看到被頂上熱搜的「聶遠道」三個字，心裡很是困惑——這個聶遠道，是自己認識的那位嗎？為什麼新聞裡的所有詞彙，看上去都特別陌生？什麼火系、獸卡、裁決隊長、天才少年……跟自己認識的聶遠道有關係嗎？

山嵐有些懵，乾脆給聶遠道發消息：哥哥，新聞裡拿下聯賽冠軍的聶遠道是你嗎？

消息很快得到回覆：是的。

山嵐這才發現，在他不知道的地方，聶遠道居然跑去打遊戲，還拿了冠軍！

當時，山嵐又一次申請跳級並得到批准，他已經準備參加明年夏天的中考——本以為自己距離聶遠道更近一步，卻沒想到，自己和聶遠道的距離反而越來越遠。

聶遠道走向一個他完全陌生的領域，並且在那裡登上頂峰。

山嵐心裡空蕩蕩地難受。

五歲的時候，他來到岔路口，分不清方向的他總是找錯家門，每天都在岔路口轉圈，心底茫然極了。直到聶遠道給他豎起一塊路標，山嵐順著箭頭走，再也不會走錯。

或許就是從那一刻開始，他把聶遠道當成自己的導航路標，他心底深處總覺得，聶遠道走的路就是最好的，跟著聶遠道就絕對不會出錯。他習慣當聶遠道的小跟班，給聶遠道撿球，就連練字的時候也會不知不覺照著聶遠道的字跡寫……

如今，走在前面的導航路標突然調轉方向，山嵐也像突然間迷失了方向。

他上網搜了很多關於《星卡風暴》的資料，越看越是驚訝——這裡就像是一個獨立於現實之外的完整世界，這裡有很多有趣的卡牌，無數厲害的選手，人們靠激烈的卡牌對戰來決定勝負，贏下比賽的選手會獲得高額獎金，還有很多贊助商投資，粉絲多得就像是明星。

他還搜來聶遠道總決賽的視頻錄影，反覆看了好幾遍。

頒獎禮上，現場的觀眾們瘋狂呼喊著聶遠道的名字，聶遠道面帶微笑走上領獎臺，高高地舉起冠軍獎盃，大舞臺上的燈光投射在他的身上，帥氣的少年，在那一刻，就是全場最閃亮的一顆星。

山嵐聽見了心臟劇烈跳動的聲音——舞臺上的聶遠道讓他移不開視線，也讓他無比崇拜和羨慕。果然，自己最喜歡的哥哥，不管在哪個領域都是這麼優秀。

熱血的戰鬥，激烈的對拚，走上領獎臺的榮耀，觀眾們的歡呼聲……

這天晚上，山嵐的夢裡反覆重播著聶遠道獲勝領獎的畫面，次日早晨醒來時，他發現自己的手心裡都是熱汗，好像親身經歷了這一場激動人心的比賽一樣。

那一刻，他的內心終於得到答案。

他也想打比賽，也想站在領獎臺上接受觀眾們的歡呼。

山嵐洗完臉後立刻給聶遠道發消息：哥哥，你玩的這個《星卡風暴》遊戲感覺特有意思，我也想玩。

聶遠道發來一句話：你還小，別玩遊戲，好好學習。

被堵回來的山嵐又發消息給媽媽：媽，今年生日能不能給我買個遊戲頭盔？

媽媽回覆：你還小，學業為重，媽媽給你買一臺學習用的智能光腦。

——小孩兒就沒人權嗎？

買不到頭盔就玩不了遊戲，山嵐很是沮喪，看來只能慢慢攢零用錢了。

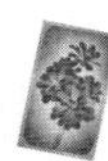

確定了目標後，山嵐就朝著這個方向努力。

雖然他沒有頭盔，沒法正式進入遊戲，可是每一場比賽他都會看直播，用課餘時間查了大量資料，分類整理，他的理論知識儲備，已經不輸一位老玩家了。

第四賽季，山嵐被帝都最好的高中錄取，他終於攢夠零用錢，偷偷買了一款遊戲頭盔，創建帳號「山小風」並進入遊戲，開始了自己的星卡生涯。

這個ID的由來，正是他小時候總把「嵐」字拆成上、下兩個部分，看著就像山、風，是聶遠道把他抱到腿上，握著他的手，親自給他糾正「嵐」字的寫法，他一直記得那個黃昏，他坐在聶遠道的懷裡，一筆一劃地學會山嵐怎麼寫，他第一次發現，自己的名字寫出來能這麼好看。

聶遠道懷裡的溫度，他直到現在都記憶猶新。

山嵐一邊上學，一邊用業餘時間玩遊戲，由於能進入遊戲的時間太短，他升級的速度非常緩慢，初期也賺不到錢，在遊戲裡窮到吃土，連高級一點的星雲紙都買不起。

好在多年的理論積累給了他不少幫助，山嵐在有限的時間內迅速學會卡牌製作的技巧，並且做出第一張原創卡牌——飛雁。

空中飛行的大雁移動靈活，暴擊率堆到最高，傷害不俗。

這張牌的資料當然不算完美，但瞬間爆發力還不錯，山嵐帶著這張牌去刷副本，效率明顯有了提升，慢慢地，他也攢了些遊戲幣，用來買原料製作卡牌。

就這樣磕磕絆絆地在遊戲裡折騰了一年，很快就到了第四賽季末。

陳千林的版權事件鬧得沸沸揚揚，各大俱樂部因為合約問題出現不少矛盾，有些選手和俱樂部翻臉，也有很多選手跳槽，整個聯盟動盪不安，等風波徹底平息後，陳千林、蘇洋先後宣布退役，職業聯盟「五神時代」的格局徹底被打破。

第五賽季，唐牧洲出道，陳千林的徒弟以個人賽五十連勝創下紀錄，獲得冠軍。

此時，山嵐才十五歲，靠自己一個人慢慢攢錢，做出幾張原創卡牌。

裁決俱樂部公開招聘優秀的職業選手，山嵐帶著自己製作的飛禽卡牌參加裁決公會的網路面試，負責面試的會長對他的卡牌創意給予很高的評價：「能做出這麼多原創卡牌，說明你還是很有天賦的。三天後，你親自來裁決俱樂部一趟吧，讓我們隊長幫你看看。」

「謝謝！」山嵐開心極了。

三天後，山嵐一放學便坐車前往裁決俱樂部。

裁決會議室內，看見幾名新人對戰時亂七八糟的操作，聶遠道有些不耐煩。今年的新人裡沒發現一個好苗子，而裁決正面臨第一批選手快要退役的尷尬，如果再不補充優秀的新人，裁決的成績肯定會走下坡。

聶遠道坐在辦公桌前神色嚴肅，見他臉色不好，旁邊負責遊戲裡物色新人的公會會長輕聲說道：「聶隊，還有一個新人六點半才到，這位新人會自己原創卡牌，我把他做的牌給您看一下吧。」

聽到「原創」兩個字，聶遠道明顯提起了興趣，朝會長點點頭。

面前的大螢幕中出現四張牌——飛雁、孔雀、鷹隼、百靈鳥，居然全是空中飛行動物。

聶遠道雙眼一亮，「空中飛行牌？挺有新意的，這是什麼人？」

會長笑著說：「一個很透明的路人，我查他的資料沒查出什麼來，他好像是一個人玩遊戲，沒加任何公會，不過，他說他是聶神的粉絲，很崇拜聶神。」

聶遠道嚴肅地看著螢幕裡的幾張卡牌，低聲道：「創意和技能設計還不錯，只是偏重點有很大的問題，飛行類的卡牌，怎麼想到堆暴擊？打完一套就沒用了吧……」

正聊著，門外突然響起敲門聲。

聶遠道朗聲說：「請進。」

門被推開，一個身高一百七十公分左右的少年走了進來。

少年穿著藍色的校服和一雙乾淨的白球鞋，校服很眼熟，應該是帝都最好的重點高中七中的校服。他的身後揹了個大書包，身材有些清瘦，但骨骼勻稱，雙腿顯得十分修長。臉上的皮膚很是白皙，眉眼清秀，一看就是那種很受老師喜歡的乖學生。

見到聶遠道之後，少年便微笑起來，一雙大而明亮的眼睛頓時彎成月牙的形狀，這樣的一張笑臉，跟記憶裡那個走錯門的山嵐小朋友，漸漸地重疊在一起。

他笑咪咪地看著聶遠道，用清朗的少年音說：「聶神你好，我是你的粉絲，我叫山嵐。」

聶遠道：「……」

小時候走錯門，天天跑來聶家蹭飯。

這次走錯門，居然走到裁決俱樂部來了？

聶遠道還以為小嵐只是路過裁決俱樂部順便進來找他玩的，直到山嵐用光腦將幾張卡牌調出來，投影到螢幕中，微笑著說：「你們好，我的遊戲ID是山小風，我只做了一套卡組用來打競技場，請聶神指點。」

裁決會長低聲在耳邊道：「他就是我跟您說的那位會原創卡牌的新人。」

聶遠道朝會長說：「你先去忙吧，我跟他單獨聊幾句。」

會長看了看臉色嚴肅的聶隊，又看了看笑咪咪的少年，撓了撓頭，疑惑地轉身離開。

會議室裡只剩下兩人，聶遠道這才站起來，走到山嵐的面前低聲問：「小嵐，你來這裡做什麼？今天是星期三，你不用上課嗎？」

山嵐笑道：「我是來應聘的啊，我想當職業選手，這幾張就是我做的卡牌。」

聶遠道的眉頭輕輕一皺，「別開玩笑，你才幾歲？當什麼職業選手？」

山嵐仰起頭，認真地看著他，一字一句地說：「我年紀小，不代表我就不懂事，在下結論之前你能不能先看看我設計的卡牌？看我有沒有做職業選手的天賦和潛力？堂堂裁決的隊長，在評價一個應聘者的時候，不需要任何的事實依據嗎？」

幾年不見，聶遠道記憶裡那個迷迷糊糊的可愛小孩兒，居然變成面前伶牙俐齒的少年。

少年的身高已經到自己的肩膀處，說話時的語氣不卑不亢，只不過，那雙眼睛還是跟記憶裡的小孩兒一樣清澈明亮，微笑時會彎成月牙的形狀，讓人覺得格外親切。

聶遠道轉身看向那幾張卡牌，不客氣地道：「你是說這幾張原創牌嗎？在我看來，這些卡牌的技能設計華而不實，真到了賽場上，連技能都放不出來就會被對手擊殺，你對卡牌設計的理解才剛

剛入門，你以為隨便做幾張牌就能去打職業聯賽？」

聶遠道的幾句反問，讓山嵐的臉頰不由浮起一絲紅暈，但他還是不服氣地道：「可是，我用這套卡組，打到了排位賽的星卡大師段位。」

「星卡大師只是職業選手的准入門檻，而不是唯一條件。」男人淡淡道：「跟我過來。」

山嵐乖乖地跟著聶遠道來到隔壁的訓練室，聶遠道隨便指了兩個座位，讓山嵐坐上去登入遊戲，他在遊戲裡建了個自由擂臺，把山嵐加進來和他對戰。

隨機地圖，明牌模式。

山嵐打得很認真，然而，不到三分鐘他就被聶遠道給打崩了——他的飛禽卡組根本擋不住聶遠道猛獸的突襲，正面直接潰不成軍！

山嵐結結巴巴道：「我、我剛剛操作失誤了，再來。」

聶遠道面無表情地繼續打第二局。

這次結束得比第一局還要快，兩分半就把山嵐的卡組直接打團滅。

山嵐低聲喃喃：「我剛剛走神了，再來。」

第三局在兩分鐘之內結束戰鬥，第四局、第五局……

連續擊敗山嵐十局後，聶遠道摘下頭盔，挑眉道：「還要找什麼藉口嗎？」

山嵐脹紅了臉，低著腦袋不說話，很委屈的樣子。

聶遠道並沒有對山嵐手下留情，他就想給山嵐一個教訓，讓小嵐知道當職業選手不是那麼簡單的事，應該趁早放棄這種不切實際的想法。

沒想到山嵐看上去很乖，脾氣卻十分固執，被聶遠道連虐十局後，他不但沒有放棄，反而走到聶遠道的面前，認真地說：「你收我當徒弟，教我怎麼打競技場好不好？」

聶遠道：「……」等等，被虐得毫無還手之力，你不是應該夢想破滅，從此遠離星卡遊戲嗎？

怎麼就不按常理出牌呢？

山嵐仰起頭看著聶遠道，眼神很是誠懇，「我知道我做的卡牌還不夠完美，所以才需要專業選手的指導，這幾張牌的設計到底要怎麼修改，不如師父教教我吧？」

聶遠道頭痛地按住太陽穴，「小嵐，別鬧。」

「我是認真的。」山嵐目不轉睛地看著他，一字一句地說：「我一直在關注你的比賽，這次來裁決面試就是想認你當師父，好好學習怎麼做卡牌。我還有很多素材想做成卡牌，但是沒人指導，我也不知道自己的方向對不對，你就收我當徒弟吧，好不好？」

聶遠道：「……」

少年的表情無比認真，看向自己的眼中，滿是崇拜和信任。

聶遠道從沒遇到過這麼棘手的事，對上山嵐的眼睛，真是答應也不行，拒絕又不忍心。他沉默片刻，低聲問：「你今年讀幾年級？」

山嵐道：「高二了。」

聶遠道想了想，說：「你現在年紀還小，做決定的時候可不能太草率。等你參加完高考，如果到時候你還想當職業選手，並且能通過裁決的新人測試，我再收你當徒弟，好好地教你。」

山嵐的眼中滿是失望，「為什麼非要等一年呢？」

聶遠道看著少年，嚴肅地說：「小嵐，我希望你能好好地想清楚自己將來要走的路，不要留下遺憾，明白嗎？」

山嵐聽到這話，臉上立刻浮起笑容，「明白！」

哥哥還是跟記憶裡一樣可靠，給他一年的時間，是為了讓他仔細想清楚，別一時衝動做出錯誤的決定，這正是對他負責任的表現。

山嵐也不急，他現在才剛滿十六歲，接下來的一年時間除了複習考試外，他也可以繼續整理素

材，製作卡牌。

——只有做好充分的準備，他才有資格真正站在聶遠道的身邊。

接下來的幾天，山嵐沒再聯繫自己。

聶遠道還以為山嵐一時興起跑來裁決看熱鬧，等熱度一過就會放棄當職業選手的打算，沒想到週末的時候，山嵐居然又找上門來。

會長告訴聶遠道：「聶隊，上次來面試的那個中學生在辦公室等你。」

聶遠道快步走到辦公室推開門，就見山嵐穿著一身乾淨的校服，端正地坐在桌前，如同等待老師訓話。見到聶遠道後，少年的雙眼驀地一亮，立刻跑到聶遠道的面前，笑著說：「哥哥，我修改了這批卡牌的資料，你有時間嗎？幫我看看。」

聶遠道只好把他帶到隔壁的訓練室。

正好今天是裁決集訓的日子，訓練室裡有很多選手，看見聶隊的身後跟著一名中學生，大家都很疑惑。聶遠道將他帶去角落裡坐下，開了對戰擂臺，眾人立刻好奇地跑去擂臺圍觀。

山嵐的卡牌調整了技能和資料，但在聶遠道的手裡依舊活不過三分鐘。

聶遠道毫不客氣地連虐山嵐十局，周圍觀戰的隊友們紛紛私聊八卦：「是上次來面試的那個中學生嗎？今天又來啊！」

「被聶神虐了十局，估計要留下心理陰影了。」

「聶神也真是的，對付嫩嫩的新人，下手就不能輕點兒……」

又是十連跪之後，山嵐不好意思地摘下頭盔，「你很厲害。」

聶遠道問：「知道為什麼打不過我嗎？」

山嵐坦率地回答：「我的卡牌設計有問題，技能銜接不夠緊密，打競技場的經驗、意識、反應速度都不如你，差距太大，再打十局我還是輸。」

穿著校服的少年，認認真真的模樣，就像是在課堂上回答老師的提問。

聶遠道看了他一眼，「你設計卡牌的時候，是在模仿我吧？」

山嵐的臉微微一紅，回答卻理直氣壯：「粉絲模仿偶像，這很正常啊。」

聶遠道緊跟著問：「天上的飛鳥和叢林裡的猛獸設計思路能一樣嗎？我的火系獸卡重點在爆發力，你的飛禽也堆暴擊，那你讓牠們飛在空中和趴在地上又有什麼區別？」

山嵐呆在原地。

他設計卡牌的時候沒想太多，因為聶遠道的野獸牌在當時已經自成一派，在資料和技能設計上他會不由自主地去模仿這位大神選手。

此時，聶遠道的問話如同當頭一盆冷水，讓山嵐瞬間清醒——如果飛行動物和地面動物的設計思路一樣，那讓牠們飛上天的意義又在哪裡？只為了好看嗎？

見山嵐若有所思，聶遠道繼續提示道：「飛禽牌並不適合做成爆發卡，你可以試試把資料堆到移動速度上面，給予飛禽牌最高的靈活性，然後靠無冷卻的普攻來打傷害。只要你的飛禽牌不被擊殺，牠們就可以持續不斷地輸出。」

山嵐雙眼一亮，激動地站起來道：「我明白了，謝謝聶神！」

他揹著書包，轉眼間消失得無影無蹤，只剩滿屋子的隊員們面面相覷——這傢伙到底是來幹麼的？聶神真有耐心，陪他打競技場，還指導他怎麼製作卡牌？

有個膽子大的新人好奇地問：「聶隊，這位是誰啊？」

聶遠道淡淡地說：「我弟弟。」

眾人恍然大悟——原來是弟弟，怪不得聶神對他這麼有耐心。

一週之後，山嵐又一次來到裁決俱樂部。

還是穿著校服、揹著書包，青澀的小少年一站在裁決俱樂部的門口，裁決的很多人都認出他，

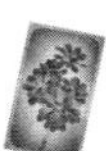

主動給他開門，讓他直接去訓練室找聶遠道。

山嵐將自己的七張卡牌設計全都修改了，原本冷卻超過三十秒的爆發大招，被改成不需要冷卻的持續普攻，單次攻擊造成的傷害非常低，可持續輸出的能力極強。

資料方面，他將飛行牌的移動速度堆到最高值，修改過後的七張飛行牌，實戰起來極為靈活。聶遠道在擂臺和他PK的時候也發現，小嵐的卡牌比上一週要難殺得多。

這次，山嵐在聶遠道的手裡，堅持了五分鐘才被團滅。

雖然還是連跪了十局，可山嵐臉上卻神采奕奕，他摘下頭盔，笑著說：「我把卡牌技能修改過之後，覺得操作起來順手多了，你覺得還有哪些需要調整嗎？」

聶遠道將他的卡牌一張張列出來，並標注幾處需要修改的地方。

山嵐認真地記下，揹著書包心滿意足地走了。

一週後，再次出現的山嵐，已經將第一套卡組調整到完美，並且新做了三張卡牌拿給聶遠道看。

訓練室的新人們都驚呆了——完全沒想到，小傢伙的天賦居然如此之高！

裁決的經理聽說了山嵐的事，私下找到聶遠道說：「這麼有天賦的新人，難得一見，不如提前把他簽下來，讓他當我們裁決的訓練生？」

聶遠道的回答是：「不急。」

他不急，經理急啊！萬一這樣的天才被別的俱樂部挖走，豈不是虧大了？

聶遠道平靜地說：「山嵐不會去別的俱樂部，這一點你可以放心。」

因為，山嵐是他的頭號小跟班。

從那以後，山嵐每個週末都會準時來裁決俱樂部報到，風雨無阻。

他會把新做的卡牌第一時間拿給聶遠道看，得到修改意見後就笑咪咪地回去改進。少年特別愛笑，笑起來眼睛彎彎的，親和力十足，裁決的選手們都非常喜歡他，加上他是聶遠道的「弟弟」，久而久之，大家都把他當自己人看了。

一年時間很快過去，山嵐參加完高考，他也終於向父母提出自己要當職業選手的夢想。父母非常反對，以為山嵐是腦子不清醒，一時衝動才去打遊戲。山嵐無奈之下只好請聶遠道出面，聶遠道親自來到山嵐家，表示會好好帶小嵐打比賽。

聶遠道對山嵐的父親說：「小嵐是我這幾年見過最有天賦的新人。叔叔請您放心，我從小看著小嵐長大，把他當成親弟弟一樣看待，等他到裁決之後我會收他當徒弟，好好帶他，有我在，沒有人敢欺負他。」

山嵐笑咪咪地道：「爸，媽，你們信不過我，還信不過聶哥哥嗎？他可是冠軍！」

父母商量了一整夜，終於點頭同意，讓山嵐去試試。

次日下午，山嵐給聶遠道發了消息，跑到岔路口等他。

聶遠道出門後，山嵐就飛快地跑過來道：「我爸媽同意了！小時候我就喜歡跟著你，看來以後，我要繼續跟著你了。」

對上少年亮晶晶的眼眸，聶遠道心裡一軟，聲音難得溫和下來：「以後該叫我什麼？」

山嵐笑瞇了眼睛，「師父！」

聶遠道自然地伸出手，輕輕揉了揉少年的頭髮，「乖。」

被揉腦袋的山嵐不由愣住——或許在聶遠道的眼裡他還是隔壁那個迷路的小孩兒，所以聶遠道才會像小時候一樣順手摸摸他的腦袋。

可是，他今年已經十六歲了，身高也到了對方的肩膀，學校裡該學的生理課都學過了，班裡還

有很多同學在談戀愛呢，聶遠道怎麼還當他是小孩子？

山嵐的臉微微發紅，迅速側身躲開聶遠道的手，轉移話題道：「師父，我當年送你的那個籃球還在嗎？」

「當然。」

「要不我們去打球吧？反正下午沒事做。」

「好，我回去換身衣服，你在球場等我。」

兩人各自回家換了運動服，山嵐在路口等待片刻，果然見聶遠道拿著籃球走過來。兩人相視一笑，並肩朝著籃球場走去

十六歲的青澀少年，和二十四歲的青年，八歲的年齡差在他們的身上依舊很鮮明。

但比起小時候只能跟在聶遠道的屁股後面撿球，如今身高達到一百七十五公分的山嵐，已經可以和他一起打球了，只不過，山嵐的投籃命中率還是慘不忍睹——投十個，進一兩個。

聶遠道看著把籃球砸到籃框上之後，沮喪地垂下頭的少年，不由微微一笑，說道：「小嵐，師父教你。」

他撿起球遞給山嵐，自己則站在山嵐的身後，用半抱的姿勢把山嵐圈在懷裡，雙手托起山嵐的手臂，看著遠處的籃球框，低聲道：「瞄準球框上面的那一點，下蹲，踮腳，跳起來的瞬間把球投出去……來，試試。」

山嵐的腦子嗡嗡作響——男人低沉的聲音響在耳邊，他什麼都沒聽清。

距離太近了。

他的身體幾乎貼在聶遠道的胸口，能清晰地感覺到對方胸前結實的肌肉。聶遠道已經是成年人了，屬於成年男性的氣息緊緊地環繞著他，讓他幾乎要無法呼吸。

聽到耳邊說「試試」，山嵐茫然地將籃球拋了出去。

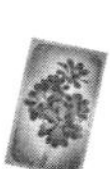

籃球在空中劃出完美的弧線，然後……完美地越過籃框，高高地砸向隔壁的球場。

聶遠道無奈地看他一眼，「往天上扔，你以為籃球能飛嗎？」

山嵐滿臉通紅，看著去遠處撿球的男人高大挺拔的背影，他的心臟撲通亂跳，幾乎要從胸膛裡蹦出來。

偏偏聶遠道閒著無聊，非要教他學投籃。

把球撿回來以後，聶遠道又從身後抱著山嵐，繼續手把手地教學。

山嵐學了一個小時，滿頭大汗，回到家時，感覺自己整個人都要烤熟了，全身發燙，血液幾乎在燃燒。

被高大英俊的男人抱在懷裡時，他慌亂無措，想要逃離，卻又忍不住想再靠近一些，矛盾的心情讓他腦海中一片空白。

當天晚上，他甚至做了不該做的夢，身體也出現了青春期的反應。

山嵐心裡很慌。

隔壁家的哥哥大他八歲，一直很照顧他，現在還收他當徒弟，他怎麼能胡思亂想？

可他根本控制不住自己的胡思亂想。

第二天，他收到聶遠道的消息：約了裁決的老闆談合約，十一點半在路口等我。

既然是正事，山嵐自然要認真對待，他將衣櫃裡幼稚的衣服全部放進箱子，挑了一套看上去沒那麼傻的牛仔褲和襯衫，把自己好好地收拾一番，這才去見聶遠道。

聶遠道看著面前的少年，讚道：「不錯，你穿校服的時候看著年齡特別小，這一身好多了。」

山嵐臉一紅，心想，以後再也不在他面前穿傻裡傻氣的校服。

裁決的老闆是一位中年人，西裝革履，笑容溫和。

選手合約已經提前準備好了，山嵐對這方面沒任何經驗，看過之後剛要拿起筆，聶遠道卻攔住他，神色平靜地道：「趙總，小嵐的合約條款還有一些需要修改——由他親自製作的卡牌的版權，我希望能夠由他本人持有。」

趙總臉色一變，「這個有點難，陳千林的事你也不是不知道，自那以後聯盟各大俱樂部的選手合約都寫得很明確，選手在俱樂部服役期間，製作的卡牌利用的是俱樂部的資源，版權也要歸俱樂部所有，退役之後再歸還。」

聶遠道很堅持：「小嵐是一位天賦突出的選手，以後他會做出越來越多的卡牌，版權必須給他本人，這個條件是我的底線。」

聽到聶遠道這麼說，山嵐真是受寵若驚。

聯盟只有特別出名的大神選手才能和俱樂部談版權歸屬和周邊分成，大部分選手都要受俱樂部的制約，他山嵐目前還是個一場比賽都沒打過的小透明，有什麼資格獲得大神選手的待遇？

趙總果然為難地皺起眉，說道：「山嵐現在只是個新人，毫無名氣，俱樂部不可能同意這樣的要求。」

聶遠道平靜地說：「我相信，小嵐絕對配得上一流選手的待遇。」

趙總：「這……」

聶遠道的聲音很果斷：「如果裁決不能答應這個要求，我寧願讓小嵐去簽別家俱樂部，會有人願意給他這樣的待遇。」

山嵐：「……」

被人全力維護著的感覺，讓山嵐的整顆心都暖了起來。他安靜地坐在師父旁邊，一句話都不說，因為他相信師父會給他爭取到最大的利益。

第一次談判最終以失敗告終，看得出來，趙總對聶遠道提出的條件很不高興。

回家的路上，山嵐的心情十分忐忑，他輕聲問道：「師父，你這樣為我爭取，俱樂部的高層會不會對你有意見？我不想影響你和裁決俱樂部的關係……」

聶遠道看向山嵐，溫言道：「我和裁決的關係不會受影響，作為你的師父，為你爭取有利的條件是應該的。你以後一定會成為一流選手，合約的問題不用擔心，我自有辦法。」

山嵐認真點頭，「謝謝師父。」

沒想到，聶遠道真的解決了這件事，並且在一週後告訴山嵐去裁決簽約。

看著全新版的合約，山嵐的頭皮一陣發麻——不但原創卡牌的版權歸他所有，周邊分成、代言分成的比例也非常高，這可是職業聯盟的冠軍選手才能拿到的待遇吧？他一個沒打過任何比賽的新人，怎麼能享受到這麼好的條件？

山嵐心情複雜，師父跟俱樂部到底怎麼談的，俱樂部居然同意了？

直到聶遠道將筆遞給他，低聲說：「簽吧。」

山嵐這才回過神來，硬著頭皮簽下自己的名字。

次日，山嵐就正式到裁決報到，和其他選手一起訓練。

從周圍選手的八卦中，他終於知道，聶遠道跟裁決續了整整五年的選手合約，這才讓裁決的老闆鬆口，給了山嵐最好的簽約條件。

五年！職業選手的巔峰期，也就這麼幾年。聶遠道已經打了六年比賽，居然還續約五年？

——他用自己接下來的五年時光，換來山嵐最好的開始。

知道這一切的山嵐，心臟一陣陣緊縮，他恨不得撲到這個男人的懷裡，再也不放開。

那天晚上，聶遠道開完會回到臥室，山嵐突然控制不住地撲進聶遠道的懷裡。聶遠道怔了怔，看著眼眶通紅的徒弟，很是疑惑：「這是做什麼？」

山嵐聲音哽咽：「為了我的合約，你跟裁決續約五年？你還要在裁決打滿五年比賽？」

「你都知道了？」聶遠道頓了頓，低聲說：「沒關係，我本來就沒想過離開裁決，簽這個合約只是讓老闆放心。對我來說，你的前途更重要，如果現在不爭取，以後只會更難。」

「師父……」山嵐的眼眶陣陣發熱，控制不住溢出的眼淚，全部蹭到聶遠道的襯衫上面，很快就把襯衫給打濕了。

「你叫我一聲師父，我護著你，是應該的。」聶遠道察覺到小徒弟居然在哭，唇角不由微微揚起，伸出手輕輕揉了揉徒弟的腦袋，低沉的聲音中透著一絲無奈：「怎麼跟小孩兒一樣，這麼點事就掉眼淚，難道要師父今晚講故事哄你睡覺嗎？」

「……」山嵐在男人的懷裡瞬間紅了臉。他像是貪戀對方的體溫一樣，伸出手緊緊地抱著聶遠道，把通紅的臉埋在男人的胸前。

心跳快得離譜，臉頰幾乎要燒起來，山嵐卻不想放開。

聶遠道有些頭疼：小徒弟怎麼越來越黏人了？直接往師父懷裡撲，像話嗎？

他拍了拍山嵐的肩膀，低聲問：「小嵐，你幾歲？」

山嵐的臉埋在他的懷裡，說話的聲音悶悶的不大清楚：「十六歲，我已經不算未成年了，該懂的我都懂。」

聶遠道輕笑：「我還以為你六歲。」他摸了摸小嵐柔軟的頭髮，「我一開門，你就撲到我懷裡，跟小時候給你玩具的場景一模一樣。」

山嵐的身體猛地一僵，迅速放開他道：「我去洗澡。」

聽著浴室裡響起嘩嘩的水聲，聶遠道不由皺眉——徒弟很黏人，依舊像小時候一樣當他的跟屁蟲，每天在裁決，他走到哪裡，山嵐就跟到哪裡，也不知是好事還是壞事？

既然山嵐總愛跟著他，不如這個賽季，他就帶山嵐一起去打雙人賽吧，或許這樣的出道方式對

山嵐來說會更好，有自己帶著，山嵐進步也能更快。

聶遠道打定主意，轉身去找報名表。

他完全不知道，浴室裡的山嵐，此時整個人都紅紅的，像是烤熟的蝦。

情竇初開的少年正在瘋狂地沖冷水澡，腦子裡全是剛才撲到男人的懷裡時，來自對方身上的味道和體溫……身體的反應青澀卻又明顯，山嵐羞得恨不得挖個地縫把自己給埋了。

——他把你當徒弟，全力維護你，你的腦袋裡在想什麼呢？山嵐！

第七賽季的報名很快開始。

聶遠道本想讓山嵐報名個人賽，只不過，第七賽季的個人賽和雙人賽都安排在上半年，比賽時間衝突，同時參加兩個項目壓力很大，還不如專注一項，在雙人賽打出好成績。

身為裁決隊長，聶遠道不但要為徒弟的前程考慮，還要綜合裁決目前的情況。當時，第一賽季和聶遠道一起建隊的選手，有一位年紀大了正準備退役，聶遠道想，如果小嵐能和自己配合好雙人賽，練出默契，下半年的團賽項目就可以讓山嵐直接補位。

團賽項目對隊員間的默契要求很高，顯然讓小嵐參加雙人賽會比個人賽更有利。山嵐對師父的安排沒有任何意見，聶遠道問過他後就把報名表交了上去。

聯盟很快公布了小項目的賽程。

第七賽季湧現很多出色的新人，包括來自鬼獄俱樂部的歸思睿，以及沒有和任何俱樂部簽約的裴景山、葉竹，三位都是原創型選手。

山嵐沒報個人賽，所以歸思睿、裴景山等人並不知道裁決還有這樣一位高手。

四月份，個人賽率先進行。

唐牧洲沒參賽，風華那邊派出甄蔓和徐長風；凌驚堂、鄭峰、聶遠道等前輩也沒有參賽——第七賽季的個人賽場完全變成了新人的天下。

相對來說，雙人賽參賽的新人很少，反倒是有名氣的大神非常多——比如凌驚堂和許航、鄭峰和劉京旭、唐牧洲和徐長風、方雨和喬溪。

這些老選手們大賽經驗豐富，心理素質極強，打法也更靈活多變，想要在雙人賽項目中出頭，簡直是噩夢級的副本難度。

聶遠道帶著徒弟打雙人賽的消息很快傳遍了網路，聯盟很多人表示不理解。

「為什麼不讓山嵐先打個人賽練一練技術？」

「親自帶徒弟打雙人賽，聶神對徒弟真是寵到家了。」

「雙人賽高手如雲，聶神帶個新人，或許第一輪就要被淘汰吧？」

也有不少網友認為，山嵐要靠師父帶著出道，肯定是個人實力不強，需要抱師父的大腿才能打比賽，去打個人賽會被捶爆。

這些爭議一直持續到雙人賽開始。

倒楣的是，第一場比賽，聶嵐組合就撞上同組的唐牧洲和徐長風。

觀眾們本以為，可憐的小嵐會被唐牧洲按在地上摩擦，沒想到，山嵐的飛禽牌移速極快，空戰能力超強，聶遠道專門選了空戰絕殺圖和山嵐配合，師徒兩人無比默契，給唐徐組合造成不少麻煩，甚至一度將唐徐的植物牌逼入絕境。

第一場，唐徐組合意料之中地贏了，可贏的過程卻不是觀眾們以為的「碾壓式完虐」，反而贏得特別艱難。

賽後採訪時，很少誇人的唐牧洲公開讚揚：「山嵐今天第一次打比賽，但他反應很快，操作流暢，卡組也非常新穎，聶神的徒弟果然不簡單，我很期待他接下來的表現。」

被誇的山嵐非常開心——他總算沒給師父丟人。

對很多新人來說，遇見唐牧洲這樣強大的冠軍選手可能會有壓力，導致發揮失誤，但是對山嵐來說，唐牧洲給他的壓力和師父虐他的時候差不多。

他並不覺得會被對手壓制得喘不過氣，因為他已經習慣了這種被壓制的狀態，更何況雙人賽還有師父在身邊——只要有這個男人在身邊，山嵐就覺得什麼都不用怕。

師徒組在雙人賽的亮相，很快吸引了媒體和大眾的視線。

剛開始不看好聶嵐組合的人，在看見山嵐第一場比賽的出色發揮後紛紛改口。

「能被聶神收為徒弟的選手肯定天賦突出。」

「前有陳千林的徒弟唐牧洲橫掃第五賽季，鼻祖的徒弟們一個比一個牛逼！看好山嵐不需要理由，只因為他有個超厲害的師父！」

聶遠道的粉絲愛屋及烏，山嵐的關注量也在持續上升，不少粉絲都親切地叫他「小嵐」，只是，雙人賽這邊大神太多，哪怕山嵐表現出色，也沒有人認為山嵐就能拿獎——大家覺得他跟著師父，拿個第四或者第五名就算是完成任務。

然而隨著比賽的進行，山嵐和聶遠道相識多年的默契漸漸展現出威力。

好幾次生死攸關的時刻，山嵐和聶遠道對彼此的絕對信任，都讓觀眾們跌破眼鏡。

八進四的決勝局，山嵐完全放棄自己的卡牌，掩護師父進行突襲，最終用全部飛禽牌的陣亡換來聶遠道的一波爆發，驚險殺進四強！

半決賽，聶遠道的猛獸被圍攻，他將後背徹底交給徒弟，山嵐利用飛禽牌的靈活保護師父，對手攻向師父的技能，全部被山嵐的飛禽牌擋掉，最終，聶遠道的猛獸咬死對手的全部卡牌，驚險獲勝——他們居然殺進了總決賽！

在總決賽，面對凌鷲堂的快攻和許航無懈可擊的輔助，師徒兩人艱難地尋找突破口，將戰局拖入最終。最後一波團戰，聶遠道靠猛獸牌的自殘式襲擊，給空中的山嵐創造了絕佳的機會。

山嵐也沒辜負師父的期待，把握住這個機會。

優美的白鷺在天空中翩翩飛舞，鷹隼銳利的目光緊緊地盯著地上的獵物，在聶遠道卡組團滅的那一瞬間，山嵐的空中飛禽牌猛地俯衝而下。

伴隨著鷹隼尖銳的鳴叫，山嵐的飛禽牌一波猛攻，將凌鷲堂的兵器牌全部打崩！

——雙人賽冠軍！

聶嵐這對師徒組合，居然在高手如雲的雙人項目中獲得冠軍！

比賽結束後，山嵐茫然地坐在那裡，似乎還沉浸在激烈的對局當中，直到聶遠道幫他摘下頭盔，走過去拍了拍徒弟的肩膀，「小嵐，我們贏了，雙人賽冠軍。」

回過神的山嵐控制不住激動的心情，站起身，在全場數十萬觀眾的目光中，猛地撲進聶遠道的懷裡。

聶遠道：「……」

差點被撲倒的聶遠道，立刻用腳撐住地面，穩穩地站定，很是無奈地抱住徒弟。

山嵐把臉埋在師父的懷裡，緊緊地抱住這個男人，他的眼眶一陣發熱，心跳早已亂了頻率，來自觀眾席的熱烈掌聲讓他的腦袋嗡嗡作響，頭頂炫目的燈光讓他的眼前一片模糊。

如果可以的話，他希望時間能永遠地停在這一刻。

發現小徒弟抱得越來越緊，聶遠道有些無奈，伸出手安撫一般摸著山嵐的脊背，低聲道：「好了，我知道你很激動，先平靜一下，可別被攝影機拍到你哭花的臉。」

山嵐小聲說：「我才沒哭。」

他確實沒哭，眼淚都強忍了回去，免得弄濕師父的衣服。

十六歲的少年，把臉緊緊地靠在男人結實的胸口，聞著師父身上的味道，感受著師父胸口平穩的心跳，山嵐恨不得能一直待在對方的懷裡。

耳邊響起的聲音很煞風景地打斷了山嵐的思緒：「小嵐，這是藏在師父的懷裡哭呢？」

欠扁的凌神，說話總是沒個正經。

緊跟著，他又感嘆道：「你真是收了個好徒弟。」

聶遠道難得露出一絲微笑，「嗯，我家小嵐確實很好。」

懷裡的山嵐臉頰發燙，師父用低沉的聲音說「我家小嵐」，這四個字他完全沒有抵抗力，雙腿都有些發軟，心裡更是酥酥麻麻的，恨不得師父晚上回去後就把他變成自己家的。

想法真是越來越邪惡了……

山嵐一邊吐槽自己變態，一邊不動聲色地鬆開聶遠道，抬頭看向凌驚堂，很禮貌地說：「凌神今天打得很好，我在最後關頭能贏，完全是靠運氣。」

凌驚堂看了眼紅著臉微笑的少年，覺得挺可愛的，忍不住拍拍他的肩膀，語重心長地道：「你年紀還小，以後的路長著呢，跟你師父好好學吧。」

山嵐認真點頭，「我會的。」

說罷便看向師父，對上聶遠道深邃的眼眸，山嵐立刻心虛地移開視線。

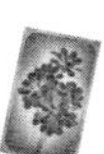

第七賽季，被後來的網友們評為「反轉最多的賽季」。

雙人賽最被看好的凌驚堂、許航組合沒能走到最後，反而是剛出道的山嵐，跟著師父奪下冠軍。觀眾們的競猜幣賠得精光，論壇上無數人都在哭訴，山嵐卻很開心，因為他對師父有著絕對的

信任，每次和師父打比賽，他都投自己贏，競猜幣賺了近百萬。

也是從那一年開始，山嵐養成賽前玩競猜的習慣，贏下的競猜幣他就拿去兌換裁決俱樂部的各種周邊，偷偷收集聶遠道的絕版簽名卡。

十六歲的少年，情竇初開，單純、認真地喜歡著一個人。

但是聶遠道太強大了——裁決的隊長，五系鼻祖，代言費破千萬的超人氣明星選手，男人的身上有太多的光環，加上個性正直嚴肅，就算給山嵐一百個膽子，他都不敢告白。

他只能將這種懵懂的愛戀偷偷地藏在心底。

只要能跟在師父的後面當一名小跟班，偶爾撲到師父懷裡抱一下，山嵐已經非常滿足了。

在聶遠道的栽培之下，山嵐進步飛快，很快就取代了裁決的第一代元老，成為裁決團戰中的絕對主力。

他的飛禽牌自成體系，也擁有了無數粉絲。

在粉絲們眼裡，小嵐很愛笑，脾氣也特別溫柔，似乎從來都不會生氣，加上他容貌清秀斯文，身材勻稱修長，身上似乎有種「溫潤如玉」的氣質。

長大後的山嵐，給聶遠道的感覺也像是一塊握在手心裡的暖玉，晶瑩剔透，溫潤無瑕，他不管跟誰相處，總是笑咪咪的，彎起眼睛微笑似乎成了他的標誌性表情。

每次天氣降溫，山嵐都會主動幫師父準備好保暖的毛衣；師父訓練晚了，山嵐會送過來一杯溫好的牛奶；師父頭疼的時候，山嵐還會坐在旁邊幫著按摩，手法越來越熟練；有時候聶遠道忙得忘了吃飯，回到宿舍，山嵐總會給他留一份他愛吃的晚餐。

聶遠道覺得，這個小徒弟，就像是他的小天使，細心又體貼。

在枯燥的日常訓練中，每次看見山嵐笑咪咪的樣子，煩惱就會一掃而空。

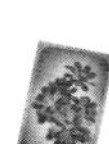

時光飛逝，轉眼到了第十賽季。

遊戲裡出現了一個叫「胖叔」的人，做出一堆奇怪的卡牌，很多俱樂部都在關注這位民間高手，對聯賽的在意反而沒以往那麼強烈。

值得慶幸的是，第十賽季，山嵐參加個人賽，在總決賽擊敗徐長風，終於拿下個人賽的首枚金牌。以前總有人說，山嵐是靠著抱師父的大腿才走到今天。但是這次，個人賽的金牌，足以證明山嵐強大的個人實力！

山嵐在頒獎禮上特別感謝了恩師，聶遠道坐在臺下，欣慰地揚起嘴角。

五年之約，他和裁決的合約即將到期，他不想再續約。打完第十一賽季後，他就準備退役了，而山嵐現在的實力，也讓他可以放心地把裁決交到山嵐的手裡。

回到俱樂部後，裁決給山嵐舉辦了慶功宴。

山嵐捧著個人賽的冠軍獎盃開心極了，他拿下了個人賽的冠軍，他終於有資格能站在師父的身邊，和這個強大的男人並肩而立，而不再是只當師父的小跟班！

隊員們紛紛跑來敬酒，山嵐來者不拒，笑咪咪地接過酒杯，一杯又一杯地喝。

聶遠道從沒見他喝過這麼多酒，皺著眉想攔，山嵐卻笑著說：「師父別攔我，我今天開心，讓我多喝幾杯吧！」

旁邊隊員也在說：「聶隊，小嵐拿了冠軍，值得慶祝，今晚大家不醉不歸！你這當師父的就別老是管著他了！」

聶遠道無奈，只好讓他喝個盡興。

大家都沒想到，山嵐喝醉酒後居然會發酒瘋……也不算發酒瘋，他依舊很溫柔，臉頰通紅，瞇

著眼睛一直笑個不停，只不過，他見到誰都會叫師父，弄得裁決的隊員們哭笑不得。

聶遠道忍無可忍，直接把醉醺醺的傢伙打橫抱起來帶回宿舍。

師徒兩個住一間宿舍，聶遠道把徒弟送回他自己的臥室。

山嵐全程都很乖地窩在聶遠道的懷裡，只是摟著聶遠道的脖子不肯鬆手。聶遠道使勁把這個牛皮糖從身上扒下來，將他放在床上。

剛要轉身走，結果山嵐又抓住他的手，聲音軟軟地叫道：「師父。」

聶遠道怔了怔，回頭看著雙眼迷濛的徒弟，目光難得溫和，「是不是很難受？叫你不聽師父的勸，非要喝這麼多。」他轉身去倒來一杯溫水，把山嵐扶起來靠在床頭，將杯子遞到他的嘴邊，「喝點水，好好睡一覺。」

山嵐呆呆地看著面前的男人，張開嘴，一口一口地乖乖喝水。他的嘴唇沾上了水跡，加上酒氣的薰染，看上去格外的紅潤。

就在聶遠道餵完水轉身要走的時候，山嵐突然湊過來，輕輕地吻住對方。

聶遠道：「……」

男人的脊背猛地一僵，本能地想推開山嵐，可山嵐卻手腳並用地纏了過來，他像無尾熊一樣整個人掛在聶遠道的身上，一雙手依賴地抱住他的脖子，嘴唇越貼越緊，還伸出舌，小心翼翼地描繪著聶遠道性感的唇形，一邊親，一邊聲音柔軟地叫著：「師父……」

因為一直待在裁決訓練，很少和外界交流的緣故，二十多歲的山嵐，身上還保留著少年人的青澀。他的嘴唇格外柔軟，唇齒間帶著紅酒的氣息，甜甜的，讓聶遠道的腦子裡也湧起濃烈的醉意。

摟住自己的胳膊抱得很緊，像是害怕被自己推開一樣。

聶遠道理智的弦在一根一根繃斷。

他是個成年人，被這麼抱著親，實在很難抵抗。可面前的人是他捧在手心裡的寶貝徒弟，而且

還喝了酒，一旦發生關係，後果將無法挽回。

可怕的自制力讓聶遠道迅速清醒，他用力推開山嵐，沉著臉，嚴肅道：「小嵐，你喝醉了，不要胡鬧！」

被推開的山嵐委屈得紅了眼眶，小聲說：「師父，我沒胡鬧，我喜歡你……」

聶遠道的嘴角猛地一抽，「你說什麼？」

山嵐抓住他的手，迷迷糊糊地繼續說著：「我好喜歡你……就讓我親一下好不好？反正只是做夢，又不是第一次親你了，師父……」

聶遠道的太陽穴突突直跳，不敢相信地看著面前的「乖徒弟」。

靠在床上的山嵐，臉頰通紅，雙眼朦朧，顯然處於半夢半醒的迷糊狀態。都說酒後吐真言，他這段話雖然說得突然，可邏輯很清楚——他喜歡師父，他還在夢裡經常這樣親師父。

聶遠道感覺自己的世界觀都崩塌了。

——我把你當徒弟，寵著、護著，你在想什麼呢？

他對山嵐沒有任何非分之想，在他心裡，山嵐就是那個隔壁家的可愛小孩兒，是需要他保護和栽培的小徒弟，他退役後會把裁決交給山嵐，兩人可以一直維持這份「師徒情誼」。

誰想到，小傢伙居然敢暗戀師父？

聶遠道皺著眉看向山嵐。

他的頭髮被汗水浸濕了，柔順地貼在耳側，襯衣的領口開著幾顆扣子，露出白皙的皮膚，再往下看，襯衫的下襬在腰間輕輕地收攏，被黑色的皮帶緊緊束了起來，襯得他腰身更加精瘦，隨手一抱就能將他整個抱在懷裡。

皮帶下方是剪裁合身的黑色西褲，精緻的面料包裹下，一雙腿筆直修長。

聶遠道第一次發現，不知不覺中隔壁家的小孩兒已經變成氣質出塵的青年，不管是身材，還是

樣貌，都十分出眾……尤其是這醉酒時毫無防備的樣子，透出一絲青澀的小性感，矇矓的雙眼和紅潤的嘴唇，都散發著濃烈的荷爾蒙，不斷衝擊著聶遠道的感官。

——小嵐……長這麼大了，不再是小孩子，而是一名成年男性。

聶遠道根本無法忽略來自他身上的魅力。

聽山嵐聲音柔軟地叫「師父」，想起剛才的那個吻，聶遠道的心臟猛地一陣悸動。

——不能再想下去了！

今天自己也有些醉，喝太多酒，意識不清晰。生怕自己因為酒精的影響衝昏頭腦，聶遠道立刻深吸口氣穩住情緒，給山嵐蓋好被子，低聲說道：「睡吧，師父在這裡陪你。」

山嵐聽到這話似乎很安心，朝聶遠道笑了笑，迷迷糊糊地閉上眼睛。

聶遠道見徒弟睡熟，這才轉身回到自己房間。

他沖了個冷水澡，躺在床上，一夜無眠。

次日，山嵐睡到中午才醒。

醒來的時候，聶遠道正坐在沙發上捧著光腦看新聞，男人一身寬鬆的居家服，胸口的肌肉若隱若現，結實又性感。

山嵐想起昨晚的夢裡，自己居然不要臉地抱著他親，臉頰不由得微微一紅，故作平靜地道：「師父，我昨晚是不是喝醉了？」

聶遠道挑眉，「記得自己做了什麼嗎？」

山嵐結結巴巴地道：「我、我只記得他們一直給我敬酒，我喝了不少，後來怎麼回宿舍的。我都不知道。」

聶遠道的眸色漸漸變深。

——搶走師父的初吻，還黏在師父的身上告白，都不記得了？

被男人深邃的目光直直盯著看，山嵐的臉更紅了，他慌忙移開視線，如同犯錯的學生一樣低下頭小聲問：「是師父送我回來的嗎？」

聶遠道不鹹不淡地「嗯」了一聲。

山嵐緊張地攥住拳頭，顫聲道：「我第一次喝醉，有沒有做什麼……不大好的事情？」

聶遠道神色嚴肅，聲音聽起來毫無情緒：「你覺得自己會做什麼？」

山嵐心裡很慌，他昨晚夢見自己抱著師父告白，還親了師父，到底是夢還是真的，他完全分不清楚，真怕自己酒後意識不清醒，說了不該說的話。

萬一說漏嘴，師父會不會覺得他很變態？會不會不認他這個徒弟？

見山嵐的臉色一陣紅一陣白，很是糾結的樣子，聶遠道終究心軟了，沒有拆穿真相，平靜地站起來，「我把你抱回臥室，你就睡了，沒別的。」

山嵐頓時鬆了口氣，微笑著說：「那就好，謝謝師父照顧我。」

聶遠道看他一眼，沒再繼續這個話題。

只是這一眼，讓聶遠道的心情很複雜，山嵐的嘴唇依舊很紅，剛睡醒，衣服也沒穿整齊，半遮半掩的，讓他忍不住想起昨晚山嵐撲過來抱住他，輕輕親吻他的畫面——小嵐的動作很認真，小心翼翼地親著他，就像是在親吻心目中的神祇。那個簡單的吻，蘊含著的深情難以形容。

就好像，春日裡輕輕拂過草原上的微風，沒有攜帶任何雜質，純粹、柔軟，透著淡淡的青草香，卻在那一瞬間，徹底攪亂了聶遠道的思緒。

昨晚一夜沒睡，每次想起小嵐認真而虔誠地親吻自己的畫面，聶遠道不但不覺得反感，心裡反

倒是軟成一片。

——傻徒弟，這是偷偷喜歡師父多久了？居然藏得這麼深。

早上睡醒了還裝作若無其事，卻不知，泛紅的臉頰、緊緊攥住的拳頭、微微發顫的聲音，早就出賣了主人內心的羞澀和緊張。

見山嵐逃一樣跑去衛生間洗臉，聶遠道頭疼地揉了揉太陽穴。

或許，他應該重新整理一下自己和山嵐的關係了。

喝醉之後發生的事情山嵐本就印象模糊，既然師父說了「沒什麼」，山嵐便不再多想，還以為那些親吻師父的零碎記憶，真的只是自己的一場夢。

第十賽季結束，裁決俱樂部慣例給選手們放了一個月的假，山嵐當天下午就收拾行李回家，正好父親難得休年假，決定一家人去老家看望爺爺奶奶，山嵐到家後連行李都沒放，直接跟著爸媽回了老家。

坐在車上，山嵐給聶遠道發了條消息：師父，我要跟父母回老家，可能多待幾天。

聶遠道很快回覆：假期你可以自由安排，不需要跟我彙報，按規定時間回俱樂部就行。

山嵐回覆：嗯。師父好好休息，下個月再見！

聶遠道從不干涉選手們在假期的安排，山嵐要跟父母回老家探親，他當然不會阻止，只發了句「注意安全」便結束對話。

起初，聶遠道並沒有覺得不對勁，回到家後他抽時間陪陪父母，閒暇之餘就看看書或者去健身房，直到三天後的下午，他看見房間角落裡那個熟悉的籃球，閒著無聊的他換了身運動服，帶著籃球來到社區的球場。

周圍的環境還是那麼熟悉，以前每到假期，他都會來社區的球場上打球，山嵐總是跟在他的後面，聶遠道轉身想叫山嵐，卻驀地想起……山嵐似乎跟父母回老家了。

看著眼前空蕩蕩的球場，他心裡突然湧起一絲失落。

這種奇怪的失落感像是潮水一樣慢慢地將他淹沒，腦海裡總是出現山嵐那張笑咪咪的臉，恍惚間，好像山嵐還跟在他的身後，認真地幫他撿球。

聶遠道皺著眉揉了揉太陽穴，揮去腦海裡混亂的思緒，對準籃框投籃。

「啪」的一聲，籃球直接被籃框撞飛出去。聶遠道走過去，撿起來再投，可連續好幾個球都投歪了……不知為何，想到山嵐，他就心不在焉的，完全不在狀態。

聶遠道有些煩躁地撿起籃球，轉身回家。

走到岔路口時，看見那個熟悉的路標，上面是他的字跡，寫著「↓山嵐家」。

經過這麼多年的風吹日曬，路標上的字跡已經有些模糊，卻瞬間牽出許多久遠的回憶。

他記得小時候的山嵐每次走到岔路口都會抬頭看路標，確認箭頭之後才往自己家的方向走，一旦路標沒了，山嵐就會跑去聶家，一臉茫然地問：「這不是我家嗎？」

想起那個迷糊的小孩兒，聶遠道的唇角忍不住上揚。

緊跟著，腦子裡又莫名其妙浮現了那天晚上，被山嵐摟住脖子認真親吻的畫面，聶遠道揚起的嘴角又猛地一僵。

——該死，今天為什麼老是想到小嵐？

大概是習慣吧。習慣了小嵐總是跟在自己的身後，一回頭，就能看見他彎起眼睛微笑的模樣。如今，他不在身邊了，聶遠道一個人來到球場，總覺得格外乏味。

聶遠道提前回家，媽媽在做飯，見他這麼快回來不由疑惑地問道：「剛出去不到一個小時，怎麼回來了？」

聶遠道隨口敷衍：「外面太曬。」

聶媽媽笑了笑，「喔。聽說，小嵐跟他爸媽回老家了？」

「嗯。」聶遠道不想繼續這個話題，走到廚房門口問：「在做什麼？」

「晚上吃麵吧，你爸不回來，小嵐今晚也不過來，我沒準備什麼菜。」聶媽媽理直氣壯。

「……」山嵐每次來聶家吃飯，媽媽就做一桌的雞鴨魚肉，他不來，媽媽居然偷懶只弄了一碗麵條，差別待遇也不用這麼明顯吧？聶遠道哭笑不得。

「對了。」聶媽媽一邊做菜一邊問：「我記得你跟裁決的合約快要到期是吧？打完明年的比賽你是不是就可以退休了？」

聶遠道無奈扶額，「那叫退役，不叫退休！」

「差不多，等你退役之後我給你介紹女朋友吧。你這些年就顧著打比賽，都三十好幾的人了，別說談戀愛，連女生的手都沒拉過。」媽媽頓了頓，好奇問道：「你喜歡什麼樣的女生？」

聶遠道一時怔住了。

其實，這些年他從沒考慮過感情問題——他太忙了，需要帶裁決的新人，比賽期間研究戰術的時間都不夠用，還要做卡牌、搭配卡組，根本沒空去想這些事情。

媽媽突然提出這個問題，聶遠道仔細一想，腦海中漸漸描繪出喜歡的人的剪影……性格最好是溫柔型的，細心體貼……

想著想著，腦子裡的剪影突然變得清晰起來——這不就是山嵐嗎？

山嵐的脾氣特別好，似乎從來沒見過他生氣，一天到晚都笑咪咪的，讓人看著他就覺得如沐春風，心情也會變得輕鬆。而且，山嵐特別溫柔體貼，每次師父累了，他會主動給師父捏肩捶背；師父餓了，他會主動準備好精緻的宵夜……

讓山嵐當自己的老婆，似乎也不錯？

聶遠道立刻停下思緒，臉色有些發青。

媽媽見他突然變臉，不由疑惑：「怎麼？問你喜歡什麼類型的，你拉長個臉做什麼？」

聶遠道深吸口氣，看向媽媽，「給我介紹對象的事，暫時不用您操心，明年退役之後，如果沒有意外，我會儘快給您帶個兒媳婦回來。」

媽媽驚得差點掉了下巴，「真、真的？你已經有喜歡的人了嗎？」

聶遠道唇角微揚，「嗯……您也會很喜歡他的。」

這天晚飯，媽媽很敷衍地給他下了碗麵，可聶遠道吃著麵條，心情卻格外好。

原來，他對山嵐也不是毫無感覺。

這麼多年的陪伴，山嵐早就在不知不覺間，滲入了他的心底。他習慣了身後有個安靜、聽話的小徒弟跟著，突然覺得，讓小嵐永遠陪在自己的身邊也很不錯。

小跟班跟了他將近二十年，已經沒有任何人能夠取代了。

一個月的假期原本很短暫，但因為山嵐不在身邊，這次的假期似乎變得格外漫長。

自從山嵐認了他當師父開始，從沒離開過他的視線超過三天，如今突然分開這麼久，聶遠道很不適應，心裡總覺得空空蕩蕩的。

無聊的聶神開小號去單排打排位，在競技場連贏十局。

網友被虐得懷疑人生，錄了視頻發到論壇上哭訴：「競技場遇見一個超凶的大神，連喘氣的機會都不給我，一套把我秒了！」

網友們紛紛表示同情：「心疼樓主，真是被大神按在地上摩擦……」

「對面大神用的是飛禽卡組，該不會是嵐神的小號吧？」

「嵐神這麼凶的嗎？我覺得這打法風格不像他啊！」

一向愛刷論壇的葉竹立刻截圖發到聯盟群裡：789543，被掛論壇的這位超凶的大神是嵐哥的小號嗎？@山嵐

山嵐冒出來微笑著澄清：不是我。我在老家，正陪爺爺釣魚。

葉竹很疑惑：那是誰啊？一手飛禽卡組，在排位賽打爆網友，這麼凶殘？

聶遠道：我。

突然冒出的一個字，讓群裡瞬間陷入詭異的沉默。葉竹誰都不怕，但很怕聶神，立刻慫了，假裝自己不存在也不愛八卦。

緊跟著，聶遠道又發來簡短的解釋：閒著無聊。

眾人一片無語，聶神很閒、很無聊，今天打高段位競技場的網友們快跑，有Boss出沒！

山嵐看到回答愣了兩秒，很快就關心問：師父在打競技場嗎？

聶遠道：嗯。你在陪爺爺釣魚？

山嵐：老家附近有一片湖，風景挺好，爺爺每天傍晚都會來這裡釣魚，今天的收穫還不錯，釣到了兩條，打算晚上回去燉魚湯喝。

葉竹問：嵐哥你還會燉魚湯？

山嵐：我的廚藝一般，複雜的菜不會做，燉湯比較拿手。

此時正好是晚飯時間，大家都餓了，山嵐在群裡說他要燉魚湯，眾人立刻發來一大片流口水的表情。

歸思睿：想喝魚湯。【口水】

葉竹：我也想喝魚湯+1。

凌驚堂：想喝小嵐燉的魚湯+2。

鄭峰：能不能打包給我寄一碗魚湯+3。

大家正在排隊，結果聶遠道突然冒出來加了一條。

聶遠道：想喝魚湯+4。

群裡再次陷入了詭異的沉默。

聶神平時總是很嚴肅，後輩們都挺怕他，他每次在群裡說話都是有理有據的，關於卡牌、賽事的分析比較多，他會說玩笑話？除非他被盜號了。

可是今天，他居然跟著大家排隊求魚湯！

排隊求喝魚湯的聶神，這還是大家認識的聶神嗎？

葉竹飛快地給裴景山發私聊：聶遠道是不是被盜號了？

裴景山：看上去更像受了什麼刺激。

鄭峰則很直接地在群裡問：老聶什麼情況？第一次見你在群裡排隊。

聶遠道：手滑。

眾人心想：這就對了！聶神怎麼可能這麼親切、隨和地跟著大家起哄？

其實，聶遠道剛才也是不小心把真實想法給打了出來，他早就知道山嵐會做粥、會燉湯，這些年喝過很多次山嵐親手熬的粥，以前只覺得那是徒弟敬重師父的表現，如今才知道，山嵐親手做的每一頓飯，都含著對他的刻骨的情誼。徒弟和師父之間根本不需要如此。山嵐對他那麼好，並不是因為感激師父的栽培之恩，而是因為喜歡他。

單純地喜歡著一個人，所以更單純地想對那個人好，不計回報。

聶遠道心裡又酸又軟，他不知道，以前，每次深夜裡，山嵐笑咪咪地把熱粥端到他面前時會是什麼樣的心情，這麼些年，山嵐偷偷地把喜歡藏在心裡，一定很辛苦吧？

真傻。傻得讓師父心疼。

聶遠道的腦子裡正胡思亂想，結果山嵐看到他在群裡排隊，很快就發來一條私聊：師父喜歡魚

湯嗎？我過兩週回來，到時候帶幾條新鮮的魚，給你熬湯喝。不過，我廚藝很一般，不好喝不要怪我。【臉紅】

看到最後那個熟悉的臉紅表情，聶遠道的眼眶微微一熱。

他感受到了，清清楚楚地感受到被山嵐放在心裡，認真喜歡著的情意。

只是在群裡隨便發了一句話，就被山嵐記下，還說要大老遠的帶魚回來……其實這些年，他有時候不經意間說過的話，山嵐都會認真地記得，只是他並沒有在意罷了。

被小嵐如此珍惜、重視，聶遠道一向冷硬的心，在這一刻軟成了一團棉絮。

他恨不得立刻飛到山嵐身邊，把徒弟抱進懷裡。

山嵐發完消息後，就心慌意亂地等回覆，發現很久都沒有回應，他只好硬著頭皮問：我只是隨口問問，師父如果在開玩笑的話那就算了，我做的魚湯真的不大好喝。【尷尬】

聶遠道微微一笑，回覆說：不開玩笑，等你回來。

山嵐這才開心起來：好，那我多帶一些魚。【努力去釣魚】

看他發表情包，聶遠道只覺得徒弟越來越可愛了，也發去一個【摸頭】的表情。

山嵐受寵若驚：……師父，真不是被盜號吧？

聶遠道哭笑不得：沒盜號。

山嵐疑惑：我從沒見你發過表情包？

聶遠道淡淡回覆：師父以前太嚴肅了，既然你喜歡發表情包，我也可以試著用表情包跟你聊天。【抱抱】

山嵐：……【驚恐】

——師父您這樣很嚇人啊，感覺像是被什麼附體了？

兩週後，山嵐終於回來——他還真帶回來幾條新鮮的魚，真空包裝。

山嵐在裁決宿舍的小廚房裡給師父煲魚湯，聶遠道回到宿舍的時候，就聞到一股淡淡的香味，山嵐端著煲好的魚湯出來，笑咪咪地把碗遞到聶遠道的面前，「師父嘗嘗？」

聶遠道坐在沙發上，接過來喝了一口。

魚湯很鮮，香濃的味道真是暖到心底，山嵐不知道放了什麼材料，顯然很用心。聶遠道喝了兩口，見山嵐期待地看著自己，不由微微一笑，「很好喝。」

山嵐也笑了，「我跟爺爺學的……」

聶遠道用自己剛喝過的勺子舀了一勺湯，遞到山嵐面前，「你也嘗嘗。」

山嵐愣在原地，呆呆地看著他。

共用湯勺是不是等於間接親吻？山嵐看著面前的勺子，不知所措。

聶遠道低聲說：「嘗嘗，挺好喝的。」

山嵐下意識地張開嘴，聶遠道很自然地把一勺湯餵進徒弟的嘴裡。

香濃的魚湯下肚，山嵐這才回過神來……師父剛才居然在餵他喝湯？臉頰瞬間脹得通紅，山嵐慌亂地移開視線，留下一句「我再去盛一碗」就轉身跑了。

看著他落荒而逃的背影，聶遠道心情愉悅地揚起唇角。

小嵐臉紅的樣子，真是越看越覺得可愛。

他終於相信了一種說法——性格再強硬的男人，在喜歡的人面前，還是會忍不住變得柔軟。小嵐，就是他心底沒有人能夠取代的柔軟。

聶遠道在這一刻終於下定了決心。

山嵐是他最寶貝的徒弟，他寵著、護著這麼多年，怎麼放心交給別人？不如就這樣，繼續護一輩子。

第十一賽季很快開幕了，由於更改賽程，上半年除了個人賽之外還增加團賽的常規賽，雙人賽專案則全部放在下半年進行。

聶遠道是個很有責任心的隊長，一旦比賽開始他就會將所有的注意力都放在賽事上。常規賽很快過去，到了粉絲們最為期待的全明星賽。

今年的全明星增加了選手們互相製卡的環節，非常有趣，聶遠道和山嵐分在一組，兩人還很有默契地做了「師徒同心」的聯動技。

本來只是娛樂性的活動，不必當真，沒想到最後的懲罰環節莫名其妙變成了情感問答，眾人圍攻謝明哲，山嵐居然也笑咪咪地點了謝明哲的名：「我選阿哲玩大冒險，既然你沒有談戀愛的經驗，不如現場找個人深情求婚，就當是提前練習吧！」

原以為這個要求會難住謝明哲，可謝明哲的臉皮多厚啊？他毫不猶豫地走到山嵐的面前，反將一軍：「既然是你提議的，那我就找你了。」

山嵐有些茫然地看著對方。

謝明哲清了清嗓子，笑著說道：「嵐嵐，從第一眼看到你的那天開始，我就深深地愛上了你，我時時刻刻都想著你，你願意嫁給我嗎？」

山嵐的笑容漸漸凝固，臉頰脹得通紅，恨不得打死謝明哲，順便埋了自己——他怎麼會想不開，去招惹這個大魔王？簡直自討苦吃！

聶遠道站在旁邊，冷冷地瞧了謝明哲一眼。

見小嵐臉紅，謝明哲本想繼續說幾句調侃的話，卻發現聶神正冷冷地盯著自己，謝明哲察覺到不對勁，立刻機智地退回去。

一場鬧劇換來全場的尖叫和掌聲，很多網友在山嵐的帳號下面留言。

「嵐嵐快答應！」

「阿哲都厚著臉皮求婚了，你就答應了吧，這門親事我們都同意。」

「心疼小嵐，哈哈哈，阿哲的臉皮簡直是銅牆鐵壁。」

參加慣了全明星的選手都知道懲罰環節只是開玩笑，謝明哲對山嵐說的話也沒有人會當真。可愛湊熱鬧的網友們卻不放過這個話題。

回到酒店後打開光腦一看，發現今日熱門話題榜中「謝明哲求婚山嵐」的話題高高地掛在上面，轉發留言都突破了六位數。聶遠道的太陽穴突突直跳，沉著臉放下光腦，免得看那些評論影響心情。

見山嵐開門進來，聶遠道抬眼看著他，淡淡道：「你跟謝明哲的關係什麼時候這麼好了？」

山嵐急忙解釋：「只是普通朋友，我本想捉弄他一下，沒想到他居然厚著臉皮跟我求婚，真是太混蛋了……」早知道謝明哲是個Boss，為什麼要撞上去單挑？

聽到山嵐的解釋，聶遠道的心情這才好轉了些。

其實也不是山嵐的錯，只能怪謝明哲太皮，根本不按常理出牌。聶遠道輕嘆口氣，「以後別去招惹謝明哲，這種事可不能隨便開玩笑。」

「嗯。」山嵐用力點了點頭。他完全沒察覺到，面前的男人話裡帶著濃濃的醋味，他還以為師父只是不贊成這種開玩笑的方式。

見小徒弟面紅耳赤，滿臉都是懊惱之色，聶遠道心裡微微一軟，伸出手揉了揉徒弟的頭髮，

「網友的留言你不要回覆了，也別再提起這件事，過幾天大家就會忘記。」

「我明白。」山嵐勉強擠出個笑容，「我再也不惹謝明哲了。」

這天晚上，山嵐在床上輾轉反側，直到深夜才睡下。

而他睡著的時候，聶遠道卻還沒睡。

全明星上謝明哲朝山嵐求婚的那一幕在腦子裡反覆重播，哪怕明知道這只是玩笑話，可聶遠道的心裡還是很不舒服，就像是自己的領地被外來者入侵了一樣。

小嵐是他看著長大的，是他放在心尖上寵愛的寶貝，他不會允許任何人把小嵐搶走。開玩笑也不行。

山嵐睡著後，迷迷糊糊地做了個夢，夢裡依舊是求婚的畫面，只不過對象換了人——並不是嬉皮笑臉的謝明哲，而是他偷偷喜歡了很多年的師父。

他夢見師父單膝跪在他面前，目光深邃，低沉有力的聲音一字一句清晰地響在耳邊：「小嵐，你願意和我結婚嗎？」

山嵐的臉頰一陣滾燙，有些羞澀地低下頭，認真地說：「我願意。」

兩人住的是酒店雙人間，因為山嵐睡覺的時候不小心踢掉了被子，聶遠道起身來到他床邊，正要幫他蓋被子，結果就聽見小徒弟喃喃地說道：「我願意……」

聶遠道一怔，抬眼仔細看去，山嵐也不知做了什麼美夢，臉頰紅紅的煞是可愛，嘴角還揚起一個笑容，看上去開心極了。

聶遠道好奇地問道：「願意什麼？」

山嵐還以為自己在做夢，害羞又認真地說：「願意和師父結婚。」

聶遠道：「……」

坐在床邊的男人，摸著鼻子尷尬地咳嗽了一聲。

——傻徒弟，你的夢境可真是夠精彩的。

日有所思、夜有所夢，今天剛好被謝明哲求婚，所以夢見了師父求婚嗎？

聶遠道哭笑不得。

他沒有打擾小徒弟的美夢，反而微笑著伸出手，輕輕摸了摸山嵐的臉。

窗外路燈的照射下，山嵐的面部輪廓顯得格外柔和，彎彎的眉，挺翹的鼻子，紅潤的嘴唇，一寸一寸地用指尖來描繪，手指接觸到的皮膚光滑又柔軟，讓聶遠道捨不得放開。

摸到唇上的時候，不由想起那個酒醉的夜晚，山嵐抱著他小心翼翼親吻他的畫面……心底湧起的愛意再也無法理智地控制，聶遠道乾脆地俯身吻住山嵐。

山嵐迷迷糊糊地做著夢，最初夢見師父求婚，他答應了，緊跟著師父就吻住了他，山嵐紅著臉接受親吻，害羞地伸出手環住男人的脖子，張開嘴巴配合。

聶遠道察覺到小嵐抱住自己，心頭一動，吻得更加深入。

親吻持續很久，直到山嵐因為呼吸不暢而憋紅了臉的時候，聶遠道才終於滿足地放開他。

山嵐似乎被吻醒了，半夜醒來的他意識有些不清醒，睜開眼睛茫然地看著面前的男人，一雙漂亮的眼睛裡滿是朦朧的水汽，他迷迷糊糊地問道：「師、師父？」

聶遠道微微一笑，貼著他的唇說：「寶貝，你在做夢。」

山嵐愣愣地看著面前的男人，片刻後才露出恍然大悟的表情，喃喃道：「又是這種夢。」

聶遠道差點笑出聲來。

小嵐看來經常做這種夢，是有多期待師父吻他？看見他迷迷糊糊的模樣，聶遠道心裡頓時軟成一片，俯身過去，溫柔地吻了吻他的額頭，「睡吧，你最近太累了。」

山嵐閉上眼睛再次進入夢鄉。

次日醒來的時候，山嵐發現自己嘴唇很紅，他沒多想，用冷水洗了臉就去收拾行李。

全明星結束後唐神會請大家出遊，他和師父也會去。想到要在海邊和師父獨處一室，山嵐的心情就忍不住雀躍。

只是，聶遠道的自制力太強，在海邊休假期間和山嵐共處一室，居然什麼都沒做。畢竟這次出去玩的人太多，聶遠道也不想在徒弟身上留下什麼痕跡，萬一被人看到會很不好。

他對兩人的將來已經有了詳細的規劃，並不急於一時。

短暫的假期結束，下半年的比賽正式開始。

雙人賽項目聶遠道和山嵐毫無疑問地再次拿下冠軍——這是他們的第三個冠軍，也算聶遠道離開聯盟之前，留給山嵐的一份禮物。

然而，雙人賽結束後還沒高興太久，山嵐在個人賽八進四的階段正好和聶遠道分在一組。

讓所有人沒想到的是，山嵐居然驚險地擊敗了聶遠道！

比起山嵐的震驚，聶遠道反而顯得很平靜，對記者說：「小嵐能青出於藍，在賽場上贏過我，我覺得很欣慰。」

他已經超過三十歲，反應速度難免下降，而山嵐正值職業選手的巔峰期，等將來他離開裁決，山嵐也能以隊長的身分扛起師父交過來的擔子。

聶遠道很欣慰，山嵐卻很難過，回到裁決後一言不發。

贏了師父他一點也不高興，這個男人在他的心裡一直都是偶像，是他從小就仰望的男神，山嵐根本無法接受這個結果。

來到臥室時，發現山嵐躺在床上把自己悶在被窩裡，聶遠道走過去輕輕推了推這團被子，低聲問：「不高興？」

山嵐的聲音悶悶地從被子裡傳出來：「你跟記者說那些話，是不是因為這賽季結束後你就要退役了？我能打贏你，你就能順理成章地把裁決交給我？」

他什麼都懂。

聶遠道準備退役的事不是祕密，聯盟其他俱樂部都在傳，何況身在裁決，山嵐很清楚聶遠道沒有再和俱樂部續約，只是他一直不想接受罷了。

沒有師父的聯盟還有什麼意思？山嵐眼眶發酸，不知道自己接下來該怎麼做。

聶遠道直接掀開被子，看著徒弟雙眼通紅的樣子，輕嘆口氣，「我比你大了八歲，總不能打比賽打到四十歲吧？裁決總有一天會交到你的手裡，師父培養你這麼多年，難道你連擔起隊長責任的勇氣都沒有嗎？」

山嵐知道自己不該辜負師父的栽培，師父退役，徒弟接班，多正常的事？總不能聶遠道退役，裁決就徹底沒落了吧？

理智上他很清楚自己應該接師父的班，可感情上，他真的捨不得聶遠道離開。

沒錯，只是捨不得而已。

沉默持續了良久，山嵐才勉強點點頭，「如果師父真的要走，我會盡全力帶好裁決戰隊，絕不給您丟臉。」

聶遠道伸出手揉了揉他的頭髮，「放心，不管是裁決，還是你，我都有最好的安排。」

山嵐僵硬地點點頭。

聶遠道退役的事早就決定了，他知道自己不可能讓師父改變主意，雖然很難過師父的離開，可山嵐能做的也只有接受。

只是，一想到以後不能再天天見到師父，他的心臟就像是被挖掉了一塊似的，空空蕩蕩，整個

人都沒了活力，臉上的笑容也明顯變少。

他不知道師父所謂的「最好的安排」到底是什麼。

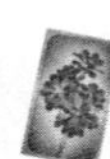

頒獎禮結束後，聶遠道正式宣布了退役的消息。

粉絲們哭喊著讓男神留下，但聶遠道的態度很堅決，還公開表示裁決隊長會轉交給徒弟山嵐。山嵐只能配合他做足表面功夫，在網路上告別師父，承諾自己會帶好裁決戰隊。

假期，兩人一起回到家，去聶家吃飯。

聶媽媽想起之前兒子說過「退役後要帶個媳婦回來」，忍不住問：「遠道，既然你現在已經退役了，不用再操心俱樂部的事，是不是可以把精力放在談戀愛上？你之前答應我的事呢？」

聶爸疑惑：「答應什麼了？」

聶媽媽笑道：「他說過，退役之後就給我們找個兒媳婦回來，沒忘吧？」

聶遠道點了點頭，「嗯，沒忘，正準備找。」

山嵐剛挾起一塊排骨，聽到這裡，手指猛地一顫，筷子「啪」的一聲掉到地上，聶遠道扭頭一看，發現他的臉色有些不自然的蒼白。

聶遠道擔心地問：「沒事吧？」

山嵐勉強擠出個笑容，「沒事……」

他的腦海裡亂成一團——師父要準備找個女朋友嗎？師父退役果然是為了回家結婚生子，就跟當年的蘇洋前輩一樣。或許再過兩年，師父也會抱著孩子跑來聯賽當解說嘉賓！

一想到那個畫面，山嵐就心如刀絞。

山嵐就像是機器人一樣不斷地挾菜塞進嘴裡，以掩飾自己幾乎要崩潰的情緒。他的臉上裝作若無其事，卻根本不知道自己吃了些什麼。渾渾噩噩地吃完飯，和父母一起回家，山嵐轉身回到自己的臥室，坐在沙發上發呆。

當年蘇洋前輩就是因為家裡的壓力才退役去結婚，如果聶遠道也是如此，他該怎麼辦？

山嵐越想越難過，眼眶漸漸紅了。

就在這時，他的光腦突然收到條消息，是聶遠道發過來的：回家好好休息，別胡思亂想。明天下午三點在岔路口等我，我帶你去個地方，有重要的事情跟你說。

山嵐沉默片刻，懨懨地回覆道：喔。

平時師父給他發消息，他會認真地回很多話，可今天他真是完全提不起興致。

山嵐一整夜沒睡好，夢裡是聶遠道牽著一個女孩兒走上紅毯，結婚典禮上賓客滿座，他只能在臺下看著，敬酒的時候還要乖乖叫師娘……

次日睡醒時，山嵐的眼睛有些紅，好不容易熬到下午，他換了身乾淨的衣服來到岔路口，看見那個熟悉的路標，心裡又是一酸。

二十年了，那個「↓山嵐家」的標誌居然還在。

小時候的自己傻乎乎的，老是認錯門跑去聶家。長大後的自己依舊很傻，跟在聶遠道的身後，偷偷地喜歡對方這麼多年，卻不敢說出口……

正愣神，突然聽身後傳來熟悉的聲音：「小嵐。」

回頭一看，聶遠道穿著一身剪裁合身的西裝，背著光走過來，英俊得就像是電視劇的男主角。

山嵐有些疑惑：「師父穿這麼正式，要帶我去哪裡？」

聶遠道說：「去了就知道了。」

山嵐只好跟著他來到停車場，坐上師父的那輛跑車。

雖是休假期，可聶遠道的跑車辨識度很高，說不定會引來狗仔記者，所以聶遠道特意繞了路，從社區的後門出去。

山嵐發現他越開越遠，心裡更是疑惑不已，但因為相信師父，山嵐也沒多問，乖乖坐在副駕駛座，扭頭看著窗外的風景。

高樓大廈不斷地從車窗外倒退，漸漸的，周圍的車輛越來越少，道路兩旁全是高大的樹木，安靜得有些過分……

不知過了多久，車子總算停下來。

山嵐走下車一看，眼前是一大片花園，鮮花盛放，空氣中傳來淡淡的花草香，遠處有一棟造型精緻的小別墅，和背景中的藍天白雲交互輝映，美得就像是一幅畫。

此時正是冬天，帝都天氣很冷，鮮花早就凋謝了，但是附近有一座城市卻溫暖如春，是很多有錢人過冬的聖地，據說，這裡的房價可不比首都的市中心便宜。

山嵐環顧了一下四周，環境真是太美了，就像身處在公園裡。他忍不住問：「師父，你帶我來這裡做什麼？」

聶遠道微微一笑，「跟我來。」

山嵐只好跟上師父。

聶遠道帶著山嵐走到一大片花壇中間，這才停下腳步，轉過身，單膝跪在地上。

他像是變魔法一樣從口袋裡掏出一個精緻的小盒子，遞到山嵐面前，抬起頭，深邃的目光溫柔地看著山嵐，一字一句地低聲說：「小嵐，你願意和我結婚嗎？」

山嵐：「……」什麼？大白天的，難道自己又做夢了？

山嵐用力敲了敲腦袋，想把自己敲醒，聶遠道看到他這個動作，不由輕笑著說：「這不是夢。我在跟你求婚，你願意嗎？」

山嵐全身一顫，不敢相信地看著對方，「師父，你胡說什麼？」

「沒有胡說。我喜歡你，所以不想只做你的師父。從今以後，就讓我以愛人的身分，繼續守護你，好不好？」

等一下，這是不是有些快？怎麼莫名其妙告白，還直接求婚了呢？

如果是夢，山嵐早就答應了，還要抱著師父偷親幾口。可現在並不是夢，眼前是真實的聶遠道，五官清晰而分明，深邃的眼裡，浮起難得一見的溫柔。

山嵐整個人都有些懵，睜大眼睛怔怔地看著他。

聶遠道輕輕牽起山嵐的手，「是不是太直接，嚇到你了？」

山嵐的臉猛然一紅，站在原地不知所措。

聶遠道低聲問：「小嵐，告訴我，你喜歡我嗎？」

聽到這話，山嵐的臉更是燙得快要燒起來，「我……我……喜歡。」

埋在心裡的喜歡，說出口的時候，山嵐整個人都快要燃燒起來，臉上的紅暈一直蔓延到耳根，低著頭不敢看面前的男人。

然而，下一刻，聶遠道就打開盒子，將一枚訂製的鑽戒戴到山嵐的無名指上。山嵐慌忙想抽回手，聶遠道卻緊緊抓住他的手。

聶遠道站起來，將山嵐順勢往懷裡一帶，低頭便吻了下去。

山嵐被吻得猝不及防，腦海中一片空白。

這樣溫柔的吻，是做夢都不敢想的。聶遠道像是在宣告所有權一樣，一寸一寸，耐心地攻城掠地，讓山嵐口中的每一處都沾染上他的氣息。

山嵐的雙腿一陣發軟，幾乎要站不住。

聶遠道有力的手臂輕輕抱著他，加深親吻，像是要把山嵐給吃進肚子裡。

山嵐的眼前一陣暈眩，被親得整個人都軟倒在聶遠道的懷裡。

「唔……」山嵐不知不覺地伸出手，抓住聶遠道的西裝衣角，青澀的配合，引來了聶遠道更加熱情的索取。

長吻結束後，聶遠道看了眼懷裡紅得快要熟透的山嵐，貼著他的唇，低聲說：「戒指既然戴上了，就不許再取下來，聽到了嗎？」

山嵐面紅耳赤，「我剛才都沒反應過來，你什麼時候給我戴了戒指……」

「沒關係，就這麼定了。」

「……」哪有這樣不講理的？

師父做事跟打比賽一樣，真是簡單粗暴的行動派——表白、求婚、戴戒指、強吻，四個大招下去，山嵐潰不成軍，猝不及防地就淪陷在他的懷裡。

聶遠道牽起山嵐的手，柔聲道：「師父不會說好聽的話，只想用行動給你一個承諾。這段時間我一直在準備，戒指是專門為你訂製的，房子兩個月前買下來當做婚房裝修，以後這裡就是我們的家。婚禮下個月再辦，具體的細節我會尊重你的意見。另外，裁決那邊不用擔心，我已經投資入股，成了裁決最大的股東，在你學會獨立布置戰術、指揮比賽之前，我會再當一年的教練，好好帶你，讓你順利度過這段時間。」

男人一邊說，一邊牽著山嵐往前走。

——最好的安排。

原來師父不是說笑，這就是他最好的安排。

聽著師父低沉平穩的聲音，山嵐的眼眶一陣發熱，腳步虛浮，如同身在夢境。

很快就來到岔路口。

只見花壇的中間，通往精緻別墅的路口，豎著一個熟悉的指路牌。

牌子的形狀和小時候看到的路牌一模一樣，只不過，上面的字卻完全不同。

↓我們的家。

是聶遠道的筆跡。

山嵐看到這幾個字，眼淚奪眶而出。

原來在他不知道的時候，師父默默地做了這麼多。

準備好求婚的鑽戒，買好一起住的房子，甚至安排好了婚禮……

自己喜歡的男人，真是強大又可靠。

山嵐心裡歡喜得要命，恨不得蹦個兩公尺高，可師父在身邊，他不好意思表現得太過興奮，只能紅著臉乖乖跟在男人的身邊，小聲道：「這個路牌，會讓我想起小時候走錯門的黑歷史。」

「嗯。小時候的你特別可愛，老是跑來我家敲門。」聶遠道側過頭看著徒弟，「這說明，你從小就很聰明，五歲的時候就知道自己將來的老公是誰，學會了提前認家門。」

山嵐被說得面紅耳赤，不好意思地垂下頭。

下一刻，聶遠道突然伸出手臂，將他打橫抱起來，款步走向別墅。

山嵐嚇了一跳，「師父，你做什麼？」

聶遠道的唇角微微揚起，「求婚成功，回家慶祝一下。」

山嵐臉頰通紅，「快放我下來，萬一被人看見……」

聶遠道理直氣壯：「這裡沒有別人，就我們兩人。」

他一路將小徒弟抱回臥室，直接放在超大的雙人床上。

山嵐總算意識到師父所謂的「慶祝」是什麼意思，他又羞澀又心慌，雖然在夢裡做過很多次，可真的要進行親密的接觸，他還是很不好意思。

聶遠道果然是簡單粗暴的行動派。

趁著山嵐糾結的時候，他已經迅速扒掉山嵐的衣服。

山嵐羞得往後躲，被聶遠道抓住手按在床上。

聶遠道低聲說：「我想要你，現在，你跑不掉的。」

山嵐：「……」

他也沒想跑，就是不好意思。

不過，山嵐也挺期待的，畢竟夢和現實不一樣，真做的話感覺是什麼樣呢？

山嵐很快就紅著臉默許了男人的進一步動作。

聶遠道很溫柔，先吻住山嵐的唇。

這次的吻不同於以往的蜻蜓點水，男人將舌頭直接伸入山嵐的口中，霸道地攻城掠地，山嵐被吻得幾乎要喘不過氣，加上全身赤裸，羞得整個身體都泛起一層薄紅。

聶遠道吻過之後，看著全身發紅的小徒弟，呼吸立刻變得粗重起來。

他毫不顧忌地將自己衣服快速除去，壓著山嵐滾進被窩裡。

山嵐小聲叫：「師、師父……」

聶遠道低低地「嗯」了一聲，輕輕用手抓住山嵐的敏感，上下套弄起來。

山嵐的全身猛地一抖，全身最敏感的地方被男人修長的手緊緊握著，他既緊張又興奮，山嵐垂下眼睫不敢看師父，身體微微緊繃。

聶遠道的手力道不輕不重，山嵐被他摸得很快就硬了起來。

察覺到自己的反應，山嵐有些慌，口中卻不由呻吟出聲，抓住他的手道：「啊……師父，別……別這樣……」

聶遠道微微一笑，湊過去吻著山嵐的臉頰，低聲說：「別怕，放輕鬆。你看，你都有反應了，師父教你這怎麼做。」

男人的聲音低沉而溫柔，山嵐很快就軟成一片，癱在床上大口大口地喘著氣。

聶遠道先用手套弄了一陣，然後俯身將他的敏感含入口中，山嵐驚喘一聲，用力地抓住師父的肩膀，沒過片刻，他就控制不住地射了出來，「啊——」

山嵐羞恥得別過頭，身體幾乎要蜷成蝦米。

聶遠道輕笑出聲，舔了舔唇邊的液體，湊到山嵐耳邊說：「原來小嵐這麼敏感？」

山嵐快哭了，「師父，你就別取笑我了……」

聶遠道柔聲說：「好，不取笑你。」

他從床頭的抽屜裡拿出潤滑液，擠一大團在手心裡，試探著分開山嵐的腿，用手指摸了摸那個羞澀的入口，低聲問：「可以嗎？」

山嵐連耳朵都紅了，沒同意，但也沒拒絕，只是紅著臉別開視線。

聶遠道將手指輕輕插進他身體裡，山嵐緊張地繃緊脊背，聶遠道一邊耐心地吻著他，在他身上留下自己的印記，一邊溫柔地做前戲。

直到手指能輕鬆進入三根的時候，他才換上早就硬得發疼的分身，抵在入口處，腰部猛一用力，山嵐疼得瞪大眼睛，「啊——」

聶遠道進了一半，硬是停下來，心疼地俯身吻了吻山嵐的嘴唇，柔聲問：「疼嗎？」

山嵐紅著臉不好意思說疼。

聶遠道體貼地讓他適應片刻，才道：「我慢一點，小嵐放鬆，來，抱著師父。」

說罷拉起山嵐的手，讓他抱住自己的肩膀，山嵐害羞地抱住男人，臉蛋紅紅的，深吸口氣放鬆身體。

聶遠道這才緩緩地插進去。

感覺到自己的體內被師父徹底占有，心理上的滿足感超越了一切，山嵐閉上眼睛，輕輕抱緊了

師父。

下一刻，聶遠道再也無法忍耐，用力地抽動起來。

體內火辣辣的摩擦，刺激著神經，山嵐不由呻吟出聲：「唔……嗯……啊師父……啊啊……太深了……慢一點……」

聶遠道低低地笑著，輕輕舔了舔山嵐的耳朵，問：「喜歡師父嗎？」

山嵐紅著臉，「喜歡。」

聶遠道繼續問：「喜歡師父這樣抱你嗎？」

山嵐羞得腳趾頭都蜷縮起來，不好意思回答。

聶遠道猛一用力，也不知撞到體內的什麼地方，山嵐全身一顫，下身的敏感處又一次硬了起來，聶遠道輕輕用手摸了摸，道：「看來你也很喜歡？」

山嵐面紅耳赤，不得不承認，他確實很喜歡師父這樣抱他。

聶遠道加快速度，山嵐被頂得呻吟連連，也不知過了多久，師父才終於釋放出來。

然而還沒結束，聶遠道換了個姿勢，將山嵐抱坐在自己的身上，從下而上地再次侵犯他。山嵐喘息著抱住師父的肩膀，軟著聲音求饒：「師父，好了吧……」

聶遠道低聲說：「沒好，不要懷疑師父的精力。」

山嵐：「……」

聶遠道很認真地說：「反正今天閒著，師父多教你幾種姿勢。」

山嵐：「……」

聶遠道不知節制！也不知被他要了多少次，山嵐感覺身體都快要散架了，他以前一直覺得師父很嚴肅、很正經，今天看來，那都是表象。

男人在床上簡直就是猛獸派，比夢裡可怕無數倍。

山嵐只好軟軟地求饒：「師父，夠了……」

聶遠道說：「這麼多年的利息，要一起算，還不夠。」

山嵐：「……」

——哪裡來的利息？真要算利息，也是我喜歡你的時間比較久，該我來算才對吧？

山嵐被折騰了一下午，直到快天黑的時候，聶遠道才大發慈悲地放過他。

全身都是聶遠道留下的斑駁痕跡，身體裡面被他射了不知多少次，山嵐不想面對這樣的自己，紅著臉在被子裡藏了起來。

聶遠道饜足地將他連被子一起抱住。

山嵐迷迷糊糊間，聽見耳邊響起聶遠道低沉、溫柔的聲音。

「你跟在師父的身後這麼多年，一定很辛苦吧？以後，換我來跟著你。」

「寶貝，我也喜歡你。」

（完）

【番外二】

# 握緊你的手，再也不放開

# （一）

陳霄自有記憶以來就一直生活在孤兒院，當時的名字叫鄭霄，是院長取的。

孤兒院的小朋友中他年紀最大，其他人都叫他哥哥。其中有個叫鄭亦的小男孩有先天性心臟病，身體瘦弱，比同齡人矮了一個頭，去上學後經常受人欺負。陳霄看不過去，總是替小亦出頭，他喜歡用拳頭解決問題，是孩子群裡的「小霸王」，一個打三個都不帶怕的。

見到陳千林的那天他剛打完一場架，起因是班裡幾個小混蛋用水淋濕了小亦的作業本，還把他的書包藏在廁所，小亦只會哭，陳霄知道後氣得暴跳如雷，放學後就把那幾個男生堵在洗手間裡一頓猛揍。

雖然最後把那幾個人打得哭著求饒，可他一打三被人圍攻，自己的臉上也帶了傷。回到孤兒院的時候，鄭院長見他臉上掛彩，忍不住頭疼，「阿霄，你又跟人打架了？」

陳霄理直氣壯：「有幾個混蛋欺負小亦，我教訓了他們一頓。」

院長尷尬地看向身旁的男人，「陳先生，他就是阿霄。」

陳霄抬眼一看，屋裡除了院長之外，還有一對年輕的夫妻，男人穿一身西裝，長相斯文，看上去挺有身分；女人清秀漂亮，化著淡妝，笑起來特別溫柔。

兩人的身後還站著一個身材高䠷的少年，少年很好看，尤其一雙顏色偏淺的眼睛，瞳孔漂亮得像是名貴的寶石。

少年正面無表情地看著自己，目光中似乎散發出一絲冷意。他穿著很乾淨的牛仔褲和襯衫，身上帶著與生俱來的貴氣，讓人不敢逼視。相比起來，自己這一身髒兮兮的校服，帶著血跡的臉，真是狼狽極了。

陳霄當時雖不到十歲，可他已經很懂事了，在這個矜貴乾淨的少年面前，他有些自卑，低下頭

看著自己髒兮兮的鞋，道：「院長有客人啊？那我先回去寫作業了。」

院長攔住他道：「別急著走，他們是來找你的。」

陳霄疑惑地抬起頭，年輕男人微笑著走到他面前，「我叫陳君為，是你父親生前最好的朋友，當年你父母意外去世，你小小年紀下落不明，我這幾年到處打聽你的消息，總算找到你，原來你一直在孤兒院。」

男人伸出手想摸摸小孩的頭，陳霄卻警惕地後退一步避開，皺眉問道：「我連我爸叫什麼都不記得，你們找我幹麼？」

陳君為收回手，好脾氣地笑著，「我們想收養你。」

陳霄立刻拒絕：「不用了，我在孤兒院待著挺好的。」

陳君為道：「別急著拒絕，我想給你一個安穩的成長環境和最好的教育。你在孤兒院沒有父母照顧，我們收養你之後會把你當成親生兒子一樣看待，你也可以把我們當成爸爸媽媽，你還會有一個哥哥……」他說罷就朝旁邊的少年使了個眼色，「千林，跟弟弟說說話。」

陳千林向前走了幾步，彎下腰，俯視著面前髒兮兮的小男孩兒。

陳霄心裡不大自在，卻很倔強地迎上他的目光，「看我幹麼？」

陳千林的聲音帶著一絲清冷的涼意，淡淡地說：「現在你的面前有兩條路，一是繼續留在這裡，當一個沒有父母、沒有親人的孤兒。第二，跟我們回家，以後我們就是你的家人。」

陳霄瞪大眼睛看著面前的少年，一時接不上話。

從小到大同學們總是指著他偷偷說是「沒人要的野孩子」，他表面上裝作不介意，可心裡其實也希望自己有父母疼愛，不至於連學校開家長會的時候都沒人去……

他天天打架，就是因為他知道沒人能保護他，他只好用拳頭來保護自己。如果被收養的話，以後有了父母和哥哥，是不是就不會被欺負了？

陳霄看著面前笑容溫和的夫妻，有些動心，他小心翼翼地問道：「你們真是我爸的朋友？」

陳君為拿出一臺光腦，打開資料夾，「這裡有很多你父母的照片，你要看看嗎？」

陳霄看著畫面裡和自己有幾分相似的男人，心裡覺得很是古怪。他對父母毫無印象，今天還是第一次聽見有人提到自己的父母。

「我們是真的想收養你，給你一個家。」溫柔的女人走過來，輕輕伸出手，試探性地將手放在小孩面前。

陳霄沒有躲，她便微笑著握住男孩兒髒兮兮的小手，「阿霄，以後我來當你的媽媽好不好？」女人的手指修長柔軟，自己的手那麼髒，她也不介意，輕輕把手握在她手心裡。這個阿姨真是漂亮，比電視劇裡的明星還要好看，陳霄的臉微微紅了，想把手抽回來，卻被她握得更緊。

「我知道院長對你很好，你在這裡也有很多小夥伴，可家是不一樣的。有了家，不管將來發生什麼事，爸爸媽媽，還有哥哥，都會是你的依靠，家人永遠都不會拋棄你。」

——永遠都不會拋棄我？

陳霄怔怔地聽著，鼻子一陣酸澀。

陳千林淡淡地道：「以後你到了我家，我有很多玩具，全都可以送給你。」

陳霄紅著臉道：「我不要玩具，我又不是小孩子。」

陳千林道：「既然你不是小孩子，更應該理智地做選擇。同意收養，你就會有家人，爸爸媽媽會照顧你，哥哥也會保護你。」

陳霄愣愣地看著面前的少年，「……哥哥？」

「嗯，你想要一個哥哥嗎？」

陳霄也不知怎麼的，鬼使神差地點了頭。

下一刻，陳千林就伸出手拍拍他的腦袋，「同意了就好。看你這張臉，就像個小花貓。先回去

洗澡，收拾好行李，等放假了我們就來接你。」

陳霄懵懵地回去洗了澡，洗完之後才回過神來——他好像沒同意啊？收養的事就這麼莫名其妙地定了？這位哥哥真會誘導性提問，自己只說「想要個哥哥」怎麼就變成同意了呢？

這麼迫不及待地收養他，該不會被這家人給賣了吧？

陳霄胡思亂想一整夜，次日早晨他大清早跑去找院長，「鄭院長，想收養我的那家是什麼人？該不會把我賣了吧？」

鄭院長哭笑不得，揉揉小陳霄的腦袋，「瞎想什麼呢？他們要收養你，我肯定會查清楚他們的底細。你放心，是正經人家，那位陳先生是投資公司的老闆，家裡可有錢了，而且他還拿了你的基因樣本去比對過，確認你是他老朋友的兒子。」

孤兒院有些孩子確實父母雙亡，但也有一些是小時候走丟的，老院長準備了所有人的基因樣本，就是希望有一天孩子們的親人能夠來這裡找人。

陳霄聽到這話總算放下心，興高采烈地跑去收拾行李。

三天後，學校放了暑假，陳家說好要接他的時間終於到了。孤兒院的小朋友都很羨慕：「霄哥，聽說有家人要收養你？」

「真好，以後就有爸爸媽媽了……」

陳霄神采飛揚，一胳膊攬過幾個小弟，以大哥的口吻說：「以後我有了出息，不會忘了你們的，我會經常回來看你們。」

這一幕正好被陳君為看見，他有些頭疼地道：「聽院長說，陳霄從小就喜歡動手打架，脾氣很暴躁，我怕管不了他……」

陳千林看著不遠處揚起眉毛的小屁孩，「您放心，以後這個小傢伙，交給我來管。」

陳君為很樂意看到兄弟兩個人能和平相處，他微笑著來到陳霄面前，陳霄剛還翹起尾巴跟夥伴們炫耀自己要有家了，看到陳君為後立刻收起笑容，故作乖順地走過來叫道：「爸爸。」

陳君為很是意外：「你願意叫我爸爸？」

陳霄疑惑反問：「您收養了我，以後不就是我養父嗎？」

陳君為一怔，很快就笑起來，輕輕摸摸孩子的腦袋，「你說得對，走吧，跟爸爸回家。」

這個孩子對「父母」完全沒概念，因為記憶裡並沒有父母的身影，所以很容易就接受了新的父母。至於哥哥那就更容易了，上車之後他叫「哥哥」叫得特別順口。

陳千林淡淡地「嗯」了一聲，「從今天起，你改名叫陳霄，跟著我們姓陳。改姓之後，可以把戶籍轉到陳家，以後方便上學。」

陳霄點頭，「好。」

他對「姓」也沒概念，反正他從小就是孤兒，以後跟著哥哥姓陳也無所謂。

車子開到陳家後，陳霄發現這家人果然超有錢，住的是三層樓的大別墅，別墅前面還有花園，車庫裡停著好幾輛車。陳霄下車後好奇地觀察四周，直到陳千林伸出手，輕輕牽住他的小手，「走吧，你的臥室都布置好了。」

陳千林將他帶到三樓的臥室，超過三十坪的大臥室有獨立的洗手間和衣帽間，還有個小陽臺。他的床上鋪著嶄新的床單，正對面放了一張書桌，上面擺了一些他能用到的參考書和練習冊，顯然，這家人為了迎接他的到來，準備得非常用心。

陳霄有些感動，仰起頭看著陳千林，小聲叫道：「哥、哥哥？」

「怎麼了？」

「我以後就住這裡嗎？」

「嗯。不喜歡？」

「喜歡啊！」陳霄直接躺到床上打了個滾兒，「這裡太好了！」

「喜歡就好。」陳千林看了眼幼稚的小朋友，「收拾一下行李，待會兒下樓吃飯。」

陳霄繼續在床上打滾，簡直跟做夢一樣，他一個沒人疼、沒人管的孤兒，居然能睡這樣的臥室，真是做夢都要笑醒。

媽媽準備了一桌好菜，陳霄從小跟人打架打到大，並不怕生，大口大口吃得很香，媽媽見他似乎很喜歡這裡，心裡的石頭總算落了地，微笑著道：「阿霄，以後這裡就是你的家，媽媽天天給你做好吃的，下個學期開始，你就跟哥哥一起上學。」

陳霄點頭，「嗯嗯，哥哥上幾年級？」

陳千林：「開學讀高三。」

陳霄好奇道：「那就要準備考大學了嗎？」

陳君為笑著說：「你哥拿了數學競賽的特等獎，學校已經給他保送大學的名額。」

陳霄滿臉佩服，「哥哥好厲害。」

對上小傢伙崇拜的目光，陳千林難得給他挾了一塊排骨，「吃吧。」

陳君為夫婦對視一眼，欣慰地一笑——兒子自小冷淡，比同齡人成熟太多，這個年紀的少年很多在假期都會到處瘋玩，陳千林卻覺得他們太吵，不喜歡和同學們待在一起。

如今家裡多了個小傢伙，陳千林總算有事做了。

爸爸給他安排了一項任務：「千林，假期閒著，幫你弟弟補習一下功課。」

陳千林不鹹不淡地「嗯」了一聲，臉上依舊沒什麼表情，看不出喜怒。

晚上的時候，陳霄回屋洗完澡，卻怎麼都睡不著。

正在床上胡思亂想，突然有人敲門，「睡了嗎？」

是陳千林的聲音。陳霄一個翻身，鞋都沒來得及穿，光著腳丫子就跑過去開門，笑容燦爛，「哥哥找我？」

陳千林走進屋裡，手裡拿著一套小號的睡衣，「忘了把這個給你，睡覺的時候換上，是爸爸昨天新買的……」他低頭，看見陳霄光著腳，不由皺眉，「地板很涼，別光腳亂跑。」

陳霄接過睡衣，立刻轉身穿上鞋子。

陳千林坐在床邊，緊跟著說：「到了新家，你可能不習慣，過段時間就好了，有想要的東西可以直接跟我說。」

「嗯！」

「睡吧，明天早點起來，帶你去買東西。」

陳霄換上新睡衣，迷迷糊糊地睡著了。

次日爸媽都去公司上班，臨走前，媽媽俯身抱了抱小陳霄，「要聽哥哥的話，今天哥哥會帶你去商場，你想買什麼都跟哥哥說，不要客氣。」

陳霄點點頭，目送父母離開。

陳千林帶著弟弟去購物商場。來到童裝店後，他指了指衣架，「自己挑吧。」

陳霄第一次來大商場，興奮極了，小心翼翼地瞧瞧這件又看看那件，不知道買哪套好，店員見小孩兒長得可愛，便一路跟著誇：「你穿這件一定好看。另外這件也特別適合你，小朋友要不要買一套？」

陳霄腦子木木的，最後求助地看向哥哥，「哥哥，買哪套？」

陳千林臉色平靜地連續指了幾套，說：「先買這些，再去別的店看看。」

陳霄：「……」

哥哥出手太闊氣，直接給他買了八套衣服。

陳霄受寵若驚：「太多了，我都穿不過來吧？」

陳千林淡定地說：「老爸吩咐的，多買一些換洗衣服給你。走吧，那邊還有。」

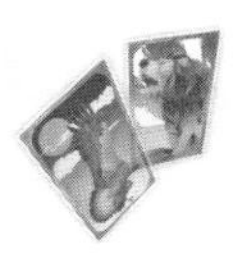



陳霄跟在哥哥的後面暈暈乎乎地逛商場，一路買買買。在路過一個陳列窗的時候，他看見動畫片裡的機器人玩具，可貴了，價格將近五位數。

陳千林見他盯著玩具看，便淡淡問道：「喜歡這個？」

陳霄點了點頭，然後陳千林就走進店裡，二話不說把玩具買下來。

抱著哥哥塞給他的手辦大禮盒，陳霄滿臉懵逼。這、這怎麼買下來了？他只是說了句喜歡而已啊，沒說要買吧……

第一次體驗到被人寵的感覺，陳霄幸福得快要暈過去。

到家之後，他抱著機器人玩具，激動得想繞著別墅跑幾圈——這是他最喜歡的動畫片主角，他跟孤兒院的小朋友們追著看了好幾年，知道班裡有同學買了玩具後他只有羨慕的份，因為這東西造型、工藝都很精美，機甲部件還可以組裝、變形，價格太貴了，他從沒想過，有一天自己也能擁有這麼昂貴的收藏品。

陳千林把買來的衣服全部掛去衣帽間，發現陳霄一直坐在床上抱著玩具，愛不釋手地研究，便說：「你要是喜歡這些動漫周邊，以後我再給你買。」

陳霄感動得眼眶發紅，抬頭看向面前的少年，「哥哥真好。」

陳千林淡淡地說：「爸媽交代的，你剛來我們家，要儘量對你好些。」

陳霄：「……」

就算是爸媽交代的，那也對他很好了，陳霄突然覺得有個這樣的哥哥是很幸福的事情。

假期很快過去，陳霄到新學校報到。

父母的公司總是很忙，開學那天媽媽非常抱歉地抓著陳霄的手道：「阿霄，真的不好意思，今天有很重要的會議，我跟爸爸下午還要去簽約儀式，讓哥哥帶你報到好不好？」

陳霄習慣了被父母放養，這段時間都是哥哥帶著他，他對此毫無意見：「沒問題！」

於是，陳千林領著陳霄去學校報到。

老師看見這位氣質特殊的少年，很是疑惑：「你是？」

陳千林道：「我是他哥哥。爸媽今天走不開，我送他過來。」

老師瞭然一笑，讓陳千林帶著陳霄去班上。一路上看著其他的同學都有家人送，陳霄的心裡再也不羨慕了，心想：我也有人送，我有個超好看的哥哥，該你們羨慕我才對！

長身玉立的少年，五官精緻得就像是造物主雕刻而成，加上目光清冷，氣質特殊，牽著小陳霄走在校園裡，吸引了不少人的視線。

有些女孩子還在小聲議論：「那個小哥哥好帥啊，是我們學校的嗎？」

「妳傻啊？看他年紀肯定是高中部的！」

自那以後，陳千林就經常以「家長」的身分出席陳霄的學校活動。

比如第一次家長會，父母又很內疚地說公司太忙走不開，陳霄理解地表示「爸爸媽媽加油去賺錢吧，我有哥哥就好了」。

於是，陳千林被趕鴨子上架，面無表情地來參加陳霄的家長會。

一群中年家長當中，坐著個神色淡漠的少年，看上去有些格格不入。家長會期間，不少人頻頻朝陳千林投來疑惑的視線。

老師笑咪咪地道：「接下來，我們請陳霄同學的家長發言，陳霄同學在這次的期中考試中所有科目都考了滿分，他是中途轉學過來的，成績這麼優秀，真是值得成為全班同學的榜樣。」

啪啪啪，一陣掌聲，大家好奇地四處觀望，找陳霄同學的家長。

然後，只見一位少年冷著臉站起來，淡淡地說：「大家好，我是陳霄的哥哥。」

眾人：「……」

原來這位氣質出塵的少年，是學霸陳霄的哥哥！

陳千林的聲音很平靜，念著提前寫好的家長會發言稿：「我弟弟陳霄學習很認真努力，每天晚上都會把作業全部寫完再睡覺，從不拖到第二天……」

陳霄越聽越開心，難得聽見哥哥誇他。

家長會結束後由於爸媽放養他們，兄弟兩個只好自己吃飯。陳千林帶陳霄去了一家高檔餐廳，請弟弟吃大餐，也算是犒勞他期中考試拿到年級第一名。

飯桌上陳千林還誇道：「你考得很好，要繼續保持。」

本以為陳霄是個乖學生，結果沒過兩天，陳千林突然接到班主任的電話，讓他趕緊去一趟學校，他弟弟動手跟人打架，打得人腦袋出血，送醫院了。

陳千林趕去醫院的時候，陳霄正站在走廊裡，臉上、衣服上沾了不少血跡，頭髮亂得像一窩雜草，褲腿也撕破了一個口子，看上去狼狽無比。

陳千林沉著臉走過去問：「怎麼回事？」

陳霄看見哥哥，很是委屈，垂著頭不說話。

陳千林淡淡道：「陳霄，到底怎麼回事？別讓我問第三次。」

陳霄別過頭，梗著脖子，眼睛發紅就像是被激怒的野獸，他憤憤地說：「是張鵬這個王八蛋先招惹我的！居然背地裡說哥哥壞話，說你在家長會故作清高，實際上都是靠關係，說你的保送名額是花錢買的，還有一些侮辱哥哥的話我都說不出口……去他媽的！我沒把他打廢了算是輕的！」

陳千林見小傢伙暴跳如雷，就像是被侵犯了領地的野獸，陳千林有些好笑，伸出手想幫他順順毛，結果手伸到一半，陳霄的班主任就從病房出來，臉色不善地走過來道：「陳霄，你這次動手太狠了，張鵬同學的頭被你打破，縫了七針，差點被你打成腦震盪。」

陳霄小聲嘀咕：「活該。」

班主任瞪大眼睛，「你說什麼？」

陳千林目光平靜地看向弟弟，「想清楚再說話。」

被哥哥冷冷的目光一掃，陳霄立刻認慫，朝老師鞠了個躬，「老師對不起，是我衝動了。雖然張同學辱罵我家人在先，還想伸腿踹我，被我靈活地躲開……但是，我不該還手，更不該沒有輕重地打傷他的頭，我對自己的行為深刻反省，回去就寫一千字檢討，當著全班同學的面大聲朗讀。」

班主任哭笑不得，「我怎麼看不出來，你打架這麼厲害？」

陳霄誠懇地道：「剛才一時氣壞腦子，超常發揮。」

班主任：「……」

陳千林主動開口道：「這樣吧，張同學的醫藥費我們負責賠償，陳霄回去以後我會監督他認真寫檢討，如果需要，我們改天親自去張同學家登門賠禮道歉，老師覺得可以嗎？」

老師也想大事化小、小事化了，找來對方的家長調解，陳霄再態度誠懇地道了歉，加上張同學說壞話在先，這件事就這麼算了。

回家的路上，陳霄一直耷拉著腦袋，很委屈的樣子。

陳千林沉默不語，到家後直接上了樓，陳霄的心裡忐忑極了，不知道哥哥是不是在生氣，只好跟著哥哥一起上樓。

沒料，來到臥室後，陳千林就讓他坐下。陳霄在床邊坐立不安，片刻後卻見哥哥拿來藥箱，翻出消毒用的碘酒和棉籤，仔細地幫他擦拭臉上的傷口。

傷口很細小，是打架時劃破的，滲出的血跡早就乾了。

因為分不清是自己的血還是對方的血，剛才在醫院，陳霄也沒去處理，此時被哥哥沾著冰涼的

碘酒一擦，陳霄立刻疼得倒抽一口涼氣。

聽到「吡」的抽氣聲，陳千林看他一眼，淡淡問道：「疼嗎？」

陳霄很心虛，「不、不疼……」

陳千林冷冷地說：「你真是長進了，把同學打進醫院，腦袋縫了七針。」

陳霄嘀咕：「還不是因為那個傻逼嘴巴不乾淨……」

陳千林打斷他：「我知道你是為了維護我才動手，但是陳霄，那些背後說人壞話的人，你並不需要去理會，因為他們的本事也就是躲起來說說壞話而已，就像藏在角落裡的老鼠，見不得光，你何必拉低自己的水準去和他們打架？打贏了又能證明什麼？」

陳霄臉一紅，「呃……好像有道理？」

陳千林伸出手，輕輕揉了揉弟弟亂糟糟的頭髮，「以後做事別這麼衝動。這件事我不會告訴爸媽，免得他們又找你說一堆大道理，記住，下不為例。」

陳霄耳朵都紅了，「嗯，謝謝哥……」

他抬起頭，意外地看見哥哥的嘴角似乎掛著一絲淡淡的笑容。

耳邊響起哥哥清冷的聲音：「你因為同學說我壞話才動手，這件事我並不會怪你。相反，你能維護哥哥，說明你已經把我當成家人看待了，是不是？」

陳霄愣愣地看著面前的少年。

哥哥很少笑，認識以來好像就沒在他臉上見過笑容。但是此刻，他的嘴角掛著一絲淺笑，清澈的眼眸裡是難得的溫和情緒。

少年唇角的淺笑，就像大雪初霽，冰湖消融，好看極了。

陳霄不由看呆了。

因為陳千林正幫自己上藥，兩人離得很近，陳霄能聞到他身上淡淡的沐浴露香味，自己被這種淡香環繞著，腦袋一陣陣發暈，也不知是不是打架的時候撞到了頭。

見弟弟發呆，陳千林便把他亂糟糟的頭髮整理好，在他的傷口貼了個OK繃，嚴肅地說：「去把這身髒兮兮的衣服換了，洗個澡，傷口不要碰水。」

陳霄的心跳快得離譜，心想：哥哥怎麼能這麼好看呢？這個人真的是我的哥哥嗎？

他茫然地點了點頭，不知道陳千林是什麼時候離開的，回過神時，腦海裡卻只剩下陳千林剛才淡淡微笑的模樣。

第一次動心，大概就是這個時候。

當時年紀還太小，並不知道這種感覺就是喜歡，他只覺得哥哥特別好看，讓他忍不住地想要靠近，又不敢靠得太近，矛盾的心情持續了很多年，在青春期的時候不斷地發酵，這種喜歡、愛慕、崇拜的心情，彙聚在一起變成了青澀的暗戀，在心底越刻越深，直到融入骨髓。

長大以後，對哥哥的占有欲更是強烈到無法忽略。

每次看到有女孩子和哥哥走得近，陳霄就煩躁不安，他就像一隻小狼一樣盯著陳千林身旁的人，好幾次有女生想跟陳千林告白，半路都被陳霄截下，以各種理由趕走。

陳千林對這一切都毫不知情。

在他看來，陳霄依舊是那個做事有些衝動的弟弟。

後來，陳千林去打比賽，和一起長大的發小邵博合作建立聖域俱樂部。陳霄也追隨著哥哥的腳步接觸了《星卡風暴》遊戲，並且和唐牧洲一起跟著他學習。

陳千林原本很反對，但發現弟弟天賦突出，他也就默許了讓陳霄試試職業選手這條路。

只是，陳霄畢竟太年輕，沒什麼經驗，聽邵博說得天花亂墜，並且承諾下個賽季讓他和陳千林一起打雙人賽，陳霄腦子一熱，就簽了選手合約，對「一切版權歸俱樂部所有」的條款完全沒有在意，還想著給哥哥一個驚喜。

能和哥哥一起打雙人賽，真是他夢寐以求的事！

誰料邵博就是故意給他挖了個坑讓他往下跳，也正因此，陳千林的版權官司輸得很徹底，陳霄內疚得快要瘋了，喝醉酒之後控制不住地吻了哥哥。

他還記得陳千林那一刻的眼神，冷得就像是寒冬的冰雪。

陳千林並沒有罵他，只是很平靜地看著他說：「陳霄，我只當你是弟弟。」

這句話如同給他判了死刑，讓他整個人如墜冰窖，渾身發冷。

他慌亂地想要給哥哥道歉，顫抖著嘴唇想要解釋，但陳千林做得很堅決，留下一把鑰匙，和一張有足夠存款的卡，然後就徹底離開了他的生活。

陳千林說：「作為兄長，這些年撫養你長大，我已經盡到了兄長該盡的責任。你成年了，以後的路就自己走吧。」

哥哥的話一向平靜，可這一字一句就像是最鋒利的刀子，徹底劃開了陳霄鉤織的夢境，將現實血淋淋地呈現在面前——兄長撫養我長大，他只把我當弟弟。

對他動心的自己，為了他跑去打遊戲，為了和他一起打雙人賽簽下不公平合約的自己，才是最大的傻逼吧？

這五年，陳霄過得很狼狽。

無數個夢裡他反反覆覆地回憶著和陳千林認識以來的點滴，他無比厭惡當初衝動之下簽了合約的自己，無比嫌棄喝醉酒之後強吻了哥哥，導致兄弟關係徹底決裂的自己。

內疚、悔恨、不甘，各種痛苦的情緒交織在一起，陳霄每一天都在煎熬中度過。日子過得就像是行屍走肉，好像陳千林離開後，他的心就被挖空了一樣。

他只能小心翼翼地呵護著哥哥留下的那幾盆植物，每天給它們澆水，就是他最大的樂趣。年少時哥哥買給他的玩具，被他寶貝地珍藏起來，想念哥哥的時候，就翻出來看看，想起小時候被哥哥牽著手逛商場的那些往事，就忍不住地眼眶酸澀。

大概是從小太缺愛了，陳千林對他又太好，所以他才不知不覺地淪陷——陷得太深，這份固執的愛慕已經刻入骨髓，再難回頭。

他這輩子都不會再愛上別人，但他也知道，哥哥永遠不會給他回應。結局註定是絕望的。

但有什麼辦法呢？從年少時就深深地愛上了一個人，哪能輕易忘記？

他放不下對陳千林的愛慕，只能繼續以弟弟的身分守護在陳千林的身邊。對陳霄來說，陳千林願意原諒他，回到涅槃俱樂部當教練，這已經是最好的結果了。

他會把這份心意藏起來，讓陳千林以為，那是他年少時的酒後衝動，是他年紀太小沒有整理清楚自己的感情，他們依舊是兄弟之情。

這種藉口他根本不信。

但只要陳千林願意相信，願意給他一個機會，他就很滿足了。

就以弟弟的身分，繼續留在陳千林的身邊。

一輩子當弟弟，總好過兩不相見。

（二）

陳霄醒來時眼角有些濕潤，大概是夢見了這五年的經歷，半夢半醒間沒能控制好情緒，陳霄狼

狽地揉揉眼睛，去洗手間沖了個冷水澡，這才換上一身乾淨的衣服出門。

從今天開始俱樂部正式放假，陳霄到工作區沒看見人，就獨自來到樓下的速食店隨便點了份套餐，正狼吞虎嚥地吃著，驀然發現一個熟悉的身影走進店裡。

那人穿著簡單的休閒裝，一身白衣襯得容貌更加清冷。他走在人群裡，卻像在公園散步一樣氣定神閒，周圍的人在他眼裡似乎全是透明空氣，就算有人因為他容貌出眾而直直盯著他看，他也毫不理會，目不斜視地走到餐廳角落坐下。

陳霄猛吸一口氣，差點被嗆到。

——哥哥怎麼也來這裡吃飯？

陳千林沒看見他，陳霄也假裝沒看見，繼續悶頭吃飯。他沒吃早飯，肚子餓得咕咕叫，一份套餐很快見底，陳霄剛要說「再來一份」，結果就見一個人停在自己面前。

乾淨的休閒鞋，剪裁合適的褲子襯出筆直的長腿，再往上看，就對上那雙冷淡的眼睛，陳霄「再來一份」的話卡在喉嚨裡，急忙改了臺詞：「咳咳……哥，你怎麼在這裡？」

陳千林很自然地在他對面坐下，「當然是來吃飯。」

陳霄也覺得自己的問題有些傻，神色尷尬地低頭喝了杯水，正好這時候陳千林的套餐端了上來，他拿起筷子吃了兩口，抬頭看陳霄，「你不再要一份套餐？」

陳霄道：「我吃過了。」

陳千林問：「一份能吃飽？」

陳霄：「……」

陳千林道：「你從小飯量大，今天沒吃早飯，應該吃兩份。」

陳霄的臉頰微微發燙，尷尬地道：「咳，哥你怎麼知道我沒吃早飯？」

陳千林平靜地說：「眼睛裡都是血絲，剛睡醒吧？」

陳霄：「……」

陳千林總是一針見血讓他沒法反駁，從小到大，他沒有一次能說得過哥哥。陳霄硬著頭皮又要了份套餐，埋頭把注意力放在食物上，在陳千林看來，快要把臉埋進碗裡的弟弟，吃飯的樣子就像是餓瘋了的小倉鼠。

陳千林沒說什麼，沉默地各吃各的。

飯後，兩人一前一後走進電梯，由於是直接通往涅槃俱樂部的專用電梯，密閉的空間裡只有兄弟兩個，氣氛一時有些沉悶。

陳霄只好找話題打破沉默：「哥，你假期有什麼安排嗎？」

陳千林道：「沒有。」

陳霄：「聽阿哲說他要出去旅遊，你要不要也出去散散心？」

陳千林問：「他跟誰去？」

陳霄不想賣了唐牧洲，便說：「我不清楚。」

陳千林淡淡道：「是跟唐牧洲吧。」

陳霄的脊背驀地一涼，有些後悔提起這個話題。

偷偷瞄了眼哥哥，發現他神色平靜，似乎對兩個徒弟一起出去旅遊這件事並沒有什麼想法。陳霄微微鬆了口氣，迅速轉移話題：「過幾天我打算回孤兒院一趟，鄭院長六十大壽，很多孤兒院的孩子都會回去，我也是前幾天剛收到消息。」

陳千林道：「去吧，給院長好好準備一份禮物。」

電梯終於到了，門一開，就見謝明哲正急急忙忙往工作區的方向走，陳霄笑道：「阿哲你幹麼呢？已經放假了，你該不會還去訓練室吧？」

「我去宿舍敲門，發現你們都不在，想去辦公室找你們來著。」謝明哲看了看兩人，「你們是

下樓去吃飯了嗎？」

「嗯，正好在餐廳遇見。」陳霄道。

「跟我來一下辦公室，我有事和你們說。」陳千林說罷便轉身朝辦公室走去。

謝明哲和陳霄對視一眼，跟在陳千林的身後。

兩人跟教練保持著三公尺以上的距離，一步一步地往前挪。

謝明哲有些忐忑地湊到陳霄耳邊，壓低聲音：「師父好嚴肅的樣子，怎麼了？」

陳霄尷尬地摸摸鼻子，「我多嘴提了句你要出去旅行，他猜到你會和唐牧洲一起去……不知道是不是為了這件事？難道他發現你們倆背著他談戀愛？」

謝明哲怔了怔，「也不能怪你，我都在網路上公開說了要出去旅行，這件事大家都知道。就算師父猜到我會跟師兄一起去，那也只是結伴出遊而已，他不會想那麼多吧？」

陳霄道：「你們為什麼不乾脆告訴他？」

謝明哲縮了縮脖子，「有點怕。」

陳霄哭笑不得：「怕什麼？他應該不會阻攔你們。」

謝明哲輕嘆口氣，「我也不知道為什麼，就是有點擔心。」

唐牧洲和謝明哲臉皮一個比一個厚，可對陳千林還是很敬畏的，擔心師父知道後不贊成他們在一起，不如先瞞著，等以後感情穩定了再告訴師父。

前面的陳千林突然停下腳步，頭也沒回，淡淡地道：「你們在說什麼悄悄話？」

兩人急忙澄清：「沒什麼！」

「沒有。」

陳千林回頭看他們一眼，謝明哲立刻朝師父笑了笑，快步追上來，岔開話題問道：「師父有什麼事要跟我們說？」

陳千林打開辦公室的門，叫兩人進屋，這才說：「你們還記得羅誠嗎？」

謝明哲很快想起來，「師父是說，幫卡牌做技能音效的那位羅老師？」

「嗯。」陳千林點頭，「之前我請他來幫忙做音效，他因此關注了我們的比賽，對涅槃的卡牌特別感興趣，正好他的幾位朋友也很喜歡星卡遊戲，還有幾個是涅槃的粉絲，他就組織了一場聚會，邀請大家參加。我想徵求一下你們的意見。」

陳千林和這位羅老師看上去關係挺好，羅誠順手幫忙，謝明哲當然也很感恩。況且，以後的卡牌音效或許還要請他出手，他主動約大家聚會，沒道理不去。

謝明哲很快就點了頭，「羅老師主動請我們，是給我們面子。只是不知道他請來的朋友是什麼人？如果是娛樂圈的明星，我們過去的話可能不大習慣。」

陳千林道：「有幾個投資人，還有一些跟他合作過的歌手，羅誠說他請來的幾位明星人品都不錯，讓我們不用有壓力，聚會安排在他的私人別墅，地方很隱祕，不會有狗仔隊。」

謝明哲放下心來，「那就去吧。」

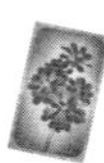

次日，陳千林帶上陳霄、謝明哲、喻柯一起去參加聚會，秦軒性格孤僻，不喜歡和陌生人聚餐，陳千林也沒勉強他。一行四個人來到帝都郊外的私人別墅。

到達別墅後，大家發現羅誠組織的聚會還挺熱鬧，除了投資人之外還有幾位歌手和他們的經紀人、助理。喻柯在人群裡聽到一個聲音，立刻興奮起來：「哇，宛如女神也在！」

陳霄不怎麼關注娛樂圈，問道：「宛如是誰？」

喻柯激動地介紹：「許宛如，選秀節目出道的歌手，唱歌特別甜美，人氣非常高。我可喜歡她

了，我的鬧鈴就是她的新歌。」

陳霄對這些明星不大關注，聽到這裡就順著喻柯的目光看過去，果然看見一位長了張娃娃臉的女生，她也正好回過頭，見到陳千林後雙眼一亮，快步走過來說：「林神你好，我叫許宛如，當年玩遊戲的時候可喜歡你了，專門收集你做的植物卡牌，能給我簽個名嗎？」

她笑得很甜，朝陳千林雙手遞上紙筆。面對粉絲的熱情，陳千林依舊神色淡漠，朝她點了點頭，然後接過她遞來的筆，在本子上隨手簽下自己的名字。

喻柯瞪圓了眼睛。

——給明星當偶像，還能保持一臉高冷，教練真是太有大神風範了！

陳霄見她臉頰發紅、雙眼冒光，立刻警惕地向前一步，免得這妹子衝動之下撲上來抱陳千林。雖說她應該不敢這麼做，可萬一呢？

許宛如看見陳霄，緊跟著把本子遞過來，「陳霄、阿哲，還有小柯，你們也給我簽個名吧，我全程看了今年的比賽，涅槃超厲害。」

陳霄很有風度地把自己的名字簽在哥哥旁邊，謝明哲也大大方方地簽了，喻柯幸福得頭暈目眩，他本來想找女神要簽名的，結果女神反過來要他簽名！

就在這時，耳邊突然傳來一個男人的聲音：「陳霄？真的是你啊！」

陳霄扭頭一看，從別墅側面走過來一個男人，穿著身休閒裝，長著一張放在人群裡很難辨認的路人臉，但他衣服上印著高檔訂製服的名牌logo，戴的手錶也很明顯價格超過六位數，一看就很有錢。此時，他正朝自己熱情地笑著，一副見到老朋友的表情。

陳霄疑惑：「你是？」

對方道：「我是張鵬啊，老同學，你忘了？」

陳霄在腦子裡搜索這個名字，很快就想起來，「小學時坐我前排的那個？」

張鵬指了指自己的腦殼，用開玩笑的口吻說：「沒錯，你還在我的腦殼上留下過痕跡，好久不見，沒想到能再見到你們兄弟。」他皮笑肉不笑地抬眼看向陳千林，陳千林理都沒理他，轉身去找羅誠。

張鵬的眼睛微微一眯，卻很快換上笑臉。

陳霄也乾笑一聲，「真巧。」

聚會的場合碰見老同學，本是好事，可如果跟對方有仇，那就不怎麼美妙了。

如今都是成年人，提起小時候的事陳霄也挺尷尬，小孩子嘴賤說幾句壞話，他就把人家打得頭上縫了七針，確實是有些過分。

好在張鵬沒繼續提這件事，「聽說你現在當職業選手，混得還不錯？」

陳霄微笑，「也就混口飯吃。」

張鵬挑了挑眉，「這就謙虛了吧？你現在的身價都跟明星差不多了，我聽劉總說，下個賽季他要請你們涅槃的選手當代言人，代言費都能開到七位數。」

謝明哲、喻柯還有許宛如都跟著陳千林走進別墅，留時間給他倆「老同學敘舊」，陳霄根本不想跟這人敘舊，偏偏對方攔著他的去路，他只好迅速轉移話題：「你怎麼也來今天的聚會？」

張鵬道：「我大學畢業後去娛樂公司當經紀人，帶著幾個小明星，也就勉強養家糊口，跟你這粉絲幾千萬的遊戲大神可沒法比。」

怎麼聽著陰陽怪氣的？好像是恭維，又像是嘲諷，陳霄心裡有些厭煩，還好這時候他聽見陳千林冷淡的聲音傳到耳邊：「陳霄，過來。」

陳霄如蒙大赦，立刻朝老同學笑笑，轉身繞過他去找哥哥。

客廳內，坐著羅誠老師和一位中年男人，陳千林介紹道：「這位劉總，是羅老師的朋友。」

三人禮貌地打招呼：「劉總好。」

老闆看上去五十歲上下，頭髮花白，但身材管理得很好，整個人都透著股精明幹練，他笑咪咪地打量著三人，道：「我玩這個遊戲好幾年了，水準一直很菜，才打到星卡專家段位，不像你們那麼厲害還會自己做卡牌。這次讓小羅聯繫你們，也是想趁著聚會的機會，多瞭解一下這個圈子。」

羅誠笑道：「都坐吧，我準備了一些茶點，大家邊吃邊聊。」

他將眾人帶去陽臺，這裡光線很好，還有舒服的躺椅，旁邊的茶几上放著精緻的糕點，很適合聊天。原來這位老闆是星卡遊戲的死忠粉，由於對遊戲市場非常看好，他打算明年重點投資星卡的俱樂部，正好看中了涅槃。

現在的涅槃還在起步階段，只有四位選手，肯定得再招一些替補隊員。隨著公會的壯大，池青他們幾個管理起來會越來越吃力，需要增加一些人手。另外，美術部、資料部、公關部還有周邊開發、官方商城的管理售後也該慢慢步入正軌。

劉總提到的這些問題，也正是涅槃迫切需要解決的。

陳千林聽到這裡，冷靜地說：「涅槃俱樂部的管理部門和賽事部門必須分開，我不希望任何人干涉我們的比賽。」

劉總笑道：「那當然，我只按投資比例年終分紅，派去的人也交給你們差遣。訓練和比賽他們都不會干涉，只參與周邊開發、人氣宣傳、粉絲活動這些雜務，聽小羅說你是陳總的兒子，應該懂這些，你是教練，肯定沒多餘的時間管理俱樂部吧？」

陳千林道：「是這樣沒錯，如果讓專業管理團隊入駐的話，具體的細節還要好好談……」

兩人聊得特別專業，謝明哲聽得一愣一愣的。他不懂什麼投資管理，好在涅槃有師父坐鎮，聽說陳家就是做生意的，陳千林自小耳濡目染，怪不得懂這麼多商場規矩。

由於劉總態度很誠懇，大家相談甚歡，初步定下了合作的意向。細節方面，就需要雙方找律師、經理人詳談了。

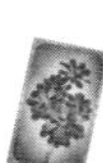

正好快到晚飯時間，羅誠請大家來到餐廳。

餐桌上擺滿美食，羅誠站在主人位置上，主動舉起酒杯，「感謝大家的光臨，我先敬大家一杯，希望大家今天能玩得愉快！」

主人敬酒，賓客自然配合地拿起杯子。

沒有人注意到，在陳千林修長的手指拿起酒杯時，角落裡的張鵬，眼中閃過一絲陰狠，臉上卻很快換上老好人的笑容。

吃過飯後，陳千林本想走，羅誠卻攔住他說：「我這別墅是專門為私下聚會準備的，房間很多，今天已經太晚了，就在我這裡住下吧，我已經給你們安排好了房間。」

陳千林抬眼一看，發現小柯玩得特開心，謝明哲、陳霄也在和那幾位年輕的歌手聊天，有說有笑的，看上去已經很熟了，還有人提議待會兒在客廳玩遊戲。

反正是假期，在朋友這裡留宿一晚也沒事，陳千林便答應下來。只是他不喜歡熱鬧，看向羅誠道：「你們玩吧，我上樓休息一會兒。」

羅誠帶他來到房間，笑著說：「知道你有點潔癖，被子床單全換新的，放心用。」

陳千林點點頭，送走羅誠後他就拉上臥室的窗簾，將暖黃的路燈光線擋在窗外。

別墅的隔音效果很好，樓下的聲音一點都傳不到耳裡，屋裡非常安靜，陳千林放鬆下來，靠在沙發上閉目養神。

不知過了多久，他突然感覺到身體有些不大對勁，一股奇怪的熱流直往下腹湧，陳千林驀地睜開眼睛。

樓下，一群年輕人聚在一起，玩傳統的殺人遊戲，大家年紀相差不多，很快就打成一片。

陳霄老是第一輪出局，喝了不少酒，他笑著擺擺手去上洗手間。

剛從洗手間出來，卻聽見別墅外面的走廊裡有人在說話，他原本沒有在意，可對方似乎提到「林神」，陳霄立刻上前一步站在角落裡豎起了耳朵。

是張鵬的聲音，語重心長地道：「宛如，妳不一直都是林神的粉絲嗎？我剛才看他上了樓，好像有些不舒服，妳去給他送些水果吧，也順便跟妳的偶像多聊聊天。」

許宛如的臉頰微微發紅，「林神那麼冷淡，肯定不會理我。」

張鵬道：「那可不一定，粉絲送水果給他吃，他就算再冷淡也會給妳一點面子吧？何況，妳也是個小有人氣的歌手，可不是什麼無名小輩，難道他還能把妳趕出來嗎？」

許宛如有些糾結，「可是都這麼晚了，我去送吃的會不會不大好？」

張鵬笑道：「這裡又沒外人，更沒什麼狗仔記者，妳給偶像送水果，不會有人說什麼的，剛才廚房那邊端來很多新鮮水果，妳拿一些給林神吧。」

許宛如被他說動了，顯得有些興奮：「好，我這就去。」

她轉身去找了個盤子，挑了些切好的水果送到樓上。

陳霄也不知為什麼，心裡總覺得不對勁，他的印象中，張鵬特別討厭他們兄弟，小學的時候一直說陳千林壞話，怎麼今天如此反常，還主動讓人給哥哥送吃的？陳霄疑惑之下悄悄跟上了許宛如。

陳千林的臥室安排在三樓，許宛如小心翼翼地走過去，敲了敲門，「林神在嗎？我給你拿了些水果……」

她發現門虛掩著，便推門走進屋。

結果剛走進去，就聽陳千林冷冷地說：「出去。」

許宛如一愣，看見男人坐在沙發上臉色極為難看，她擔心地道：「林神你不舒服嗎？」

陳千林抬眼看她，那一眼冰冷到了極致，聲音裡也像是混了一堆冰碴，一字一句地道：「出去，別讓我說第三次。」

許宛如：「……」

居然真被偶像趕出門？許宛如滿肚子委屈。她雖然不是超人氣明星，但也有百萬粉絲喜歡她甜美的歌聲，結果陳千林一點面子都不給，許宛如垂頭喪氣地「喔」了一聲，端著水果轉身回自己房間，把精心挑的水果全部吃下肚，來修補自己碎裂的粉絲心。

陳霄在走廊的拐角處見許宛如端著水果走了，心裡更加疑惑。

他轉來到哥哥門口，敲了敲門發現沒人應，陳霄擔心地推門進去，反手關好門，朝臥室裡掃視一圈，並沒有發現哥哥在哪裡，倒是耳邊不斷傳來嘩嘩的水聲。陳霄繞過大床走到側面，果然，水聲是從浴室傳來的，哥哥應該在洗澡。

陳霄問道：「哥，你沒事吧？」

陳千林沒有回應，陳霄也不好意思打擾他洗澡，轉身想走。結果剛轉過身，就聽浴室裡突然傳來奇怪的聲音。

那是一種夾雜著痛苦的呻吟聲，好像極為難受。

陳霄臉色一變，立刻推門進去，「哥？」

他以為陳千林是突然生了病，然而，開門的那一瞬間，陳霄徹底傻了眼。

——只見陳千林穿著衣服，背靠牆壁，花灑將冷水開到最大，整間浴室都因為冷水的沖刷而降低了溫度，但他呼吸之間噴出的熱氣幾乎要將人灼傷。

平時，他的眼睛總是很清冷，晶瑩剔透的淺色眼瞳讓人根本不敢和他對視。但是此刻，他的眼裡布滿血絲，就像是失去了理智的野獸。衣服凌亂地搭在身上，露出大片皮膚，平時看上去挺清瘦的男人，居然有整齊漂亮的腹肌？

陳霄從沒見過這樣性感的哥哥，愣愣地站在原地。

半晌，他發現自己鼻子一熱，好像是流鼻血了？回過神的陳霄立刻狼狽地伸出手，胡亂擦掉鼻血，顫聲道：「哥？你、你怎麼了？」

陳千林的眼前已經一片模糊，似乎聽見陳霄在叫他哥哥，僅存的一點理智讓他強撐著站直身體，轉過身背對著陳霄，「別管我，出去。」

陳霄擔心地上前一步，「哥……」

陳千林厲聲道：「出去！」

隱忍中夾著怒意的聲音，如同炸雷一般響在耳邊。陳霄嚇了一跳，他見陳千林腳下有些站不穩，頭頂還在不斷地澆冷水，這樣下去肯定會感冒，他立刻上前一步扶住哥哥，關掉水龍頭。

就在那一瞬間，感覺到陳霄修長的手指碰觸到自己灼熱的身體，微涼的溫度讓陳千林恢復一點理智，緊跟著，理智的弦終於徹底地繃斷。

雙眸血紅的男人，猛地一個轉身，將弟弟直接壓在牆上。

他的手臂力氣大得驚人，摟住陳霄的腰，對準那張叫「哥哥」的嘴唇用力地吻了下去。

## （三）

陳霄聽見「砰」地一聲巨響，腦殼直接撞到牆上，他一時眼冒金星，不知道發生了什麼事，直到下一刻，嘴唇突然被堵住。

陳千林滾燙的唇壓了上來，結結實實地吻住他。

就算是在夢裡，陳霄都不敢奢望哥哥會吻他。

一向冷靜淡漠的哥哥此刻顯然失去了理智，親吻顯得有些瘋狂。

陳霄的呼吸都被奪去，被哥哥按在牆上強吻，他的嘴裡只能發出「唔唔」的聲音，口中屬於哥哥的氣息不像想像中那樣清冷，反而帶著像是要將人燙傷般的熱度。

陳霄被哥哥粗暴的親吻弄得心臟一陣發顫。

他總算明白了——哥哥這是被下了藥吧？否則不可能如此失態。

是哪個王八蛋居然敢給哥哥下藥？

陳霄的腦子裡一團亂麻，突然，他腦海中閃過剛才從洗手間出來時無意中見到的那一幕，張鵬勸許宛如給哥哥送水果，如果不是許宛如被趕走，此時被壓在牆上的就是她了吧？

想到這裡，陳霄就如當頭淋了盆冷水，脊背陣陣發寒。

張鵬這個傻逼，原來是打著這樣齷齪的主意！

今天聚會的其他人和哥哥無冤無仇，沒必要用這種下作手段，也只有張鵬會搞鬼。他應該還在為當年陳霄打他的事記仇，所以才會起了歹心，想讓陳千林失去理智和許宛如發生關係。

男神酒後睡粉絲，睡的還是娛樂圈知名女歌手，多麼勁爆的話題！

陳千林的人氣絕對會一落千丈，在粉絲們心裡的高冷男神形象也會徹底崩塌。許宛如這個二線小歌手還能借機炒炒熱度，可真是一箭雙鵰的好計策。

——張鵬你他媽不想活了？老子當年把你打進醫院時，怎麼沒把你給打死！

陳霄恨得咬牙切齒，真想現在就把那個傻逼抓過來揍成殘廢。

然而下一刻，他就徹底懵了——因為陳千林已經迅速脫掉他的衣服，將他壓倒在浴缸裡。

脊背接觸到冰涼的浴缸，面前卻是滾燙的哥哥，陳霄猛地回過神，察覺到哥哥要做什麼，他的臉脹得通紅，顫聲道：「哥……你……你先放開我……」

他一直暗戀哥哥，如果陳千林是心甘情願和他在一起，他會幸福得下樓跑個一萬公尺，什麼都順著哥哥。可現在陳千林被下藥，意識不清醒，或許都不知道懷裡的人是誰，在這種情況下發生關

係並不是陳千林所願意的，一旦明天恢復意識，肯定會很難堪。

理智上他應該推開哥哥，讓哥哥泡個冷水澡，或者去找一些緩解狀況的藥物。可是……在對上陳千林血紅的雙眸，想要推開對方的那一刻，陳霄卻動搖了。真的要推開嗎？他突然想到，或許，這是他這輩子，唯一能和哥哥親密接觸的機會，錯過了，就再也不會有。

哥哥從小性子冷淡，平時別說是被哥哥親吻，就連擁抱都很少。但是現在，陳千林卻真真切切地抱著他，狂熱地吻著他，這是他做夢都沒法奢望的事情。

為什麼要推開？能跟哥哥在一起，不是他夢寐以求的事嗎？

陳霄腦海裡的思緒異常混亂，整個腦子都快變成漿糊，可是，隨著不斷被陳千林親吻，卻有一個念頭格外強烈清晰地冒了出來——他很愛陳千林，能和哥哥在一起做最親密的事，是他內心深處最難以啟齒的渴望。這種渴望就像是野草般瘋長，漸漸纏滿，讓他的理智不翼而飛……

陳霄聽見自己的心臟激烈跳動的聲音。

陳千林還在瘋狂地吻他，這個吻太過熾熱，吻得陳霄眼眶酸澀，甚至想要落淚。他將手放在哥哥的肩膀，並沒有推開，反而閉上眼睛，顫抖地抱住陳千林。

陳千林雙眸一片血紅，被身下的人抱住後，他毫不猶豫地分開對方的雙腿，膝蓋擠在陳霄腿間，失去理智的陳千林只能依靠本能來行動。

他用手輕輕摸到陳霄身後的穴口，將手指插進去探索。

被異物入侵的陳霄緊張地繃直脊背，意識到哥哥要做什麼，陳霄的心撲通直跳，快要從胸口蹦出來，他深吸口氣調整好情緒，慢慢地放鬆身體，紅著臉用雙腿環住哥哥。

陳千林的手指順利插入。

只是，後穴有些乾澀，他想增加手指的時候就顯得很不順利。

陳千林皺了皺眉，隨手擠了一大把沐浴露往後面塗，等三根手指能順利插入時，他才換上硬如鐵棍的分身，用力地插了進去。

「啊——」他見身下的人發出急促的抽氣聲，身體也猛然變得僵硬。

但陳千林已經顧不上了。

雙眼血紅的陳千林，就像是最原始的野獸，瘋狂地釋放著自己的慾望，他把陳霄的腿高高地抬起來，壓著陳霄凶猛地侵犯。

陳霄感覺自己的身體快要被捅成兩半。

沒想到平時冷淡漠然的哥哥，被下藥後居然如此瘋狂！

身體內部能清晰地感覺到他又硬又熱的慾望，陳霄的身體雖然疼得快要痙攣，可心理上的快感卻無以言表，被愛戀了多年人徹徹底底占有，這種奇怪的滿足感讓他把身上的人抱得更緊，雙腿配合地抬起來搭在對方肩膀上。

陳霄的嘴裡劇烈地喘著氣：「啊啊……哥……啊……太深了、慢……慢點……」

陳千林完全聽不進去，一次比一次更深。他的眼睛裡淨是血絲，壓著陳霄凶狠地侵犯，一次又一次猛烈抽插，發出身體交合的曖昧水聲。

陳霄感覺自己的五臟六腑快要被頂成碎片，身體的深處被反覆折磨，他雙腿發抖，腰都快斷了。然而，察覺到他的配合，陳千林的動作更加肆無忌憚。

陳霄不知道被哥哥侵犯了多久，在他雙腿僵硬得快失去知覺的時候，陳千林終於射了出來，濃稠、滾燙的液體一絲不漏地射進他身體深處。

陳霄察覺到哥哥居然射在裡面，臉頰頓時脹得通紅。

靠著浴缸喘息了良久，本以為哥哥結束了，他哆哆嗦嗦地扶著浴缸，剛想站起來，結果下一刻，陳千林突然伸出手，輕輕從背後抱住他的腰。

一向清冷的聲音，此時帶上一絲沙啞，聽著性感極了：「別走……我還要……」

下一刻，陳霄就被他猛地壓在浴缸邊緣，陳千林抬起他的臀部，從身後再次侵犯他，陳霄瞪大眼睛，慌忙用蒼白的手指用力抓住浴缸。

後背位讓陳千林進得更深，陳霄雙腿跪在浴缸裡，腰部被哥哥用力控制著，根本就沒辦法逃離。

「啊……啊……」陳霄被插得叫出聲，擔心自己的尖叫喚醒哥哥的神智，他立刻捂住嘴巴，用力咬住手指來減輕身後的疼痛感。

被陳千林從身後又要了一次，陳霄已經累得精疲力盡。

只是，陳霄低估了張鵬的下限，不知道這個王八蛋給陳千林下的藥是不是劑量超標了，陳千林就像是永遠不會累的野獸，抱著陳霄回到臥室的床上，又一次占有了他。

「啊……哥……啊啊……」陳霄叫得聲音嘶啞，全身像是被大卡車碾壓過一樣。

直到深夜的時候，陳千林才停下來。

可能是過度的消耗讓身體負擔太重，加上藥物的影響，陳千林很快睡著了。睡著的男人眉頭緊鎖，似乎很不高興。

陳霄伸出手，輕輕用指尖撫平了哥哥的眉毛，他想要起床，卻發現雙腿打顫，某處疼得像撕裂一般，根本站不穩。

陳霄狠狠咬住牙，忍耐著尖銳的疼痛，扶著床頭慢慢站起來。

他看了眼牆上的掛鐘，時間指向凌晨兩點——陳千林居然壓著他連續折騰了四個小時，怪不得他全身痠痛，感覺自己快要殘廢。

陳霄深吸口氣，找回身體的知覺，一瘸一拐地走進洗手間。

他打開溫水想把自己沖乾淨，可全身的青紫痕跡根本就洗不掉，好在他今天是穿高領毛衣，穿上衣服別人也看不見。

陳霄苦笑著想，自己真夠傻。

不該哭。可隨著頭頂花灑溫熱的水流下來，澆到臉上，他還是忍不住哭了。

他在浴室裡哭得像個受傷的小野獸，獨自在深夜裡舔舐著傷口。

理智已經完全恢復，他覺得自己有些噁心，一時衝動，趁陳千林意識不清的時候發生關係，這跟迷姦對方又有什麼區別？雖然他是被上的那一個，可是，在這件事情上，陳千林也是受害者，試想一下，如果自己被下了藥，跟不喜歡的人上床，自己會高興嗎？

陳千林並不願意，陳千林連說了兩遍，讓他出去……

他為什麼會突然腦殘，違背哥哥的意願，自作主張地跟哥哥上了床？

這麼做，是對陳千林的侮辱和褻瀆。以陳千林驕傲的性格，是不可能因為內疚就和他在一起的，知道真相之後，陳千林只會覺得像吃了蒼蠅一樣噁心……

陳霄後悔極了，恢復理智的他恨不得用腦袋用力地撞牆。

他將水溫調到最低，冰涼的水當頭澆下來……越澆越清醒，越清醒越難過。

心臟一陣陣痙攣，恨不得回到四個小時前狠狠抽自己一巴掌。他的眼淚不斷地往外湧，跟花灑的水流混在一起，身體被冰冷的水沖刷著，心裡也冷得像是灌進了冰塊。

回不去了……哥哥如果知道真相，不會原諒他的。

小時候被人欺負，他一個打三個都不怕。可是，愛上了一個人，他就有了軟肋——他害怕，怕經過這件事後，會徹底地失去哥哥。

長到二十多歲，他真是從沒像現在這麼窩囊過。

也不知過了多久，直到凍得打哆嗦的時候，陳霄才終於冷靜下來。

事情已經發生，現在只能想辦法補救。他關掉水龍頭擦乾身體，把衣服穿上，簡單處理了浴缸裡的痕跡，轉身來到床邊。

床上的痕跡處理不了，他現在沒力氣把陳千林挪開再換一條新床單，而且這是別人家，新床單在哪兒他也不知道。陳霄看著凌亂的床鋪發了會兒呆，走過去，俯身小心翼翼地親了一下陳千林的額頭，低聲說：「哥……對不起……」

他的聲音格外沙啞，像是用砂礫摩擦著喉嚨，還帶著一絲明顯的哽咽。

陳千林沒有反應，陳霄慌忙後退，做賊一樣溜出哥哥的房間。

羅誠早就給每位客人安排好了臥室，陳霄的屋子正好在哥哥的隔壁。他躡手躡腳打開門，走進自己的房間後立刻鎖好房門，設定了明早的鬧鐘，躺在床上的那一刻才微微鬆了口氣。

身體的疲憊，如同潮水一樣迅速將他淹沒。

陳霄連衣服都沒來得及脫，就和衣躺在床上，很快便沉沉地睡了過去。

次日早上，陳千林醒來的時候發現身邊沒人。

凌亂的床鋪上，那些痕跡在鮮明地告訴他昨晚發生了什麼。

陳千林的臉色陰沉得可怕，他揉了揉突突直跳的太陽穴，起身下床。

昨天去沖冷水澡衣服都被淋濕，來參加聚會也沒帶換洗的，陳千林給羅誠發了條消息，說自己喝醉酒吐了滿身，讓他幫忙找一套乾淨衣服過來。

但事情終究瞞不住。

床上的痕跡，不瞎的人都知道那是什麼，帶衣服過來的羅誠瞪大眼睛看著屋內的凌亂現場，結結巴巴地道：「你……你昨晚跟人上、上、床了？」

陳千林只答了一個字：「嗯。」

羅誠在原地呆立片刻，頭疼地抓亂自己的捲髮，苦著臉道：「雖然我這次請來的都是你的粉絲，那幾個歌手也挺漂亮，可是千林，娛樂圈水深，這事要是傳出去，對你、對她們，影響都不好。」

陳千林面無表情，「不會傳出去，管好你的嘴。」

羅誠立刻伸出手，做了個給嘴巴拉上拉鍊的動作，「我肯定不多嘴，就是……昨晚你跟人那個的時候，沒被別人撞見吧？」

陳千林：「沒有。」

屋內還有一些奇怪的味道，氣氛無比尷尬。

羅誠只好故作輕鬆地開玩笑：「成年人嘛，看順眼了，深入交流一下也挺正常的，不用介意。咳，真想不到，平時看你冷冷淡淡，一臉禁慾樣，我還以為你對女人不感興趣，結果，放縱起來這麼的……」

陳千林回頭冷冷地看他，羅誠立刻識相地閉上嘴，不再開玩笑。

娛樂圈這種事並不少見，羅誠在以前的聚會中就親眼目睹過某些明星一起進房間「談心」，沒想到，陳千林居然會做出這種出格的事。

他那麼驕傲淡漠的人，怎麼會隨便跟認識不久的明星上床？

越想越覺得不對，羅誠的臉色立即嚴肅下來，腦海中浮現另一種可能性，「這不像是你的作風，你該不會被人算計了吧？」

陳千林的目光就像碎了冰的利箭，他起身走到窗邊，拉開窗簾看了眼樓下，聲音毫無溫度：「某些老鼠，你給他活路，他卻非要往死路上走，真是一點自知之明都沒有。」

「什麼老鼠？你知道是誰幹的？」走到窗邊一看，正是許宛如的經紀人張鵬從樓下經過，羅誠愣了愣，「張鵬？我跟他沒怎麼接觸過，記得是宛如今年新簽的經紀人。他不至於大著膽子算計你吧？靠你來炒作，他腦子被門夾了？」

「這件事，我不想把你牽扯進來。」陳千林放下窗簾，回頭看向好友，「你只要做到守口如瓶，裝作什麼都不知道，別的我會處理。」

對上他的目光，羅誠覺得脖子涼颼颼的，忍不住問道：「就像……處理邵博那樣？」

陳千林沒有回答，算是默認。

羅誠輕嘆口氣，「雖然我不清楚你跟這傢伙有什麼恩怨，不過，既然你說要自己處理，我相信你能處理好。」他頓了頓，很是愧疚地低下頭，「這次的事情我也有責任，要不是我發起聚會，還把幾個小明星叫來，也不會鬧出這種事……真是抱歉。」

陳千林打斷對方：「我弟弟呢？」

羅誠道：「我剛才看見陳霄在樓下吃飯，他今天起得挺早。」

陳千林微微皺了一下眉，「我去看看他。」

## （四）

為了早起不讓別人看出不對勁，陳霄昨晚回屋後訂了七個鬧鐘，一分鐘一個，接連不斷地響，睡得再沉也會被吵醒。

醒來時，陳霄只覺得全身痠痛，雙腿幾乎要站不住，身後紅腫的傷口一陣鑽心地疼，不過對陳霄這種從小習慣打架的男人來說，這點疼還在可以忍受的範圍內。

他對著鏡子整理好衣服，讓高領毛衣把身上的痕跡遮得嚴嚴實實，發紅的眼睛也用毛巾仔細地冷敷，看不出太大問題，這才轉身下樓。

樓下餐廳裡，傭人已經準備好早餐，有熱粥、牛奶、煎蛋、甜點，都可以隨便取用。

小柯正坐在餐廳喝牛奶，見陳霄下來便笑著招手，「陳哥，這麼早起啊！」

陳霄走過去坐下，順手盛了碗粥，朝喻柯說：「小柯，哥有件事想請你幫忙。」

喻柯仗義地拍拍胸口，「儘管說！」

陳霄環顧了一下四周，發現沒人，這才壓低聲音：「待會兒要是有人問起，你就說昨晚玩完遊戲後，我去你的房間，一起看鬼片看到凌晨兩點才回屋睡覺。」

喻柯愣了愣，「你也愛看鬼片？」

這傢伙總是抓不住重點，陳霄無奈扶額，「嗯，就說昨晚我和你一起看的。」

喻柯滿臉疑惑，「昨晚玩到一半，你去了趟洗手間然後就沒回來，我們還以為你回屋睡覺了呢，你什麼時候跟我一起看鬼片了？為什麼要說謊啊？」

陳霄正色道：「昨晚……咳，發生了一些不大好的事情，要是讓我哥知道，他肯定會很生氣，說不定會跟我斷絕兄弟關係，你就幫我圓個謊。」

「斷絕關係這麼嚴重？你想讓我給你做不在場證明，陳哥……」喻柯用古怪的眼神看著陳霄，放輕聲音，神祕兮兮地問：「你該不會去殺、人了吧？」

陳霄：「……」

他差點把嘴裡的粥給噴出來。喻柯這小傢伙真是一點都不靠譜，思維總是跑偏，還好謝明哲也下了樓，陳霄放棄說服喻柯，擺擺手道：「行了，我剛才開玩笑的，別當真。」

喻柯「喔」了一聲，跟阿哲打過招呼，就放下碗筷，精神抖擻地去外面晨跑。

謝明哲坐在陳霄對面，微笑道：「陳哥這麼早起？」

陳霄咳嗽一聲，也跟謝明哲提了同樣的要求：「阿哲，能不能幫我個忙？待會兒要是有人問起，你就說，昨晚你突然想到了幾張卡牌的創意，找我商量技能設計，我們太激動，一直商量到凌晨兩點才睡。」

謝明哲特別乾脆，點點頭說：「沒問題。」

陳霄疑惑：「你不問我為什麼說謊？」

謝明哲笑道：「陳哥很少找人幫忙，既然開口，這個忙我當然要幫。我相信，你這麼做肯定有迫不得已的理由吧？」

陳霄的心頭微微一暖，阿哲做事確實很乾脆，他還真的不好意思說出原因。阿哲不問理由也樂意幫忙，就是出於對他的信任，真是夠哥們。

陳千林下樓的時候，謝明哲和陳霄正在一起吃飯。

他走過去，看著陳霄問：「這麼早起？你昨晚幾點睡的？」

陳霄差點被嗆到，迅速把嘴裡的米粥給嚥下去，故作輕鬆地笑了笑，「昨天阿哲想到幾張卡牌的創意，我們在樓下玩完遊戲後就去他房間討論，一激動，聊到凌晨兩點才睡。」

陳千林轉過頭，平靜地盯著謝明哲的眼睛，「是嗎？」

謝明哲被盯得脊背發涼，他敏銳地察覺到陳哥要說謊可能跟師父有關，但現在他騎虎難下，不得不硬著頭皮繼續把謊圓下去：「是啊，我之前給陳哥做的梅蘭竹菊四君子挺受歡迎，我想再做一些花卉擬人的牌。四君子都是美男子，這次畫成美女，說不定效果也挺好。」

陳千林繼續面無表情地看著徒弟。

哲導的反應就是快，編起故事來都不帶喘氣的。

謝明哲心虛地低下頭，「這粥挺好喝的，師父要不要來一碗？」

「不用。」陳千林沒追問謝明哲卡牌的細節，轉頭看向陳霄，「你昨晚來過我房間吧？」

陳霄一怔，知道哥哥應該記起了一些片段，只好半真半假地摻著說：「哥你昨晚很早就回房，我擔心你不舒服跟去看了看，結果進去的時候你在洗澡，你讓我出去，我就回頭去找阿哲了。」

這什麼情況？謝明哲覺得自己好像變成了無辜躺槍的路人？

陳千林一直看著陳霄，發現他說話時滿臉笑容，表情很輕鬆的樣子。礙於謝明哲在場，陳千林沒再多說，轉身倒了杯牛奶，自顧自地坐下吃飯。

飯後，陳千林跟羅誠告別。

在別墅門口，他看見開著車正準備離開的張鵬。

張鵬打開車門走下來，皮笑肉不笑地朝陳千林道：「林神，昨晚睡得好嗎？」

陳霄聽到這話，氣得腦袋一陣脹痛，他用力攥緊拳頭，手背上青筋暴起，恨不得一拳打掉這混蛋的門牙！周圍很多人在看，陳霄深吸口氣，才讓自己控制住了動手的衝動。

陳千林卻淡淡地道：「睡得很好，謝謝關心。」

張鵬見男人臉色平靜，也沒多說什麼，客氣道：「大家保重，以後常聯繫。」

陳千林道：「嗯，我會聯繫你的。」

張鵬沒懂他的意思，還以為是客套話，便朝大家笑笑，轉身帶著許宛如走了。

等他走後，陳千林才轉身來到車庫，「回去吧。」

昨天來的時候是陳霄開的車，今天回程，陳霄依舊坐在駕駛座。這輛車是他的，跟他指紋綁定，雖然他身體很不舒服，但車子可以設置智慧導航、自動駕駛，他也不需要操心，坐在駕駛座應對突發狀況就行。

一路上，陳霄一直和謝明哲故作興奮地聊卡牌。

陳千林全程沉默。

一個小時後，車子停在涅槃樓下，四人一起坐電梯上樓。

陳千林忽然道：「俱樂部已經放假了，之後的時間你們可以自由安排。」

謝明哲和喻柯立刻識相地跟教練道別，轉身回自己宿舍。

陳霄和陳千林的宿舍挨著，不得不同路。一路上，兩個人都沒說話，直到陳霄走到門口，陳千林才淡淡地道：「昨晚……」

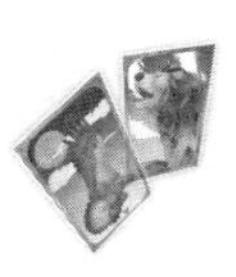



陳霄心臟一顫，立刻打斷這個話題：「哥，我先回屋收拾行李。」

陳千林皺眉，「你要去哪裡？」

陳霄低聲解釋道：「鄭院長的六十大壽快要到了，我回去給他祝壽。之前一直忙著比賽，我沒來得及買禮物，想提前回去準備一下。」

陳千林記起弟弟確實跟他提過老院長過生日的事，沉默片刻，才問：「去多久？」

陳霄硬著頭皮道：「大概半個月吧……」

陳千林點了一下頭，冷冷地說：「那就等你整理好思路，我們再談。」

這句話意味深長，陳霄頭皮發麻，心想哥哥該不會知道了昨晚發生的事吧？想到這個可能性，陳霄就心慌意亂，不敢看陳千林冷漠的目光。他隨口應了句「好」，迅速開門進屋，胡亂收拾兩套換洗衣服，就提著行李逃難般衝下樓。

坐進車裡後，陳霄深吸口氣穩了穩失速的心跳，打開光腦找出通訊錄裡的鄭亦，發消息給他：小亦，我想提前幾天回來，能不能住你那兒？

鄭亦很快回覆：沒問題的霄哥，我家有一間客房，你直接過來，我把地址發給你。

陳霄改姓陳之前跟大家一樣隨院長姓鄭，所以，孤兒院的小朋友們都叫他「霄哥」。

螢幕上很快彈出一個導航位址，陳霄點進位址，給車子設定自動駕駛，黑色的懸浮車很快就從車庫開了出去。

車子開到一半，陳霄就覺得眼皮越來越沉重，身體深處尖銳的疼痛一陣陣席捲而來。

早上起來的時候，他就全身發冷，以為是衣服穿少了，剛才出門多加了一件外套，可還是很冷，身體就像被一團潮濕的棉布包裹著，衣服被汗水浸得濕透，黏在身上特別難受。

腦袋裡像是有一根電鑽，在不斷地往深處鑽。陳霄用力地抱住頭，他想，自己可能是生病了，也難怪，昨晚被哥哥反覆侵犯了整整四個小時，身體快要散架，後來又在冷水裡沖了那麼久的澡，

回去後只瞇了一小會兒，就訂鬧鐘強迫自己起來……

經過這一夜的折騰，身體再好也吃不消。

他現在還在路上，不能睡著，至少要到小亦家再睡吧？

陳霄渾渾噩噩地用力睜著眼睛，盯著車內的導航路線。導航圖上的綠色小圓點在慢慢朝終點靠攏，還好自動駕駛系統會避讓行駛的車輛，不用擔心事故發生。

他就這麼呆呆看著地圖。也不知過了多久，車內響起熟悉的語音提示：「目的地已到達，為您找到停車場，是否自動泊車？」

陳霄按下了是，車子在停車場放好，他提著行李箱找到小亦住的那棟樓，上了電梯。

他腦子裡暈暈的，腳步虛浮，眼前的地面在不斷地晃動，認路都是憑直覺。

鄭亦今天正好休息在家，聽見門鈴聲，立刻轉身開門。

打開門就看見一位年輕男子提著行李站在門口，他的頭髮早已濕透，衣服也濕濕地黏在身上，整個人就像是剛剛從水裡撈出來。男人帥氣的臉上，完全沒有印象中飛揚的神采，一張臉蒼白得毫無血色，嘴唇更是白得嚇人，眼眶通紅，看上去狼狽極了。

鄭亦怔在原地，差點沒敢相認。

在鄭亦的心裡，陳霄就是個天不怕、地不怕的血性男兒。是孤兒院一群小夥伴中，最講義氣，也最可靠的大哥，從來沒見過他如此狼狽和落魄。

鄭亦不敢相信地看著他，「霄……霄哥？」

陳霄的眼前一陣暈眩，模糊中聽見這個聲音，他強撐著一口氣，「小亦，扶、扶我一下，我好

像有點發燒……」

話音剛落，他就一頭栽倒下去。

鄭亦急忙伸手扶他，發現他的額頭燙得驚人。頭髮濕透不是淋了雨，是被身上的汗水給浸濕的，這是燒到了多少度啊！

鄭亦嚇壞了，趕緊把陳霄拖進家裡放在客房的床上，打電話叫醫生：「劉叔叔，能不能麻煩您來我家一趟，我有個朋友高燒昏迷，看起來很嚴重……」

聽著年輕人快要急哭的聲音，劉醫生冷靜地道：「你先別急，家裡有溫度計的話給他測一下體溫，我馬上過來。」

鄭亦急忙把陳霄扶到臥室裡躺下，找來溫度計，想把溫度計夾在他的腋下測測溫度，結果一掀開衣服，鄭亦頓時愣住了。

他震驚地發現……陳霄的身上有好多吻痕。

密密麻麻的吻痕就像是散落的花瓣一樣遍布全身，觸目驚心！

鄭亦整個人都懵了。正好這時候劉醫生提著藥箱走進來，看到這場景，眉頭不由一皺。

老醫生見多識廣，倒是沒怎麼驚訝，迅速幫陳霄檢查一遍身體，很快就得出結論：「他在不久之前經歷過很粗暴的性事，傷口紅腫發炎，應該是身後的傷口感染導致高燒。我先給他開一些外用的藥，退燒藥和抗感染的藥也一併服用，你用冰袋儘快給他物理降溫，要是體溫再降不下來，就叫救護車送他去醫院掛急診。」

鄭亦聽到這裡，鼻子猛地一酸，眼淚差點就奪眶而出。粗暴的性事？陳霄這是經歷了什麼？怎麼會被人折磨成這個樣子？他豁然站起來，氣得快要爆炸：「我去報警！」

老醫生攔住鄭亦，「我建議你，還是等病人醒來再決定。」

鄭亦愣了愣：「什麼意思？他被人強暴，我不應該早點報警嗎？」

老醫生看了眼陳霄，輕嘆口氣，「我從醫這麼多年，見過很多類似病例，你朋友這種情況不像是被強暴，他的身上沒有任何毆打、強迫導致的傷痕。而且，他還洗過澡，徹底清除了體內的罪證……他應該是自願的。」

鄭亦僵在原地，不敢相信地回頭看向陳霄。

躺在床上的陳霄，全身都是狼狽的痕跡，臉色蒼白如紙，看上去虛弱極了。

那個懟天懟地，誰都不怕的陳霄，怎麼會自願被人這樣粗暴地對待？以陳霄的脾氣，只要他不願意，誰敢碰他一根頭髮，他絕對能打得對方滿地找牙！

如果不是愛那個人愛到了極致……他會甘願受這樣的屈辱嗎？

鄭亦看著床上昏迷不醒的陳霄，心都要碎了。

在他們幾個小夥伴中，陳霄一直是最勇敢、最厲害的一個，當年在孤兒院裡，陳霄年紀最大，也總是以大哥的身分護著他們不受欺負。

——霄哥，你總是站在前面，保護著別人。可是如今，誰能護你？

## （五）

鄭亦整理好難過的心情，按照醫生的吩咐給陳霄餵藥，像是機器人一樣不斷地給陳霄換毛巾冷敷。劉醫生也不放心這個病人，乾脆留下來觀察。

一下午的時間很快過去，毛巾也不知道換了多少次，體溫計上的數字總算降下來，劉醫生鬆了口氣，笑道：「你朋友身體底子好，這一關算是熬過去了。讓他好好睡一覺，只要高燒不反覆，應該就沒事了。」

鄭亦看了眼昏迷不醒的陳霄，悶悶地說：「我朋友的事，希望您能幫忙保密。」

「放心，替病人保密是醫生的職責。再說，我也不認識他。」劉醫生收拾藥箱起身，鄭亦感激地送醫生出門，「謝謝您，劉叔叔。」

醫生離開後，鄭亦回到房間，坐在床邊守著陳霄。他雖然退燒了，卻一直沒有醒，鄭亦只好耐心地等，每隔半小時測一次體溫，生怕他又發高燒。

一直到深夜，陳霄才慢慢地醒轉過來。

他睜開眼睛，有些茫然地看著陌生的環境，頭疼得快要炸裂。陳霄皺著眉揉了揉腦袋，鄭亦立刻遞一杯溫水給他，「霄哥你醒了？喝點水吧。」

陳霄聽見聲音，抬眼一看。

只見容貌清秀的男人紅著眼眶坐在床邊，一臉難過，紅紅的眼睛就跟小兔子似的，讓他忍不住聯想到小時候的那個愛哭鬼。

陳霄輕笑著道：「小亦？你哭什麼，我又沒死。」

鄭亦白著臉說：「你發高燒昏迷不醒，我快被你嚇死了。」

陳霄道：「別擔心，我身體好得很。昨天不小心淋了一場雨，著涼而已。」

看他故作輕鬆微笑的模樣，鄭亦心如刀絞，聲音不由一陣哽咽：「哥，你昏迷的時候，我請醫生幫你檢查過身體，醫生還給你的傷處塗了藥，我……我都知道了……」

察覺到身後的傷處確實被塗了清涼的藥膏，陳霄的笑容漸漸僵在唇邊——這麼說，身上那些吻痕，小亦和醫生都看到了吧？也不知道他們會怎麼看待自己。長這麼大，陳霄從沒像現在這樣丟臉過，他甚至不敢去看鄭亦的眼睛。

鄭亦小心翼翼地問道：「你……是自願的嗎？要不要報警？」

陳霄如同被踩到痛腳的貓一樣，全身一震，臉色驀地沉了下來，大聲吼道：「報個屁的警，這是我的私事，不用你管！」

鄭亦被吼得嚇了一跳，低下頭不再說話。

陳霄沉默片刻，知道小亦也是關心自己，語氣這才緩和些，故作淡定地道：「我跟……我愛人之間，出了點意外。他不是故意的，他喝醉酒控制不住自己，讓我受了點輕傷，我不會怪他。這件事你也別跟任何人提起，他要是知道了，會內疚的。」

鄭亦鼻子一酸，輕輕地「嗯」了一聲。

後面差點撕裂，傷口腫得都不能看……這還叫做「輕傷」？結果一點也不責怪那個人，還想著他知道了會內疚？

鄭亦不大明白，什麼樣的愛情能在自己受了這麼大的委屈之後，還滿腦子地想著對方？怎麼就不心疼一下自己呢？

對上鄭亦紅紅的眼睛，陳霄咳嗽一聲，轉移話題：「這是你自己買的房子？」

鄭亦吸了吸鼻子，儘量平靜地說：「去年買的。」

陳霄讚道：「買套房子挺好，我們小亦也有自己的家了。」他頓了頓，又解釋道：「我這些年跟你們聯繫不多，是因為生活上出了些問題，自己都焦頭爛額的，也不想給你們添麻煩。」

鄭亦問：「是因為聖域俱樂部的關係，讓你不得不離開聯盟五年嗎？」

陳霄疑惑：「你知道我的情況？」

鄭亦勉強擠出個笑容，「其實我們幾個一直都很關心你。只要你有參加的職業聯盟比賽，我們都一場不落地看了，鄭院長也看呢，還誇你總決賽打得好。」

陳霄的心裡微微一暖，這世上還是有人關心他的。幾位孤兒雖然沒血緣關係，但小時候一起長大的深厚情誼，時間再長也不會改變。

他伸出手，像是小時候一樣輕輕摸了摸小亦的頭，「你還老犯心臟病嗎？」

鄭亦搖搖頭，輕聲說：「我已經做過心臟置換手術，現在身體和正常人一樣。你離開孤兒院的

那年，有人匿名給我們捐了一大筆錢，其中有一筆費用指明讓我做手術……對了，我們都覺得捐款的人應該就是收養你的陳家，要不然不會那麼湊巧。」

陳霄怔在原地，這件事養父母沒跟他說，不過，從陳家對他一直像對待親生兒子來看，養父確實很有可能給孤兒院捐款，幫助他的朋友們。

從小到大，養父母對他確實沒話說。零花錢從來不缺，想買什麼就買什麼，每個月定期給他打一筆錢讓他學著理財，他在陳家公司的股份占比，和陳千林完全一樣，並沒有因為他是養子就對他區別對待。

他遇到了全天下最好的養父母。

這些年，父母因為忙於事業長年待在外地，一年到頭很少回家，陳霄是哥哥陳千林一手帶大的，因此才會對陳千林產生強烈的依賴和愛慕。可不論如何，在養父母的心裡，陳霄就是親兒子，陳千林和陳霄跟親兄弟沒什麼區別。

——如果養父母知道他暗戀哥哥，還和哥哥上了床，會怎麼看他？

陳霄低著頭，心緒越來越亂。

鄭亦見他發呆，便站起來道：「你一整天沒吃飯，我去給你熱一碗粥吧。這幾天你就在我這裡好好休息，什麼都別想，先把身體養好。」

陳霄回過神，看向小亦，「給你添麻煩了。」

鄭亦朝他笑笑，「客氣什麼？小時候要不是你，我或許都沒法活到現在。我只是個小學老師，不知道能幫上你什麼忙，但只要用得上我的地方，哥你儘管開口。」

小亦說罷便轉身去了廚房。

陳霄看著他清瘦的背影，心情愈發酸澀。

他想，如果當年自己不那麼羨慕「有家的孩子」，沒同意陳君為的收養，而是繼續留在孤兒院

長大，現在是不是也像小亦他們一樣，過上平靜的生活？

早知道小時候的那個選擇會讓他陷入這麼多年萬劫不復的痛苦愛戀，他就不去陳家了，繼續跟著院長叫鄭霄，和小亦他們摸爬打滾地一起長大，該多好？

可能是生病的人會比較敏感，陳霄老是想起那些往事。

鄭亦端著粥回來的時候，就見陳霄坐在床上發呆，他心疼極了，卻不知道該怎麼勸，只好默默地把一碗粥遞到陳霄面前，「吃點東西吧，你都一整天沒吃飯了……」

已經是晚上十一點，陳霄昏迷一天確實有些餓，低著頭迅速將鄭亦做的粥吃完，一邊吃一邊誇：「你廚藝不錯，這粥真好喝。」

鄭亦微微一笑，柔聲道：「醫生說，你要多吃些清淡好消化的食物，我就給你做了魚片粥，記得你小時候最愛喝這個了。」

陳霄笑了起來，臉上因為陷入回憶而顯得格外柔和，「是啊，那時候我為了多搶一碗粥，還和人打架來著。我從小就飯量大，院長大概覺得養活我也很頭疼吧。」

鄭亦道：「還喝嗎？鍋裡還有很多。」

陳霄不客氣地把碗遞給他，「再來一碗。」

鄭亦發現陳霄的情緒似乎漸漸調整過來，心裡也稍微鬆了口氣，他盛了第二碗粥回到臥室，「霄哥，十一點半了，吃完粥去洗個澡，再好好睡一覺。」

「嗯。小亦你也累了一天，回去睡吧。」

「我守著你，萬一你後半夜又發燒呢？」鄭亦有些擔心地看著他。

「你去自己屋裡睡，不用守夜的。」

鄭亦很固執：「我還是守著吧，醫生說你如果反覆發燒就得送去醫院，不能大意。」

陳霄想起小時候這傢伙總愛生病，自己也經常守著他，如今卻反了過來。陳霄的心裡不由變得

柔軟，朝鄭亦笑了笑說：「真的不用，我身體底子好，燒已經退了，沒什麼大事。再說，你趴在我旁邊我反倒睡不著……就讓我一個人待一會兒吧。」

自己見到了他最狼狽的一面，他大概也不想再和自己尬聊。鄭亦知道陳霄想一個人安靜一會兒，只好站起來，「那你不舒服的話隨時叫我，我就在隔壁。」

陳霄「嗯」了一聲：「晚安。」

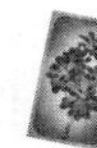

鄭亦走後，屋內徹底陷入黑暗。

陳霄並沒有睡意，腦袋裡的思緒依舊很混亂。

他想到對自己那麼好的養父養母，如果他們知道這件事，一定會對他失望透頂。

他又想到陳千林當時說了兩次「出去」，是他自己被「想要和哥哥親近」的念頭沖昏了頭腦——不但沒出去，還抱住了哥哥。

昨晚，陳千林在藥物的影響下失去理智，對他非常粗暴，橫衝直撞把他傷得很嚴重，當時都流血了，但這並不能怪陳千林，因為陳千林是毫無主觀意識的，是他自己非要留下來，是他自己沒有做任何反抗，默許了哥哥的多次侵犯。

如果這件事真要選出一個罪人，張鵬當然是主犯——而他陳霄也是從犯。

他當時明明可以用別的處理方式，不讓事情變得這麼糟糕。

張鵬要讓陳千林身敗名裂，肯定不會空口無憑，說不定勸許宛如上來送水果之前，就在隱祕的地方提前架好攝影機，拍下證據，這也是娛樂圈狗仔常用的手段。

自己這麼做，正好順了張鵬的意。

陳霄想到張鵬的手裡或許有他和哥哥滾床單的證據，就覺得心底一陣發寒。

他當時如果理智一點，多想一想，就該想到——張鵬既然敢給陳千林下藥，肯定是布好了陷阱，陳千林不管跟誰上了床，都會被張鵬給抓住把柄。

現在冷靜下來理一理這件事的前因後果，陳霄發現，自己確實太容易衝動了。對哥哥的愛慕太過強烈，想要和哥哥親近的渴望，居然在那一刻戰勝了理智。

陳霄覺得，自己真是世界上最大的傻逼！

明知道對方布好陷阱想害陳千林，他怎麼就腦子短路，傻逼一樣往陷阱裡跳？

陳霄正在發呆，結果說什麼、來什麼。光腦中突然收到一條消息，是陌生人發來的視頻郵件，陳霄手指一抖，剛一打開，視頻裡就傳來曖昧的聲音。

「哥……啊啊啊……哥……我受不住了……哥……啊……」

那聲音帶一絲哭腔，還有一絲沙啞和顫抖，聽起來都讓人臉紅。視頻裡，兩個人的身體緊緊糾纏，床鋪一片凌亂，看上去激烈極了。

陳霄迅速按下暫停鍵，臉色陡然間變得極為難看。

是他和陳千林昨晚的視頻，果然被錄影了，不用想都知道是誰幹的。

郵件裡還附帶一排文字：陳霄，你真是讓我刮目相看。兄弟亂倫，嘖，怪不得我當年說你哥幾句壞話，你就激動得揍我，原來如此。你們是從什麼時候開始的？你被你哥上過多少次啊？一邊被上一邊哭著叫哥哥，是不是特爽？

陳霄睚眥欲裂，怒火攻心，差點吐出一口血來！

他「啪」的一聲將手裡的光腦用力地砸在地上，恨不得把這當成張鵬的腦袋給砸碎！品質很好的光腦螢幕，因為陳霄動作太凶狠而被摔出幾道裂紋。

隔壁的鄭亦聽到動靜，立刻跑過來，「怎麼了？」

一推門，就見陳霄坐在床頭，雙眼滿是血絲，如同被氣瘋的猛獸，那凶狠的目光，似乎要把面前的一切都撕成碎片。

鄭亦嚇一大跳，顫聲問道：「霄哥？」

他看了眼不遠處的地面，摔碎屏的光腦靜靜躺在地上，只見螢幕中又彈出一條消息：一旦公布這個視頻，你應該知道後果，你那個高冷的哥哥會形象崩塌，你們兄弟兩個會被網友們追著罵，當然最苦的還是你爸媽，兩個兒子上床，可憐的陳君為會不會氣出心臟病？

鄭亦：「……」

哥哥？兄弟？兩個兒子上了床？鄭亦整個人都懵了。

這段話信息量太大，難道，侵犯了陳霄的人，正是他的哥哥？

屋內陷入令人窒息的沉默。

良久後，鄭亦才俯身，輕輕把光腦從地上撿起來，默默遞給陳霄，什麼都不敢問。

陳霄接了過去，瞄了眼螢幕中的消息，沙啞著聲音朝鄭亦說：「小亦，你都看到了吧？」

鄭亦的聲音微微發顫：「真、真是你哥哥？」

陳霄閉了閉眼，算是默認。

一向強大的男人，在閉上眼的那一刻，眼淚終於忍不住溢了出來。

暖色的床頭燈照射下，清晰的淚痕讓鄭亦的心臟一陣揪痛，他伸出手輕輕碰了碰陳霄的肩膀，想要安慰對方，結果下一刻，陳霄就用力地抱住他，把臉埋在他的懷裡，雙臂緊得就像是抱住最後一根救命稻草。

胸口的衣服瞬間被淚水浸得濕透，陳霄一直在發抖，眼淚不斷地往外湧，鄭亦呆呆地看著這一幕，完全無法相信，懷裡這個顫抖著哭泣的男人，是他心裡最好強的霄哥。

他伸出手，輕輕摸了摸陳霄的頭髮，哽咽著道：「霄哥，難受就哭吧，我們這麼多年的交情，在我面前你不用偽裝，真的……」

陳霄沒有說話，身體顫抖個不停。

這種壓抑的無聲的哭泣，讓鄭亦更加心疼，只好一遍遍地拍著他的背安慰。

也不知過了多久，陳霄才平靜下來，狼狽地抹了把臉，「今天真是讓你看笑話了。」

鄭亦小聲道：「你真的愛上了你哥哥嗎？」

陳霄點了下頭。既然瞞不過去，這位兒時的朋友他也非常信任，與其說謊被拆穿，還不如說實話。陳霄笑得有些慘澹，「我一直暗戀他，只不過，他一直當我是弟弟。那天晚上參加朋友聚會，他被下藥，有人想害他，我明知道他被下藥，卻腦子短路跟他發生了關係，結果被人錄下視頻……你說我怎麼就那麼傻逼呢？」

鄭亦臉色一白，深吸口氣，緩緩說道：「那個人渣錄下視頻，卻沒有直接發到網上，而是先發給你，應該是想敲詐你一筆錢吧？」

陳霄怔了怔，很快就回過神來。

沒錯，張鵬如果真想讓他倆身敗名裂，可以直接把視頻傳到網上，他和陳千林徹底完了，爸媽的名譽也會受到極為嚴重的影響。張鵬既然先發給他，證明事情或許還有談的餘地。

鄭亦作為局外人，想事情自然比他清楚。陳霄聽到這話，總算冷靜下來，拿起光腦快速回覆：你想怎麼樣？

果然，張鵬回道：我跟你們也不算有深仇大恨，讓你們身敗名裂對我沒太多好處——七千萬吧，我這邊將檔案刪乾淨，就當什麼都沒看見。

陳霄冷冷地回道：七千萬，你怎麼不去搶銀行？

張鵬笑道：我當年頭上縫了七針，要七千萬比較有紀念意義！娛樂圈的一線明星，處理這種足以毀人設的醜聞要花的公關金額都要五千萬以上，我也沒漫天要價。再說，你一向護著你哥哥，你

哥哥在你的心裡，應該不止這個價吧？

陳霄：「……」陳千林在他心裡，是無價之寶。

但張鵬獅子大開口要七千萬，他一時也拿不出那麼多錢。

他現在的個人存款還不到七百萬，全是這個賽季自己辛苦掙來的。他在陳家占的股份每年的分紅都是一筆鉅款，可自從當年和哥哥冷戰，陳千林那句「你已經成年了」如同冷水般潑醒他，他想，自己既然成年了，就不能再靠陳家養活，所以不管是哥哥離開時留給他的錢，還是父母給他的股份分紅，他都沒動用過，也不想動用。

如果這件事能用錢徹底解決，當然是最好的。可張鵬開價這麼高，陳霄一時有些為難。

鄭亦看他眉頭緊鎖，出主意道：「你就說，這筆錢不是小數目，不能一口氣拿出來，你要籌錢，讓他給你幾天時間，我們再想辦法。」

陳霄點點頭，按鄭亦的主意回覆。

對方問：你要多久時間？

陳霄想了想回覆：七天。

張鵬道：三天。我已經在我的小號帳號設置了三天後自動發布視頻，如果三天內見不到錢，你就等著兄弟亂倫的話題上熱搜吧。

陳霄氣得咬牙，卻只能先答應對方。

結束對話後，看著陳霄雙眼通紅的模樣，鄭亦建議：「我覺得，這件事你哥哥也有責任，要不，我明天去找他……」

陳霄立刻打斷：「別找他！我不想……不想見他。」

鄭亦發現，陳霄每次提到哥哥就如同一隻刺蝟，只好不再勸他，問道：「那怎麼辦？你真的要花七千萬去買斷這個視頻？」

陳霄緊緊地攥住雙拳，惡狠狠地道：「張鵬抓住我們的把柄，我不敢去賭，一旦視頻流傳出去，我身敗名裂無所謂，本來這件事就是我犯傻。可是我哥哥，不能就這麼毀了。」

鄭亦：「……」

——你他媽現在還想著他，他有想過你嗎？

鄭亦氣得腦袋一陣暈眩，忙扶住床頭穩了穩身體，眼看快要凌晨兩點，鄭亦輕嘆口氣，轉身去倒了一杯水，拿藥給陳霄，勸道：「吃了藥早點休息吧，不然你的身體會吃不消。不管什麼事，明天再說。」

陳霄臉色蒼白地將藥給吃了。

鄭亦見他很快睡著，這才放下心……剛才給他的藥並不是感冒藥，而是鄭亦以前頭疼睡不著時，劉醫生開的安眠藥，只吃一半劑量的話對身體沒什麼損害。

陳霄吃了安眠藥後，可以好好地睡一覺，不再胡思亂想，至少養足精神。

他身上的傷本來就沒好，心理上肯定也傷得不輕，還被人拿視頻威脅，再這麼折騰下去，鄭亦真怕陳霄怒火攻心，又來個高燒暈厥，直接送去醫院搶救。

## （六）

次日早晨，鄭亦起床後就給學校打電話，以「家人生病」的理由請了三天假，他不放心把陳霄一個人留在家裡，這幾天陳霄狀態那麼差，他必須陪在陳霄身邊。

好在學校很乾脆地批准了他的假期。鄭亦請完假後去臥室給陳霄測了測體溫，溫度已經穩定下來，但吃了安眠藥的緣故他還在沉睡。

鄭亦看了眼時間，估計陳霄不會這麼快醒，便轉身出門去超市買菜。

他買了陳霄小時候愛吃的蔬菜水果，還買了很多煮粥的食材。到家時陳霄還在睡，鄭亦去廚房準備午飯。等做完飯再去臥室看，陳霄正好迷迷糊糊地醒來了，臉上的神色有些茫然。

在安眠藥的幫助下，陳霄昨晚睡了十個小時，醒來時已近晌午，陽光透過窗紗灑進臥室，陳霄瞇著眼睛看向窗外，一時有些恍惚，不知道自己在哪裡。

直到身後傳來鄭亦的聲音：「霄哥你醒了？去洗個臉吃午飯吧。」

陳霄總算想起這兩天發生了什麼事。

剛起床的迷茫過後，昨天的記憶迅速在腦海裡變得清晰。受了那麼大的刺激，昨晚居然能一夜無夢，陳霄察覺到不對勁，抬眼看向鄭亦，「昨晚睡前，你給我吃的是什麼藥？」

鄭亦也沒隱瞞，直說道：「安眠藥，你別介意，我只想讓你好好睡一覺。」

陳霄沉默了片刻，啞著聲說：「謝謝。」

這是他最近睡得最安穩的一覺，一夜無夢，也多虧了安眠藥，不然他昨夜肯定會失眠。身體狀態這麼差，再睡眠不足的話，他也怕自己會支撐不下去。

經過一夜的休息，身後的傷雖然還有些脹痛，至少不疼得那麼撕心裂肺了。走路的時候也不用一瘸一拐，從表面上看他已經恢復正常。

陳霄下床去洗手間用冷水洗完臉，整個人的精神也好轉許多。來到餐廳時，看見桌上擺著四樣精緻的家常素菜，兩碗香濃的米粥，還有一大碗補身體的豬骨湯，陳霄揉了揉眉心，「你是把我當大病出院的人照顧呢？」

鄭亦笑著說：「都是很好消化的菜，我隨便做了些。」

陳霄正好肚子餓了，也沒客氣，坐在餐廳吃飯，很快就把桌上的飯菜掃了個精光。吃過飯後陳霄才想起今天是週三，不由疑惑：「小亦，你不用上班嗎？」

鄭亦道：「我請了假。」

陳霄立刻明白他是為了照顧自己才請假的，一時不知道說什麼。片刻後才問：「你這麼隨便請假，不影響工作吧？」

鄭亦道：「沒事，學校那邊的課已經上完了，最近在期末複習，請假幾天也沒關係。」

陳霄放下心來，關心道：「你當小學老師還習慣嗎？孩子們聽不聽話？」

鄭亦說：「大部分都很聽話，也有幾個特別調皮的，我每隔一段時間都要請家長來學校。」

陳霄心道，那不是跟他一樣嗎？小時候的他調皮愛打架，老師總是請家長，陳千林不知道以他家長的身分去學校多少次了，他寫的檢討都有厚厚一本……

見陳霄在想心事，鄭亦輕聲問道：「霄哥，張鵬要的七千萬，你打算怎麼辦？」

陳霄的眉頭微微皺了皺，小亦如今已經知道全部真相，這個話題總歸繞不過。

昨晚他高燒剛退，腦子還不大清楚，要不是鄭亦理智地給他出了個主意，讓他先用「需要籌錢」來穩住張鵬，說不定他會一怒之下和張鵬撕破臉，對方直接把視頻發到網上，那就完了。

可如果自己真的給了錢，以張鵬這個畜生的人品，說不定還會備份視頻又去敲詐陳千林一筆鉅款，或者過個一兩年不高興了，再把視頻發到網上黑他，到時候他哭都沒地兒哭去。

拿錢消災可以，但必須保證能消災。

這個保證當然不能用人格保證，張鵬這樣的人根本就沒人格可言，陳霄很是頭疼，揉著太陽穴道：「錢我倒是能想辦法借到，可我覺得，張鵬這傻逼很可能會出爾反爾，拿了我的錢之後又去敲詐我哥，或者再把視頻轉手賣給狗仔隊，以他的人品還真做得出來。我想，這件事還是諮詢一下律師比較靠譜。」

鄭亦想了想，「這樣吧，我幫你問一下我男朋友，他就是當律師的，應該比較懂這種問題怎麼處理。」

陳霄詫異地抬頭看向小亦，「你什麼時候有男朋友了？」

鄭亦的臉微微一紅，輕聲道：「他追了我好多年，我也是最近才同意的。就是那個鄒凱，你還記得他嗎？」

陳霄當然記得，鄒凱，這小混蛋以前經常欺負鄭亦，陳霄還和他多次大打出手，沒想到長大以後兩人倒是成了一對，陳霄心裡有些感慨，點頭道：「那你問問他吧，不過……別說是我。」

十歲之前，他每次動手都打得鄒凱小朋友抱頭求饒，如今卻因為這種事情求助鄒大律師，陳霄真是丟不起這個人。

鄭亦點了點頭，當場打電話詢問男友。

鄒律師道：「最直接的辦法就是報警，對方這屬於侵犯隱私權加敲詐勒索，找到證據就能夠立案。」

陳霄想了想，輕聲問道：「直接報警的話警方會抓他嗎？」

鄭亦轉述了陳霄的話，鄒律師回道：「你親自報警，警方肯定會帶嫌疑人回去調查，但如果對方提前做好準備，把證據藏起來死不承認也沒辦法。所以，最好能有明確的證據，讓對方別反咬你一口。比如，拿錢交易的時候讓警方人贓俱獲，抓個現行。」

陳霄覺得有道理，張鵬在娛樂圈玩慣了緋聞爆料的手段，如果抓不到證據，報警反而會把事情搞砸，唯一的辦法就是一次性把這混蛋收拾妥帖，現金交易，人贓俱獲，這麼大的金額夠張鵬喝一壺的。

想拿錢？做夢呢！去監獄裡拿吧！

現在第一步就是借到錢，第二步是想辦法引張鵬上鉤。錢當然不能找哥哥借，在他的朋友中能一次性拿出這筆鉅款的陳霄只想到一個人——唐牧洲。

陳霄厚著臉皮給唐牧洲發了條消息：哥們，借我一筆錢行嗎？急用。

唐牧洲很快回覆：怎麼突然找我借錢？出什麼事了嗎？

陳霄已經想好了藉口：我看中一套別墅，三層獨棟，周邊環境很好，還帶私人游泳池。別墅的主人急著出手，價格非常優惠，但要求房款必須一次付清。我之前的存款都投進涅槃俱樂部了，你先借我一筆錢周轉，兩年之內連本帶利還給你。

唐牧洲問：借多少？

陳霄猶豫片刻，終於咬著牙開口：七千萬。

唐牧洲乾脆地回道：好。我今天下午轉到你的私人帳戶。

陳霄的眼眶微微發熱——太夠義氣了吧！

對唐牧洲來說這筆錢確實不算什麼。可七千萬畢竟不是小數目，他居然不問詳細情況就這麼乾脆地轉帳，足以說明他對陳霄的信任。

這幾天，是陳霄從小到大最狼狽、最落魄的時候。

可正是這時候，他才發現，身邊有這麼多真正關心他、信任他的朋友。

他活得也不算失敗。

陳霄深吸口氣，感激地回唐牧洲：謝了，兄弟。

唐牧洲發來個微笑的表情：不客氣。還錢的事不用著急，什麼時候手頭寬鬆了再說。

此時，唐牧洲和謝明哲正在旅途當中。

距離目的地還有一個小時的車程，謝明哲百無聊賴地拿出光腦刷新聞。陳霄找唐牧洲借錢的事情他並不知情，倒是一打開網頁，跳到首頁的熱搜讓他瞬間瞪大了眼睛。

「靠！」謝明哲忍不住爆了句粗口，緊跟著，他就激動地回頭看向唐牧洲，把光腦拿到師兄面前，興奮地說：「師兄你快看熱搜，邵博被警方祕密逮捕調查，今天上午一審的結果出來了，他被判刑五年，還罰了五億。哈哈哈，邵博馬上要蹲牢房，真是人渣自有報應！」

唐牧洲怔了怔，湊過去在光腦一看。

#邵博被判刑五年#的話題直接被刷上今日熱搜榜第一。

法院宣判的那條官方聲明，轉發、留言已經雙雙突破六位數，而且還在不斷增漲。

網友們如同打了雞血般湧過去罵他。

謝明哲迅速轉發，附帶一條系統自動生成的評論：分享給大家。

他的粉絲們也炸了：「阿哲肯定在偷著樂！」

「分享給大家，阿哲不要裝高冷好嗎？你不應該在分享後面加一排哈哈哈嗎？」

「阿哲表示：我要學師父，心裡呵呵呵，表面上給一個鄙視的眼神就夠了。」

眼看粉絲留言越來越多，唐牧洲的表情卻變得嚴肅起來，「你不覺得這件事有些古怪？」

謝明哲怔了怔，「是有些奇怪。聖域被聯盟強制解散後，我記得邵博去做別的生意，他這幾年好像攢下不少錢吧，怎麼會混得這麼慘？」

唐牧洲沉默片刻，「其實，邵博在一個月之前就被祕密逮捕，據說有人檢舉邵博非法經營加逃漏稅，收集的罪證非常充足，邵博被抓後公司市值蒸發一半，還被罰了筆鉅款，他名下的公司已經全部宣布破產。他最後被判了五年，你聯想不到什麼嗎？」

謝明哲的腦子猛地一個激靈，「五年？陳哥和師父離開聯盟正好是五年吧？」

唐牧洲點頭，「我懷疑這件事是師父動的手。你好好想想，當初邵博被趕出聯盟的時候，師父的表現是不是太平靜了？」

謝明哲仔細一想，還真是。

當時，聖域俱樂部被聯盟公開批評，網上都在罵「聖域滾出聯盟」，邵博灰溜溜地解散聖域俱樂部，可陳千林卻一點都沒有「大仇得報」的歡喜。

他的臉色平靜如常，像是早就料到這個結果。

謝明哲還以為是師父性子冷淡、情緒很少外露的緣故，現在看來，師父才是最深藏不露的那個人。他之所以淡定，是因為他還有下一步的計劃。

謝明哲道：「你的意思是，師父暗中下了一盤更大的棋，不但要讓邵博在星卡聯盟混不下去，還要讓邵博傾家蕩產、一無所有？」

唐牧洲說道：「我只是推測，那個收拾邵博的人，出手乾淨俐落，有點像師父的作風。」

謝明哲愣愣地聽著，片刻後才回過神來，倒抽一口涼氣，「照你的說法，師父才是藏在幕後的大Boss嗎？」

「嗯。當年我來聯盟的時候他就讓我不要管邵博的事，好好打比賽，所以這些年我一直沒對聖域做過什麼，我相信師父自有辦法。只是沒想到，他忍了五年，一出手就讓邵博徹底栽了，這輩子都沒法翻身。」

謝明哲頭皮發麻，「你這麼一說，我好像做了一件蠢事。」

唐牧洲疑惑：「怎麼？」

謝明哲苦著臉道：「我跟陳哥聯手說謊騙他，他可能知道我們在說謊？怪不得那天他冷冷地盯了我好幾眼……」想到那個冷冷的眼神，謝明哲就覺得脊背發涼，他迅速把陳霄和他聯手騙師父的事情跟唐牧洲詳細一說。

唐牧洲眉頭皺得更緊，「陳霄剛剛找我借了七千萬，會不會和這件事有關？」

謝明哲很疑惑：「他突然要那麼多錢幹麼？」

唐牧洲道：「說是買房子，我猜他跟師父之間肯定出了什麼事。」

謝明哲剛要打電話給陳霄，卻被唐牧洲攔住：「這件事我們最好別再摻和，陳霄應該自有打算。你和陳霄聯手騙師父的事你也裝不知道，別再提了。」

謝明哲縮了縮脖子，「喔。」

他越想越覺得師父其實早就看穿一切，否則他說了那麼多做卡牌的事，師父不至於一句話都不

問，虧他和陳霄還演得那麼賣力，在師父看來他倆肯定蠢爆了。

謝明哲返回首頁繼續刷新聞，結果又一次嚇到了，「我去！」

唐牧洲無奈地看他，「又怎麼了？」

謝明哲顫抖著指了指頁面，「熱搜，張鵬，我前天還見過他！」

唐牧洲湊過來一看，在#邵博判刑五年#被刷上熱搜後，緊跟著又有一個話題在瘋狂地漲熱度，正是#娛樂圈毒瘤張鵬#。

點進話題一看，爆料簡直不堪入目。

三年前，張鵬給一個電影學院剛畢業的小姑娘下藥，讓妹子去給投資人陪床，小姑娘在意識不清的狀況下被輪姦，醒來後不堪受辱，跳樓自殺。

一年前，張鵬在歌手大獎賽和某幾個評委聯手控場周邊，為了高額競猜賠率收益，他讓最被看好的許宛如在八進四階段低分落入敗者組，超過五倍的賠率讓張鵬獲得巨額利潤。

半年前，張鵬在某個娛樂會所和一群小姐玩NP，視頻裡其他人都很模糊，卻唯獨能看清張鵬的臉，一身肥肉的男人簡直醜態百出。

一條又一條的黑料，太辣眼睛，看得謝明哲目瞪口呆。

不過，今天爆料的速度有些快，剛才還是邵博占熱搜第一名，結果張鵬後來居上迅速和邵博並駕齊驅。簡直像一波又一波巨浪凶猛地狂撲過來，要把這條姓張的小魚拍死在沙灘上。

謝明哲心驚膽戰，「娛樂圈這麼亂的嗎？這個張鵬那天還跟陳哥打招呼，說是陳哥的老同學，真沒看出來，他也太渣了吧！」

居然強迫大學剛畢業的小姑娘去陪人上床，讓正值青春年華的妹子因此羞憤自殺，這人渣是怎麼活到現在的？

唐牧洲聽到這裡，眉頭一皺，「他得罪人了，明顯有人要收拾他。一般的爆料都是循序漸進，今天開局就颳颶風，後續還會有更嚴重的黑料。」

果然，下午兩點的時候，又來了一條關於張鵬的重磅消息。

——娛樂圈某經紀人吸毒已被警方正式逮捕。

——許宛如接受採訪，宣稱對張鵬暗中操作周邊競猜的事並不知情，她將起訴經紀人賠償名譽損失……

——歌手大獎賽主辦方已展開調查，張鵬及涉嫌周邊控場的幾位評委將面臨巨額罰款……

——張鵬的私人財產已被警方全部查封，將面臨刑罰……

一石激起千層浪。

網友們表示，今天真是適合吃瓜的一天，怎麼有這麼多人渣同時出來刷存在感？一個是邵博，大家都說，做虧心事的人遲早會遭報應。另一個是張鵬，大家紛紛評論，這樣的經紀人真是刷新了人品的下限，娛樂圈的毒瘤，該進牢房跟邵博這個星卡圈的毒瘤一起做伴。

此時，陳霄正在焦急地聯繫張鵬。

張鵬給他發消息是採用匿名郵件的方式，並沒有直接通話，陳霄回覆郵件說：錢我已經準備好，約個地方見面吧，我們銀貨兩清。

結果，張鵬那邊一直沒有回覆。

陳霄：人呢？

連續幾封郵件都沒收到回覆，陳霄正疑惑，結果就聽鄭亦聲音顫抖地說：「霄哥，你快看熱搜！」他把自己的光腦拿過來，指著上面的兩條熱搜話題。

#經紀人張鵬被捕#

#邵博被判刑五年#

兩條熱搜排排站，點擊率雙雙破億，無比壯觀。

陳霄呆呆地看著這兩個熟悉的名字。

怎麼會這麼巧？得罪過他的人今天全部遭報應，是老天突然開眼了嗎？

正疑惑，自己的光腦就收到一條消息。

陳千林：哥哥已經把噁心的老鼠處理掉了，不用擔心這件事會對你產生影響。等你調整好情緒，我們再好好談談。

陳霄：「……」

這句話信息量太大了！

第一，邵博被判刑，張鵬被抓，全是哥哥動的手。牛逼還是我哥，不動聲色踩死兩個人渣，就跟踩死兩隻螞蟻一樣。

第二，陳千林知道那晚和他上床的人是弟弟，陳千林早就看穿了一切……想起那天早晨在哥哥面前夥同謝明哲賣力演戲的自己，陳霄滿臉通紅，恨不得立刻原地爆炸。

## （七）

張鵬的資料是陳千林找私家偵探調查的。

陳千林是這家偵探社的老客戶，邵博的犯罪證據也是他通過偵探調查，一點一滴地積累起來，等達到足以整死邵博的分量後才提交給警方。

邵博算是徹底完了，個人財產全部沒收，身無分文，即便五年後順利出獄也不會有人再不識相地找他合作——他只能庸庸碌碌地過完這一輩子。

邵博一向精明，想搞垮對方可沒那麼容易。要麼不做，要做就做到「一擊必殺」，不能給對手任何反抗的機會，所以陳千林忍耐了五年才終於出手。

然而，在張鵬這件事上，陳千林卻處理得非常果決，因為他沒那個耐心慢慢等下去。邵博和張鵬的性質不一樣。

邵博只是為了錢，要處置邵博就得從「錢」入手，這件事可以慢慢籌畫。

而張鵬居然敢給他下藥，害他和弟弟發生關係，張鵬的手裡肯定掌握了他們兄弟親熱的證據，這樣的禍害留多一天，陳千林都睡不安穩。

所以陳千林才速戰速決，在三天之內直接把張鵬送進警局。

他調動了一切人脈，包括偵探、駭客、娛樂圈內好友、陳家在警界及律師界的關係網，以閃電般的速度查到足夠將張鵬送進牢的證據，先把這老鼠關進籠子裡再說。

只要張鵬被拘留調查，外界就不會流出他和陳霄上床的證據。

至於後續該怎麼折磨老鼠，他可以慢慢來。

張鵬上熱搜後，羅誠立刻發來一排大拇指：牛逼了！你跟人滾床單的事網上還沒任何消息，結果張鵬自己跟人亂搞的視頻倒先發了出來，哈哈哈，張鵬這傻逼估計死都不知道怎麼死的，叫他招惹不該招惹的人，活該！

陳千林回覆：恭維的話不用多說。你若想打聽那晚我跟誰發生關係，我不會告訴你。

羅誠委屈地連發兩個表情包：【被看穿了嗎】、【我的心受到了傷害】。

幾個朋友裡，也就這位搞音樂的傢伙能自動免疫陳千林的冷漠，還敢跟陳千林開玩笑。

陳千林根本不理他。羅誠只好正色道：「話說，那晚的事張鵬肯定錄了視頻吧？他現在私人財產全部被查封，警方要對他過去的黑料調查取證，肯定會沒收他的光腦，萬一你的視頻他存在光腦裡被警方發現了，你怎麼打算？」

陳千林道：「放心，這件事我已經打過招呼。」

羅誠笑咪咪道：「要是收到視頻，能不能發我一份做紀念啊？」

陳千林：「滾蛋。」

羅誠：「好的，滾遠了，不用送！」

陳千林：「……」

不想理這位腦子缺根筋的傢伙，此時，陳千林正在警局等待處理結果。

片刻後，負責這個案件的警官走出來。看著沙發上神色冷漠的男人，警官尷尬地開口道：「陳先生，我們果然在張鵬註冊的個人空間發現視頻存檔，是關於你和人……的視頻。」

警官本想說，是你和人上床的視頻，拍得挺清晰的。

可是，對上陳千林冷冷的目光，年輕警官立刻把「上床」兩個字艱難地吞了回去，委婉地道：「因為這視頻涉及到你的個人隱私，你可以告張鵬侵犯隱私權，不過，如果你起訴他的話，視頻就要作為證據提交給法院。」

陳千林淡淡地道：「不用了，我沒興趣讓法官和律師們圍觀我和人做愛的視頻。」

警官：「……」

陳千林接著道：「視頻發我一份確認一下，其他的檔案，包括張鵬在小號存儲空間、郵箱等的備份，要求他全部刪掉，這件事我不會再追究。」

警官摸了摸鼻子，「好的。」

陳千林站起身道：「後續的事情，我會交給律師處理。張鵬的情況具體判多久，還要靠你們多搜集罪證。辛苦了，劉警官。」

劉警官連忙說：「陳先生客氣了，謝謝你對我們工作的支持。」

兩人彼此客套幾句，陳千林便跟著警官去張鵬的光腦裡拷了一份視頻，並親眼看著警方將其他備份的視頻全部刪除，這才放心地離開警局。

此時，張鵬被關在審訊室裡，臉色蒼白如紙。

他是做了不少壞事，但他一直覺得自己的手腳很乾淨。沒想到那些陳年舊事會突然被人全部翻出來，今天下午，網上不斷爆他黑歷史的時候他就有種不妙的預感，想跑，結果半路被警方堵上。被戴上手銬的那一刻，張鵬嚇得差點尿褲子。

警官冷冷地道：「我們還在你光腦裡發現一段視頻，涉及到陳千林先生的隱私，詢問過當事人，陳先生不打算追究上訴，但要求你全部刪除，我已經替你全刪了。」

張鵬哆哆嗦嗦的，聲音都帶著哭腔：「警官，這視頻不是我偷拍的，我只是架起攝影機想拍一點夜景，結果無意中拍到兩位男士上床……我、我真不是故意的！」

警官白他一眼，厲聲道：「你不是故意的？那怎麼會在小號帳號定時三日後發布視頻？而且還給陳霄發郵件敲詐勒索七千萬？」

張鵬：「……」

看來他開小號和陳霄的郵件來往也被警方掌握了證據。

張鵬膝蓋一軟，差點跪在地上。

到底是誰突然查出他這麼多黑料？怎麼查到的？

陳霄？不可能，陳霄說了給三天時間籌款，那傢伙肯定還在焦頭爛額地籌錢呢。難道是……腦子裡突然晃過一張面無表情的臉，偏淺的瞳孔泛著冷光，就像能一眼看進人的心底。

那天早上他離開別墅時，陳千林只跟他說了兩句話，一句是「昨晚睡得很好，謝謝關心」，另一句就是「我會聯繫你的」。

照理說，陳千林跟他不熟，而且陳千林也不喜歡跟人客套，沒必要客氣地說會跟他聯繫，那麼，這句話就有些意味深長了。

再想想當時陳千林冰冷如劍的目光，張鵬瞬間全身僵硬，脊背冒出一層冷汗。

是陳千林！他說的聯繫，就是透過員警聯繫？

陳霄答應給他錢，結果錢沒收到，自己卻突然被抓，這他媽也太巧了吧！除了陳千林，他實在想不到還有誰會突然把他往死裡整。

他以為陳霄很好對付，卻忽略了，陳霄有個特別難對付的哥哥！

張鵬顫抖著嘴唇問道：「警官，查到我罪證交給警方的是不是陳千林？」

警官挑了挑眉，看蠢貨一樣看著他，「提交證據的人是誰我們不可能告訴你，只能說，天網恢恢，疏而不漏，你壞事做盡，總有栽跟頭的一天。老實交代，說不定還能寬大處理。」

張鵬：「……」

寬大個屁！他這些罪證不僅是判刑的問題，還面臨著他賠不起的巨額罰款……這輩子算是徹底毀了。

他真是後悔到恨不得撞牆，幹麼去招惹陳千林這樣深不可測的人？

錄一段視頻，還沒來得及發，結果自己的黑歷史倒是全被爆出來刷上熱搜——這就叫搬起石頭本想砸人，結果砸到自己的腳，還直接砸成了殘廢。

從警局出來的時候，陳千林冷冰冰的臉色總算緩和了些。

張鵬光腦裡的視頻已經全被刪了，放在網路上要定時發布的影片也被警方強制刪除，張鵬和人的來往郵件全被警方翻出來——他果然開小號敲詐過陳霄，陳霄居然傻乎乎地答應籌錢？陳千林立刻給弟弟發消息，告訴對方老鼠已經被處理，免得陳霄真把錢打到張鵬帳戶。

現在，只有陳千林和陳霄的手裡有視頻備份。這件事的影響已經降到最低，剩下的，便是他們兄弟兩人的事了。

想到這裡，陳千林也頭痛欲裂。

當時他答應回涅槃擔任教練，除了為謝明哲這個徒弟外，還有一個很重要的原因——陳霄信誓旦旦地保證當年酒後跟哥哥告白，只是因為年紀小，分不清什麼是愛情，錯把崇拜當成愛慕。陳霄還說，自己一直很後悔，其實心裡只當陳千林是哥哥，希望能恢復兄弟關係。

陳千林覺得，既然弟弟年紀小的時候踏錯一步，沒弄清感情，這五年也吃了不少苦頭，如今求復合，當然也可以再給弟弟一個機會。

本來兄弟兩人在這賽季的相處很融洽，陳霄不管個人賽、團戰發揮都很好，一切漸漸步入正軌。結果那天晚上，居然意外跟弟弟發生親密關係？陳千林沒想到事情會發展成這樣。難道是他吃藥之後化身禽獸，陳霄根本沒法反抗，被他給強了嗎？

他留下視頻，是想更清楚地瞭解他對弟弟到底做了些什麼。那晚的事他沒什麼記憶，只有親眼看到經過，他才能確定那天晚上的真相。

回到家後，陳千林就打開投影，坐在沙發上仔細回看視頻。

畫面裡的人明明長著他的臉，在他看來卻非常陌生。平時總是清冷的雙眸，染上一層血色，就像是瘋了一樣……

從浴室算起，他對弟弟持續折磨了四個小時。

最後他睡了過去，陳霄小心翼翼地下床走進浴室，很久才出來。

陳千林注意了一下時間。陳霄在浴室裡待了三十分鐘。在他印象裡，陳霄平時洗澡只需要五分鐘，這次去浴室顯然是一個人想了很久的心事，才會這麼久。

從浴室出來的陳霄已經穿好衣服，他一瘸一拐地走到床邊，然後……

陳千林微微瞇起眼，有些意外地看著面前的畫面。

陳霄居然哽咽著在他耳邊說：「哥哥，對不起……」

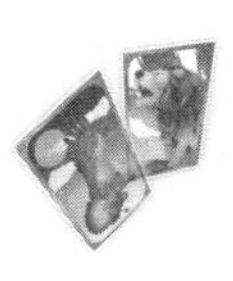



——對不起？為什麼要說對不起？

陳千林沉默片刻，面無表情地按下重播鍵。

這感覺很奇怪，明明切身經歷過，陳千林的印象卻很模糊，就像在看別人演的電影，顯然那一晚他在藥物的影響下失去了理智。

看第二遍的時候，他發現陳霄去浴室的路上似乎有血流到地上，陳千林立刻倒過去重播。

沒錯，陳霄確實受了傷。

陳千林看著地上的血跡，瞳孔猛地一縮。

陳霄從小愛打架，流血次數並不少，可這一次是自己把弟弟弄流血。明明受了這麼嚴重的傷，離開的時候卻還要幫哥哥蓋好被子，哽咽著說「哥哥對不起」……當時的陳霄是什麼心情？一定很難過吧？

陳千林只覺得太陽穴突突直跳，這段長達四小時的視頻在鮮明地告訴他——陳霄還愛著他，而且愛得很深刻、很癡情，甚至卑微得不顧自我。

為了確認當晚的詳情，陳千林又把視頻快轉看了兩遍。

每次，當視頻播放到一向要強的陳霄難得露出脆弱的模樣，俯身親吻他，跟他說「對不起」的時候，陳千林的心臟就會一陣刺痛。

那種尖銳的疼，像是用一根細小的針尖直直地扎進了心臟深處。

他從小就過於理智，總覺得自己似乎缺失一種叫「人情味」的東西。

對父母、對弟弟、對徒弟還有朋友們，他都是冷靜、平淡的相處模式。在他看來，人和低級動物的最大區別就是人有理智。

他沒對任何人心疼過，他以為「心疼」只是一種誇張的說法。

可是現在，他心疼了。

真真切切的疼痛從胸口蔓延開來，視頻裡那個狼狽又脆弱的弟弟，那個哽咽著說「哥哥對不起」的陳霄，和小時候神采飛揚、調皮搗蛋的陳霄……簡直判若兩人。

愛得這麼痛苦，為什麼還不放棄？

陳千林輕嘆口氣，心想，於情於理他都應該去看看陳霄，畢竟他把陳霄弄傷了。那天早上醒來的時候他沒太注意地板上乾涸的血跡，從視頻裡才發現陳霄傷得不輕。

陳千林給一位當醫生的朋友發了條消息：跟男人做愛導致後面流血，要怎麼處理？

這問題太直接、太勁爆，醫生發來一排驚呆的表情：這個世界上應該沒人不要命敢弄傷你吧？所以，是你太激動弄傷了別人？

陳千林很平靜：是的，怎麼用藥？

醫生朋友很快就識相地列出一堆藥名：外用藥膏，每天早晚洗完澡各塗一次，內服的抗感染藥按說明吃。飲食方面忌辛辣刺激，最近半個月都吃清淡好消化的食物，慢慢調養。

陳千林：謝謝。

關了對話後他去樓下買藥，然後發消息給陳霄。

此時，陳霄正對著螢幕上的資訊發呆。

哥哥知道一切，還說等他冷靜下來再好好談，他的心裡糾結極了，不知道怎麼辦，更不知道哥哥要談什麼……

責備他？質問他？或者只是平靜地說「我們做不成兄弟，以後不要再聯繫」？一想到當年哥哥轉身離開的畫面，陳霄就心如刀絞。

這時候，螢幕上又彈出一條消息：你在哪裡？我過來找你，給你些東西。

陳霄本想假裝看不見，可是以哥哥的脾氣，他想裝是裝不下去的。陳千林能把張鵬這幾年的黑歷史全都翻出來，查他的下落絕對易如反掌。

那天在哥哥面前和謝明哲一起演戲已經夠蠢的了，裝看不見這種蠢事陳霄不想再犯。他沉默片刻才道：「我在新安區的榆林小鎮住宅樓附近，給你發定位吧，樓下咖啡廳見。」

陳千林說有東西給他——陳霄心想，會不會是自己的行李？

哥哥做事雷厲風行，三天時間就把張鵬弄進警局喝茶，還真有可能把他的行李直接打包扔給他，然後告訴他，以後不要再見面了。

這件事說起來也是他自己理虧，如果陳千林真的那麼絕情，也只能接受。自己釀下的苦果，自己應該承擔責任。

這件事他已經害得陳千林差點身敗名裂，作為一個男人，他不能再逃避下去。

陳霄深吸口氣，發完消息後就去浴室洗了個澡，然後從行李箱翻出一套乾淨的衣服換上——高領毛衣順利地遮住脖子上的吻痕，他還對著鏡子梳好頭髮，刮了鬍子。把自己收拾得清清爽爽，陳霄這才轉身出門，「小亦，晚飯我不回來吃了。」

鄭亦問道：「你想好怎麼跟你哥說了嗎？」

陳霄的眼眶微微發紅，故作鎮定地說：「這件事，是我犯蠢在先，是我對不起他，我會承擔責任，他想怎麼樣就怎麼樣吧。如果他以後不願意再見到我，我會自覺從他面前消失。」

看著陳霄故作堅強的樣子，鄭亦的心臟微微發緊。

陳霄在這件事上很是內疚自責，可他的心裡，絕對捨不下陳千林。

他怎麼可能捨得和深愛多年的哥哥就此決裂，再也不見？

如果他能捨得，他就不會那麼傻地抱住陳千林發生關係。他被陳千林弄得全身傷痛，發燒暈厥卻還滿腦子想著對方。陳千林在他的心裡，是比他自己還要重要的存在，如果陳千林真的提出再也不見，對陳霄來說，那才是最殘酷的懲罰。

鄭亦擔心地看著他，陳霄拍了拍鄭亦的肩膀，「我沒事的。」

鄭亦輕嘆口氣，「好吧，冷靜一點，好好跟你哥哥說。」

陳霄點點頭，來到樓下的咖啡廳給哥哥發去定位。

陳千林已經出發前往陳霄所說的地區，所以接到定位後十分鐘就到了。走進包廂，發現陳霄正盯著桌上的咖啡杯發呆，他點了兩杯咖啡，其中一杯是陳千林愛喝的口味。以前，這個弟弟總是一臉「老子最牛逼」的驕傲表情，此時，他的眼眶卻紅紅的，像是被人虐待過一樣，顯得有些狼狽和可憐。

不過，陳千林一走進屋，陳霄就立刻換上一副若無其事的樣子。

他擠出個笑容道：「哥你來了。」

陳千林走過去坐下，淡淡地「嗯」了一聲，並沒有拆穿他——反正弟弟的演技一如既往的爛，臉上再若無其事，發紅的眼眶已經出賣了他的情緒。

陳霄有些尷尬，別眼看著窗外，不知道說什麼。

片刻後，兩人同時開口：「你……」

陳霄怔了一下，「咳，哥你先說吧。」他拿起咖啡杯，故作隨意地喝著，一邊豎起耳朵聽哥哥要說些什麼，並且打算用喝咖啡的動作來掩飾自己的心虛。

陳千林的語氣依舊很冷淡，表情也像討論昨天吃了碗飯一樣平靜，「抱歉，哥哥也沒那方面的經驗，沒能第一時間發現你受傷的事，我給你帶了些藥過來。」

他把一袋藥推到陳霄的面前，「這是外用的藥膏，每天早晚洗澡後用手塗在傷處。這是抗感染的口服藥，每天飯後吃三次，一次一片。另外，這幾天記得清淡飲食，別吃辛辣刺激的東西，免得傷口反覆發炎。」

噗的一聲，陳霄的咖啡直接噴到桌上。

陳千林大老遠跑來，並不是打包行李趕他走，而是給弟弟送藥，表示一下慰問。不愧是自家哥

哥，瞬間化身為正直醫生，居然給弟弟念起了醫囑？

陳霄看著哥哥親自送來的塗抹某處的膏藥，尷尬得恨不得挖個地洞把自己給埋了……

## （八）

陳千林見弟弟快要把臉埋進咖啡裡，緊跟著問：「傷得嚴重嗎？」

陳霄紅著臉輕咳一聲，「不嚴重。」

陳千林淡淡地道：「我看視頻你都流血了，最好去醫院檢查一下。」

陳霄：「……」

陳千林：「要我帶你去醫院嗎？」

陳霄立刻擺擺手，「不用，真不嚴重！」

能不能換個話題？別再討論這件讓人尷尬的事情了行嗎？陳霄剛想轉移話題，突然捕捉到哥哥這句話裡的關鍵字——視頻。

陳霄的臉色猛然一白，顫聲道：「視、視頻？你是說張、張鵬錄的那個……」

「嗯。」陳千林淡定點頭，「錄得很清晰。」

「……」簡直沒法跟哥哥聊下去，面無表情地說「錄得很清晰」是什麼鬼？他到底看了多少遍？

陳千林安慰道：「放心，我已經讓警方刪掉張鵬的全部視頻存檔，包括他在小號空間裡準備定時發布的備份，這份視頻不會再有別人看到。」

陳霄面無血色，尤其被哥哥平靜的目光注視著，他如坐針氈，頭也是越垂越低。

本以為哥哥失去意識，永遠都不會知道那天晚上到底發生了什麼，結果張鵬這王八蛋居然錄下視頻，還被陳千林看到全部過程……陳霄簡直無地自容！

陳千林看到弟弟低著頭的樣子，心頭莫名一軟。

小時候，陳霄每次犯錯被班主任請家長，都是陳千林以家長的身分去學校處理。回到家後，陳霄就耷拉著腦袋不敢抬頭看哥哥——從小到大只要犯了錯，他就會習慣性地低下腦袋。

可是這次情況特殊，犯錯也不僅是他一個人的責任，罪魁禍首還是張鵬精心設計的陷阱。陳千林在心底輕嘆口氣，轉移話題道：「警方查證的時候發現張鵬給你發了郵件，勒索七千萬，你答應給他籌錢，後來怎麼樣？這筆錢你籌到了嗎？」

陳霄回過神來，老實交代道：「我找唐牧洲借了點錢。本來想引蛇出洞把張鵬騙出來，結果哥哥下手比我俐落得多，我還沒來得及給錢，張鵬就被抓了。」

陳千林道：「沒給出去就好。你如果不用這筆錢，就還給唐牧洲，免得他多想。」

陳霄立刻點頭，「這是當然。」

兩人沉默片刻，陳千林才冷靜地說：「這件事，也不能全怪你。」

陳霄的脊背微微一僵，意識到哥哥終於要當面攤開來談這件事情，他緊張地在桌子下面攥緊了手指，額頭上也滲出細密的汗珠。

為免自己顯得太狼狽，他故意挺直脊背，反而坐得如同一尊雕像。

陳千林看他一眼，接著說：「張鵬已經被我處理了，現在就剩下我們兩個之間的事，我們該好好想想解決的辦法。」

陳霄眼眶微紅，聲音儘量保持著平靜：「你想怎麼解決？」

他真怕陳千林會說「成年人應該為自己的行為負責，既然已經發生關係，我們就做不成兄弟了，以後最好別再見面」，如果陳千林真這麼說，他還能怎麼辦？除了硬著頭皮答應之外，他想不出任何反駁的理由。

陳霄越想越難受，低頭喝咖啡，入口的咖啡苦澀無比，澀味一直傳到心底。

陳千林繼續平靜地說：「陳霄，我希望你明白，我不會因為跟你上了一次床就和你在一起，那才是對你的不負責任。我想問你，你對哥哥是不是還沒死心？」

哥哥冷靜的目光如同利劍刺穿心臟，陳霄像是被踩到尾巴的貓一樣猛地坐直身體，結結巴巴道：「怎、怎麼會呢，哥你想多了。」

陳千林輕輕皺眉，「視頻裡沒有錄到浴室部分，所以，我們到底是怎麼開始的我並沒有清晰的記憶。你是喝了酒，失去了理智？還是自始至終都是清醒的？」

這二者之間區別很大。如果陳霄也失去理智，就會很好解釋，一個藥物上頭、一個酒精上腦，兩人都不知道自己在做什麼。完事之後陳霄酒醒，對哥哥道歉倒也說得通。

酒後發生的事不用有太多心理負擔，或許他們還可以繼續做兄弟。

可如果陳霄自始至終都是清醒的，那性質就不一樣了——說明陳霄對哥哥還沒有忘情，趁著這個機會發生關係是陳霄心甘情願的。

陳千林的問題很清楚，陳霄要麼承認自己清醒，並且一直愛慕著哥哥；要麼就用「我也喝醉了」賴皮過去。他不敢選前者，因為當年就因為他酒後抱著哥哥告白，陳千林次日便打包行李離開他，整整五年，他們都沒能見面。

那五年來痛苦的日思夜想，讓陳霄都不敢去回憶。

好不容易把哥哥勸回來，如果再一次斷絕關係，他不知道自己還能不能撐下去。而且涅槃戰隊現在也需要陳千林，所以，他唯一的出路，就是把自己的感情繼續深藏起來。

陳霄深吸口氣，喝了一大口苦咖啡，故作輕鬆地道：「哥，我要是清醒，就不會做出這麼腦殘的事了。」

這確實夠腦殘的，陳霄狠狠罵了罵自己，緊跟著解釋道：「那天晚上我和幾個小明星，還有阿哲、小柯在樓下玩遊戲，一直玩到十點。狼人殺遊戲太考驗演技，哥你也知道，我從小就演技很爛，那晚又運氣差，老是抽到狼人被大家猜出來，喝了不少酒。到你房間的時候，其實我已經醉得不行了，都不知道發生了什麼。等我徹底清醒過來，就發現我們已經……咳，這件事，我真的很抱歉。」他儘量維持著平靜的語氣，說罷便苦笑了一下，「要是我能清醒一點就好了。」

陳千林認真地盯著他，雖然他的語氣故意裝得很輕鬆，可微微發抖的嘴唇還是洩露了太多的情緒。陳千林皺了皺眉，沒有直接戳破陳霄。

陳霄又喝了口咖啡，繼續說：「哥，你也別想太多，我真不記得發生了什麼。這幾天我一直很自責，想找個機會跟你道歉，可又拉不下臉……」

陳千林淡淡地道：「既然這樣，我們都把那晚的事忘了吧。」

陳霄一愣，很快就反應過來，點頭附和道：「是該忘掉，反正本來就記得不清楚……哥，你不怪我嗎？」

陳千林道：「不怪你，我也有錯。」

陳霄看著哥哥淡漠的目光，心臟一陣緊縮。不知道哥哥有沒有看出他在說謊，這個謊言雖然很差勁，可至少陳千林沒有翻臉趕他走，也沒有徹底斷絕兄弟關係，他可以繼續留在哥哥身邊，在涅槃的比賽也不會受到影響……這已經算是最好的結果了。

片刻後，陳千林突然說：「找個女朋友吧，男朋友也可以。只要對方真正關心你、喜歡你，不管你和誰在一起，我都會祝福你的。」

陳霄的眼眶猛地一酸，強行將差點奪眶而出的眼淚給逼回去。

——找個女朋友或者男朋友？哥你開什麼玩笑？我的心裡，除了你之外，怎麼可能還容得下別人？十多年的苦戀，是那麼容易就能放下的嗎？

陳千林接著說：「不管你對我有沒有超越兄弟的感情，我一直當你是弟弟。我是個獨身主義者，不會和任何人結婚，因為我從小就不習慣跟人太親密，這一點你也該感覺到吧？」

陳霄嘴唇哆嗦著說不出一句話來。

是的，陳千林從來沒有和他太親密過，哪怕是小時候，都是他追著哥哥跑。

陳千林看向弟弟，目光難得溫和，「陳霄，感情是相互的，找一個喜歡你的人，和他在一起你才能真正幸福。我和爸媽肯定都希望你能有一段美滿的婚姻，明白我的意思嗎？」

陳霄沉默片刻，眼眶裡的淚幾乎要掉出來，他僵硬地別開視線，抬頭看向窗外的雲層，不讓自己丟臉地在哥哥面前哭出來。

陳千林來找他的目標很明確，第一是送藥，第二是當面把話說清楚，免得他再有不切實際的奢望。在陳千林看來，感情的事無非「愛」與「不愛」，愛就在一起，不愛就乾脆地拒絕。明明不喜歡對方，卻吊著對方的胃口，一直讓對方抱有幻想，這才是最大的傷害，長痛不如短痛。

陳千林看得出弟弟在說謊，因為視頻裡的陳霄根本不像是醉酒的樣子，反而更像是深愛著他，才會忍痛流淚，才會在離開時親吻他的額頭。

這樣的暗戀註定是痛苦的、無望的。時間長了，心底會形成巨大的傷口，陳千林知道，自己這種當面拒絕的做法會讓陳霄很難過也很難堪，可這也是一次性讓傷口徹底挖開、並從內部全面癒合的唯一方法。

——別愛哥哥了，不值得。你應該找一個真正疼你、愛你的人共度一生。

陳千林把話說明白之後就站起來，輕輕拍拍陳霄的肩膀，說道：「你是我弟弟，是爸媽最疼愛的小兒子。我和你是一家人，卻不是能陪你共度一生的人。陳霄，放下過去，會有更好的人等著你，明白嗎？」

陳霄僵硬地點點頭，哽咽著道：「我明白……哥哥。」

最後這聲「哥哥」叫得無比心酸，聲音都在發顫。

他知道，這輩子，陳千林只能是哥哥。

陳千林說：「我先回家，你參加完院長的生日後也儘快回來。爸媽前幾天還聯繫我，說好久沒見我們兄弟，希望我們假期可以回去一趟。」

陳霄低下頭，「嗯。」

陳千林看了眼桌上的袋子，最後叮囑道：「記得按時用藥。」

陳霄：「……好。」

陳千林終於轉身離開，陳霄這才崩潰地趴在桌上，他感覺自己胸口的空氣像是突然被全部抽離了，心臟部位疼得一陣陣痙攣，他用力地按住胸口，一次又一次深深地呼吸著，可是，那種疼痛不但沒有緩解，反而越來越強烈。

幸福？這他媽簡直是笑話！

隨便找個人就能幸福的話，還需要執著地愛慕這麼多年嗎？當他這些年的感情是小朋友的玩具，說放下就能放下嗎？

陳千林的做法真是理智得可怕，三言兩語就讓陳霄徹底認清現實。

第一，哥哥自始至終都當他是弟弟，以前從沒對他有過其他感情，以後也不會有。

第二，哥哥不喜歡跟人太親近，那晚不管發生了什麼，都是藥物的影響。

第三，去找別人，別在哥哥身上浪費時間。

林神表達得多冷靜，拒絕得多乾脆？

其實換作陳霄，要是有個不喜歡的人一直纏著他追求，他也會不耐煩，也會很果斷地拒絕。不愛就拒絕這是最簡單的處理方式。

從理智的角度來說，陳千林的做法並沒有錯，不管是處理張鵬，還是處理和弟弟的感情問題，陳千林辦事兒都太乾脆、太漂亮了，真正的「不留一絲餘地」。

可就是因為哥哥的不留餘地，陳霄才感覺到撕心裂肺的痛。

這段愛戀是註定不會有好結果的，自己真的該堅持下去嗎？或者如哥哥所說，乾脆一點放下，去試著和別人在一起？可是，除了陳千林，他還能愛上誰？

他連愛一個人的力氣都沒有了。

他也想乾脆一輩子單身算了，可那樣的話，陳千林又會誤會，還以為弟弟並沒有死心……可隨便找個人在一起，陳霄又沒法欺騙自己。

陳霄呆呆地看著面前的咖啡杯，一時有些恍惚。

也不知過了多久，包廂的門突然被推開，鄭亦白著臉走了進來，「霄哥，你出門五個小時，我實在等不下去就來找你，問了店員才知道你一個人在包廂……到底怎麼了？」

陳霄如夢初醒，紅著眼眶看向鄭亦，聲音裡透著濃濃的沙啞：「我哥說，他只當我是弟弟，我們沒有可能，讓我再找個人談戀愛……我早知道他一直都當我是弟弟，卻還腦殘一樣跟他上了床……全天下那麼多帥哥美女，我喜歡誰不好，偏偏喜歡他？」

鄭亦就知道會是這樣的結果。

以陳千林的脾氣，確實不會因為發生過關係就和不喜歡的人在一起。

他走到陳霄身邊，心疼地拍了拍陳霄的肩膀，「感情的事本來就很難控制，你哥除了性格太冷淡外，各方面確實很優秀。你小時候一直想有個家，被陳家收養後又是陳千林一手把你帶大，你喜歡上他也情有可原……別責怪自己，霄哥，你沒有錯。」

陳霄喃喃道：「我沒錯？」

鄭亦很確定地點頭，「你沒錯，他也沒錯，或許你們只是不合適而已。既然他當面開口讓你放棄，你還奢望什麼呢？不如趁這個機會，放下吧，就當是放過自己。」

放過自己？或許，哥哥和鄭亦都說得對，喜歡陳千林已經變成了他心底的一份執念，折磨了近十年時光，那份執念在心底生了根，盤根錯節地鋪滿整顆心，一旦捨棄，肯定會拔出根的同時帶出血肉，可只有徹底拔除，他心底的痛才能慢慢癒合，他才能過得像個正常人。

而不是現在這個狼狽、沮喪、動不動就想紅眼眶的蠢貨。

這樣無望的愛，他確實沒力氣再堅持下去了。這樣的自己，他自己都無比厭惡。

陳霄用力擦擦通紅的眼睛，「我知道，一個大老爺們，拿不起放不下的我也覺得很丟人。小亦你放心，我不會再讓自己活得這麼狼狽，是時候放下了。」他深吸口氣，臉上換上笑容，「說起來，我都沒吃晚飯，走，哥請你吃飯去。」

鄭亦看他故作輕鬆的樣子，在心底輕嘆口氣，沒有多說什麼。他跟上陳霄的腳步，「霄哥，不管你怎麼決定，我都會支援你的。」

陳霄笑了笑，「嗯。走吧。」

不知不覺天已經黑了，暖黃的路燈拉長了他的身影，他手裡提著陳千林給的藥，走路時牽扯著身上的傷，還能感覺到清晰的刺痛，似乎在提醒他那晚的不理智。

果然，那是他這輩子，唯一一次和哥哥親密的機會。

陳霄抬起頭將眼底的熱淚逼回去，深深吸了口清新的空氣，偏僻的郊區環境倒很好，陳霄看著周圍，笑著朝鄭亦說：「我借唐牧洲的錢暫時不還了，當時說要買房子，乾脆弄假成真，我就在孤兒院附近買套房子，以後住這裡，閒了回去看看鄭院長，還有你們幾個朋友，也挺好的。」

他這句話裡，似乎有著重新開始的意思，鄭亦微笑著說：「歡迎啊，這邊真的很安靜，我們幾個都住得很近，將來老了，還可以約著一起下下棋、釣釣魚。」

陳霄想了想一群白髮蒼蒼的老頭一起釣魚的畫面，不由一臉嚮往，「對，我們幾個在一起，就像是回到小時候一樣。」

他想，等涅槃俱樂部招夠了新人，等新人們成長起來，他就可以將涅槃交給阿哲，徹底放下一切，回到最初——回到從來沒遇見陳千林之前。

那時候，他的身邊只有幾個同樣無父無母的朋友，他們幾個孤兒相依為命，孤兒院的鄭院長如同慈愛的父親一樣照顧著他們。他的生活很平靜，卻很安穩。

## （九）

陳霄這幾天不能吃辛辣刺激的東西，請鄭亦吃飯也只好選了家粥店，兩人各自點了套餐，陳霄狼吞虎嚥地吃完，看向鄭亦道：「小亦，你明天還是去上班吧，別因為我耽誤工作。」

鄭亦說：「我已經跟學校請了三天假，乾脆明天我們一起去給鄭院長挑份禮物。」

陳霄一拍腦門，「對了，院長的生日禮物我也還沒準備。」

鄭院長的生日是十二月十二日，陳霄本來打算提前準備好禮物，等十二月十日再來和小亦他們聚聚，結果因為張鵬的意外，陳霄為了躲哥哥提前一週跑到鄭亦家住，打亂了計劃。

明天既然小亦閒著，提前買禮物也好。陳霄問：「你有想買什麼禮物嗎？」

鄭亦道：「院長喜歡收藏油畫，明天正好有個畫展，我們可以去看看。」

陳霄點頭，「好主意，就買一幅畫吧！」

回到家後，陳霄吃了藥便睡下。果不其然又夢見陳千林面無表情地說：「陳霄，我是你哥哥，你不要再對哥哥抱有幻想了，我們根本不可能。」

周圍有很多模糊的人臉在笑他，他彷彿成了全世界最大的笑話。

陳霄覺得脊背發冷，半夜驚醒後，他走到陽臺上點了一根菸。

香菸的味道可以麻痹神經，這抽菸的習慣是哥哥離開的那五年養成的，不知道多少個夜裡，他半夜被噩夢驚醒，睡又睡不著，醒著又難受，只能靠抽菸熬到天亮。

煙霧繚繞中，窗外的夜色看不分明，倒是自己的臉投影在窗戶上，看起來格外清晰真切——平時神采飛揚的臉，此時的表情難看到了極點，五官都近似扭曲。陳霄抽了抽嘴角，胡亂揉了揉僵硬的臉頰，心想，真夠狼狽的，這已經是第二次被陳千林當面拒絕了。

十八歲一次、二十三歲一次，難道他要等三十歲的時候再聽一次「我把你當弟弟」？真他媽的夠了！弟弟，永遠變不成愛人。

感情只是人生的一部分，並不是全部，誰沒了誰活不下去？

對哥哥的那份愛慕之情不管是徹底放下也好，還是深埋在心底也好，以後都是陳霄自己的事了，與陳千林無關。

他不會再對哥哥造成任何困擾，他已經決定打完下個賽季就退役，遠離陳千林，回到這山清水秀的地方，安安穩穩、踏踏實實地過一輩子。

只是，一想到要和深愛多年的人訣別，陳霄的心臟就一抽一抽地疼。

放下沒那麼容易，他得循序漸進地慢慢來。

陳霄站在窗前抽了一夜的菸，用最後這一晚的時間整理心情，最後一次為陳千林難過，也算是對過去做一個乾脆的告別。

天亮之前，他清理掉所有的菸頭和菸灰，打開窗戶讓冷風吹進來，散去屋內的菸味，不留下一絲痕跡，然後回到床邊，蓋好被子，假裝自己睡了個安穩覺。

次日早晨，鄭亦起床的時候發現陳霄居然提前準備好早餐，還朝他笑著說：「小亦來吃飯，我下樓給你買了幾個包子。你這麼瘦，可不能老讓你陪著我喝粥。」

鄭亦怔怔地看著他，男人的臉上好像恢復了以前的神采，笑起來帥帥的，開玩笑的時候還帶著點痞氣，那是小時候打架凶慣了留下來的痕跡。

這才是他印象中的霄哥。鄭亦心想，不管這笑容是真的還是偽裝，至少，陳霄已經決定放下這段感情，以後一定會慢慢好起來的。

吃過飯後，兩人一起叫車來到畫廊。畫展規模挺大，展出的作品掛滿三層樓的展廳，陳霄在二樓的拐角處看見一張非常有趣的畫，畫的正好是一群孩子和一位老人，這畫面會讓人忍不住聯想到小時候在孤兒院的時光，陳霄沒猶豫，立刻找主辦方買了下來。

買好畫後，陳霄又說想去看看附近的房子，鄭亦有些擔心他的傷，但陳霄今天走路的姿勢很正常，鄭亦也不好意思提，便主動叫車送他們去最近新開的一個建案。

這是一片環境清幽的別墅區，每棟別墅都有獨立的院落和通往大門的小徑，鄰居之間並不會互相影響。陳霄去售樓部諮詢了價格，又跟著銷售仔細在社區內轉了轉，他發現這裡的環境特別適合養老，社區中間還有人工湖可以釣魚。

陳霄越看越是喜歡，他也不想拖泥帶水，當場就決定下來，選了一棟坐北朝南，光線比較好的戶型，到售樓部說要直接簽約，驚呆了售樓部一群人的下巴。

刷卡付房款，下午又跑了趟裝修公司，陳霄說自己喜歡簡約風格，設計師很快就給他出了概念圖，他掃了幾眼，修改一些細節，緊跟著又在裝修合約上簽了字。

買房這樣的大事，陳霄居然用一個下午就搞定了。

鄭亦真是佩服得五體投地，如果他能在感情上如此乾脆，哪裡還有必要受這麼多年的苦？

回到家後，陳霄顯然很高興，還發了幾張在社區拍的圖片給唐牧洲：看我買的房子，不錯吧？

唐牧洲發來一排大拇指：真不錯。

陳霄：借你的錢明年再還行嗎？剛買完房子，裝潢也要用錢。

唐牧洲：不急，什麼時候還都行。

已經敲定了裝修公司，裝潢好了請你來做客。

謝明哲湊過來一看，疑惑道：「陳哥買房了？所以他借你錢，是真的為了買房子嗎？」

唐牧洲輕輕捏了捏眉心，「我也不懂。」

謝明哲有點茫然，總覺得師父和陳哥這幾天處處透著詭異，還是遠離為妙。

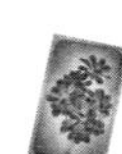

接下來的幾天，陳霄一直忙著跟裝修公司跑，倒是沒心情再想別的事了。牆紙、地板等很多材料他都親自去挑，有的設計細節也需要現場調整，他對這套房子的裝修非常用心，因為這才是他真正的家，屬於他一個人的家。

轉眼間鄭院長的生日到了，陳霄一大早換上乾淨整齊的西裝，把自己打扮得跟參加頒獎禮一樣帥氣，因此，他一到場就被很多人圍觀。

「霄哥，哇，果然比照片裡帥多了！」

「霄哥，我周圍同事都在玩星卡遊戲，聽說我認識你，別提有多羨慕，你現在可是大明星，人氣比很多娛樂圈小鮮肉還高！」

「那是，小鮮肉只能看臉，咱霄哥不但顏好，技術也好！」

「簽名簽名，我就靠你的簽名發家致富了……」

一群人笑作一團，陳霄很快就融入他們，小時候的夥伴看著真是格外親切。

孤兒院的孩子有十幾個，但和陳霄玩兒得最好的總共五個人。

除了小亦因為年紀小加上有心臟病一直被他保護之外，其他三人小時候也受了陳霄不少關照，因此都是打心底裡地敬重陳霄。

鄭飛和鄭慧比陳霄小兩歲，都是女孩子，已經大學畢業了；還有個男生叫鄭陽，只比陳霄小兩個月，小時候跟陳霄同班，喜歡跟著陳霄當小弟。只不過陳霄雖然皮那也皮得有本事，一打三從來不落下風，鄭陽是愛打架，可惜每次都打輸，需要陳霄救場。

陳霄嫌棄他，說他不如改名叫「鄭羊」，因為他的拳腳功夫就跟綿羊一樣弱得不能看。鄭陽鼻青臉腫地跟在他後面說「等老子長大了，肯定去健身練出他媽的八塊腹肌」！

如今……這傻貨的理想居然還實現了，身材好得不像話。

鄭陽笑咪咪地道：「哥，我跟你說，我的八塊腹肌都練出來了！」

他展示了一下胳膊上健碩的肌肉，又驕傲地挺了挺胸膛，順便給陳霄展示了一下腹肌的一角。

陳霄斜眼看他，這傢伙小時候比自己矮半個頭，每次打架都慫得不行，長大之後倒是和自己一樣高了，目測起碼一八五。

陳霄在男生裡本就是偏高的身材，但他身材勻稱，沒那麼多明顯的肌肉，看上去更加修長漂亮，鄭陽就不一樣了，胸肌、手臂肌肉明顯，明顯專業健過身，肌肉格外發達。

陳霄捏了捏拳頭，笑咪咪地看著他道：「你練出腹肌也不是我的對手，要不要試試？」

鄭陽立刻擺手，「不敢不敢，霄哥你最牛逼！」

鄭亦在旁邊笑著說：「這是小時候被打出心理陰影了。」

眾人敘了會兒舊，這才進屋去找鄭院長。

老鄭的鬢角已經有了明顯的白髮，但精神還不錯，能清楚地認出每一個人，見到今天大家都聚齊，老院長笑眯了眼睛，將早就準備好的一桌飯菜端出來給大家吃——都是大家小時候最愛吃的，一頓飯吃得滿是回憶和溫情。

院長年紀大了不能瘋玩，但年輕人不玩個通宵，都對不起這麼多年的情誼。陳霄主動做東請客，到後來，他和鄭陽一邊喝酒一邊敘舊，都喝趴下了，被其他三人抬回鄭亦家。

鄭亦很無奈，醫生叮囑過陳霄這幾天要注意飲食，戒菸酒和辛辣，可他今天太開心了，難得放縱一次，鄭亦也不忍心在夥伴們面前提起他內心的傷痛。

陳霄醉酒後迷迷糊糊地抓著鄭亦的手，「哥，我放棄了，真的……我不想再愛你了，給我一點

時間，我會慢慢放下，我保證不會讓你為難……」

鄭亦鼻子一酸，心疼地摸了摸陳霄的頭髮，柔聲道：「霄哥，放下就好，會過去的。」

他愛了陳千林這麼多年，已經變成習慣。想要改掉一種習慣，這很不容易，但鄭亦相信，時間可以癒合一切傷痕。

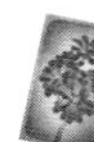

次日，鄭陽約了兩個小夥伴一起去他工作的地方參觀。

如今他已是連鎖健身品牌「陽光健身」的大老闆。他推出的規律健身理念還有休閒健身課程特別受歡迎，陳霄和鄭亦來到他店裡時，看見中午時間都有很多客戶，大家一起跟著音樂跳舞，健身的同時還能認識各行各業的朋友。

鄭陽道：「我們俱樂部有正規的醫療評估機構，每個會員在加入之前都會對全身的肌肉、骨骼、心肺功能進行評測，再量身制定健身方案……」

說起健身來，鄭陽真是滔滔不絕。

陳霄發現，時隔多年，當初那個總是被打得鼻青臉腫的小綿羊，如今已經變成了有擔當的男子漢，不但身材好，而且整個人都透著一種陽光活力，而不像大部分宅男那樣死氣沉沉。

可能是小時候身體弱，被打怕了，所以他才對健身這麼執念。能白手起家，開創屬於自己的健身品牌，陳霄對這位小夥伴還是挺佩服的，他拍了拍對方胳膊上結實的肌肉，道：「我也辦一張會員卡，以後有空過來找你練練。」

鄭陽立刻讓經理給陳霄和鄭亦拿來一張終生會員卡，「你倆隨時過來，我親自幫你們練，想要幾塊腹肌我就讓你們練出幾塊腹肌。」

三人參觀完健身俱樂部，還在這體驗了一下健身課程，陳霄覺得不錯，打算以後常來。從那天開始，陳霄就天天跑健身房跟著鄭陽健身。

他身上的傷還沒好透，暫時不能做太劇烈的運動，可簡單地做些胸肌拉伸訓練還是沒問題的。由於有鄭陽這個性格爽朗的傢伙陪著聊天，陳霄心情放鬆，精神也越來越好了。

等賽季快要開始，陳霄回到俱樂部時，整個人的形象確實變化不小。他剪短了頭髮，鬍子也刮得乾乾淨淨，穿一身黑色運動裝，看上去愈發精神。

喻柯看到後忍不住說：「陳哥好像變帥了啊？」

池瑩瑩也讚道：「陳哥最近怎麼了？真的帥很多！」

陳霄笑道：「哥一直這麼帥好吧？」

正好這時候陳千林和謝明哲走過來，陳霄頓了一頓，故作輕鬆地過去跟謝明哲擁抱了一下，笑道：「假期玩得開心吧？」

謝明哲點頭，「還行。」

然後，陳霄看向陳千林，低聲叫道：「哥。」

陳千林平靜地點了一下頭，發現弟弟精神不錯，滿臉笑容的樣子似乎又回到過去，陳千林放下心來，道：「人齊了，跟我到會議室，商量這個賽季的安排。」

團賽涅槃肯定要參加，個人賽謝明哲也會參賽，彌補上賽季中途退賽的遺憾；雙人賽有兩種方案，一是陳霄和謝明哲分別帶新人，二是陳謝組合去嘗試衝冠軍。

陳千林思考之後做出決定：「這個賽季，阿哲和陳霄組隊去打雙人，衝擊獎牌試試。新人不用擔心，我這個教練也不會閒著，我親自來帶。」

喻柯激動地道：「我們要有新人了嗎？」

陳千林點頭，「比賽正式開始前，各大俱樂部會有一週的招募期，廣告已經發出去，明天面試，你們也跟我一起去看看。」

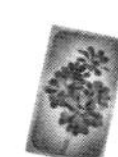

次日，陳千林帶著大家去面試新隊員，由於涅槃成績出色，卡池豐富，很多民間高手慕名而來，陳千林經過各項考核，最終確定了六位新隊員，正式和涅槃簽訂選手合約，成為涅槃的首批訓練生。

有了訓練生，陳千林很快就忙碌起來，每天都盯著幾個新人訓練，還要幫主力隊分析戰術，賽季開始後，涅槃全員進入緊張的備戰狀態，陳霄也沒心情去想私人感情的事，他只想打好這個賽季，不讓自己留下遺憾。

當然，每逢比賽之間的假日，或者平時訓練的空隙，他都會開車去健身房跟著鄭陽鍛煉。以前平坦的腹部還真的練出兩塊腹肌，鄭陽叫他再接再厲，朝著四塊腹肌努力。陳霄對腹肌沒什麼執念，他只是隨便練練，消耗掉自己全部的時間，腦子就沒空多想了。

漸漸的，涅槃俱樂部開始有了傳言。

「你們說，陳哥一到休假日就開車出去，是去哪裡？」

「他會不會交了女朋友？」

「我看很像，他最近滿面春光，心情很好的樣子，人也越來越精神。」

「呃……教練……」

本來在飯桌八卦，突然看見陳千林冷著臉路過，新人們立刻閉上嘴。

陳千林面無表情地朝大家點點頭，轉身來到辦公區問池瑩瑩：「陳霄每次休假日都出去？」

池瑩瑩道：「嗯，他最近好像迷上了健身，每次都去同一家健身俱樂部。」

陳千林微微皺眉，「不是和女朋友約會？」

池瑩瑩愣了愣，「應該不是吧？我沒見他買過禮物，每次都揹個健身包就走了。」

陳千林「喔」了一聲，莫名其妙地心裡居然鬆了口氣。

奇怪，弟弟如果有了女朋友，那就證明他徹底放下那段感情，當哥哥的應該高興才是。怎麼在聽到弟弟不是去約會的時候，心裡反而有些輕鬆？

陳千林揉了揉太陽穴，有些疑惑地轉身回到臥室。

池瑩瑩撓撓頭髮，迅速發了條消息給陳霄：陳哥，林神剛才問你這段時間出去是不是跟女朋友約會？我覺得，他可能是擔心你談戀愛會影響到比賽的狀態，你如果真有女朋友，還是跟教練報備一下吧。

陳霄：「……」果然，哥哥還是不肯放心。

陳霄深吸口氣，給陳千林發了消息：報告教練，我沒找女朋友。

陳千林打下一行字：嗯，私人時間你可以自由安排，不影響訓練就好。

結果下一刻，陳霄迅速發來一句話：我找了個男朋友。

這句話後面還有一張照片，是在健身房裡拍的。胸肌發達、四肢健碩、五官俊朗的男生，正從身後半摟著陳霄的腰，幫他指導健身的動作，笑容格外的帥氣。

陳霄的眉眼間也淨是笑意，靠在那男人的懷裡，神色看上去放鬆極了。

陳千林看到這張照片，眉頭猛地一皺，手指僵硬地刪掉剛才打下的字。照片裡的男人摟住陳霄的結實雙臂，不知為何竟格外的刺眼。

陳千林的臉色冷得像是要結冰：他是誰？

陳霄坦然回覆：我男朋友。

一向淡定的林神，手裡的光腦不小心滑到地上，發出「啪」的清脆聲響。

# （十）

陳千林沉默了很久，這才面無表情地撿起光腦，仔細看向照片。

還記得那天去給陳霄送藥的時候，陳霄臉色蒼白、聲音哽咽，手指一直緊緊抓著咖啡杯，看上去狼狽極了。可照片裡的陳霄卻活力四射，笑容滿面，和前段時間判若兩人。

這樣直觀的對比，讓陳千林終於意識到，陳霄只有不在哥哥身邊時，才能過得輕鬆快樂，而身為哥哥的自己，帶給他的只有絕望和痛苦。

自己才是弟弟痛苦的根源。這樣的認知讓陳千林的心臟一陣刺痛，他迅速深吸口氣冷靜下來，打字問道：你們什麼時候認識的？

陳霄回：他叫鄭陽，是我小時候的朋友，這些年一直保持聯繫。上個月院長過生日那天我們都回了孤兒院，鄭陽說他從小就很仰慕我，知道我目前單身想追我試試，我答應了。

鄭陽？這名字陳千林有印象，小時候和陳霄玩得好的男孩子有兩個，一個叫鄭亦，天生心臟病長得瘦瘦小小，陳霄為了保護他經常跟人打架；還有一個叫鄭陽，天天跟在陳霄的屁股後面把陳霄當老大和陳霄一起打架。

居然是他嗎？照片裡的男人身材高大健碩，完全不像小時候的那個跟屁蟲。

陳千林微微皺眉：我記得你們只是朋友。

陳霄很快就發來一串解釋：以前只是朋友，但鄭陽主動追我，我覺得可以試試。鄭陽這人挺逗的，說話直來直去，跟他在一起特輕鬆，他很愛健身，我倆每天一起健身，這段時間精神也好了很多。

這倒是事實，自從新賽季開始後，陳霄整個人確實精神多了。

陳千林一針見血地問：你喜歡他嗎？

陳霄沒有回覆。

陳千林：我希望你能遇到一個合適的人，找到自己的幸福，而不是隨便找個人湊合。

陳霄反問：哥哥覺得，什麼是幸福？

陳千林：「……」

這個問題難住他了。他的人生規劃中從沒有「結婚生子」這一項。他討厭跟人親近，討厭天天和人睡在一起、蓋同一床被子，更討厭哭鬧個不停的小孩子纏著他要這要那。或許將來，他會繼承父親的產業，把重心放在工作上。

至於大部分人所認為的幸福？他從沒想過。

陳霄這麼一問，陳千林也覺得自己有些病態。大部分人就算性格冷漠，也不會像他這樣排斥和人接近，甚至堅持獨身主義，這已經不只是冷漠，而是心理缺陷。

陳千林沉默片刻，才問道：你覺得呢？

陳霄笑著回覆：很簡單，我和鄭陽在一起輕鬆快樂，現在就覺得挺幸福的。

——現在就挺幸福？

這行簡單的字，就像是突然變成了一把鋒利的劍，直直地戳進陳千林的心裡。心臟部位泛起的刺痛，強烈到難以忽略，陳千林瞇著眼睛看著這行字，一向冷靜清明的腦海裡第一次產生混亂，他甚至不知道該怎麼和陳霄繼續聊下去。

下一刻，就見陳霄又連續發來兩段話。

「鄭陽是個很簡單的人，對我很好，關心我、敬重我，和他在一起我真的特別輕鬆。我不是隨便湊合，我確實有些喜歡他，而且我也相信，時間長了，我會越來越喜歡他。」

「哥你放心，我想得很清楚，我已經徹底放下對你的感情，就當是以前犯糊塗吧。從今以後，我不會再對你造成任何感情上的困擾。」

螢幕上的字變得張牙舞爪，陳千林閉上眼，根本不想再看陳霄發來的關於男朋友的評價，乾脆關掉光腦結束了對話。

敢坦然和哥哥聊自己的男朋友，說明陳霄真的放下了。

讓陳霄找一份新的感情這本是他的建議，可陳霄真的找了男朋友，陳千林卻發現自己根本高興不起來。他捏著眉心，去浴室洗了個澡，回到床上卻怎麼都睡不著。

他想起陳霄當初剛來陳家的時候，對一切都充滿好奇，他帶著弟弟到二樓的臥室，摸著小孩兒的腦袋說：「以後，哥哥就是你的家人，哥哥會保護你，不讓你受委屈。」

可這輩子傷陳霄最深的，正是他這個哥哥。

本以為能為弟弟遮風擋雨，結果，陳霄所經歷的一切風雨，都是他這個哥哥帶來的。

每次想到陳霄一瘸一拐地流著血去浴室洗澡的畫面，陳千林就心痛難忍。

他從沒為任何人心疼過，似乎是天生就比較冷血。即便面臨朋友、親人的離別，他也沒什麼強烈的情緒波動。

可是最近，他好像變了。他第一次嘗到心疼的感覺；第一次緊張地守在光腦前，就怕張鵬發證據會毀了陳霄；第一次雷厲風行地調動所有人脈，用三天時間迅速處理掉罪魁禍首；第一次親自去買藥，擔心弟弟的傷勢擔心到失眠。

這一切，全都是因為陳霄。

父母這些年經常不在家，他又當哥哥又當家長，親自把陳霄撫養成人。

從七歲到十八歲整整十一年的時間，他和陳霄「相依為命」，那種感情不是其他人能比的，就連跟父母的感情都沒有那麼深。

陳霄對他而言是最特殊的人，他為了這個弟弟，已經不只一次破例。

陳千林越想越頭疼，最後實在睡不著，乾脆吃了顆安眠藥才睡下。

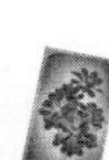

次日，俱樂部正好休息，陳千林睡到中午才醒，去樓下吃飯時他看見池瑩瑩，便隨口問道：「陳霄呢？」

池瑩瑩小聲說：「陳哥大清早就開車出去了，背著個健身包，估計又去健身。」

陳千林沒說話，吃到嘴裡的午飯像是突然間沒了味道。

他轉身離開餐廳，池瑩瑩看著他盤子裡剩下一半的食物，疑惑地撓了撓頭，林神吃飯每次都吃得很乾淨，今天這是怎麼了？

隊員們也察覺到陳千林的臉色比平時還要冷，紛紛避讓。

回到辦公室後，陳千林突然給唐牧洲發去條消息，問：陳霄跟你借的錢還了嗎？

唐牧洲回：沒有，他買了一套房子正在裝潢。師父不知道嗎？

陳千林：買在哪裡？

唐牧洲把陳霄給他的別墅照片發過去：獨棟別墅，具體位子我也不清楚。

陳千林接了照片，在網上一查，果然是在孤兒院附近。

陳霄在那孤兒院附近買房子，顯然是想和鄭亦、鄭陽這些老朋友們住得更近一些，也方便回去探望鄭老院長。

陳千林的心裡突然有些不安。

當年，十八歲的陳霄酒後貿然告白，他果斷地和陳霄劃清界線，次日就離開了，並且在離開之前給陳霄留下一套房子和一張銀行卡。那套房子後來被陳霄改成代練工作室，而那張卡上的錢，陳霄一分都沒有動過。

現在，陳霄買了套新房子，說明什麼？

這說明陳霄要跟哥哥劃清界線——哥哥留給他的房子，他以後不會再去住。哥哥留給他的錢，說不定他也會原封不動地還回來。

陳千林皺眉問：他還跟你說什麼了嗎？比如，他打算什麼時候退役？

唐牧洲很意外師父會這麼問，疑惑地道：退役？陳霄現在狀態這麼好，而且正處於上升期，這個賽季他不是還要和阿哲組隊打雙人嗎？我覺得，他三十歲之前都沒必要退役吧。

道理是這樣沒錯，可陳千林心裡卻有種不好的預感。

買房，談戀愛，下一步肯定就是退役。

以陳霄的性格，如果真的決定和哥哥劃清界線，他不會再留在涅槃俱樂部。天天見到哥哥，會讓他想起那一晚被陳千林侵犯的痛苦經歷，這並不是什麼好的聯想。

離開，是讓他徹底解脫的唯一辦法。

陳千林想到這裡，只覺得心底一陣發冷，弟弟對他避如蛇蠍，這種感覺異常難受，他喝了杯水讓自己平靜下來，給池瑩瑩發消息：陳霄回來後，讓他立刻來辦公室見我。

池瑩瑩很快回覆：知道了，教練！

直到半夜十一點，陳霄才終於回到俱樂部。

池瑩瑩在俱樂部門口等他，看見他便焦急地道：「陳哥你什麼情況？一直聯繫不上你！」

陳霄笑道：「抱歉，下午去游泳，沒看見妳發的消息。怎麼了？」

池瑩瑩苦著臉道：「林神說，讓你回來之後立刻去辦公室見他，他從下午開始就一直在辦公室等你，你趕緊去吧！」

陳霄怔了怔，有些疑惑地轉身來到辦公室。

推開門的時候，發現辦公室裡沒有開燈，漆黑一片。

陳千林站在窗前，看著外面的夜景，深夜裡，男人挺拔的背影看上去有種說不出的孤獨。陳霄

心頭一酸，立刻穩住情緒，「教練找我？有什麼事嗎？」

陳千林回過頭來，面無表情地問：「這麼晚才回來？」

陳霄說：「今天休假，鄭陽約我去游泳，游完泳去吃了自助燒烤，所以回來晚了。」

陳千林現在一聽見「鄭陽」這個名字就頭疼，乾脆地打斷他：「陳霄，你是不是打算，這個賽季結束之後就退役？」

陳霄確實是這樣想的，不過，這件事他沒跟任何人說過，結果還是被哥哥猜中了。既然話題已經打開，陳霄也不想隱瞞，乾脆地點頭，「沒錯。」

陳千林的瞳孔驀地一縮，神色無比嚴肅，「你現在的狀態正是巔峰期，至少還能打三到五年比賽，就這樣結束，你真的甘心嗎？再說，涅槃也不能沒有你，我希望，你在這件事情上能更加理智地考慮問題，不要衝動決定。」

「我很理智，這件事我考慮了很久。」陳霄語氣平靜地說：「涅槃已經招了六個天賦突出的新人，有阿哲在，還有你這個教練把關，就算我離開了，新人們也會立刻補上來。每家俱樂部都會面臨新舊交替的問題，我相信涅槃可以順利度過這一關。」

陳千林皺眉，「陳霄，你急著走，是不是因為你不想見到我？」

陳霄沉默了很久，才低聲說道：「我確實想忘掉過去，給自己一個全新的環境。作為職業選手我已經實現了夢想，沒什麼可遺憾的。以後我只想把更多的時間放在陪伴愛人上面，小陽說，想和我去環遊世界，我也想好好珍惜這份感情，希望教練能成全我這個心願。」

陳千林：「……」原來，心如刀絞這個詞所形容的感受是真正存在的。

陳霄說的每一句話，都像是一把刀子在他陳千林心底攪動，心臟一陣陣痙攣般的疼痛，讓他的臉色愈發冰冷，他只能用力深呼吸才能讓自己保持冷靜。

兩人在沒有開燈的辦公室裡沉默很久。

陳千林輕聲道：「你現在，連哥哥都很少叫了？」

陳霄低下頭，「在俱樂部公事公辦，還是叫教練比較合適。」

陳千林面無表情地道：「去休息吧，這個問題以後再談。」

陳霄轉身離開。陳千林一個人站在窗前，看著外面的繁華夜景，心裡莫名地有些空落。

如果陳霄離開涅槃，他還有留下來的必要嗎？當初回來，最重要的原因就是陳霄。他當然不會神通廣大地預知到自己會收謝明哲這個徒弟。這五年來，他一直關注職業聯盟，收集了所有俱樂部選手的資料，就是因為他瞭解弟弟，知道弟弟合約到期後肯定會復出。

這些資料，就是給弟弟準備的。

對於陳霄衝動之下簽合約這件事，陳千林一直心存愧疚，畢竟陳霄是因為相信哥哥的朋友才簽約，他沒有把自己和邵博的矛盾告訴陳霄，這才導致年少的陳霄被邵博所欺騙。

五年時間，陳霄的動向，陳千林一清二楚。離開時，他給陳霄留下房子和存款，離開後，他也一直派人暗中保護著弟弟，畢竟那是他親自養大的弟弟，他不希望陳霄出任何意外。

這樣的做法，除了愧疚之外，難道就沒有別的嗎？

那晚和陳霄意外上床，如果換成是別人，敢在他不願意的情況下爬到他的床上，陳千林絕對會讓對方死得很難看。可換成是陳霄，雖然也很生氣，可更多的……卻是心疼？

第一次心疼的時候，他就該察覺到不對勁，只是他從沒往別的方面去想。

他對這個弟弟，和對旁人太不同了。

陳千林看著落地窗上映出的臉，一向冷漠的臉上，此時的表情複雜得難以理解。

這一晚他果然又失眠，一直到凌晨三點才睡著。

夢裡再次出現了那天晚上的情節，由於他看視頻看了好幾遍，夢境重現時，每個畫面都異常清晰，就像是剛剛經歷過一樣。

驚醒時天還沒亮，陳千林猛地坐直身體，沉著臉去浴室沖了個冷水澡。

照理說，和弟弟發生關係，他應該迅速忘掉這件事才對，可事實卻狠狠地打了他的臉。自從看過視頻後，他不但沒有忘記，反而經常夢見陳霄。

平時的理智、冷靜，在深夜的夢境裡蕩然無存。

陳千林站在花灑下，把冷水開到最大，臉色難看到了極點。

這個夢境，就像在光明正大地嘲笑他的表裡不一，讓他親眼看到自己曾對陳霄做過些什麼，清醒後的陳千林，簡直是無地自容。

他難得情緒失控，每次都和弟弟有關。

陳千林用拳頭抵著額頭，腦子裡嗡嗡作響。

從小他就是同齡人裡最冷靜的一個，不管遇到什麼困難，他都能迅速地想到解決的方法；他極少犯錯，從不讓父母擔心；他成績優異，是周圍同學們仰望的男神……可現在，他的腦子裡卻非常茫然。

這是他第一次遇到難以處理的棘手的事情，他站在岔路口，似乎向左、向右都不對。

站在冷水中沖了很久，回到臥室後，陳千林的身體和腦子都恢復冷靜，他打開通訊錄，翻出私家偵探的頭像，面無表情地聯絡：幫我查一個人。

夜貓子偵探迅速回覆：你要查誰？這次又是誰要倒楣啊？

陳千林：查陳千林。

偵探：什麼？

陳千林：就是我。查出我這些年來的一切經歷，尤其是和弟弟相處過的記錄。

偵探差點把用來提神的咖啡噴出來，這位大神平時做事冷漠無情，弄死邵博和張鵬就跟捏死兩隻螞蟻一樣，結果現在突然犯神經病，要查自己？

——我他媽當偵探這麼多年，頭一次遇到查自己的！也是長見識了！

偵探神色古怪地瞄了眼螢幕：查自己幹麼？難道你失憶過？想找回失去的記憶？

陳千林：不要問原因。資料越完善越好，報酬隨你提。

對方立刻回覆：沒問題！不過，以我的手段，讓我查你的話，以後你在我這裡就沒什麼隱私可言了……提前說好，你不能殺我滅口。

陳千林：放心，我相信你的職業操守，不會朝外人洩露一句。

他知道對方肯定在吐槽他，哪有人請偵探調查自己的？可他確實想好好查一下自己的過去。

有句話叫「當局者迷」，就跟打比賽的時候一樣，選手們身在局中，對手的很多套路都會看不清，只有上帝視角的旁觀者，才能清楚地掌控全域。

或許，很多細節他都沒有發現。也有可能，他對陳霄並不是單純的兄弟之情。

他跟陳霄說過很多遍「我把你當弟弟」，說不定這是他對自己的心理暗示，是一種潛意識裡的自我催眠——他以為自己只當陳霄是弟弟，就像選手打比賽的時候以為自己穩贏一樣。

那只是「自以為」，並不客觀。

可實際上，他真的只把陳霄當弟弟嗎？他能百分百確定自己永遠不會犯錯嗎？

拋去主觀因素，跳出自己設定的「兄弟關係」，客觀一點來看待他和陳霄的相處細節，才能更冷靜地判斷自己的感情。

## （十一）

陳千林合作的這位偵探代號「夜貓」，只在深夜出沒，是個非常厲害的駭客。

次日中午，陳千林就收到夜貓發來的消息。

是一張舊病例的存檔，三歲小孩兒在兒童醫院自閉症專科的就診紀錄，小孩就叫陳千林。

大部分有自閉症的兒童會伴隨一定程度的發育遲緩，比如交流障礙、目光呆滯、智商低下等等，也有百分之二十五左右的兒童智商正常，只是厭惡和人接觸，這部分孩子通過心理干預的療法可以恢復正常。還有不到萬分之一的極少數自閉症患兒，智商遠超過常人，是難得一見的天才。

陳千林就屬於難得一見的天才自閉症患兒，由於從小不愛和小朋友玩耍，對父母的接觸和擁抱也表現出厭惡的情緒，所以他三歲那年陳君為帶他去兒童自閉症專科找專家看病，專家最後的診斷是「高功能型孤獨症」，建議儘量讓孩子多和人接觸，引導他走向正途。

這種天才兒童萬一誤入歧途，絕對會成為危害社會的高智商罪犯。

陳千林從小就冷得可怕，由於智商太高，他覺得周圍的小孩都很幼稚、很無趣。他在學校門門功課都考滿分，但他對同齡人喜歡的遊戲、運動卻毫無興趣，反而沉浸在自己的世界裡，一個人盯著一片樹葉都能研究一整天，跟父母一點都不親近。

陳君為年紀輕輕，資產破億，兒子小時候上的自然也是非常昂貴的私立學校。陳千林七歲那年某個犯罪集團趁學生出遊期間綁架了好幾位富豪的孩子，勒索他們的家長巨額贖金。

其他孩子都一把鼻涕一把眼淚害怕得瑟瑟發抖，陳千林卻面無表情地一路留下線索，協助警方第一時間找到犯罪集團的據點。

在另外三個小男孩撲到父母懷裡哇哇大哭的時候，陳千林冷靜地跟警方做完筆錄，詳細地說出被綁架的過程，並且按記憶畫出兩個逃犯的素描肖像和對話中透露到的逃跑路線。

警方簡直驚呆了，不敢相信這是個七歲的孩子。

陳君為急匆匆地跑來救兒子，本想撲過去抱抱孩子，安慰一下孩子受傷的小心靈，結果陳千林反倒平靜地安慰他：「爸爸不用擔心，我沒事。這裡太髒了，我想回家洗澡。」

陳君為：「……」

其他三位抱著孩子哭的家長：「啊？」

當年就有「七歲神童協助警方破獲重大綁架案，犯罪團夥全部落網」的新聞，警方為保護陳千林，在新聞裡並沒有透露他的個人資訊，但夜貓子還是很給力地查到一些蛛絲馬跡。以前查普通人，不管查到多勁爆的資料，夜貓子都很淡定。可是陳千林讓他查自己，真是越查越心驚膽戰、越查越脊背發毛……

查自己的牛逼人物果然不簡單！這位天才沒有長歪，沒有變成連環殺人案的兇手，真是整個社會的福音。

三天後，夜貓子戰戰兢兢地把一個資料夾發給陳千林：林神，我這些年賺的錢夠花，做完這次就收手不幹了。放心，你的過去我不會跟任何人提起。

陳千林淡淡道：嗯，辛苦了。

他將報酬匯到對方的帳戶，接著打開資料。

七歲那年的事居然被翻了出來，駭客確實夠厲害，不愧是自己挑中的合作對象。陳千林將關於自己小時候的資料一目十行地掃過，重點看向和陳霄有關的細節。

當年父母收養陳霄，目的其實並不單純。

因為陳千林冷漠得可怕，父母擔心兒子會走向歧途變成高智商犯罪，所以，父母想給他生個弟弟或者妹妹，希望兒子的身邊有親人陪伴，可以稍微改變個性。可媽媽秦舒蘭身體很差，做試管嬰兒也需要取卵，對身體有損傷，所以兩人決定收養一個孩子。

在孤兒院尋找合適的孩子時，正好發現有個叫鄭霄的小男孩兒親生父母和陳君為有些交情，而且那個孩子性格非常活潑，和陳千林的冷漠截然相反，或許能給陳家帶來一些活力。

於是，父母給陳千林編了一個很好的理由：「阿霄的爸媽對我們家有恩，當年我們最困難的時候他爸爸幫過我們很大的忙，他在孤兒院沒有親人照顧，我們把他帶回家好不好？」

對上父母滿含期待的眼神，陳千林冷靜地說：「你們決定就行。」

父母明顯鬆了口氣。

陳霄確實很活潑——不只活潑，還很調皮。第一次看見那孩子的時候，小傢伙剛跟人打過架，臉上都是血跡，還倔強地仰著脖子，一副「老子天下第一」的牛氣神態。

陳千林覺得，這孩子還挺有意思。

最初和弟弟和睦相處，陳千林都是做給父母看的。他耐著性子陪陳霄逛街，給陳霄買東西，儘量做出一副「好哥哥」的模樣。

父母漸漸放下心來，並故意藉口「我們要出差」跑去外地，留更多的時間讓陳千林和陳霄相處。在他們看來，活潑的陳霄是這麼多年來唯一能走近兒子身邊的人，陳霄到陳家之後兒子的話似乎變多了，這是好現象。兒子不愛和父母交談，能跟弟弟聊得來也不錯。

扮演一個「好哥哥」的角色，對陳千林來說非常簡單。

小孩子很好騙，隨便給陳霄買個玩具陳霄就開心得要下樓跑圈。

那幾年，他和陳霄相處的時間很多，所以駭客查到的資料裡有大量的照片，比如他帶著陳霄逛街留下的紀錄、陪陳霄上學時在校門口留下的合影等等。

幾乎每一張照片裡，陳霄都拉著哥哥的手，笑容滿面，而陳千林始終保持著冷漠臉，就好像牽著的不是一個人，而是一隻蹦躂的小狗。

從旁觀角度來看，能清晰地看出當時的陳千林其實很不耐煩，他只是礙於父母的吩咐，才耐著性子陪這個幼稚的小朋友到處逛。

陳千林迅速翻過陳霄初到陳家的資料，繼續點開下一份資料。

陳霄打架了，因為張鵬辱罵哥哥，陳霄把張鵬打破頭，送進醫院，自己的臉上也受了傷。陳千林去醫院看到滿臉是血的弟弟，他眸色一冷，臉上第一次出現了擔心的神色。

這張照片讓他想起一些往事，他記得回家後，他親自拿來藥箱幫陳霄處理了傷口，還教育了陳霄一頓，得知陳霄是因為同學罵哥哥才動手，他的心裡好像有點暖，可那種感覺太淺、太模糊，很快就被他忽略了。

再往後翻，陳霄的學校舉辦秋遊，讓孩子們體驗野外生活。父母又一次藉口出差跑掉了，陳千林迫於無奈，只好以家長的身分陪陳霄參加。

露營的時候要睡一個帳篷，陳千林很討厭跟人一起睡，照片裡的他臉色冰冷，顯然對晚上和弟弟一起睡這件事非常不爽，可陳霄卻滿臉笑容，積極地搭帳篷。

接下來還有一張照片是晚上大家一起燒烤的合影，照片裡有不少孩子和家長，大部分家長都在給孩子烤吃的，換成他倆卻反了過來，陳霄積極地烤了肉串，遞到哥哥嘴邊，陳千林滿臉嫌棄，可最後還是冷著臉張嘴把弟弟烤給他的肉串吃了。

那肉串非常難吃，是他吃過最難吃的肉串。

陳千林回想起來，因為鹽放太多，還撒了一大把辣椒。陳霄第一次烤肉串，自己不吃，讓哥哥當小白鼠先嘗嘗，這孩子太皮了，陳千林想揍他，對上陳霄討好的笑容後，最終忍住在一群家長面前揍人的念頭。

晚上睡同一個帳篷，蓋同一床被子，沒過多久，陳霄就窩在他的懷裡抱住他——大概是夜裡太冷在自動尋找熱源，小孩子拚命往懷裡鑽，陳千林怎麼也推不開。

他記得那天晚上睡得很不安穩，懷裡有個暖暖的小傢伙，他實在是不適應，可因為陳霄睡得太香，腦袋窩在他的胸口，小胳膊緊緊地抱著他的腰，他不想暴力推開，最後就這麼抱著弟弟迷迷糊糊地睡著了。

那是他從小到大，第一次和人這麼親近。

再往後，秋遊結束放假了，他陪陳霄去了遊樂場。

他最討厭熱鬧嘈雜的地方，可陳霄特別想去，拉著他求了好幾天，最後他心軟了，帶著陳霄去遊樂場玩。照片裡，他和陳霄站在遊樂場的門口，陳霄手裡拿著個巨大的棉花糖，風一吹，糊了滿臉，陳千林眼中滿是嫌棄，拿了塊濕紙巾幫弟弟擦臉，動作卻很溫柔。

他居然親自伸手幫弟弟擦臉？陳千林不敢相信地看著這一幕，他對和陳霄相處的很多細節其實印象都不是很深刻。小時候陳霄太頑皮，爸媽又老是放養他倆，希望他和弟弟多一些相處的機會，他記得自己很不耐煩帶陳霄出去，每次出去都很頭疼。

可從旁觀的角度來看，他雖然不耐煩，但他對這個弟弟卻很包容。

包容得有些過分。

不但幫弟弟擦乾淨臉，他還陪陳霄玩了很多遊戲，兄弟兩人一起玩刺激的跳樓機、雲霄飛車、空中飛人，照片裡，陳霄張開嘴哇哇大叫，臉上的表情豐富極了，陳千林始終冷漠臉，在人群裡特別另類。

再往後，陳霄生病了，陳千林半夜送弟弟去醫院看急診。

陳霄發高燒，陳千林皺著眉在弟弟的身邊守了一夜，次日早晨還親自買粥餵陳霄吃。

這件事他記得很清楚，那一年流感病毒肆虐，小孩子們免疫力比較低，一個班裡病倒了一大半，陳霄那次病得很嚴重，反反覆覆發燒，一個星期才好。他乾脆跟學校請假陪弟弟，老師對陳千林請假沒有任何意見，反正陳千林就算不去上課，期末也能考滿分……

陳霄天天在醫院吊點滴，兩隻小手上滿是針孔，手背都腫了起來，可憐巴巴的，陳千林只好親自餵他吃飯。生病的陳霄臉色蒼白、身體虛弱，難得安靜下來。哥哥每次把勺子伸到嘴邊，他就張開嘴巴乖乖地吃粥，眼睛一直看著哥哥，吃完了就朝陳千林笑，「哥哥我沒吃飽。」

畫面裡的陳千林神色很無奈，轉身又給弟弟盛粥。

這時候，他顯然已經把陳霄當成親人，所以陳霄生病的時候他才會守在身邊照顧。

接下來的很多畫面都是他和陳霄相處的細節。

以前一直覺得，他對陳霄只是很淡薄的兄弟之情，畢竟他不是機器，從陳霄被收養算起，兩個人在一起相處了整整十一年，肯定會有感情。

可是，從旁觀的角度看，他對陳霄有些過分寵愛了。

陳霄在學校惹事，陳千林這「家長」總是被老師請去談話，不管為什麼，他都會維護弟弟；陳霄代表學校參加羽毛球比賽拿了冠軍，陳千林就給他買最好的球拍做獎勵。

陳霄升中學過生日，爸媽又一次不在家，陳霄想親自做蛋糕，陳千林就帶弟弟去了烘培坊，陳霄太皮了，居然用奶油糊陳千林的臉，照片裡的陳千林頂著一臉的奶油，目光冰冷，僵硬得如同雕像，看上去很是好笑。

換成別人，敢用奶油塗陳千林的臉？認識他的人，想都不敢想……

那天最後怎麼樣了？陳千林仔細回憶了一下——他也塗了陳霄滿臉奶油，並且讓陳霄頂著花貓臉去大街上走一圈作為懲罰。

現在回想起來，這一定是他從小到大最幼稚的一次行為。

簡直不敢相信他會陪著陳霄玩這種幼稚的遊戲。

陳霄漸漸長大，每一張照片，都能牽出一段往事。陳千林像是看電影一樣一張一張地往後翻。照片裡的小陳霄身材迅速拔高，五官也變得越來越帥氣，和陳千林被同學們敬而遠之不同，陳霄特別受同學們的喜愛，身邊有很多小夥伴。

可他還是喜歡纏著哥哥。

中學畢業典禮的時候，陳霄跟哥哥在校門口合影，摟著哥哥的肩膀，笑容特別燦爛。

陳千林也不像平時那麼冰冷，難得的，臉上露出溫和的神色。

因為當時陳霄一直逗他：「哥你笑一個，我的畢業照，你冷著臉好像不希望我畢業一樣。」

陳千林仔細觀察了一下照片裡兩人的距離，他們的身體靠得很近，陳霄穿著高中校服，親密地摟著哥哥的肩膀，幾乎要靠進哥哥的懷裡。但是，自己的臉上卻沒有任何的排斥或者不耐煩，反而目光溫和，顯然對弟弟順利畢業十分欣慰。

討厭跟人接觸的他，好像已經習慣了弟弟的接近。

他親自送陳霄去上大學，在大學門口也有合影，離開時陳霄依依不捨地伸出雙臂，緊緊地抱住他，陳千林沒有推開，居然輕輕回抱了弟弟。

仔細算來，那還是他從小到大第一次回抱別人。

小時候就算父母抱他，他也會冷著臉躲開。

不知不覺間，陳霄反覆挑戰他的底線，他卻一直在包容、習慣。

接下來的照片有很多陳霄在觀眾席為他加油的畫面，那時的陳霄還不是職業選手，剛讀大一，可陳千林參加的每一場比賽陳霄都會親自去現場看，拍攝到的畫面裡，陳霄滿臉的仰慕，和陳千林的粉絲們坐在一起，用力鼓掌，就像是陳千林的頭號小迷弟。

比賽結束後，陳霄會身手靈活地擠出人群，跑到後臺去找陳千林。輸了，他就用擁抱來鼓勵哥哥；贏了，他還用擁抱恭喜哥哥。一張又一張擁抱的照片，從旁觀視角可以發現那時候的陳霄應該已經愛上哥哥了，看向哥哥時，眼中的愛慕不論如何都藏不住。

而當時，陳千林之所以毫無察覺，是因為從主觀視角來說，陳霄一直跟在他的身邊十一年，他習慣了弟弟的親近，所以更親近一點也完全無所謂。

自己又是什麼反應？照片裡的陳千林，對陳霄的擁抱毫無排斥，還很多次回抱了弟弟。

那段時間他們兄弟相處得很融洽，所以陳霄膽子也大，經常去後臺擁抱哥哥，發現哥哥沒有排斥之後更是變本加厲。當時不覺得，可現在回看這些紀錄，兩人確實過於親密了。

陳霄要跟著他學星卡遊戲，他又收了唐牧洲當徒弟，乾脆兩個人一起教。直到後來爆發版權事件，陳千林宣布退役，陳霄又在酒後告白，至此他們才徹底決裂。

他提著行李離開家的那天，臉色極為難看，但臉上更多的是震驚，而非厭惡。

之後他隱居五年，這五年關於他的資料很少，關於陳霄卻有很多。

十八歲的陳霄一個人在酒吧喝得爛醉如泥，被舍友抬回宿舍；陳霄獨自在校園的角落裡抽菸，直到深夜；他在課堂上發呆被老師點名；在走路時因為分神被籃球砸到頭；被女生告白時皺著眉拒絕；去圖書館看書，總是等周圍的同學全部走光，他才一個人默默收拾東西離開……那段時間，陳霄過得很落魄、很狼狽。

通過一張張照片，親眼看著弟弟當年失魂落魄的樣子，陳千林又一次感覺到強烈的心疼，他恨不得衝進照片裡抱一抱陳霄，告訴陳霄哥哥並沒有討厭你，離開你只是想讓你冷靜而已。

五年後他回到涅槃俱樂部，兩人又恢復兄弟關係。陳霄贏了比賽，他站在臺下鼓掌，眼中滿是欣慰。涅槃獲得團賽冠軍，他主動走上舞臺，像小時候一樣輕輕摸摸弟弟的頭髮，誇弟弟打得漂亮，當時的他，目光極為溫柔。

偵探發給他的最後一份資料是他和陳霄談判那天的紀錄，他去藥店買藥時，神色難得有些緊張，後來和陳霄在咖啡廳見完面出來，表情並不輕鬆，反而緊緊地皺著眉頭。

由於他讓偵探查的是他和陳霄相處的紀錄，後來他和陳霄見面大多在涅槃俱樂部的會議室、訓練室，這些地方都沒有攝像頭，從外面也拍不到照片，很難弄到資料。

倒是發來幾張陳霄和鄭陽在一起的照片，兩人的舉止並不親密，看上去更像是好朋友，走路的時候也保持著正常距離，從沒有牽手、擁抱之類的動作。有時候還不只他們兩個，鄭亦也在，三人一起健身，昨天去游泳也是三個人一起去的。

調查到這裡終止，陳千林皺著眉將所有他和陳霄的合照從頭翻了一遍。

從局外人的旁觀視角來看，他能把自己的感情變化看得更加清楚。

陳千林冷靜地反覆看了三遍照片。

就像是看一場比賽的賽後錄影，每一絲細節都沒有放過。

他用剖析比賽的做法，客觀地分析自己的情緒變化，然後意外地發現，他對陳霄的關心、包容、甚至是無底線的忍耐，已經超過普通的兄弟之情。

換成一般的哥哥，陳霄這麼皮，早就一腳踹飛出去了。可是，他這麼多年從沒揍過陳霄，甚至連罵弟弟都捨不得。

他把陳霄捧在手心裡，陳霄想去哪裡玩、他就陪著去哪裡玩，陳霄想買什麼、他就毫不猶豫地買買買，甚至陳霄用奶油塗他的臉，他也只是冷漠地塗了回去……在外人看來，他對陳霄甚至有些過分的溺愛。

陳霄對他動心，很大程度上也是因為他對弟弟過於寵愛。在孤兒院長大的孩子，本來就很缺愛，又遇到這麼關心自己、寵愛自己的哥哥，對哥哥動了不該有的心思也很正常吧？

陳千林看完照片後，有些頭疼地揉了揉眉心。

他在感情上一向冰冷，分不清親疏關係，對親人、朋友的態度都很淡薄。陳霄是這些年來和他走得最近的人，他以為自己只把陳霄當弟弟，可從旁觀者的角度來看，他們兄弟的親密關係其實有些不正常，早就超過普通兄弟的範疇。

小時候摟摟抱抱還可以解釋，長大之後，有誰見過天天抱在一起的兄弟？

身在局中習慣和陳霄親近，他不覺得哪裡不對。可一旦跳出主觀視角，客觀來看，他倆不像是兄弟，更像是親密的戀人。而他難得的幾次溫柔目光，也全是因為陳霄取得好成績，比如以全校第一的成績畢業，或者在比賽時拿下獎盃。

不喜歡和任何人接觸的他，在活潑可愛的陳霄來到身邊後，封閉的內心終於慢慢地打開一個缺口，學會關心別人、愛護別人，也嘗到為一個人緊張、心痛、失眠的滋味。

他畢竟不是冰冷的機器，他也有著人類的情感，雖然這情感極為淡薄，可依舊存在著，就像是一點點微弱的火苗，隱藏在冰雪之間，有可能徹底熄滅，但也有機會重新點燃。

他這種「高功能型孤僻症」並不是不治之症，從醫學的角度講，這是高智商天才的一種心理上的缺陷，需要長期的心理干預治療，而陳霄就是他最好的良藥。

或許在陳霄第一次仰起頭，笑容燦爛地用純真的童音叫他「哥哥」的時候，就註定了陳霄會走進他的心裡，給他孤寂、冷漠的心底，帶來一絲溫暖的火光。

那一點微弱的火苗並沒有熄滅，反被陳霄徹底點燃，融化了周圍的冰雪。

事實證明，並不是陳霄離不開他。

而是他離不開陳霄。

陳千林合上光腦，備份好照片，轉身到洗手間用冷水洗了把臉。

鏡子裡的男人五官微微扭曲，卻很快恢復冷漠和平靜。只是，他的眼神中，不再是秋日湖水般的涼薄，反而湧起一絲熱度。

人類很愚蠢，有些原則制定出來就是為了打破的。他堅持獨身這麼多年，但從現在開始，這條原則，卻徹底地打破了——他為陳霄破那麼多次例，也不在乎多這一次。

陳霄暗戀哥哥，受了很多的苦，最終因為太痛苦而放棄，還找了所謂的「新男友」讓哥哥放心。他不敢追求哥哥，因為哥哥太冷漠、太絕情，讓他看不到一絲一毫的希望。

但沒關係，從今天開始，換哥哥來追他。

## （十二）

次日下午開會時，陳霄突然向陳千林提出一條建議：「教練，涅槃上賽季的團賽已經拿過冠

軍，這個賽季的常規賽，我覺得可以多讓新人上場練習，積累實戰經驗。」

陳千林知道弟弟急著培養新人的目的，看了陳霄一眼，問：「你覺得該讓誰上？」

陳霄提議道：「換小齊上場試試吧，他已經掌握了我百分之八十的卡牌。」

被點名的新人叫齊雲飛，今年才十六歲，這段時間一直跟著陳哥學習植物卡的操作，算是陳霄的半個徒弟。

聽到這話，小齊興奮又忐忑地偷瞄教練，本以為教練會拒絕，沒想到陳千林很果斷地答應了：「好，就按你說的，下一場小齊上場。」

陳霄也沒想到哥哥會這麼好說話，一時愣了愣。

結束會議後，陳霄和小齊一起出門，小齊特別感激地看著陳霄道：「陳哥，謝謝你推薦我啊，不然我上半年根本不會有機會打團賽的……」

陳霄笑著摸摸小少年的腦袋，「客氣什麼，你確實很有天賦，也很努力。」

三天後，涅槃對上星空打成一比一，陳霄第一次缺席涅槃團戰。

網上有很多粉絲表示疑惑和關心，不少人猜測陳霄是不是生病了，陳霄公開聲明：「大家不用多想，我很好，團賽讓新人上場只是正常輪換，讓新人多一些實戰經驗而已。」

粉絲們這才放下心。

可是，接下來的一個月陳霄都不參與團賽，讓涅槃的新人替他上場，粉絲們越來越不安，尤其是陳霄不參加團賽後，涅槃很多次對上實力一般的隊伍都打成一比一，在積分榜的位置非常危險。眼看上半年的常規賽快要結束，粉絲們強烈要求陳霄上場穩住成績。

還有不少人罵起教練：「陳千林是不是拿了次冠軍就飄飄然瞧不起對手了？」

「打風華還敢上新人，結果被打爆！」

「涅槃這是雪藏陳霄？」

「陳哥得罪教練了？」

「林神快讓你弟弟上啊，想什麼呢？」

網上議論紛紛，但只有涅槃的人才清楚，並不是教練雪藏陳霄，而是陳霄主動提議讓新人代替自己，教練只是順著他而已。

謝明哲壓力很大，私下找陳霄道：「陳哥，你什麼情況？不想打團戰？」

陳霄低聲問：「阿哲，要是我走了，你能扛得起涅槃嗎？」

謝明哲一愣，「什麼意思？你要去哪裡？」

陳霄道：「我會在這賽季結束後退役，讓新人上場，也是想讓小齊多練練，好在我走後接我的班……總之，我不能在涅槃待下去了。」

謝明哲並不笨，很快就反應過來：「你要退役？這件事跟師父有關？」

陳霄苦笑，「算是吧，我不想再見到他。」

陳千林路過走廊，正好聽見這段對話。他在拐角處停下來，臉色冷到近乎蒼白——原來被在乎的人嫌棄是這種感覺，就像是柔軟的心臟被人狠狠地踩在腳下。

——我不想再見到他。

陳霄不想見他，陳霄已經很久沒叫過他「哥哥」了，對上他的目光時會像觸電一樣立刻避開。想到小時候依賴地窩在自己的懷裡，抱著自己睡覺的那個孩子，陳千林就心痛無比。

他們曾經那麼的親密無間，他曾對陳霄無限包容，卻因為太過自信，冷漠地把深愛著自己的弟弟給推開了。如今想要挽回，也得看陳霄願不願意回頭。

以陳霄硬氣的性格，恐怕沒那麼容易改變想法。

陳千林輕輕閉了閉眼，就聽謝明哲繼續說：「陳哥，你跟師父之間的事我不方便問，但我希望你能仔細考慮之後再做決定，如果你真要走，大家都會捨不得你的。」

陳霄微笑著拍拍謝明哲的肩膀，「我知道，我已經想清楚了。你放心，我會在退役之前做好交接工作，不讓涅槃的成績受到影響。就算退役，我也會經常回來看你們。」

謝明哲輕嘆口氣，「好吧，我尊重你的決定。」

陳霄的聲音裡滿是歉意：「抱歉，以後涅槃就要辛苦你了。」

謝明哲笑道：「不用客氣，涅槃是我們一起創建的，你有事臨時走開，我會帶好隊伍，隨時等你回來。」

兩人互相擁抱了一下，在門口告別。陳霄剛進屋，就聽外面傳來敲門聲，他還以為是謝明哲，結果開門一看，卻對上陳千林平靜的目光。

陳霄怔了怔，語氣有些僵硬：「教練，找我有事？」

陳千林道：「進屋談吧。」

陳霄硬著頭皮攔住他，「我屋裡亂，有事就在這裡說吧。」

那一瞬間，他似乎看見哥哥一向冰冷的臉上閃過一絲痛楚的情緒……但很快，陳千林的臉色就恢復冷靜，淡淡地說：「如果真的不想見到我，你可以效仿當年易天揚的做法，在聯盟保留你的選手資料，休息一段時間，出去散散心再回來。選手的註冊資格聯盟最多能保留三年。陳霄，給自己留一條退路，我不希望你後悔。」

後悔的感覺太難受，他現在每時每刻都在體驗。陳霄是想徹底放下過去所以才要離開，可陳霄依舊喜歡著這個遊戲，熱愛著這片賽場，徹底放棄真的不值得。

他希望弟弟能留一條退路，將來隨時都可以改變主意。如果他當時也給自己留一條退路，不要把話說得那麼絕，他們兄弟就不會走到今天這一步。

「陳霄，哥哥欠你一句抱歉……這些年，對不起。」陳千林向前一步，試探著伸出手想碰一下弟弟的肩膀，結果陳霄立刻後退避開，那神色簡直能用「避如蛇蠍」來形容。

陳霄的臉色很難看，「你沒必要道歉，我本來就是自作自受，不用你可憐。」

陳千林的手僵在空中，氣氛異常尷尬。

這是他從小到大，第一次主動伸出手想要接觸別人，卻被避開了。

陳千林不知道正常人的感情世界是什麼樣的，以前他覺得無所謂，可現在不一樣了，他發現自己對陳霄的不同，他們整整十一年的感情讓他居然割捨不下。所以他才想試著主動接觸陳霄。就像小孩子在跌跌撞撞地學走路一樣，他在感情上確實是個新手。

陳霄的躲避讓陳千林的心裡有些失落，他輕嘆口氣，儘量平靜地說：「陳霄，我做事從不後悔，這是我第一次後悔，我收回之前所說的話，我們試著重新開始，好不好？」

「你逗我呢？先讓我徹底放棄，我放棄了，結果你又說重新開始？當我是招之則來、揮之則去的小狗嗎？」陳霄用力深吸口氣，平靜地看著陳千林，「哥，你對我的養育之恩我銘記在心，但我陳霄也不會任你這樣反覆羞辱。」

陳霄說罷就轉身「砰」地一聲關上門，陳千林吃了個閉門羹，差點被門撞到鼻子。

他僵在原地，一時有些茫然。

——說錯話了？不該這樣說？

看來陳霄是誤會哥哥在捉弄他。其實不然，哥哥只是從小就對感情的事情理解得不夠清晰，又一向自信慣了，做出了錯誤的判斷。如今終於清楚自己最捨不得的人就是陳霄，所以想重新把他追回來。只可惜，陳霄跑遠了，想追回來沒那麼容易。

陳千林頭疼地捏了捏眉心，轉身回到臥室。

他回屋後就坐在桌前打開光腦，搜索人們通常會怎麼表達「喜歡」這種情緒。

他需要通過資料仔細分析正常人類的情緒表達方式，再進行科學、嚴謹地學習。在網路上搜索一圈之後，他很快就找出人們對喜歡的人說過的話中，出現頻率最高的話。

我喜歡你……太直白。

寶貝我想你了……這太肉麻。

親愛的，今晚要夢見我……算了吧，陳霄夢見他估計會是噩夢。

看來看去，陳千林最後挑了些稍微正常的話，摘錄下來當做學習筆記。

他突然覺得，和另一個人相處真是一門學問。

學習怎麼喜歡一個人，是他這麼多年的生命中最大的一次挑戰，他覺得很有意思，看那些查到的戀愛史，也確實學到不少。

還剩最後的半個月，常規賽就要結束，陳千林並沒有急著去追求陳霄，剛才的行動已經證明，急著表態陳霄只會更加討厭他。他要先學習，學好了再實踐。

由於陳霄加入團戰，他和謝明哲的默契比新人高很多，接下來的三場比賽涅槃都打得很順，總算是有驚無險地保住季後賽的席位。

粉絲們紛紛表示虛驚一場，反正上賽季涅槃第四名出線，最後奪冠，這支隊伍一向擅長逆襲，大家對季後賽也並不擔心。

上半年的常規賽結束，聯盟慣例放假。

陳千林回了家，父母見他回來都很是意外，因為兒子自從當了職業選手後就很少回家，總是一個人在外面待著，跟父母的感情淡得就像陌生人。

陳君為和秦舒蘭已經習慣了兒子的疏離，結果這次，陳千林不但回來，居然還給他們買了禮物？爸媽目瞪口呆，像是看陌生人一樣看著陳千林。

陳千林發現兩人的臉上神色古怪，便挑了挑眉，問：「不喜歡？」

陳君為立刻點頭，「喜歡。就是太意外了……」

秦舒蘭則雙眼發紅，捏著兒子送的鑽石項鍊，感動得熱淚盈眶。

陳千林見他們激動的模樣，語氣難得溫和：「今天晚上媽媽多做些家常菜吧，我們一家人很久沒聚在一起吃飯了。」

秦舒蘭立刻點頭，「好，我親自去買菜！」

陳千林道：「順便給陳霄發個消息，叫他也回來吃飯。」

秦舒蘭沒有多想，當下就發了消息給小兒子。

陳霄不想見到陳千林，可養父養母對他那麼好，媽媽叫他回家吃飯，他還是得給這個面子，立刻回覆道：知道了媽媽，我晚上回來。另外，我能不能帶男朋友回家？

秦舒蘭一愣，把光腦遞給老公，「阿霄說要帶男朋友回來，他什麼時候談戀愛了？」

陳君為：「我也不知道啊。」

兩人齊齊看向陳千林，後者的臉色瞬間冷了下來，道：「既然他要介紹男朋友給你們認識，那就讓他帶來吧。」

夫妻倆同時覺得，大兒子的目光冷得有些嚇人。

秦舒蘭回覆：好啊，那媽媽多做一些菜，你把男朋友也帶回來吃飯！

陳千林沒有多說什麼，上樓去洗澡。

晚飯準備好的時候已經是六點鐘，陳霄也正好到家。和他一起來的還有鄭陽，兩人大包小包的提了一大堆禮物。

進屋後，陳霄就走過去和媽媽擁抱一下，笑道：「媽，好久不見！」

秦舒蘭笑咪咪地抱住兒子，「阿霄，你好像瘦了，是不是打比賽很辛苦啊？」

陳君為在旁邊道：「也不算瘦吧，這樣正好，精神多了。」

陳霄微笑著道：「爸，媽，介紹一下，這位叫鄭陽，是我男朋友。」

鄭陽今天穿了正裝，看上去比平時還帥上幾分，身材高大健碩，對長輩也非常有禮貌，他提著一大堆禮物遞給兩人，給兩位鞠了個躬，道：「叔叔好、阿姨好！」

「小鄭你這麼客氣做什麼，來吃頓飯買這麼多東西……」秦舒蘭放下禮物，對鄭陽的第一印象特別好，陽光帥氣的小夥子，站在兒子的身邊看著也挺配，她立刻將鄭陽讓進屋裡，「快來坐，準備開飯。」

鄭陽和陳霄剛坐下，就見一個男人從樓上走下來。

他剛洗完澡，穿著很寬鬆的居家服，頭髮還沒乾，濕潤的髮絲貼在耳側襯得一張臉更加白皙，男人臉上的五官精緻得就像是畫上去的，一雙眼睛尤其漂亮，只是偏淺的瞳孔中沒有任何溫度，冰冷的目光掃過餐廳，讓原本熱鬧的餐廳像是突然被潑了一盆冷水瞬間涼透。

看陳千林一步步走下樓梯，眾人只覺得脊背似乎有一陣冷風吹過，讓人不寒而慄。

鄭陽第一次上門見家長，大兒子居然用冷冷的目光盯鄭陽，秦舒蘭有些尷尬，迅速圓場道：「千林，這位小鄭，是你弟弟的男朋友。」

鄭陽熱情地道：「哥，快來坐。」

陳千林瞄了他一眼，「誰是你哥？」

鄭陽依舊面帶笑容，還伸出手輕輕摟住陳霄的肩膀，「阿霄的哥哥，自然就是我哥。」

陳千林看了眼他搭在弟弟肩膀上的手，那目光鋒利如劍，幾乎要把鄭陽的手指頭給切成碎片，鄭陽不自覺地把爪子縮了回去，硬著頭皮坐下來，有些疑惑地看向陳霄。

陳霄根本不看他，也不看哥哥，自顧自地低頭盯著桌上的食物。

氣氛有些奇怪，秦舒蘭只好開口打破沉默：「吃飯，先吃飯。」

鄭陽很健談，凝固的氣氛很快就變得熱鬧起來，秦舒蘭問他在哪裡工作，鄭陽說自己開了健身俱樂部，目前已經有三家分店，還說了一些健身相關的知識，兩人聊得很是投機。

陳千林始終沉默不語，冷著臉吃飯。

飯桌上一直是鄭陽和媽媽在聊，陳霄偶爾插幾句話。在媽媽問到假期有什麼安排的時候，陳霄突然說：「我跟小陽已經訂好票了，後天去旅行。」

鄭陽點頭道：「沒錯，忙了大半年，我們想一起旅行，好好放鬆一下。」

陳霄道：「還有一件事，我想徵求爸媽的同意，這個賽季結束後，我會宣布退役，然後和小陽結婚，一起收養一個孩子，把更多的精力放在照顧家庭上面。」

鄭陽輕輕握住陳霄的手，微笑著說：「叔叔阿姨，你們放心，我一定會好好照顧他。我沒有父母，所以我特別珍惜和陳霄的這段感情。我們認識十多年，在一起也有半年多，今年年底等他退役了我們就結婚，以後就安安心心地過我們的小日子，希望叔叔阿姨能同意。」

陳千林抬起頭，面無表情地看著鄭陽。

秦舒蘭和陳君為對視了一眼，顯然有些意外小兒子這麼快就把「結婚」提上日程。不過，以陳霄的性格，對感情那麼認真，如果不是奔著結婚去的，壓根就不會把男朋友往家裡帶。

看到妻子眼中的認可，陳君為便微笑著說：「婚姻大事，你們自己決定就好，爸媽是不會反對的，只是，婚禮的細節還要提前商量，我們也好提前準備。」

秦舒蘭笑道：「沒錯，只要陳霄願意，媽媽當然同意。」

陳千林突然說：「我不同意。」這聲音冷得像是混進了冰碴，整個飯桌的氣氛頓時凝固。

陳霄的脊背微微一僵，在桌下緊緊地攥住了拳頭。陳君為和秦舒蘭對視一眼，很機智地低頭吃飯，假裝什麼都不知道。

陳千林站了起來，看向弟弟道：「陳霄，你跟我上樓，我有話和你說。」

鄭陽挑眉，「哥有什麼話不能在這裡說嗎？」

陳千林道：「不方便，我們兄弟需要單獨談。」

鄭陽站了起來，盯著陳千林道：「你想幹什麼？」

陳千林平靜地說：「鄭陽，這是我們兄弟之間的事，你最好不要插手。」他說罷便看向陳霄，目光難得的溫和，「陳霄，我想和你單獨聊聊。給哥哥一個機會，好嗎？」

埋頭吃飯的陳君為和秦舒蘭都驚呆了，陳千林從來沒用這麼軟的語氣跟人說過話，這不是平時那種冷漠的命令式口吻，而是帶著商量的懇求。

陳霄沉默片刻，才道：「好，我也想跟你談談。」

兩人一直走到三樓露臺，一陣夜風撲面而來，陳千林的聲音順著夜風傳到耳邊，不像平時那麼涼薄，反而帶著一絲柔和：「你跟鄭陽演戲，是為了讓我相信你已經徹底放下了，是嗎？」

陳霄全身猛地一震，他怎麼全都知道？自己的演技有那麼差嗎？

陳千林像是看穿了弟弟的心思，「這次你的演技不算差，鄭陽的配合也很優秀，但是，我太瞭解你，你不是三心二意的人，不可能那麼快就愛上別人。為了一個執念，你能忍耐五年後重回聯盟，你喜歡哥哥那麼多年，怎麼可能輕易就放下？」

「當面戳穿我，是不是讓你很有成就感？」陳霄的手指微微發抖，眼眶瞬間紅了，「沒錯，我是不容易放下，所以我才需要時間、我才要遠離你，開始全新的生活。你既然明白，就不能假裝成全我嗎？算我求你，給我個痛快行嗎？」

弟弟的聲音帶著明顯的沙啞，微微顫抖的手指透露出痛苦的情緒。

陳千林心疼極了，他不知道怎麼安慰陳霄，他查過資料，情侶吵架的時候一方如果很激動，另一方可以用擁抱、親吻等動作來穩定對方的情緒。

想到這裡，陳千林便上前一步，輕輕拉住陳霄的手腕，將對方帶進自己的懷裡，儘量溫柔地抱住弟弟，用手指順毛一樣輕輕撫摸陳霄的脊背。

這個動作他做起來不大習慣，畢竟他以前最討厭跟人接觸，何況是主動抱住別人。

可是，當他把弟弟顫抖的身體抱進懷裡的那一剎那，陳千林發現，自己的心底莫名的有些柔軟，就像小時候陳霄第一次窩在他的懷裡睡覺時一樣。

屬於另一個人的身體熱度，透過皮膚傳遞過來。微微發顫的弟弟太讓人心疼了，陳千林不由收緊雙臂，將陳霄的整個身體都抱進自己的懷裡。

突然被哥哥抱住，鼻子聞到他身上淡淡的沐浴露香味，陳霄頓時呆住了。

——什麼情況？陳千林今天犯了精神病了嗎？

下一刻，就聽陳千林輕柔的聲音在耳邊傳來：「讓你難過，哥哥真的很抱歉，以後不會了。我在努力學習該怎麼和你相處。你別找鄭陽演戲，我們之間的問題，我們自己來解決。好不好？」

這是他今天第二次問：好不好？

聲音還挺溫和。

以前，陳千林從來不會問別人的意見，他說什麼別人必須聽。

這樣反常的陳千林，就像是Boss正在續大招準備秒人一樣，讓陳霄脊背發毛，他用力推開對方，臉色一陣紅一陣白，「你、你幹什麼？」

陳千林的神色很是認真，就跟分析科學文獻一樣，嚴肅地說：「換成別人，敢和我上床，我肯定會弄死他。但因為是你，我並不排斥這件事情。」

陳霄的臉色微微發青，「所以，我還要謝謝你的不殺之恩？」

「不是這個意思。」陳千林輕咳一聲，斟酌再三後才冷靜地說：「當時和你在咖啡廳見面，我說的話太過主觀。後來，我客觀地整理了自己的情緒，發現我對你並不是單純的兄弟之情。我犯了錯，對感情的認知出現錯誤，所以我想及時改正。」

陳霄愣神良久，才反應過來他這段話的意思，心臟微微發緊，「你對我不是兄弟之情？」

陳千林點頭：「感情的界線很模糊，我沒法精確定義我對你的感覺。但我能確定，我想和你在一起。不管是兄弟也好，戀人也好，這個世界上，我只要你。」

陳霄：「……」

陳千林溫和地看著他，「我們忘掉過去，重新開始好嗎？」

——今天的陳千林絕對是吃錯了藥吧？不然怎麼會說出這麼多奇怪的話？什麼客觀、主觀？什麼感情認知錯誤？他到底在說什麼啊！

陳霄面無表情地轉過身，「你的思維，我真的沒法理解。我不想再和你糾纏下去。我現在只想解脫、只想遠離，希望你能尊重我的決定。」

陳千林沉默下來。

他的告白夠清晰，但陳霄還是選擇拒絕。

也是，前段時間剛說「我們之間沒有可能」，結果突然改變主意說「我想和你在一起」，換成是任何人，都沒那麼容易接受，這簡直跟耍著人玩兒似的。

陳千林做出的決定從不反悔，可是這次，他卻自己給自己搧了一個狠狠的耳光。但沒關係，如他剛才所說的那樣，這個世界上，其他人都很難接近他，他只要陳霄。

陳霄是他唯一放在心裡的珍寶。

為了將這份溫暖留在身邊，他願意付出一切代價。

## （十三）

陳霄轉身下樓，走到二樓自己的房間門口，他停下腳步有些想笑，可彎起嘴角時卻發現自己根本笑不出來。

那些深愛陳千林的過去如同海浪一樣在心底不斷翻湧。好不容易決定放棄，他不明白陳千林為什麼要在這個時候給他的心裡丟一顆炸彈，就好像在逗他玩兒，而他卻成了跟著一塊骨頭到處跑的小狗，只要主人招招手，就算剛被踹了一腳，也會屁顛屁顛地撲過去搶骨頭。

如果他真是條小狗，或許他會不知道疼，哪怕被陳千林明確地拒絕過兩次，如今陳千林態度緩和說一句「我們重新開始」，他也會興高采烈地撲過去，咬住這塊誘人的肉骨頭。

然而他是一個人，他有身為人最基本的尊嚴。

被親口拒絕了兩次，他不想滿懷希望地再去嘗試，然後受傷第三次，那樣他不僅是傻逼，簡直就是智障。

他已經輸不起了。現在他只想下定決心遠離陳千林。因為哥哥莫名其妙說了幾句軟話便動搖，那他成什麼了？真成陳千林招之則來、揮之即去的一條狗了？

陳霄深吸口氣把眼中的酸澀逼回去，回到客廳時他的臉上又恢復了笑容。

秦舒蘭擔心地問道：「阿霄，你哥哥他……」

陳霄擺擺手，「沒事。」

鄭陽看出他不大對，便主動開口道：「叔叔、阿姨，時間不早了，我們也該回去了。」說罷就把陳霄拉起來。

陳霄配合地道：「爸，媽，那我們先走了。」

秦舒蘭有些失落，「不在家住一晚嗎？」

陳霄道：「不了，回去還要收拾行李，我們後天就出發。」

兩人只好不再留他。陳霄和鄭陽一起轉身出門，陳千林並沒有下樓，他站在三樓的窗前，一直看著陳霄挺拔的背影消失在社區的門口。

陳千林頭痛欲裂，不知道下一步該怎麼辦。

回到房間後，他整理了自己的書櫃，這個櫃子裡有一些陳霄送給他的生日禮物，比如八歲那年親手做的賀卡；九歲的時候用零件組裝的機甲模型；十歲的時候，知道哥哥喜歡植物，陳霄就採集了很多植物的葉子，晾乾，做成一大本標本送給陳千林……

陳家很有錢，陳霄花的錢都是養父養母給的，所以送哥哥的禮物他沒有花錢，而是自己親手製作，每一份禮物裡，都藏著陳霄對哥哥滿滿的心意。

那個小孩子非常懂事，從小就對哥哥那麼用心，可自己這麼多年為什麼就忽略了呢？

看著這些很簡單卻很用心的小禮物，陳千林第一次有種眼眶酸澀的感覺，他將陳霄送的禮物好好地保存起來，然後連夜趕去涅槃工作室。

陳千林開門進屋。一樓的旋轉椅、頭盔等設備已經搬去新的涅槃基地，看上去空蕩蕩的。陳千林順著樓梯走上二樓，讓他意外的是，陽臺上的植物依舊長得很好，顯然是陳霄請了人定期給它們澆水。

被陳霄精心照料了五年的植物們，在屋內暖光的照射下生機勃勃，綠色的葉片上散發著柔和的光澤，陳霄對哥哥留下的植物都這麼用心，以前的他該有多癡情？他住在這個充滿回憶的地方，五年來，一定每夜都想念著哥哥。

陳千林越想越覺得難受，心臟像是被陽臺上的植物藤蔓緊緊地纏繞、包裹住了一樣，明明大量的綠植會讓空氣變得清新，可陳千林卻覺得很壓抑，似乎周圍的氧氣都被抽離，每一次呼吸時，他的胸口都會傳來一陣悶痛。

他看著這些自己親自買回來，卻被陳霄悉心養大的植物，良久都說不出一句話來。

他以為，陳霄暗戀他多年，只要他表明態度，陳霄就會接受。可是今天告白的時候，陳霄很果斷地推開他，陳霄的臉上，甚至沒有一絲一毫的喜悅。

或許是被傷得夠深、拒絕得夠徹底，所以，陳霄原本熾熱的心已經徹底冷卻了。

以前陳霄的心裡滿滿的都是哥哥，看向哥哥時眼裡全是愛慕。可現在，陳霄的心裡已經沒有一絲地方留給陳千林，甚至不想再看見陳千林。

這一切轉變，都是自己親手造成的。

陳千林皺著眉看向面前的植物，他沉默片刻，轉身去找來水壺，接了些水，一盆盆地慢慢澆下去，他的眼前像是閃過一幅畫面，這五年來，陳霄也是這樣一次次地俯身給植物們認真地澆水，他幾乎能感受到陳霄照料這些植物時的心情。

以前，陳霄照顧著哥哥留下來的植物，想念著哥哥。

現在，他給這些植物澆水，滿腦子都是陳霄。

真是因果迴圈。

想念一個人的感覺原來是這樣，腦子裡關於陳霄的畫面不斷晃動，小時候的可愛男孩兒，長大後的熱血少年，比賽獲獎時意氣風發的帥氣青年，受傷時紅著眼眶、聲音顫抖的狼狽模樣……陳千林坐在陽臺的躺椅上，回憶著關於陳霄的片段，冷漠的臉上漸漸浮起一絲溫柔。

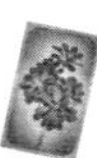

下半年的比賽開始之前，陳霄回到涅槃俱樂部。

旅遊了一趟，他有些曬黑了，但這樣的膚色看著更健康帥氣。

個人賽他今年沒報名，因為上一屆拿過季軍，這一屆阿哲報名了，他也知道自己拿不下冠軍，而且，他要用更多的時間培養新人。

但雙人賽，他和阿哲的組合是涅槃的重頭戲。陳霄在大事上向來拎得清，不會因為自己影響到

阿哲，所以比賽開始後，他就全身心地投入到備戰中，絕不拖阿哲的後腿。

時間一天天過去，很快就到了十月中旬。

雙人賽項目的戰況越來越激烈，陳霄和謝明哲成了雙人賽中最強的組合之一。本賽季老聶退役，聶嵐這對雙人組的Boss不在，唐牧洲也沒報名雙人賽，結果，陳謝組合就成了雙人組最強的Boss，他們一路過關斬將，四進二淘汰裴景山及葉竹、半決賽擊敗歸思睿及劉京旭，一路殺進總決賽！

他們在總決賽遇到流霜城的方雨、喬溪師兄弟。

水系控制多，節奏緩慢，陳霄和謝明哲每一步都打得很艱難，但陳千林賽前的戰術布局非常出色，雙方比分緊咬不放，一直從一比一拚到二比二，進入決勝局。

最後一局，謝明哲放心地將指揮權交給陳霄。

陳霄精確指揮，和謝明哲默契配合，先用以命換命的打法把喬溪的水母卡全部殺光，兩人再圍攻方雨，雖然雙方的卡牌數相等，可方雨一打二，加上亡語牌沒隊友後很難發揮出實力，最終無奈落敗。

陳霄和謝明哲獲得第十二賽季雙人賽的冠軍！

謝明哲激動地道：「今天真是雙喜臨門，我們在雙人賽拿了冠軍，陳哥正好過二十四歲生日。瑩瑩說提前準備了慶功宴，師父，快回去吧。」

池瑩瑩的聲音也從走廊那邊傳來：「車在外面等，大家快走，免得被記者攔下！」

眾人立刻跟上領隊，陳霄走在最前，陳千林走在最後，中間隔著整個涅槃的隊員們。

池瑩瑩帶著大家來到提前訂好的餐廳，她給陳霄準備了生日蛋糕，大家一起唱生日歌，池瑩瑩代表俱樂部，給陳霄送上禮物。

戴著壽星帽子的陳霄，被大家圍在中間，臉頰紅撲撲的，看上去很開心。

陳千林主動走過去，拿出兩個包裝精美的盒子，目光溫和地看著弟弟，「這是給你的生日禮物……陳霄，生日快樂。」

陳千林買的是二十周年紀念版機甲模型，全國限量兩千份，且不說昂貴的價格，光是排隊搶這個都要擠破頭，陳千林也不知用了什麼手段，不但搶到了，還搶到兩個……

俱樂部有新人認出模型，忍不住羨慕：「是二十周年限量版吧？我上個月排隊排了一晚上，都沒搶到，林神好厲害！」

「陳哥也喜歡這個嗎？這是我最愛的動漫主角！」

看著陳千林伸到自己面前的修長好看的雙手，陳霄神色複雜。

小時候，他路過商場只是羨慕地看了那模型一眼，陳千林就去把模型買下來送給他，那是他第一次感受到被人寵愛的滋味。

如今，同樣的模型，二十周年限量版，是官方製作的最精美的版本，他也去排隊搶了，等到凌晨二十四點，結果一刷新頁面居然顯示「商品已完售」，氣得他一夜沒睡好。

陳千林居然記得，還幫他搶到兩個……

陳霄的眼眶微微發熱，忽略上床那件事的話，陳千林對他其實很不錯，從小就寵著他，只是，這種兄弟之情並不是他想要的。

周圍人太多，他不能直接拒絕教練送的禮物，只好手指僵硬地接過盒子，「謝謝。」

陳千林露出微笑，「你喜歡就好。」

隊員們：「啊？」

教練今天的聲音很溫和，溫和得大家脊背莫名發涼，眾人立刻識相地四散開，各自去自助食物區找吃的，陳千林周圍十公尺內很快就形成一片天然真空隔離帶。

陳霄低頭看著禮物，輕咳一聲，「你怎麼搶到的？」

陳千林解釋道：「官方限量出售，我找遍朋友圈的人脈也沒法私下買到，所以模型發售的那天晚上我借來朋友們的註冊帳號，開了十臺光腦同時搶。運氣還可以，有兩臺搶到了。」

陳霄：「……」

簡直沒法想像，陳千林面無表情的同時開著十臺光腦搶周邊的畫面。

陳霄的嘴角微微抽搐，「為了這個，你還另外買九臺光腦？沒必要吧。」

陳千林道：「因為你喜歡。」

陳霄怔了怔，抬起頭對上陳千林的目光。哥哥的眼睛一直像是秋日的湖面一樣清冷、漠然，可是此刻，那眼睛裡似乎多了些溫情，好像有暖風吹過，泛起絲絲柔和的漣漪。

陳千林注視著陳霄，接著說：「我記得你從小就喜歡這些。我沒給人送過生日禮物，不知道該送什麼。只能想到這個，至少你不會討厭。」

如果換成以前，陳霄可能已經激動地撲過去抱住陳千林了。

可是現在他只覺得難受。就好像本就死寂的心底，又被陳千林點燃了一簇小火苗，可惜周圍的燃料已經消耗一空，火苗被風吹著，顫顫巍巍，將滅不滅，讓他的心臟也跟著微微發顫。

陳霄深吸口氣，道：「先吃東西吧，我想你也餓了。」他的脊背明顯有些僵硬，不過今天涅槃全員都在，陳霄很快就掩飾好情緒，和一群新人聊起比賽。

陳千林知道弟弟沒那麼容易動搖，但至少禮物送了出去，他沒白浪費時間。排隊搶限量周邊，這種幼稚的舉動換成以前他想都不會想，可是現在，搶到的禮物陳霄收下了，他覺得自己做得沒錯。大概這就是傳說中的……給喜歡的人送東西，自己也會開心？

陳千林的臉上沒有開心的表情，但眉頭卻舒展開來，胃口也變好了。

生日宴和慶功宴放在一起，大家玩到很晚才回去，由於陳霄是壽星，還拿了雙人賽冠軍，大家輪番給他敬酒，陳霄喝了很多，卻一直保持著清醒，因為他怕酒醉後會失態。

回到宿舍後，他將哥哥送的兩個模型並排擺在床頭，呆呆地看了片刻。

小時候，陳千林第一次給他送機甲模型，他開心地抱著模型下樓去跑圈，當時他只覺得，哥哥怎麼這麼好？他肯定遇到了全世界最好的哥哥。

可是現在，更加珍貴的限量版模型，同一個人送的，那種開心的感覺卻已經變得久遠而模糊。他長大了，雖然依舊喜歡這款機甲，卻不像小時候那樣有執念。

小孩子很單純，收到禮物就覺得對方是個好人。可他已經成年了，他忘不掉被哥哥侵犯的那一夜撕心裂肺的疼，忘不掉自己帶著傷去咖啡廳見陳千林，結果陳千林神色冷漠地說：「我們之間沒有可能，你另外找個男朋友吧。」

雖然現在陳千林的態度確實有所緩和，對他很關心，還專門按他的喜好給他準備生日禮物，可陳霄真的怕了這個哥哥，他怕陳千林只是一時興起，說和他重新開始，萬一他答應和陳千林在一起，過個一兩年，陳千林又說「我還是覺得獨身更好，你去另外找個男朋友吧」，到時候他如何自處？他還要臉嗎？

他在陳千林這塊冰牆面前撞得頭破血流，他不想再撞一次試試。

陳霄深吸口氣，將兩個機甲模型仔細收回盒子裡，打開光腦，在職業聯盟的官方網站下載了一份「選手退役申請表」，按照要求一項一項地填完。

頒獎禮結束那天，陳霄將早就填好的退役申請發給聯盟。

陳千林是次日才接到聯盟主席電話的，主席很疑惑地問：「陳霄什麼情況？突然把退役申請表發到聯盟，不會是發錯了吧？」

陳千林怔了怔，皺著眉道：「主席，您先別辦陳霄的退役手續，我們俱樂部內部出了些問題，我會想辦法說服他，可以嗎？」

主席頭疼地揉著眉心，「你是他哥哥，又是涅槃的教練，好好勸勸他。他現在的狀態這麼好，打個三五年完全不是問題，幹麼急著退役？你看，老聶和老鄭三十多歲才退役，陳霄才二十四，人氣又這麼高，前途無量啊！」

「我知道，我會勸他的。」

結束通話後，陳千林立刻發消息給陳霄，卻始終得不到回覆。

結果池瑩瑩卻突然跑來辦公室，「教練，陳哥大清早就提著行李走了，在前臺留下個箱子說是給你……」

一個小紙箱，被透明膠帶封好了。陳千林打開一看，正是陳霄生日那天自己送給他的禮物，二十周年紀念版機甲模型，居然被陳霄原封不動地退了回來。

陳千林的臉色瞬間變得極為難看，他趕忙打電話給媽媽，問陳霄有沒有回去？秦舒蘭笑著說：「阿霄確實剛來過，收拾了一些東西，我本想留他吃午飯，他說和男朋友有約就走了。」

陳千林眸色一冷，立刻開車回家。

到家時，陳霄已經離開，陳千林發現二樓陳霄的房間，家人給他買的衣服、玩具、書本等全部整整齊齊地放在那裡，可陳霄自己的私人物品卻被搬空了。

意識到陳霄要做什麼，陳千林的心底陡然湧起一絲寒意，他臉色難看地開車去兄弟兩人住過的那套複式樓。

這房子是兄弟兩人後來住的地方，所以陳霄的屋裡有很多他自己賺錢買的東西，如今，屋子被搬得只剩下空床和空衣櫃，倒是陽臺上的那些植物，一盆都沒動。

桌上放著一張銀行卡、一把鑰匙，還有一張字條。

哥，這套房子的鑰匙還給你。你當年留給我的卡，裡面的錢我一分都沒動過，也物歸原主。如你所說，我已經成年了，我應該有自己的人生。

過去的那些年，陳霄一直圍著你轉。考大學也好，打比賽也好，我都只想追逐你的腳步，陪在你的身邊。堅持這麼多年，我也累了。以後，我只想為自己而活。

我會去環遊世界，看看外面的風景。世界很廣闊，也很精彩，我的眼裡不該只關注一個人。不說再見了，陳霄親筆。

陳千林緊緊地捏著這張紙，手指控制不住地發抖。

他終於切身體會到了陳霄當年的痛。

那年，十八歲的陳霄一覺醒來時，陳千林就留給他一把鑰匙、一張有存款的卡，然後留下句「你成年了，以後我們各走各的」，便轉身離開。

年少的陳霄，當時該有多絕望、多難過？

生命中最重要的人，徹底離開自己的感覺，就好像心臟也被突然掏空了一樣。

如今，陳霄也留給他一把鑰匙，還有那張一分錢都沒動過的卡。

陳千林伸出手用力地按住左側的胸口，心臟的部位傳來一陣陣痙攣般的痛，他的視線變得模糊起來，看不清陳霄紙條上的字。

陽臺上的那些綠藤，五年前他剛買回來的時候都是些小幼苗，如今已經長得極為茂盛，像是張牙舞爪的怪物一樣嘲笑著他。

他留在這個兩人曾經一起住過、裝潢風格溫暖的房子裡，卻覺得周身一片冰冷。不知是不是空調開得太低了，那種冷意一直透過皮膚傳到心底。

陳霄這次走得很堅決，拿走一切東西，乾淨俐落地從陳千林的世界消失。

可能是傷得太重，哪怕傷口漸漸癒合，他也不再相信那個重傷過他的人。這是動物躲避危險的

本能，哪怕陳千林態度緩和，想要和他復合，但他不相信，怕自己再次受傷，所以他寧可離開，也不願意再嘗試。

陳霄的選擇很合理。

但是，從此永別，再也不見……

這個結局陳千林不能接受，也不會接受。

當初，陳千林毅然離開，陳霄等了他五年。

如今陳霄離開，他也可以等陳霄回心轉意，不論多久。

他會讓陳霄知道——這次，哥哥已經做好了和他在一起、一輩子的打算。

一輩子的時間很長，他等得起。

## （十四）

陳霄走後的第二天，陳千林去了陳霄買的新家，這個地址陳霄沒告訴過他，但從唐牧洲發的照片他早就確定了別墅是孤兒院附近的社區，環境很清靜。由於是新建的，很多住戶還在裝修，入住率並不高，社區裡看不見幾個人影。

陳千林很快就根據圖片來到陳霄家門口，陳霄就算去環遊世界也要收拾行李做些準備，今天過來說不定能碰上，他想在陳霄走之前和弟弟好好聊聊。

結果，他沒看見陳霄，反而看見兩個人一前一後從別墅出來——正是陳霄的好朋友鄭亦和鄭陽。

鄭陽看見他，不悅地皺起眉，走過來道：「你怎麼找到這裡的？」

陳千林問：「陳霄呢？」

鄭亦也走了過來，「他去旅行散心，我們兩個過來新家幫他收拾些東西。」

兩人看上去不像是說謊，陳霄的新家顯然剛裝潢好，門口還堆著一些搬完傢俱的垃圾沒收拾。陳千林轉身要走，鄭亦卻突然叫住他：「陳先生，能聊聊嗎？」

陳千林回過頭，他記得鄭亦，當初陳家收養陳霄後，陳霄經常提起「小亦」，滿是擔心。於是陳千林建議父親給孤兒院捐了一筆錢，讓鄭亦去做心臟置換手術。

大概是從小生病的原因，這個男人的面色始終帶著些病態的蒼白。可看向他的目光卻格外平靜，陳千林能明顯察覺到鄭亦對他的抵觸和排斥。

他點了點頭，「好，我也想跟你談談。」

三人一起走進別墅，鄭亦道：「霄哥這裡還沒收拾好，廚房都是空的，就不給你倒水了。」

陳千林道：「不用。」

他抬眼看去，三層樓的別墅裝潢得溫馨簡約，牆壁上掛了些畫，傢俱、窗簾全是暖色調，客廳的陽面是一面牆的落地窗，外面還有個大陽臺，陽臺上擺了單人躺椅。

奇怪的是，家裡連一盆綠植都沒有看見。

鄭亦見他環顧四周，便淡淡地說：「這個家裡不養植物，陳先生應該知道原因吧？霄哥是想徹底擺脫你，綠植會讓他想起你，所以，這個新家連一點綠色都沒有。」

「……」陳千林說不出話，只覺得這個沒有一丁點綠色的地方讓他窒息。想起陳霄曾經在陽臺上精心照料的那些植物，陳千林的心臟一陣揪痛。居然連植物都不想再養，可見陳霄是多想擺脫哥哥的影響。

鄭亦緊跟著道：「霄哥找到我時，發高燒昏迷，身上有被虐待過的痕跡，我本想報警，但醫生讓我等一等。我等他醒來，問他是不是自願的，他說是……他燒得腦子不清楚，卻一直想著你，從來沒怪過你。張鵬找他要錢，他首先想到的也是你，他擔心張鵬一旦發視頻會損害哥哥的名譽。他說自己毀了沒關係，但絕不能連累哥哥。那天晚上他一直在迷迷糊糊的流眼淚，後悔又內疚，覺得

自己對不起你。」

鄭亦看著陳千林繼續說道：「霄哥連走路都走不穩，就差送醫院去做手術了，可他從不擔心自己的傷，從頭到尾都在擔心你。然後，你突然找他，說了些什麼我不知道。我只知道在咖啡廳看見他的時候，他拿著一包藥發呆，我從沒見他這麼傷心過。陳先生，我說這些並不是怪你。這件事不是你的責任，就算我是陳霄的朋友，也不會是非不分。我只想讓你知道，他以前真的很愛你，但也一直很痛苦……你讓他放下，他已經決定放下了。他現在過得很輕鬆，也恢復了樂觀和熱情，你就不要再來打擾他了。」

鄭亦很誠懇地說：「請你，放過他吧。」

男人的每一句話，都像當面搧了陳千林一個耳光。

他沒想到，原來陳霄那幾天過得居然是生不如死的日子，而自己卻在那樣的情況下，說出冷漠、絕情的話，在陳霄本就傷痕累累的心上又用力地捅了一刀。

那天晚上不全是他的責任，他被下藥失去理智。可天亮之後呢？恢復理智的他明明看到屋內那些凌亂的痕跡，卻忽略了自己讓弟弟受傷嚴重的事實，沒有一句關心和問候，讓陳霄帶著傷獨自離開，差點死在路上，這確實是他的責任。

如果陳霄當時沒有及時趕到鄭亦家裡，後果會是什麼？

他會不會在半路昏迷在車裡，發高燒，嚴重感染，沒人救援……陳千林想想都覺得脊背發冷。

陳霄高燒醒來後一直關心著哥哥，害怕哥哥名譽受損，結果哥哥卻跑來跟他說，你去和別人談戀愛吧……身後的傷被朋友看見，自尊心本就受了極大的傷害，結果一片真心還被深愛的哥哥冷漠拒絕。

陳霄當時的痛苦，陳千林難以體會其中之萬一。但是此時，光是想起就覺得自己的心也像是被人用力地踩在了腳下。

陳千林的臉色難看到了極點，他輕輕閉上眼，強行將眼眶中的熱意逼回去，聲音中透著一絲沙啞：「謝謝你照顧他，這件事我確實處理得不夠好，不該讓他一個人離開。」

鄭亦平靜地說：「現在追究這些已經沒有意義，那晚的事情也不是你自願的，你被下藥，你也是受害者。罪魁禍首被你送進監獄，這件事就算是了結了。陳霄不怪你，我們更沒資格怪你，我只希望，你能放過霄哥，讓他開始新的生活。」

鄭陽也附和道：「小亦說得對。陳霄跟我演戲，就是想讓你放心，也讓他的養父養母放心。他都做到這個地步了，你就別折磨他了行嗎？」

陳千林：「……」

他沒想折磨陳霄，他現在更像是在折磨自己。

放下，從此兩不相見，確實是一種結局。但對陳千林來說這不是最好的結局。弟弟是他心裡唯一的溫暖，如果這次放手，他只能選擇孤獨終老。

以前覺得單獨過一輩子也沒問題，可那是因為他沒體驗過和人在一起的感覺。

就像是一個人從小在冰原生活，習慣了寒冷和孤獨，自己過一輩子覺得很自然。可是，一旦讓他體會過溫暖如春的美好世界，再回到冰原，就會不適應了。

這麼多年，和陳霄在一起的時光才是最美好的，他幡然醒悟，再也不想放手。

陳千林從沙發上站起來，看向兩人，目光難得溫和，「陳霄有你們這樣的朋友，我很為他高興。但是，我不會放手。」

鄭陽握著拳豁然站起來，怒目圓瞪，「你什麼意思？逗我霄哥玩兒是吧？別以為你們陳家養了他幾年，就可以把他當小狗一樣呼來喝去，隨便踐踏他的尊嚴！」

他撲上去想揍陳千林，拳頭剛伸出去，卻被陳千林冷冷的目光阻止。

陳千林看著鄭陽，一字一句地說：「陳霄不是小狗，他是我弟弟，是我最珍視的人。」

鄭陽愣了愣，男人清冷的聲線就像是被涼水過濾了一遍，讓他瞬間冷靜下來。他僵硬地收回拳頭，憤憤地看著陳千林。

陳千林道：「告訴我，他去哪裡了？」

兩人對視一眼，同時扭過頭去，顯然不想多說。

陳千林也沒再多問，「你們不說，我自己去找他。」

直到陳千林的背影消失在門口，鄭陽才回過神來，嘴裡爆了句粗口：「操，我他媽突然覺得，陳千林就是個神經病！」

誰說不是呢？正常人真的很難理解這位大神的思維。鄭亦頭疼地揉了揉眉心，輕聲說：「讓他去找吧。霄哥這次要去的地方有十多個，還專門找民宿住，他找不到的。」

「萬一找到了呢？」

「那說明他們緣分未盡。」鄭亦理智地道：「他們之間畢竟有十多年的感情，我們外人也說不清，還是交給霄哥自己解決吧。」

「搞不懂。」鄭陽煩躁地抓抓頭髮，只覺得頭疼。

屋外，陽光燦爛。

陳千林出門後被陽光刺得眯起眼睛，他感覺到眼眶有些酸澀，閉上眼睛適應了片刻，這才轉身離開。

從鄭亦口中聽到的真相，讓他心痛如絞。

陳千林根本沒法冷靜地在家裡等下去，因為他知道一旦等待的時間長了，陳霄真正放下過去，只會離他越來越遠，再也無法挽回。

至少，他要儘快找到陳霄，讓陳霄知道他的心意。

陳霄這次的旅行並沒有詳細的路線規劃，世界之大，時間又很充裕，走到哪裡玩到哪裡，遇到好玩的地方就多住幾天。

開著車走走停停，轉眼間半個月過去，他來到一處山裡。

這裡交通不便，只能自己開車從衛星地圖找過來，但一路上的風景確實美得像畫一樣。藍天白雲、青山綠水，非常適合休閒度假。

陳霄找到一家人很少的民宿，打算在這裡住上半個月。這家民宿是最原始的木屋建築，房子建在半山腰上，門前就是一片開滿鮮花的草坪。早上起來，聞著空氣裡清新的花香，心情總能瞬間放鬆。住在山裡，安安靜靜沒有任何人打擾，陳霄真想就這樣清閒地住一輩子。

這天，他找老闆借了魚竿，跑到湖邊釣魚。

山裡的湖泊沒有受到任何污染，清澈得如同明鏡。周圍只有他一人，耳邊是小鳥的鳴叫聲，陳霄瞇著眼坐在樹蔭下，手裡握著魚竿，放空大腦什麼都不想。

迷迷糊糊的，陳霄居然在樹下睡著了。

陳千林來時看見的正是這樣一幅畫面——睡在樹下的青年神態無比輕鬆，嘴角彎起，像是帶著笑。他一隻手拿著魚竿，另一隻手遮住眼睛，斑駁的陽光碎片透過樹葉的間隙灑在他的臉上，寬鬆的休閒服略顯凌亂，露出精緻的鎖骨和一片健康的膚色。

這樣愜意的陳霄，讓人不忍心打擾。

陳千林也確實沒有開口，只低下頭認真地注視著弟弟。

半個月時間，陳千林一直在四處找人。

他根本搜不到陳霄的住房紀錄，顯然，陳霄並沒有入住正規酒店，而是專門找了偏僻、安靜的

民宿住，陳千林到好幾個陳霄有可能去的景點全都撲了個空。

他一刻不停地換地方，一天不停地尋找，生怕自己停下來，陳霄就會越走越遠。

這個山間小鎮陳千林記得很清楚。多年前，陳霄中學畢業時曾經說過，這裡是風景最秀麗的小鎮，一年四季溫度適宜，生活節奏慢，很適合懶人度假。陳霄還說，他想去住山裡的木屋，每天醒來能聽見鳥鳴聲，感受一下和大自然的親密接觸。

當時陳千林淡淡地看他一眼，「你十六歲，怎麼想去六十歲的老頭子愛去的地方？」

陳霄笑容燦爛，躺在沙發上一臉憧憬，「我看過網上的照片，那裡像是與世隔絕般，青山綠水，空氣特別好。哥，我們一起去住幾天吧？你打比賽這麼累，也好放鬆一下。而且，深山裡面有很多奇怪的植物，你也可以找找做植物牌的靈感。」

陳千林被說得有些心動，便答應下來：「等我放假就帶你去玩。」

但最終還是沒能去成——因為假期時聖域俱樂部接了一項廣告，陳千林作為俱樂部人氣最高的選手，不得不跟大家一起去拍攝宣傳片。陳千林跟弟弟說很抱歉，不能陪他去度假。

陳霄明顯有些失落，但還是笑著說：「沒關係，以後有機會再去吧。」

這次陳霄說要環遊世界，陳千林心想，他或許會來這個地方，完成年少時「住在深山裡親近自然」的心願，所以，陳千林抱著「碰運氣」的想法趕了過來。

他連續兩週不斷趕路，兩天換一個住處，此時早已精神疲憊。可是，看到躺在樹下的弟弟，陳千林的心底卻忽然變得柔軟。

他從沒這樣近距離觀察過陳霄。仔細一看，弟弟帥氣的容貌居然讓他移不開目光，尤其是那張微微揚起的紅潤嘴唇，在斑駁光影的照射下忽明忽暗，極為誘人。一向厭惡跟人接近的他，第一次有了想要親吻上去的衝動。

陳千林自制力極強，迅速忍耐住碰觸陳霄的衝動，他俯身撿起陳霄不小心滑落到地上的魚竿，耐心地坐在旁邊，一邊釣魚，一邊等弟弟醒來。

陳霄夢裡總覺得有人在看他，那種感覺讓他的脖子涼颼颼的。剛掙扎著想醒來，結果就察覺到一滴冰涼的水落在臉上，水珠掉落的頻率越來越快，陳霄猛地翻身坐起來——居然下起大雨了。

山裡的天氣陰晴不定，這次的雨來得凶猛，頭頂響起轟隆隆的雷聲，暴雨瞬間傾盆而下，清澈平靜的湖面被雨點砸得劈啪作響，濺起的雨水浸透了陳霄的褲子。他剛才躺在樹下，樹葉幫他遮住部分雨水，這一站起來，立刻被暴雨給澆了個透心涼。

他轉身要走，卻發現旁邊站著個人——熟悉的眉眼，略帶冷漠卻極為好看的五官，此時，那雙顏色偏淺的瞳孔正注視著他，或許是被雨淋濕的緣故，男人身上的冰冷和鋒利已經徹底地收斂起來，反而透出一絲柔和，輕聲說道：「我也沒帶傘。快回去吧，別感冒了。」

陳霄的脊背猛然一僵，「你怎麼在這裡？」

陳千林道：「回去再說。」他已經收拾好釣魚工具，讓陳霄先走。

陳霄也知道在暴雨裡聊天是很傻的行為，看了陳千林一眼，迅速轉身往前跑。

他釣魚的地方距離住處有三公里，中午拿著魚竿慢悠悠散步過來，一點也不覺得遠，沒想到山裡突然下起暴雨，路面濕滑，視線也模糊不清，才跑了一公里，陳霄就已經渾身濕透，冰涼的雨水像石頭一樣砸在臉上、身上，冷得他直打哆嗦。

陳霄真想爆粗口，這鬼天氣，前幾天一直晴空萬里，他每次出門都帶傘。結果今天正好沒帶傘，卻突然下起暴雨……有這麼欺負人的嗎？

正好走到一個岔路口，陳霄跑得太快，沒注意腳下的臺階，前腳一滑，整個身體都猛地朝前撲了過去。

「小心……」陳千林立刻拉住他。但陳霄一百八十幾公分的身高，往前撲的衝力太大，加上陳

千林腳下也很滑，結果陳千林一拉，沒拉住陳霄，自己反而也往前撲去。

兄弟兩人一起摔倒在地，順著滿是泥水的山路咕嚕嚕往下滾了好幾圈。

陳霄聽見「砰」的一聲響，似乎是腦殼撞到石頭的聲音。

他只覺得天旋地轉，腦袋有些暈，倒是一點都不疼。

等兩人往下滾的衝力被一棵大樹擋住後，陳霄才終於穩住身體，抬頭一看，他正趴在哥哥的懷裡，而陳千林用雙臂緊緊地護著他，此時正眉頭緊皺躺在樹邊。

一路滾下來，他倒是沒什麼事，可陳千林的身上全是泥水，額頭還有明顯的血跡——顯然是剛才撞到石頭給磕破了。

鮮紅的血被雨水沖刷，順著臉頰不斷流下來，觸目驚心。

哪怕自己被這個人傷得體無完膚，可這一刻，看著對方滿臉是血的樣子，陳霄的心還是瞬間揪緊了，他控制不住地伸出手，顫抖著想擦掉哥哥臉上的血跡，陳千林卻輕輕握住他的手。

大雨中，男人一向冷漠的眼眸，像是沾染了一絲雨水的氣息，變得濕潤而溫和，他看著陳霄，輕聲問：「有沒有受傷？」

陳霄鼻子一酸，道：「我沒事。倒是你，額頭一直在流血……」

陳千林淡淡道：「皮外傷，沒關係。」

他沒有理會額頭上還在流血的傷口，一手扶住大樹枝幹，另一隻手抱著陳霄，迅速站了起來。

陳霄只覺得腰部被一股大力一帶，緊跟著，雙腳就穩穩地踩在地上。

陳千林道：「快走吧，雨越下越大，你的體質容易受涼，趕緊回去洗個熱水澡。」

陳霄悶悶地「嗯」了一聲，轉身跟上陳千林。

男人乾淨的白色衣服如今全是泥水，不僅額頭上有傷，他的背部、腿部的衣服上也滲出一些斑駁的血跡。山裡的路本就不平整，他剛才把陳霄整個護在懷裡，所以一路滾下來，背上、腿上都被

尖銳的樹枝和石頭劃破不少口子。

陳霄從沒見陳千林這麼狼狽過，他印象中的哥哥總是高高在上、乾乾淨淨、纖塵不染，就像是不可褻瀆的神祇。

他沒想到，剛才陳千林居然會用自己的身體來護住他……

看著哥哥身上的血跡，陳霄一時心亂如麻。

由於有陳千林在前面開路，兩人很快回到陳霄的住處。

這裡的民宿都是獨棟小木屋，非常清靜，每個房間之間的距離很遠。外面下著暴雨，陳霄也不好這時候趕走陳千林，只能打開門道：「進來吧。」

兩個渾身濕透的落湯雞先後進了屋，陳霄開啟暖氣，溫熱的風迎面吹來，兩人這才好受了些。

陳千林立刻催道：「先去洗個熱水澡，別感冒了。」

陳霄本想說你先洗，你頭上還有傷。可對上哥哥冷靜的目光，他沒再糾結，咬了咬牙，迅速轉身去浴室，在三分鐘之內把自己沖乾淨，順便換了身衣服。

走出浴室後，陳霄不大自然地道：「你也淋了雨，去洗洗吧。」

陳千林走了兩步，又回頭說：「跟你借套衣服穿，我的行李在老闆那裡。」

陳霄一愣，這時候才反應過來，陳千林莫名其妙到山裡找他，確實沒帶行李，顯然是把行李放下之後跟老闆打聽他的去處，才找過去的。

陳霄總不能讓對方繼續穿滿是泥水的濕衣服，只好轉身去衣櫃裡翻。

哥哥只比他高了不到五公分，所以陳霄找了套淺色的休閒裝，想了想，又順便找來一條沒拆封的白色內褲，把內褲夾在衣服裡面，臉色尷尬地遞給陳千林。

陳千林道了聲謝，平靜地接過去，轉身走進浴室。

洗澡的時候才發現額頭傷得不輕，被尖銳的石子劃破了一道口子，差點破相。陳千林皺著眉止

住血，順便處理掉身上那些被樹枝劃破的細小傷口。

他在浴室待了很久，陳霄坐立不安，時不時朝浴室的方向瞄一眼。

十分鐘後陳千林終於出來了，問道：「有沒有備用的藥箱？」

陳霄趕忙翻箱倒櫃地找，在床頭櫃裡找到一個。陳千林接過藥箱，在沙發上坐下，神色淡定地從藥箱中找到碘酒，給自己額頭的傷口消毒，然後拿起OK繃對準傷口貼了上去，雖然被頭髮遮住了一部分，但還是很刺眼。

那位置接近太陽穴，是非常危險的。陳霄記得自己曾在課堂上學過的知識，太陽穴是四塊顱骨的交界處，是整個頭顱最脆弱的位置，陳千林剛才為了護住他，腦袋「砰」的一聲撞到石頭，撞到的位置那麼危險……想想當時滿臉是血的陳千林，他都覺得後怕。

雖然陳千林迅速處理好傷口，臉上的神色也很平靜。可陳霄卻心臟緊縮，很難冷靜下來，他擔心地看著對方，問道：「你真的沒事嗎？要不要我打電話找醫生……」

「沒事，我心裡有數。」陳千林合上藥箱，回頭看向弟弟。

那擔心的眼神，讓他的心頭驀地一軟。

這麼多年的感情，徹底捨棄，當彼此是陌生人，可能嗎？那些情誼早就融入骨髓和血肉。陳霄絕不會眼睜睜看哥哥受傷而無動於衷，有時候，感情就是沒辦法控制自如。

兩人對視一眼，陳霄不大自在地移開目光，屋內的暖氣溫度升高，陳霄卻突然打了個大大的噴嚏，連續發出「阿嚏」的聲音，用力揉著鼻子，陳千林站起身去給他倒來一杯熱水，「喝點熱水，去床上躺著休息。」

陳霄搖頭，「我沒事……」

陳千林低聲道：「你的體質我很清楚，小時候每次淋完雨都會發燒，今天被暴雨淋得全身濕透，晚上說不定又要發燒。趕緊休息吧，我去找老闆拿行李，再拿些退燒藥，你先睡一覺。」

陳霄：「……」

直到陳千林離開，陳霄才回過神來。

——他為什麼跑來找自己？而且還找到這麼偏僻的深山裡面？難道他一直記得，自己中學畢業那年曾經說過想去這裡旅行？還是說，他找來這裡只是巧合？

陳霄的腦子裡一團亂麻，可能是淋了雨受涼的緣故，他的思緒不大順暢。

正胡思亂想著，陳千林已經回來了，左手打著一把傘，右手提著行李箱還有一袋新鮮蔬菜。

陳霄看著超大的行李箱，也不知放了多少天的換洗衣服，他問道：「你是怎麼找到這兒的？」

陳千林將行李放下，平靜地說：「我找了你半個月，去了八個景點，都是你曾經提過想去的地方。來這裡，也不過是碰碰運氣。」

陳霄：「……」他的神色看上去確實有些疲憊，居然在一直不斷地找自己嗎？

陳霄有些疑惑：「你找我幹什麼？我不是給你留了紙條，說得很清楚嗎？」

陳千林沉默片刻，才道：「你走後，我見到了鄭亦。」

他將雨傘和袋子都放好，轉身走到陳霄的面前，「鄭亦告訴我，你去投奔他的那天高燒昏迷，差點送醫院急診，是他找了醫生幫你處理傷口，如果不是你及時到了他家，說不定你早就高燒死在半路。」

「……」陳霄的心臟猛地一顫，「過去的事，我不想再提。」

「對不起。」陳千林在陳霄的面前蹲了下來，他認真注視著弟弟的眼睛，一字一句地說：「我想，我應該正式跟你道歉。」

「……」陳霄的臉色微微發白，其實嚴格來說這件事不是陳千林的責任，他被下藥失去理智，是自己主動抱住他的，只能說自作自受。

陳霄從沒想過，哥哥會這樣溫柔地蹲在自己的面前，認真誠懇地道歉。

陳霄深深吸了口氣，說道：「如果你找我，就是為了道歉，那我收下。這件事我本來就不怪你，真的。」

「我找你，不只是為了道歉。」陳千林頓了頓，目光愈發溫和，「陳霄，我不大懂正常人怎麼告白。之前的兩次，你似乎都誤會了我的意思，那我只好說得更明白些。」

「我喜歡你。」

「……」窗外突然響起一聲炸雷，和陳千林的這句話混在一起，陳霄只覺得耳膜陣陣發痛，腦袋裡「嗡」的一聲，一片空白。

——我是不是幻聽了？陳千林在說什麼？

對上哥哥認真的目光，陳霄白著臉道：「別、別開玩笑，你不是把我當弟弟嗎？」

「喜歡的弟弟。」陳千林認真補充。

「……」陳霄簡直無語。

「你知道，哥哥不是愛開玩笑的人，我是認真的。」陳千林伸出手，輕輕抓住弟弟冰涼的手指，他注視著弟弟茫然的眼睛，用這輩子能做到的、最溫和的語氣說：「阿霄，讓你受苦是哥哥的錯，我對感情認知有很大的障礙，經過客觀的分析才終於確定了對你的感覺。雖然遲了些，但我想，及時醒悟還不算太晚。以前我以為你是弟弟，現在，我能確定，我很喜歡你。我本來計畫獨身一輩子，但是現在，我想和你在一起一輩子。」

陳千林看著陳霄認真說道：「只有你，我願意許你一生，長長久久。」

## （十五）

陳霄淋了場暴雨，狂打噴嚏，腦子本來就昏昏沉沉，他聽見陳千林說的話，一時不敢相信——

像陳千林這樣冷漠的人，想和他在一起一輩子，這可能嗎？

「哥哥雖然做了些讓你難過的事，但從小到大，有沒有對你說過謊？」陳千林緊跟著問。

「……」答案很明顯，陳千林從來不屑於說謊。

「所以，最後再相信我一次，好嗎？」陳千林冷靜的聲音，就像是一顆定心丸。陳霄好不容易豎立起來的一些防備，在那句「最後相信我一次」中徹底土崩瓦解。

這麼多年的相處，他很清楚陳千林的性格。

陳千林從來不說謊。不喜歡就是不喜歡，當時的陳千林或許真的沒有意識到喜歡他。可是現在，陳千林既然開口說要和他在一起，許他一生，長長久久，至少此刻，陳千林是真的這麼想的，因為陳千林根本沒有騙他的必要。

陳霄之前果斷離開，是怕陳千林一時興起覺得好玩，過幾天又改變主意。但現在，陳千林說出的是一個很沉重的詞——一生。

人的一生太長，變故無數，沒人能預料到以後會發生什麼。可在，說出「一生」的那一刻，至少對方是真的愛你，想要和你長久地在一起。

陳霄的心底一片茫然，不知道自己要不要答應陳千林的告白。

陳千林看著弟弟的神色，輕聲道：「沒關係，我不逼你馬上給我答覆。時間還長，我們可以慢慢來。」他沒再繼續這個話題，站起來道：「你餓了吧？我去廚房弄些吃的。」

他提著從老闆那裡買來的食材轉身走進廚房，挽起袖子開始做飯。

以前爸媽不在家時，兄弟兩人大部分時間都在外面吃。但陳千林其實會做飯，而且他做菜非常講究，按照菜譜一步不差，味道自然也不會差，切出來的菜就像是機器切的一樣整齊，有一次隨便炒了個馬鈴薯絲，結果每一根都像是用尺量過似的。

陳千林的嚴謹，在做飯這件事上體現得淋漓盡致。陳霄小時候還笑過哥哥，說看他做飯，就像

是看機器人在加工食品。

可是現在，窗外暴雨如注，偶爾傳來轟隆隆的雷聲，男人的頭髮濕漉漉地貼在耳側，穿著自己找給他的寬鬆衣服，低著頭面無表情地處理食物……廚房的燈光很柔和，他的臉色依舊冷淡，可莫名地，在他身上卻多了一絲溫情。

那是一種「人間煙火氣」的溫情。

就好像高高在上、飄在雲端俯視這個世界的神，此時落到了地上。

他在給最珍視的人準備晚飯，做飯的過程很繁瑣，可他卻樂在其中，神色極為認真。

陳霄怔怔地看著陳千林在廚房裡忙碌的背影，心裡又酸又澀。他愛了哥哥那麼多年，感情早已根深柢固。他確實想徹底放下，可如果哥哥說的是真的呢？他要不要再賭一次？

如果贏了，他就能得到最愛的人一生的相伴。如果輸了？大不了和以前一樣，在同樣的地方再狠狠地摔個跟頭，也不會比現在更慘吧？

陳霄的心裡控制不住地有些動搖，一輩子那麼長，按照現在的人平均年齡一百歲算，他還有七十年的時間可以和陳千林在一起，這實在太誘人了。他很想試一試。畢竟這次豪賭他要做的只是點頭，陳千林付出的卻是和他在一起一生的承諾。

都說在同樣的地方摔倒兩次的人是傻逼，可如果第三次確定能通關，打出最好的結局，那前兩次犯的傻，也就顯得不那麼重要了吧？

陳霄迷迷糊糊地想著，他想答應，但也不好馬上就答應，他現在的感覺，就像是隨便抽獎，卻中了特等獎一樣——很不真實。

也不知過了多久，陳千林將做好的菜端出來，叫他去吃飯。

桌上擺著一碗蘑菇湯，兩盤青菜，還煎了牛排。色香味俱全的精緻小菜被整整齊齊擺在白色的瓷盤裡，讓人看著就食欲大增。

陳霄確實很餓，不客氣地在餐桌旁坐下來開吃。

正吃著，突然聽陳千林問：「正常情況下，如果喜歡一個人，一起吃飯的時候，是不是會給對方挾一些愛吃的東西表示關心？」

陳霄一愣，下意識地回答：「大概是吧。」

然後，陳千林就看他一眼，突然給他碗裡挾了塊牛肉，淡淡道：「多吃一點，你最近瘦了。」

陳霄：「……」

他說的是陳述句，沒有情緒起伏，可這個挾菜的動作卻讓陳霄的心跳突然漏掉了半拍。

陳千林在飯桌上從來不會給人挾菜，他認為，人自己有手，又不是小孩子拿不動筷子，挾菜這種行為很幼稚。可今天是什麼情況？一臉嚴肅地問「喜歡一個人是不是會給對方挾菜」，問完就給自己挾了一筷子？這表達方式也夠奇葩的！

陳霄明白了陳千林的意思，看著碗裡的肉，心情複雜。

緊跟著，陳千林又把各種菜都挾了一筷子到他碗裡，「嘗嘗看。」

看著碗裡迅速堆滿的食物，陳霄的臉頰一陣發燙，連心裡也熱乎乎的。

這頓飯，陳千林直接代替了陳霄「筷子」的用途，好像陳霄突然間沒了手似的，他把菜一點一點地挾到弟弟碗裡，看弟弟低頭吃掉，然後又挾新的菜過來，源源不斷。

陳霄全程不用伸筷子去挾菜，只管吃碗裡的。

這種被哥哥「寵著」的感覺讓陳霄的心臟一陣發顫，他極力穩住情緒，才讓自己艱難地吃完了碗裡的飯，放下筷子道：「我飽了。」

陳千林問：「我照著菜譜做的，吃得慣嗎？」

陳霄神色尷尬，「挺好吃的。」

陳千林心滿意足地點點頭，把盤子收去廚房。

此時已是晚上八點，天黑了，陳千林走到窗前，看著窗外的瓢潑大雨，微微皺了皺眉。這一場暴雨下了很久，似乎沒有停下來的跡象，陳千林回頭朝陳霄道：「今晚能不能在你這裡借住？」

陳霄愣了愣，「我這兒就一張床。」

陳千林平靜地說：「我可以睡沙發。」

見陳霄神色古怪，陳千林補充道：「老闆那裡訂不到新房間，去找另一家民宿的話距離又太遠。我睡客廳的沙發，不打擾你。」

外面劈裡啪啦的雨聲提醒著陳霄現在的狀況，漆黑的山裡本就很危險，山路又那麼滑，總不能讓陳千林冒雨去找新的住處，陳霄只好點頭答應。

這間木屋是兩層樓的結構，他的臥室在樓上，陳千林睡在樓下的客廳，互不打擾。

兄弟兩人共處一室，屋內安靜極了。雨點敲打在窗戶上的聲音格外清晰，兩人一時找不到話題，氣氛有些尷尬，陳霄只好低頭拿起光腦，隨便刷起今日新聞。

結果剛打開光腦，就見唐牧洲發來一連串的消息。

「陳霄，我今天去聯盟無意中看見你提交的退役申請表。不管你和師父之間發生什麼問題，但退役這個選擇真的很爛，你這是在逃避現實。」

「涅槃是你跟阿哲一起創建的，你說走就走，有沒有想過他？」

「他為涅槃付出多少，你心裡一清二楚。十一賽季為了團賽做卡，他棄權了個人賽，被網友罵成什麼了？可他從不介意自己的得失。因為他要對喻柯、秦軒這些隊友負責，對你這個好哥們負責。」

「可你呢？對涅槃俱樂部還有沒有一點責任心？你不但是涅槃的創始人，還是最大的股東。你這個核心選手就這麼甩手不幹了，其他俱樂部會瘋狂針對涅槃，下個賽季，涅槃或許連季後賽都進不去，對處於發展中的俱樂部來說，這將是最沉重的打擊。你想過嗎？」

「有什麼問題不能好好解決，非要用退役來逃避？」

唐牧洲平時說話做事風度翩翩，很少見他一次性打這麼多字跟人講道理，這次顯然很生氣。陳霄不知道該怎麼解釋，退役的選擇確實對隊友不大負責。就個人而言，他拿了單人賽季軍、雙人和團賽的冠軍，已經實現了多年的夢想，再無遺憾。就團隊而言，他離開之前找到接班人，新人天賦出色，很快就能跟上隊友的節奏，對涅槃的影響已經降到最低。

做出退役的決定其實他也很難過。他捨不得涅槃，也捨不得阿哲、小柯、秦軒這些一起成長的隊友，捨不下自己親自招來的池青、瑩瑩、胖子這些公會管理員，也捨不下喜歡了這麼多年的遊戲。涅槃就像他一手帶大的孩子，拋下涅槃就像挖掉了他心頭的一塊肉。

但是，換成任何人，天天都要看見自己暗戀多年，還明確拒絕過自己兩次的對象，兩人身處同一家公司、同一個部門，對方甚至是直屬上級，會對工作給予各種指導。對方的存在，等於不斷反覆提醒著自己曾經的愚蠢和狼狽……這樣的折磨誰能受得住？最好的做法難道不就是辭職嗎？

離開雖然有些任性，卻是當時最好的選擇。

陳千林發現弟弟突然臉色蒼白，便掃了眼陳霄的光腦，他沒看清密密麻麻的字具體寫著什麼，但一掃到唐牧洲的名字，他就明白唐牧洲肯定知道了陳霄退役的事。

陳千林走過去坐在弟弟身邊，從他手裡拿起光腦，給唐牧洲回了條消息：這件事不能全怪陳霄，師父也有責任。你可以罵我身為教練，沒有處理好和隊員的矛盾問題，逼得隊員退役。

「……」罵師父？還是算了吧。

唐牧洲道：誰敢罵您？既然師父跟陳霄在一起，不如好好勸勸他吧。

陳千林回道：我和陳霄之間的問題，我會解決，你可以放心。

唐牧洲回覆：嗯，我相信師父能處理好。

陳千林結束對話，回頭看向陳霄道：「其實小唐說得沒錯，你離開涅槃的話，下賽季的比賽涅槃會很難打，我們相當於少了一張戰術王牌，涅槃被所有俱樂部針對，壓力會非常大，很可能季後

賽都進不去。好在你的退役申請我已經找主席攔了下來，聯盟那邊還沒有批。」

陳霄怔了怔，「什麼意思？」

陳千林道：「如果就這樣退役，下個賽季涅槃一旦輸掉比賽，你肯定會後悔、自責，覺得自己對不起隊友們。我太瞭解你了，陳霄，你明明是個很有擔當的人，你和阿哲、小柯他們的感情也很深厚，退役的決定就像是自斷雙臂，最難過的永遠是你自己……哥哥找主席攔下你的退役申請表，沒有遞交到聯盟會議上，就是不想讓你後悔。」

陳千林這段話真是一針見血。離開涅槃的那天，陳霄確實很難受，他都不敢回頭看涅槃俱樂部的隊徽，那裡承載著他的夢想，有那麼多可愛的朋友，他怕自己一回頭就捨不得走。

陳千林道：「我會把你的退役申請撤回來，就當什麼都沒發生。」

陳霄滿臉尷尬，「撤回，這也太兒戲了吧？」

陳千林看向弟弟道：「你退役的原因，是哥哥不喜歡你，讓你覺得在我面前很丟臉，不想再見到我。可現在，這個原因不是已經解決了嗎？」

陳霄怔了怔，反應過來他的意思，臉頰一陣滾燙。

陳千林看著他泛紅的耳朵，目光不由溫和，「早點休息，有什麼事明天再說。」

陳霄點點頭，轉身走回樓上臥室。

陳千林則立刻通知聯盟那邊：「我已經勸過陳霄了，退役申請麻煩主席退回來。」

主席頭疼地道：「退役這麼嚴肅的事情，別跟鬧著玩似的！作為職業選手，應該尊重星卡聯盟和職業比賽，說來就來、說走就走，把聯盟當什麼了？」

陳千林誠懇地道：「主席說的是。我對我家弟弟衝動的行為向聯盟道歉，保證以後不會再犯。」

主席笑道：「難得你主動道歉，這次的事我就當沒看見，反正我沒交上去，影響不大。說真的，陳霄想走，我都捨不得！」

陳千林說：「謝謝主席。」

結束對話後，陳千林抬眼看向樓上。

陳霄的臥室已經關燈，顯然睡下了。他太瞭解這個弟弟，嘴硬心軟，又特別講義氣，離開涅槃肯定難受極了，所以才跑出來環遊世界放鬆心情。

好在這一切都會過去。

陳千林打開光腦中的一個資料夾，裡面有很多草圖，他打開一張空白的繪圖板，皺著眉仔細思考著什麼，良久後，終於在圖紙上落筆，畫下一條俐落的弧線。

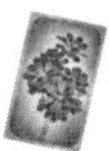

樓上，陳霄睡覺的時候只覺得腦袋昏沉，半夜卻又發起高燒。

他的全身像是要燃燒起來，迷迷糊糊間，他看見一個熟悉的人走進臥室，微涼的手指伸出來，溫柔地摸了摸他的額頭，然後，耳邊響起一聲嘆息：「果然又發燒了。」

那人腳步遠去，很快返回，陳霄感覺到自己被他扶著坐起來，靠在他的懷裡，對方拿著杯子給自己餵了水還有藥。然後，沾著冷水的毛巾便貼在滾燙的額頭上，冰冰涼涼的，舒服極了。

陳霄忍不住叫道：「哥哥？」

帶著三分沙啞、七分迷糊的聲音，讓陳千林的心底猛地一軟，他乾脆掀開被子上床，將因為發燒而眉頭緊皺的弟弟輕輕抱進懷裡，低聲說：「我在。」

陳霄腦子裡迷迷糊糊，眼皮很是沉重，男人身上清冷的淡香讓他沉醉，大概是生病之後心理防禦力會變得很弱，平時刻意跟陳千林保持距離的他，在這一刻，卻遵循了自己的本能——他像小時候一樣，伸手依賴地抱住了哥哥的腰，把頭埋進陳千林胸口，還蹭了蹭。

這種感覺太舒服了，哥哥的體溫似乎天生偏低，透著一絲涼意，身上清清爽爽的味道讓他捨不得放開，他深吸口氣，抱住陳千林，聲音沙啞地叫：「哥哥……」

陳千林的心早已軟成了一片，他輕輕摸了摸陳霄滾燙的額頭，「我在這裡。別擔心，哥哥不會扔下你不管。睡吧……好好睡一覺，我抱著你睡。」

這聲音似乎有種讓人鎮定的魔力，陳霄眼皮重得抬不起來，也不知是夢還是幻覺，他迷迷糊糊地睡著了，這一夜睡得特別安穩，一覺睡到天亮。

醒來時，眼前是一片結實的胸膛。自己的臉頰緊緊貼著對方的心臟位置，能清晰地聽見撲通的心跳聲。陳霄有點懵，仔細一看，發現自己緊緊抱著陳千林……居然在哥哥的懷裡醒來。

頭頂傳來清冷的聲音，似乎帶著笑，「醒了？」

陳霄的臉猛地一紅，迅速從男人懷裡爬起來，僵硬地扭過頭，「你怎麼在這裡？」

陳千林平靜地說：「昨晚你半夜發燒，我來照顧你。看你很難受，我就想像小時候一樣抱著你睡。果然，我一抱著你，你就安靜了，睡得很香。」

陳霄：「……」小時候喜歡纏著哥哥，最愛死皮賴臉窩在哥哥的懷裡睡覺。可現在都這麼大了，兩個男人抱著睡，像話嗎？

陳霄很不適應這樣的親密。翻身下床，迅速去洗漱，來到餐廳的時候陳千林已經準備好午飯。

他居然一覺睡到中午才起來。

他的體質很奇怪，每次淋雨著涼了都容易發燒，本以為這段時間跟著鄭陽健身，昨晚能扛過去，結果還是燒了大半夜。

陳霄吃著桌上的清淡小菜，本想既然天晴了，哥哥總該走了吧？可陳千林完全沒有離開的打算，藉口附近民宿不好找，他一本正經地賴在陳霄的住處睡沙發。陳霄也不好意思直接趕他走，況且，哥哥這次為了保護自己，額頭上還貼著OK繃……

陳霄沒直接趕人，陳千林當然不會主動離開。兩人莫名其妙地過上在山裡隱居的小夫妻般的清閒生活？

每天早上，陳千林會準備好早餐。晚上睡覺之前，他還會主動跟陳霄說「晚安」。

這樣具有生活氣息的哥哥，是陳霄以前想都不敢想的。

陳千林好像真的在學著怎麼和人相處，周身的鋒利被收了起來，臉上也不再是冰冷，看向陳霄的目光滿是關愛。

陳霄感覺腦袋一直是暈的，可他一點也不反感，甚至控制不住地想讓這樣的日子再久一些。

他真的感覺到陳千林對他的寵愛，好像他們又回到了十八歲沒告白之前的親密兄弟關係，而且比當時還多了些難以形容的情愫。每次對上哥哥溫和的目光，陳霄都會心跳如鼓，簡直沒救了。

不知不覺過了半個月。

這天下午，天氣特別好，陳霄想去外面透透氣。他來到上次釣魚的湖邊，坐下來盯著平靜的湖面，沒過多久就聽見身後傳來熟悉的腳步聲——陳千林跟了過來。

本以為對方只是找他聊聊，可隨著陳千林的走近，陳霄意外地發現，不遠處的湖面正中間，突然憑空冒出一棵巨大的樹木。那樹木非常茂盛，如同傘狀，無數綠色的葉片像下雨一樣紛紛撒落下來，那些葉片像是被施展了魔力一樣瘋狂地聚集，並漸漸地彙聚成一幅圖案。

陳霄被眼前的一幕驚得說不出話來，還以為自己出現了幻覺。

正發愣，就見那棵樹上的葉子終於停止撒落，如同明鏡一樣的湖面上，無數葉片組成了一幅溫暖的圖畫。

在一棵傘狀的大樹下，被葉片堆成人形的兩個男人，手牽著手面對面站著。他們的腳下還用綠葉寫下了一行字——許你一生，永不離棄。

眼前的這一幕畫面實在是太過震撼，陳霄瞪大眼睛，不敢相信地看著這棵突然冒出來的樹。葉片拼出來的兩個男人，身高、體型跟他和陳千林一模一樣，自然界當然不可能出現這樣的奇景……陳霄總算反應過來，這是星卡幻象。

這是一張整個星卡世界迄今為止製作難度最高的卡牌。陳霄看著壯觀的星卡幻象，心臟都在發抖。

下一刻，陳千林便走到他身邊，輕輕握住他的手，將一張實體卡牌遞到他的手中。帶有金屬光澤的卡牌，手感極佳，背面繪製著象徵木系的綠色花紋，右下角打了一個LOGO，是製卡師的身分象徵，很有藝術設計感的、綠色小葉片拼湊而成的一個字——林。

這個LOGO於十二年前註冊，屬於星卡世界木系開創者陳千林。

當年，一張卡的背面只要有這個LOGO，那就是品質的保證，是粉絲們追捧的神卡。為了搶購陳千林原創的卡牌，無數人通宵在聖域俱樂部的店鋪門前排隊……那個輝煌的時代過去了很久。

後來因為版權問題，陳千林的卡牌全部歸屬聖域。

他離開聖域，再也不做新卡。

回到涅槃後，為了保證秦軒在大師賽順利過關，陳千林做了兩張暗黑植物牌給秦軒用來打個人賽，那是陳千林回歸後僅有的一次做卡，為了讓卡牌融入涅槃團戰體系，他做的牌沿用了陳霄的暗黑植物風格，並非他本人的製卡風格。

可今天的這張牌，才是真真正正林神的手筆！

精緻、逼真，如同3D版實景重現一樣的木系綠植，華麗到讓人目瞪口呆的召喚效果，當葉片飄落時，甚至會誤以為這些植物都有了靈魂。

明明只是一棵樹，卻能用葉片拼出如此複雜的造型。

陳千林設計這張卡牌，用的顯然是製卡時最為複雜的「卡牌疊加法」。他肯定用掉了幾百張卡牌，才能疊出如此震撼的效果。

陳霄的眼中控制不住地湧起一股熱淚。

如果說，之前他還不相信陳千林的告白，那麼今天，看著陳千林親自製作的星卡，他還有什麼不相信的？陳千林重新出手做卡，卻只做了這樣一張不能拿去打比賽的卡。用葉片堆出他們兩個人的造型，並寫下一句告白……

這樣的態度，還不夠有誠意嗎？

陳千林輕輕牽起陳霄的手，「這是我花了半個月時間畫的，這張卡牌沒有技能，只有召喚特效。在提交審核的時候，我將它設定成了『不可複製』的限量牌。全世界只有這一張，只送給你一人。」

陳霄：「……」

手裡的卡牌很薄，但陳千林的這份情意卻很厚重。

陳霄捏著卡牌，看著湖面上複雜、精美、震撼人心的星卡幻象，久久說不出話來。

他的眼前一片模糊，那棵巨大的樹木幻象立在那裡，對他視覺和心靈帶來最直觀的雙重衝擊。這樣有紀念意義的禮物，葉片寫下的那行字，即便時光飛逝，也永遠都不會變。

——許你一生，永不離棄。

陳霄想哭，感覺自己像是在黑夜裡熬了很多年，終於見到了最溫暖的陽光。

陳千林見弟弟雙眼發紅，便輕輕一帶，將他抱進懷裡。

陳霄的耳邊傳來哥哥冷靜卻堅定的聲音：「我很少許諾什麼，但是這次，哥哥許你一生，以卡為證。這張卡牌，你願意收下嗎？」

陳霄瘋狂地點頭，他願意啊！他簡直要幸福瘋了。

林神親手製作的，全世界唯一的，整個星卡世界最複雜、最華麗的植物卡牌，只為了跟他告白，給兩人的感情做一個見證！被粉絲們知道的話肯定會嫉妒死吧？

陳霄又想哭又想笑，但很快他就笑不出來了——因為陳千林輕輕抬起他的下巴，低頭吻住了他。

微涼的溫度貼到唇上，那是屬於陳千林特有的氣息。

呼吸被掠奪，陳霄的心跳瞬間漏掉了半拍，雙手卻緊緊地抓住哥哥的衣角，他有些激動，又有些羞澀地閉上眼睛，張開了嘴巴……

這是哥哥第一次主動吻他，他的心簡直要飛上天了。

一陣風吹過，湖面上蕩起陣陣漣漪，可那壯觀的星卡幻象卻始終沒有消散。

湖泊中央，傘狀的綠樹下，是葉片堆成的兩個男人，手牽著手，前方寫著他們的諾言。

湖邊，兩個人擁抱在一起，親密地接吻。

一人像是在認真學習，神色很是投入。另一人卻被吻得面紅耳赤，氣喘吁吁，唇邊不斷溢出曖昧的聲音。

午後的陽光灑在他們的身上，投下一片融融的暖意。

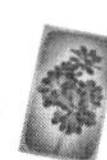

同一時間，星卡官方審核部。

特效部的總監一臉沒睡醒的頹廢模樣，頂著黑眼圈道：「我算是服了，這張卡差點讓我們特效部的員工集體崩潰！」

卡牌資料部總監很是好奇：「你說它沒有技能、沒有資料，只有召喚特效？是什麼特效讓你們這麼崩潰，調資料來看看。」

特效總監一臉鬱悶地將資料庫中的卡牌資料調了出來。

所有人都期待地看著大螢幕。

全息螢幕中，四方形空地上，一棵綠樹出現在正中間，那棵樹繪製得格外精細，混在現實世界的樹木當中都能以假亂真。樹上，細小的葉片紛紛揚揚地撒落下來，漸漸拼湊成一個圖案——兩人手牽手站在一起，前方還用葉片寫下了一行瀟灑的大字。

許你一生，永不離棄。

全體官方工程師們：「……」我他媽的！這麼大的一份狗糧？

卡牌資料部總監面無表情，「這是誰做的卡？」

特效總監神色古怪，「製卡LOGO是很久很久沒出現過的『林』，你們說呢？」

全體員工目瞪口呆，「林神？」

陳千林重出江湖做卡了？做的這算什麼？告白卡嗎？

星卡世界還是第一次出現這樣複雜又華麗的卡牌，這不僅是卡牌，這是比送九百九十九朵玫瑰花還有殺傷力的告白禮物——而且還是獨家限量版。

全世界僅此一張的告白卡，如此用心、別致的設計，被他告白的人簡直要幸福瘋了吧？

反正特效部門快被林神逼瘋了。

為了不耽誤林神告白，大家一夜沒睡。

謝明哲折騰資料部的優良傳統，果然不是白來的。

這位木系祖師做張卡，廢掉幾百張星雲紙，逼得特效部全員崩潰，才是真正的大手筆！

## （十六）

那天晚上回去之後，陳千林主動下廚，陳霄手裡緊緊捏著哥哥送給他的獨一無二的卡牌，心裡甜得快要冒泡，臉上也忍不住揚起了笑容。

他還在花園裡、臥室裡、露臺上將卡牌召喚出來看效果。每次看到兩個小人手牽手站在樹旁，他就忍不住想笑，這張卡真是最好的禮物，他一定會好好珍藏。

晚飯過後，陳霄上樓睡覺，陳千林本來想睡樓下，結果陳霄主動說道：「哥，那個，你也上樓睡吧，樓下太冷。」

陳千林沒明白他的意思，但對陳霄的建議並不反對，跟上他一起上樓。

樓上的雙人床很大，陳霄洗完澡躺下，陳千林也去洗澡，回到床上之後，兩人蓋著被子聊了一會兒天，內容都是與陳霄回涅槃俱樂部的事有關。

聊著聊著，陳千林突然伸出手，很自然地把陳霄摟進懷裡，低聲說：「別擔心，下個賽季我們好好準備團戰，再拿一次冠軍。」

陳霄靠在哥哥胸口，突然心跳如鼓，他控制不住地想，陳千林只是願意跟他在一起，會願意跟他有更親密的接觸嗎？會噁心嗎？

他試探性地伸出手，輕輕摸了摸哥哥，手指從胸口慢慢摸到小腹處。

陳千林的腹部居然有明顯的腹肌，陳霄察覺到自己的動作太不知分寸了，立刻不好意思地縮回來，卻沒發現，被他一摸，陳千林下面早就有了反應。

屋內陷入令人尷尬的沉默，陳霄乾脆閉著眼睛裝睡。

片刻後，陳千林才輕嘆口氣，將陳霄緊緊抱住，一向清冷的聲音也帶上一絲說不出的溫柔：「阿霄，上次哥哥不知分寸，弄傷了你，真的很抱歉。」

陳霄裝不下去了，輕咳一聲說：「既然要重新開始，過去的事情我們都別提了。」

陳千林目光溫和地看著他，問道：「那你願意，再給哥哥一次機會嗎？」

陳霄疑惑：「我不是答應了嗎？禮物我都收下了。」

陳千林頓了頓，道：「我指的，是那個……」他不知道怎麼表達，乾脆用行動來表達。

陳千林一個翻身壓在陳霄身上，對準弟弟的嘴唇便吻了下去。

陳霄被吻得猝不及防，眼眸瞬間瞪大。

陳千林的吻很溫柔，輕輕的，就像是春天的微風，他伸出舌頭，慢慢地舔過陳霄的口腔，像是在照顧什麼珍貴的寶貝一樣，一寸一寸地在陳霄嘴裡留下自己的氣息。

那是一種類似清新、淡雅的花香氣息。

陳霄被吻得臉頰發紅，身體迅速起了反應。

哪怕是最美好的夢中都沒夢過哥哥會這樣溫柔地吻他。

那種淡淡的植物香氣，讓陳霄沉醉，他的心幾乎瞬間就淪陷了，主動伸出胳膊抱住哥哥，張大嘴巴放任陳千林的親吻。

陳千林的呼吸漸漸變得急促，深吻過後，他放開陳霄，看著他的眼睛道：「我之前弄傷過你，你不討厭我碰你嗎？」

陳霄搖頭，「上次你也是身不由己，又不是故意的……」

陳千林輕輕摸了摸弟弟的頭髮，「我是怕那件事會給你留下心理陰影。」

陳霄很直率地笑笑，「不會，我哪有這麼脆弱。」

陳千林沉默片刻，低聲問：「那……今晚，可以嗎？」

陳霄愣了愣，明白他在說什麼，不敢相信地瞪大眼睛。

陳千林也沒不好意思，神色很平靜，像是在討論比賽安排般，跟陳霄商量著：「這次我沒喝酒，也沒被下藥，不會對你那麼粗暴，我一定會儘量溫柔的，我們再試一次好不好？」

陳霄的臉微微發紅，「……」哪有這麼認真商量床上問題的，哥哥真是讓他哭笑不得！

但是，想到陳千林願意主動和自己親近，陳霄心裡高興都來不及，怎麼捨得拒絕？他立刻點頭，「當然可以。」

發現自己接受得太積極了，陳霄有些不好意思地移開視線，「那就……試試吧。」

陳千林心下一喜，轉身下床。

他從行李箱裡翻出一瓶潤滑油，拿過來擠在手心裡，輕聲道：「我這次準備得比較充分，還學習了不少知識，要是弄疼你了，一定要告訴哥哥。」

陳霄目瞪口呆：「……」他居然去專門學習，還準備工具，也是夠用心了！

陳千林見自家弟弟睜大眼睛看自己，微微笑了笑，俯身再次吻住他。

這次的吻不像剛才那樣蜻蜓點水，反而帶著一絲濃烈的占有慾，陳霄被哥哥吻得頭暈目眩，身體也起了反應，陳千林輕輕握住他的慾望，微涼的手指上下套弄，陳霄舒服地哼出聲：「唔……」

陳千林問道：「舒服嗎？」

陳霄點頭，「再、再用力些……」

陳千林加重了力氣，耐心地用手幫陳霄。

陳霄哪裡經歷過這些，深愛了多年的哥哥，一向冷漠淡然的哥哥，正用修長的手抓著他的分身，一想到這一點，陳霄就激動得不行。他很快在哥哥手裡射了出來，身體也染上一層紅潮。

陳千林等他情緒平穩下來，這才伸出手，試探地摸向他的後穴。陳霄被摸得瑟縮了一下，畢竟上次被粗暴對待的記憶刻在腦海深處，他的身體會反射性地排斥。

但這次，陳千林說不出的溫柔。

先是用一根手指輕輕地按壓、試探，沾著大量的潤滑液慢慢地推了進去，那裡的入口雖然狹窄，可容納一根手指還是很輕鬆的。

陳千林將手指伸進去，慢慢摸索、擴張，等陳霄的身體適應了外來的入侵，他才增加潤滑液的量，再伸進一根手指……

陳千林的前戲做了將近半個小時，一邊擴張著他的身後，一邊輕輕吻著他，耐心地從鎖骨處一直吻到小腹，陳霄被這樣溫柔地照顧，全身的敏感都調動起來，他快要受不住了，乾脆抓住陳千林的肩膀，道：「哥，可、可以了……你進來吧……」

陳千林擔心地看著他，「會疼吧？」

陳霄硬著頭皮說：「不會的。」

陳千林點點頭，慢慢地將自己早就硬得發疼的器官給插了進去。

雖然前戲做得很充足，可被巨物入侵的那一刻，陳霄還是感覺到劇烈的疼痛。

好在體內有大量潤滑液，陳千林也沒有急著動作，等他適應之後才輕輕地抽動起來，一邊仔細觀察弟弟的表情，還俯身溫柔地吻住陳霄。

陳霄的身體很快軟化，腸壁緊緊地纏住哥哥的下體，口中也忍不住呻吟出聲：「唔……嗯嗯……嗯……」他不好意思叫得太大聲，強行克制著自己。

陳千林只覺得強烈的快感如銷魂蝕骨，陳霄身體裡又熱又軟，幾乎要將他融化，他恨不得跟弟弟徹底融為一體。

原來做愛的感覺這麼好。

上次被下了藥，陳千林沒什麼記憶，如今清醒的狀態下，插進陳霄的身體裡，徹底地占有弟弟，看著從小就疼愛的弟弟在自己的懷裡紅著臉呻吟，心理上巨大的滿足感和身體上滅頂的快感混雜在一起衝擊著神經，一向冷靜的陳千林，在這一刻也幾乎要失去理智。

他的呼吸越來越急促，動作越來越快。

察覺到哥哥的動作漸漸變得瘋狂，陳霄不敢相信地睜大眼睛，用力抓住他的肩膀，「啊……哥，太快了……啊啊……」

陳千林一邊飛快地衝刺著，一邊輕聲問：「阿霄，疼嗎？」

陳霄搖頭，「不、不疼……啊，別這麼深，哥……」

他被插得全身發顫，完全不敢相信，壓在身上瘋狂侵犯的人，是那個一向冷靜到變態的哥哥。哥哥一點都不討厭他，反而很喜歡他的樣子，在他身體裡瘋狂地占有他。

陳霄終於放縱地叫出來：「啊啊……哥……好、好爽……啊……」

陳千林的情緒被他直率的叫聲帶動，每次進入都更加用力，陳霄的眼淚都快被逼出來了，只覺得自己像是海上的一葉浮舟，被哥哥帶動著起起伏伏。

難以相信的快感順著尾椎竄上腦海，讓陳霄的大腦一片空白，只能抱緊陳千林，張大嘴巴劇烈地喘息著。

比起上次被粗暴對待時的痛苦，這一次，才算是真正的靈肉結合。

陳霄的心臟被滿滿的幸福所充盈，跟深愛的人做愛，真是比他以往的夢境好上無數倍。

在一輪瘋狂的衝刺後，陳千林才猛地射了出來。

滾燙的液體灌進身體，陳霄意識到哥哥居然內射，臉色一時有些發紅。

倒是陳千林，高潮過後的他，清冷的眼眸裡染上一層慾望的紅色，看上去性感得要命，他微微喘了口氣，低下頭吻了吻地的嘴唇，柔聲問道：「抱歉，沒控制住，射在裡面了……你會介意嗎？」

陳霄被說得面紅耳赤。

他發現哥哥現在有個問題，就是不管做什麼，都要詢問他的意見，好像擔心他會生氣似的。

陳霄哭笑不得，但是，這種被珍惜、被尊重的感覺真的好極了，他忍不住輕輕抱住陳千林，低聲說：「不介意，哥你喜歡的話，我們還可以再來一次。」

陳千林驚訝地看著他。

陳霄耳根微微發紅，道：「哥，我感覺到了，你是真心喜歡我的對不對？」

陳千林立刻點頭，「當然，你是對哥哥來說最重要的人。」

陳霄心裡一暖，道：「哥哥也是我最重要的人。」

兩人對視一眼，陳千林忍不住輕輕吻住了他。

這個吻甜到極致，兩個人都伸出舌頭，溫柔又熱烈地交換著彼此的津液，透明的液體順著嘴角流下來，陳霄還貪婪地伸出舌頭幫哥哥舔了舔。

這個小動作讓陳千林的脊背猛地一僵，下身又一次硬了起來。

陳霄發現之後，主動抱住哥哥的腰，「哥，時間還早……」

陳千林立刻壓著他，抬高他的雙腿，再次用力地插了進去。

陳霄顯然是愛極了他，所以正式確定關係之後，才會這麼放任。

但陳霄低估了哥哥，本以為陳千林這麼冷淡的性格，做一兩次就差不多了，沒想到陳千林似乎是解鎖了新世界，居然壓著他整整折騰了四個小時，要了他一次又一次。

陳霄終於明白——上回哥哥折騰他四個小時，不僅是藥物的作用，而是正常發揮。

看似冷淡的男人，在床上真是一點都不冷淡。

陳霄的腰快要斷了，身體裡面灌滿哥哥的精液，全身都是他留下的吻痕。

睡著之前，陳霄迷迷糊糊地聽見耳邊響起柔和的聲音：「阿霄，哥哥再也不會丟下你。」

陳霄在睡夢中尋找熱源，伸出手主動抱住陳千林的腰，像是小時候一樣窩在他懷裡。

窗外，星空璀璨。

陳千林看著懷裡熟睡的人，微微揚起個笑容，在他的唇邊印下了一個溫柔的吻。

哥哥差點錯過你，還好，最終握緊了你的手。

這次，再也不會放開。

（完）

## 【番外三】

# 有你陪伴，走到哪裡都是人生美景

# （一）度假篇

十一賽季結束後的休假期，謝明哲和唐牧洲約好了一起去旅遊。

上次唐牧洲請全聯盟出遊時選擇去海邊，但因為去的人數太多，兩人當時也才剛剛互通心意，雖然住在一起，卻不好做太親密的事情，免得被人察覺到不對。

現在不一樣，休假期時間很長，他們正好可以單獨來一場沒有人打擾的甜蜜旅行。

謝明哲對旅遊方面完全不熟，旅行的路線、住宿全都交給唐牧洲安排。

由於阿哲提過想去爬山，唐牧洲也從來沒爬過山，便諮詢了酷愛旅遊的媽媽。

白宜秋坐在沙發上，一本正經地問道：「你是單獨去、兩個人去，還是一群人去？」

這個問題相當有技術含量，單人旅遊，那就是唐牧洲無聊去散心；一群人玩兒，說不定是風華俱樂部集體出動；可如果答案是雙人，那就有情況了。

唐牧洲疑惑：「讓您推薦個好玩的地方，跟幾個人去有關係嗎？」

白宜秋似笑非笑地看著他，「當然有關係，要是人多，就去那些熱鬧、好玩的景點轉轉。如果是兩個人的話，我會推薦你一些適合情侶度假的地方。」

唐牧洲摸摸鼻子，總算明白了親媽話裡的深意，老實交代道：「兩個人去。」

白宜秋給了他一個「我懂」的眼神，從光腦裡儲存的一大堆攻略中翻出一篇發給兒子。

她推薦的地方叫青山鎮，是距離帝都很遠的一處小鎮。那裡居民稀少，風景秀麗，小鎮的附近有一座山名字就叫青山，地勢並不險峻，但山峰很高，可以爬到山頂去看日出。

由於這個地方比較冷門，遊客不多，保持著純天然的景觀，正好適合小情侶休閒度假。

唐牧洲看過圖片之後非常滿意，跟媽媽道謝後，立刻上網去查那邊的路線。

白宜秋湊過來，笑咪咪地道：「談戀愛了啊？什麼時候把人帶回家給我們見見？」

「等時機成熟再說吧。」唐牧洲看了媽媽一眼，「我怕妳嚇到他。」

「怎麼會呢？」白宜秋一本正經地說：「像我這麼開明的媽媽，只要是你喜歡的人，不管是誰，媽媽肯定全力支持。」頓了頓，又好奇地問：「他是男孩兒還是女孩兒？我應該給他準備見面禮，第一次見面的話，包個六十萬的紅包會不會太少了？」

「……」唐牧洲頭疼地捏了捏眉心，「我就是怕妳太熱情會嚇到他。他雖然不缺錢，可妳要是真的包六十萬的紅包，他肯定不敢收。」

一般的家長初次見面，包個幾千晶幣的紅包就夠意思了，上萬是非常有錢的人家，白宜秋直接包六十萬的紅包肯定會嚇到阿哲。

唐家雖然富有，可他愛上謝明哲，和謝明哲的成長環境、身分背景毫無關係。他尊重並珍視自己所愛的人，所以，他不想讓謝明哲感覺到任何來自金錢上的壓力，更不能讓謝明哲在父母這裡受到一絲委屈。

在帶阿哲回來見父母之前，他會先解決一切有可能出現的矛盾。

唐牧洲想到這裡，神色也變得嚴肅，看向白宜秋道：「這件事先別跟爸說，我自己心裡有數。我們在一起沒多久，急著見家長反而會把他勸退，等時機成熟，我會帶他回家。」

「好吧。」白宜秋好奇極了，兒子護短的態度很明顯，看來是真的很喜歡那個人呢。

等唐牧洲出門後，白宜秋才迅速給侄子白旭發了一條語音訊息問道：「小白，你哥是不是談戀愛了？你知不知道現在是什麼情況？」

「我哥談戀愛了？」白旭一臉懵逼。

「……」白宜秋無奈道：「你難道完全沒察覺嗎？他有沒有跟誰走得比較近？」

「姑姑，他跟聯盟大部分人關係都很好，都走得很近。」

「那有沒有走得特別近的人？」白宜秋恨鐵不成鋼，覺得這侄子腦袋好像缺根筋。

「有啊，他師父和師弟，他們師門的關係特別親近。不過，打死我都不信他敢追林神。至於他師弟，我覺得，我哥就算跟一棵樹在一起，也不會和謝明哲在一起的！」

「他師弟怎麼了？難道還不如一棵樹？」

「哈哈哈，姑姑妳不知道，他師弟特別坑，做了張林黛玉秒殺我哥的花卉牌，又做了張魯智深拔我哥的樹，還害他丟了兩個冠軍，他沒揍師弟一頓算是很給面子了。」

「喔，這麼說他談戀愛的對象並不是師父和師弟了？」白宜秋問。

「絕對不可能，姑姑您信我，要是他真跟林神或者皮皮哲在一起，我給您直播吃一個頭盔。」

白旭怎麼也無法想像自家哥哥和這兩位的其中一位在一起。

林神就算了吧，一個冰冷的目光過來就能凍死唐牧洲。謝明哲更別提了，天天坑師兄，把唐牧洲坑得這麼慘，唐牧洲看見他估計更想揍他，至少白旭就很想把謝明哲套個麻袋打一頓。

此時，白旭完全不知道，唐牧洲正在和謝明哲私聊。

唐牧洲道：「路線已經規劃好了，我們這次去青山鎮，很冷門的一個小鎮，附近有山，能滿足你爬山看日出的心願。我上網搜了搜，那邊的風景確實不錯。」

謝明哲發去一排大拇指，並說道：「我師兄辦事就是靠譜。」

唐牧洲被他誇得很是受用，唇角不由揚起個微笑，「那就趕快收拾行李吧，再說個方便出發的時間，我去接你。」

謝明哲回覆：「三天後怎麼樣？師父說羅老師要組織一場聚會，聚會完我們再出發。」

唐牧洲關心地問：「什麼聚會？」

謝明哲道：「就是私人聚會，羅老師是音樂製作人，幫我們卡牌做過音效。他有位朋友是投資公司的老闆，據說對我們涅槃很感興趣，想投資我們涅槃，我跟陳哥都要去。」

唐牧洲叮囑道：「不要在聚會時喝酒。」

謝明哲點頭，「放心，我很少喝酒。」

唐牧洲放下心來，「那就約三天後，上午九點我在涅槃樓下等你。」

三天後，唐牧洲準時來涅槃俱樂部樓下接謝明哲。

謝明哲帶了一個超大的行李箱，他的身高超過一百八十公分，這行李箱高度快要到他的胸口，也不知裡面塞了些什麼東西。

唐牧洲無奈扶額，「你這是旅遊還是搬家？」

謝明哲朝他燦爛一笑，「難得跟師兄出去，想多住幾天，行李自然有點多。」

多住幾天？這個回答唐牧洲非常滿意，對上小師弟的笑容，唐牧洲心情愉悅，不由伸出手揉了一下阿哲的頭髮，低聲道：「走吧。」

兩人一起上了車，唐牧洲一邊發動車子，一邊說：「我們要去的地方很偏僻，沒有開通懸浮列車，只能自己開車過去。路程有些遠，大概晚上才能到。」

謝明哲「喔」了一聲，說：「挺好，我就喜歡這種人少的地方。」

前世，他在地球上人口密集的國家生活，曾經有一次國慶日去爬泰山，他半夜起來還以為人會少一點兒，結果山路上全是人，幾乎要前胸貼後背。最後好不容易爬到山頂，又倒楣地遇到陰天，沒看到日出，倒是腳被磨出來好幾個大水泡，鞋子也被路人踩壞了，簡直血虧。

那次的旅遊讓他對人多的景點產生恐懼，被擠在人群裡，快要變成肉餅的感覺他再也不想體驗了。這個平行世界，人依舊很多，但星際時代人們居住的城市比較集中，高樓動不動超過百層，那些偏遠地區人煙稀少，反而保留了最原始的自然風光。

這個時代的人們對旅遊並不熱衷，畢竟全息網路可以讓他們戴上頭盔感受全世界的美景，沒必要花大量的時間和精力親自去現場。

可謝明哲還是想去現場看，一來，親身經歷和上網看視頻肯定不一樣；二來，他想和師兄一起旅行，度過一段只屬於兩個人的獨處時光。

去哪裡旅行並不重要，和誰去才是最重要的。

身邊陪伴的，是自己最喜歡的人，走到哪裡都是美景。

車子走到半路，唐牧洲突然收到陳霄的消息，找他借錢。雖然疑惑，但唐牧洲還是二話不說給陳霄轉了七千萬過去。

兩人聊了聊陳霄和陳千林的事，只覺得奇怪，卻也理不出個頭緒。

謝明哲開玩笑道：「土豪師兄，陳哥找你借七千萬你都不用猶豫，要不也借點兒給我唄？也借七千萬就行。」

唐牧洲把自己的光腦遞給他，「你還需要借？我的錢以後全歸你管。」

謝明哲本來只是開玩笑，沒想到師兄居然要把他的指紋錄入光腦管理系統，他受寵若驚，立刻擺擺手道：「開玩笑的，我不缺錢，也不想管你的錢……」

唐牧洲微微一笑，「有些話我一直想跟你說，我家挺有錢的，你應該也從各種八卦新聞聽說過一些，對吧？」

謝明哲點頭，「他們都說你是富二代，裴景山是官二代，白旭是你的表弟，唐家、裴家和白家關係密切，但更多的就不知道了，你的真實來歷網上很少提到。」

唐牧洲輕輕握住他的手，「我們家做地產生意，目前，我父親和我堂兄都在總公司工作，我年紀小的時候比較叛逆，跑來打比賽，但將來退役之後，我肯定會回家幫忙。」

他頓了頓，看向謝明哲認真道：「阿哲，你放心，我家裡人都很開明，非常尊重我的選擇，我喜歡你，他們也一定會喜歡你。我再有錢，在你的面前，也不過是你的師兄唐牧洲，別給自己任何壓力，好不好？」

謝明哲怔了怔，沒想到他會說這些話。

大部分有錢人都踐得跟什麼似的，一副眼高於頂的模樣，可唐牧洲真的教養太好了，他不但沒有因為有錢而傲慢，反而擔心家世背景會給對方產生心理壓力。

這樣的師兄才值得全心全意地喜歡。

謝明哲回握住唐牧洲的手，「你家裡有錢是你的事情，我又不是米蟲需要靠你養活。我們在一起，我不圖你別的，就圖你這個人。將來要是你身無分文，我養你啊！」

唐牧洲聽著他的話，微微一愣，很快就輕笑起來。

阿哲不愧是阿哲，思路就是跟別人不一樣。自己的擔心顯然有些多餘，阿哲這樣的性格，是不會在乎喜歡的人有錢還是沒錢——因為他足夠自信。

唐牧洲將手指穿過他的指縫，十指相扣。

遇到謝明哲這樣豁達的人，談戀愛很輕鬆，很多在別人看來特別複雜的問題，他們都可以用一兩句話來解決：一句「我不介意」；另一句「我信你」。

這就夠了。

由於路途遙遠，一開始謝明哲還興奮地看窗外的風景，跟唐牧洲有一搭沒一搭地聊著，可車子自動駕駛超過兩小時後，他就犯睏了。

腦袋一會兒歪向車窗，一會兒歪向唐牧洲的肩膀，過一會兒又垂到了胸口……晃來晃去的傢伙，明明很睏，卻又強撐著不想睡的模樣，真是可愛極了。

唐牧洲不由莞爾。

他伸出手調整座椅角度，將副駕駛的座位徹底放平，讓謝明哲躺著睡，順便把自己的西裝外套蓋在他身上，然後溫柔地摸了摸師弟的頭，低聲說：「睏的話好好睡一覺，到了我再叫醒你。」

謝明哲揉揉眼睛，「這不好吧？我在旁邊睡覺，你一個人開車會不會太無聊？」

唐牧洲看著睡眼惺忪的他，目光格外溫柔，「跟師兄還客氣什麼？」

謝明哲道：「我只是表面上客氣一句。那我睡了，你好好看路啊。」他說罷就閉上眼睛，睡得特別香。

唐牧洲：「……」這就開始皮了是吧？表面上客氣一句，你還不如別客氣！

唐牧洲無奈地看著謝明哲。

睡在副駕駛座上的少年睫毛又長又濃密，隨著年紀增長，他的五官已經徹底長開，帥氣的容貌也不知迷倒了多少妹子。睡著時，他的嘴角會微微彎起個似乎在笑的弧度，不論在什麼情況下，他好像都過得很開心。

雖然他很皮，經常做出一些拉仇恨的事情讓人想揍他，可他單純、率直、熱情、誠懇……身上的優點簡直數不清。

唐牧洲覺得，自家師弟真是越看越順眼，忍不住俯身吻了吻謝明哲的額頭。

距離終點還有幾個小時的車程，一個人開車挺無聊的，可是，身邊睡著心愛的他，再遠的路程，唐牧洲都不會膩。

謝明哲一覺睡到終點，迷迷糊糊醒來時正是黃昏時分，他揉著眼睛朝窗外看去——小鎮被染上一層淺金色的光芒，街道乾淨得纖塵不染，路邊看不見任何高樓大廈，一棟棟造型精緻的小房子整齊地排列著，在夕陽的照射下，安靜又祥和。

小鎮的外面有一條河，河水清澈見底，一對年輕男女帶著兩個小孩兒脫了鞋在河邊玩耍，女人的手裡還拿著一籃子新鮮的蔬菜，他們似乎是這裡的居民。

謝明哲看著這一家四口其樂融融的場景，忍不住感慨：「一家人住在這麼漂亮的地方，就跟生活在世外桃源一樣，一定很幸福吧。」

唐牧洲從他醒來時就一直看著他，聽到這話，不由問道：「你喜歡這裡？」

謝明哲點頭，「很漂亮的小鎮。」

唐牧洲柔聲說：「既然這麼喜歡，那等退役之後，我們搬過來常住？」

謝明哲立刻擺了擺手，看向唐牧洲道：「不要。這地方偶爾來度假散心還行，讓我長時間住在這種偏僻的小鎮，我會瘋的。」

唐牧洲知道阿哲愛熱鬧，要是讓謝明哲住在這裡一年半載，估計真能急瘋，這裡可沒帝都那麼多好吃的、好玩的，每天看著日出日落發呆，謝明哲肯定坐不住。想到這裡，唐牧洲便輕輕握住他的手，「你喜歡的話，以後每年冬天，我們可以來這兒過冬。」

謝明哲點頭贊同，「這主意不錯，帝都冬天太冷了，這裡氣候剛好，樹葉還是綠的，到處都是鮮花，完全感覺不到冬天的氣息。」他打開車窗，深深地吸了口新鮮空氣，享受地瞇起眼睛，「晚上我們住哪裡？」

唐牧洲道：「我已經訂好了，現在就去住處。」

小鎮居民不多，鎮上的中心區域只有一家購物商場，唐牧洲繞過購物商場，車子越開越偏，這路七彎八拐地，謝明哲快被繞暈了，最終，唐牧洲經過一條小巷子，來到一處幽深的庭院。

謝明哲只覺得雙眼一亮——院子外面種滿了綠藤，無數綠色的藤蔓順著木架垂落下來，形成一處天然的綠藤花傘。唐牧洲牽著謝明哲的手，走在綠藤中間，走了好幾分鐘，才看到庭院的大門。門內種滿了花，大片的花朵爭相綻放，香氣怡人。由純天然的石頭鋪成的小徑藏在花叢中，想要去庭院大廳，就得走過這一整片的花叢。

謝明哲忍不住道：「這裡的主人，真是跟你一樣喜歡植物。」

唐牧洲拉著謝明哲的手走進花叢裡，一邊走一邊說：「這是一家以植物為主題的民宿，我們就住這裡，放完行李再去吃飯，聽說老闆還做得一手好菜。」

謝明哲疑惑，「你來過這裡嗎？怎麼這麼清楚？」

唐牧洲道：「我看了一些旅遊攻略找到的。」

謝明哲點點頭，跟著唐牧洲穿過花叢，一路來到大廳。

老闆早就在等他們，很熱情地帶他們去住處。

走過彎彎曲曲的小徑，一棟被綠植圍繞著的精緻獨棟別墅映入眼簾，別墅前面有個小花園，裡面也種滿了鮮花。

不愧是植物主題的民宿，進入房間後，謝明哲真是大開眼界。

餐桌是直接砍了一棵大樹做成的木桌，能清晰地看見樹木的紋理；木製的屋頂懸掛著做成鞦韆造型的凳子，繩子上纏繞著綠色的藤本植物；陽臺上養了很多花；沙發背後有木製花架，屋內的牆壁上掛了好幾盆珍珠吊蘭，綠色的藤蔓爬了屋頂一圈，感覺都快成精了。

唐牧洲大概掃了眼屋內的布局，心裡很是滿意，問謝明哲：「喜歡這裡嗎？」

謝明哲摸著下巴若有所思，「看見這些環繞整間屋子的綠藤，我特想召喚出周瑜和陸遜。」

「……」唐牧洲伸出手，用力揉了揉他的腦袋，「不要貧嘴，好好回答問題。喜歡這裡嗎？不喜歡的話我們可以換一家。」

「很喜歡。」謝明哲抬頭看向師兄，認真地道：「這裡環境確實沒得說，設計也是別出心裁，綠植的布置特別講究，老闆應該專門學過園藝、插花之類的課程，反正一眼看上去賞心悅目，每個角度都是景，這是我住過最漂亮的民宿，師兄你費心了。」

唐牧洲無奈扶額，「你的彩虹屁技能是已經加滿了嗎？」

謝明哲笑道：「別人想讓我誇，我都懶得想臺詞，也就誇誇你。」

傍晚的金色光線透過窗戶，溫柔地灑在臉上，唇紅齒白的少年，燦爛的笑容晃得唐牧洲有些眼花。他乾脆伸出手，將小師弟摟進懷裡，俯身，對準那張伶牙俐齒的嘴便吻了下去。

謝明哲被吻得猝不及防，師兄力氣很大，緊緊摟著他的腰讓他沒法動彈，謝明哲被動地張開嘴，承受著男人溫柔的親吻……

屋裡充滿了鮮花的香味，這個溫柔的吻讓謝明哲心都要醉了。

他被吻得全身發軟，只好閉上眼睛抓緊師兄的胳膊。

也不知過了多久，唐牧洲才停下來。謝明哲的嘴唇濕漉漉的很是好看，唐牧洲微微一笑，貼著他的唇，低聲說道：「你這張嘴，誇我的時候真甜……吻起來也真甜。」

謝明哲面紅耳赤，怒道：「哪裡學來的臺詞？太爛了！」

唐牧洲輕笑著牽起小師弟的手，「不逗你了，先去吃飯。」

兩人今天只吃了早飯，中午謝明哲在睡覺，唐牧洲在開車也懶得吃，此時已經快晚上六點，胃裡確實空空如也。

唐牧洲帶著謝明哲來到餐廳，找老闆點了幾樣特色小菜。

老闆的廚藝很好，做的菜聞著就很香，菜的分量不多，擺在木製的盤子裡，還用一些葉片、鮮花做裝飾，精緻得就像是藝術品。

謝明哲本就很餓，看到桌上精緻的小菜肚子咕咕叫，唐牧洲體貼地給他遞來筷子，兩人毫不客氣地開吃，很快就將桌上的菜一掃而空。

吃過飯後，兩人牽著手在庭院的附近散步消食，謝明哲順便看了眼光腦裡的天氣預報——明天是晴天，後天、大後天都是陰轉晴，再往後會有小雨。

他琢磨了一下，說：「只有明天是晴天，要不我們就今晚爬山吧。」

唐牧洲點頭，「隨你。」

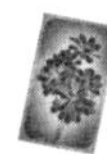

提起爬山，謝明哲很快就興奮起來，拉著唐牧洲回到別墅，放倒自己的大行李箱開始翻找。他蹲在那裡翻了半天，翻出一堆杯子、雨傘、洗漱用品、防蚊液、手電筒……帶的工具還真是齊全。

不過，突然翻出一個壓縮帳篷是怎麼回事？小師弟這巨大的行李箱，簡直是百寶箱吧？

唐牧洲有些驚訝地看著這可攜式帳篷，問：「出來旅行，還要帶上帳篷？」

這是旅行還是搬家？

謝明哲拿著帳篷站了起來，解釋說：「日出的時間一般在早上四五點，我們半夜去爬山很危險，而且凌晨睡得正香，鬧鈴響了也不一定起得來。我覺得，不如我們現在就爬到山頂，今晚在山頂露營，訂鬧鐘起來直接看日出。」

原來是想在山頂露營才準備帳篷，唐牧洲問道：「你很想看日出嗎？」

謝明哲點頭，「嗯，以前曾費好大的勁爬到山頂看日出，結果正好是陰天，沒能看到。」

唐牧洲微微一笑，「好，那這次師兄陪著你看。」

謝明哲有些擔心：「你今天開車看路，一整天都沒睡，現在去爬山的話會不會太累了？要不，你先去睡兩個小時，我們再出發……」

唐牧洲低聲打斷他：「沒事，不要懷疑師兄的體力。」

說罷就轉身找來自己的旅行包，把帳篷塞進去，還帶了兩瓶水，然後單肩揹著，伸手牽住謝明哲，道：「趁著天還沒黑，快走吧。」

謝明哲看他神色輕鬆，不像是很累的樣子，便放心地跟上他。

兩人順著小路步行來到山下。這座山看上去很高，好在山路並不險峻，上山的石階雖然一眼望不到盡頭，可兩人一邊聊一邊爬，倒也很輕鬆。

爬到半山腰的時候，兩人在路邊停下來休息片刻，喝了些水，緊跟著便一口氣爬到山頂。

唐牧洲體力很好，謝明哲也不差，走了兩個小時倒也不會很累。

他們出發的時候是黃昏，爬到山頂已經天黑了。仰起頭，浩瀚的天空中繁星點點，遠處的小鎮，整齊排列的民居籠罩著柔和的暖光，就像是黑夜裡發著光的螢火蟲。

和大都市繁華的夜景不同，小鎮的夜晚也別有一番風味，尤其是頭頂的天空，似乎伸出手就能碰到星星，謝明哲已經很久沒看見這樣壯觀的星空了。

兩人吹了一會兒夜風，等體力恢復後，唐牧洲便從包裡拿出帳篷，和謝明哲一起動手搭建。

這是謝明哲專門網購的可攜式露營帳篷，自從確定假期會和師兄一起去爬山後，他就一直期待著這一天，早就做好準備。

帳篷搭建起來非常方便，頂上是全透明的，躺在帳篷裡可以看天空。內部空間寬敞，足以容納兩個成年男性，店家還送了枕頭和被子，非常貼心。

只是……枕頭有兩個，被子為什麼只有一床？

謝明哲鋪床時看見只有一床被子，一時愣住。發現唐牧洲回頭看自己，謝明哲立刻澄清：「我買的是雙人款露營帳篷，以為有兩床被子的。」

唐牧洲問：「在野外露營，睡一個帳篷的，一般是什麼關係？」

謝明哲下意識地回答道：「情侶、夫妻？」

唐牧洲微笑，「所以，雙人款的帳篷，只有一床被子，這很合理。」

謝明哲：「……」怎麼就忽略了這一點？

看著唐牧洲的笑容，謝明哲臉頰有些發燙，「那……今晚一起睡？」

唐牧洲點頭，「我沒意見。」

謝明哲：「……」你不是沒意見，瞧你笑那麼開心，你是巴不得吧！

謝明哲其實也很期待和師兄一起睡。

他故作淡定地朝四周走了一圈，發現方圓一公里之內只有他們搭的一個帳篷，並沒有其他的遊客——冷門景點就是好，現在不是休假期，學生和上班族都沒空出來玩，更何況是跑到偏僻的小鎮上爬山。

謝明哲確認似地喊了一聲：「有人嗎？」

沒有回應。

感覺像是整座山都被他倆給占領了，好爽！

荒郊野嶺，沒有任何人打擾的山頂，孤男寡男，窩在帳篷裡蓋著同一床被子……不發生點什麼，好像對不起這樣的氣氛？

越想越歪的謝明哲，吹了好一陣冷風才散去臉頰上的熱度。

回到帳篷時，唐牧洲正在神色自若地整理床鋪，兩人這次爬山帶了一個充電的照明燈，原本亮著，可謝明哲走進來的那一刻，燈突然滅了。

眼前猛地一黑，謝明哲沒法適應突然暗下來的光線，怔了怔道：「燈壞了嗎？」

唐牧洲說：「應該是電用完了，你是不是忘記充電？」

謝明哲尷尬地摸鼻子，「確實沒充過，我以為電池是滿的。」

把電池摳下來藏在角落裡的唐牧洲神色淡定，「沒關係，時間不早了，先睡吧。」

謝明哲走進帳篷，因為看不清，他腳下也不知絆到什麼東西，身體控制不住地往前一撲，耳邊傳來唐牧洲低沉的聲音：「小心……」

下一刻，謝明哲就被師兄穩穩地接住。

──他直接撲進了唐牧洲的懷裡。

這時候要是還沒反應過來唐牧洲的意圖，謝明哲就是傻子。他不傻，藉著頭頂的星光，看到唐牧洲嘴角的笑容，謝明哲忍不住道：「你故意的。」

唐牧洲輕笑，「沒錯。」

──臉皮夠厚，承認得如此坦誠。

謝明哲伸手撓他，結果唐牧洲一個翻身將師弟壓在了身下。

謝明哲眼前一陣天旋地轉，緊跟著，溫柔的吻再次落下，呼吸瞬間被奪去。

「唔……」

纏綿的吻持續了很久，帳篷裡的溫度似乎都升高了好幾度。

謝明哲被吻得眼睛都有些濕潤，他看著唐牧洲，聲音沙啞地叫道：「師兄……」

唐牧洲低聲問：「想要嗎？」

謝明哲的腦子轟的一聲，炸開了一團煙花。

兩人正式在一起半年，卻因為各自忙著比賽，平時連見面的機會都很少，最親密的，也就是唐牧洲請大家出遊時住在一起的那幾天，曾經抱在一起接過吻。

更進一步的接觸根本就沒機會。

可是現在，山頂就他們兩人，密閉的帳篷裡沒有任何人打擾。

透明的帳篷頂部，可以看見點點的繁星……在星空下，多麼浪漫的場景？

謝明哲的心跳越來越快。

他一向直率，兩個人既然互相喜歡，走到這一步也很正常，沒必要掩飾內心的渴望。

他想要這個男人，因為這是他最喜歡的人。

謝明哲深吸一口氣，輕輕抓住唐牧洲的手，笑著說：「師兄，我想要你。」

唐牧洲聽到阿哲這句話，脊背猛地一僵。

其實唐牧洲剛才問他「想要嗎」只是逗逗他，原本沒打算在這裡做，畢竟荒山野嶺的環境，做這種事不大合適，而且唐牧洲也沒準備潤滑液、安全套之類的東西，實在是太倉促了。

可是，對上他明亮的眼睛，那雙眼裡滿滿的都是渴望，嘴裡也很坦誠地說「師兄，我想要你」，唐牧洲要是停下的話，就太不解風情了。

——是你說想要的，別後悔。

唐牧洲雙眼一瞇，伸手摟緊了謝明哲的腰，俯身吻住他。

不同於剛才的淺吻，這次的親吻更加深入，唐牧洲的舌頭毫不客氣地闖進阿哲的口腔，溫柔又霸道地掃過他口腔中敏感的黏膜，在對方的口中到處留下屬於自己的氣息。

帶著濃濃占有慾的吻，讓謝明哲心跳失速，他張大嘴巴，放任師兄吻得更深，也雙手抱住師兄，熱情地回應著。

這回應有些青澀，卻坦率得讓人心動。

得到回應的唐牧洲吻得更加賣力，直到謝明哲呼吸不暢，他才從口中退了出來，順著脖頸繼續一路向下。

謝明哲的頸部很快就被印下幾個曖昧的吻痕，衣服的扣子也被師兄順勢解開。

隨著紐扣的解開，一寸寸白皙的皮膚展露在眼前。帳篷裡，光線昏暗，藉著頭頂的星光能隱約看見對方的身體，這種朦朧的美感，讓唐牧洲的呼吸立刻急促起來，眸色也變得異常深邃。

謝明哲倒也不知道害羞，自己的衣服被脫，他便主動配合唐牧洲的動作，幫師兄也把衣服給脫了。兩人很快赤裸相見，溫熱的身體互相摩擦，帶起一陣戰慄。

此時已是深夜，雖然帳篷有保暖功能，可兩人赤身裸體的，唐牧洲擔心師弟會感冒，在脫了衣服後他就主動把被子拿過來，抱著師弟滾進被窩裡。

兩個大男人裹著一床被子，身體不可避免地貼在一起，唐牧洲一邊親吻著他，一邊用修長的手指順著阿哲的鎖骨慢慢往下摸。

溫熱光滑的皮膚，手感好極了，唐牧洲的手一寸一寸地撫摸著他，謝明哲也是血氣方剛的年輕男生，身上被摸得心猿意馬，反應也愈發激動。

被師兄摸了一會兒，他的下面就硬了起來，他忍不住握住唐牧洲的手，引導對方抓住自己的分身，低低地道：「師兄，這裡……」

唐牧洲輕笑著握住師弟的敏感。

那裡又燙又硬，被手握住的瞬間還猛地跳動了一下，生龍活虎的，非常精神，跟它的主人一樣不知道羞，在唐牧洲的手裡很誠實地又脹大了一圈。

唐牧洲微微握緊，謝明哲立刻發出猛烈地抽氣聲：「唔……」

作為一個身體健康的男生，他上輩子和這輩子都沒少用手解決，可自己的手和別人的手完全是兩回事。唐牧洲的手骨節分明，修長有力，全身最敏感的部位被唐牧洲握著……

光是想像那個畫面，謝明哲就激動得不行。何況師兄實在太溫柔了，握住那裡慢慢地撫摸，每一次動作都會帶動強烈的快感直沖腦海。

謝明哲張大嘴巴喘著氣：「啊……師、師兄……再、再用力一點……嗯……」

唐牧洲立刻用力，握緊謝明哲腫脹的分身快速地上下套弄。謝明哲很快就一陣腿軟，全身的感覺都集中在那處，身體就像是海上的小船，隨著唐牧洲的動作起起伏伏……

由於平躺在帳篷裡，他可以通過頭頂透明的窗戶，看到外面浩瀚的星空。

被無數星星注視著的感覺，讓謝明哲心裡生出了一絲羞恥感，卻也因此更加興奮。

他還是個處男，沒經歷過性事，唐牧洲一隻手照顧著他的慾望，另一隻手一直在溫柔地撫摸他的身體，謝明哲根本受不住這麼大的刺激，很快就繳械投降。

溫熱的液體射了唐牧洲滿手。

在射出來的那一刻，謝明哲甚至有種自己要飛上天空、變成星星的錯覺。

他失神地看著頭頂的星星，大口大口地喘著氣，感覺自己爽得快要暈過去。

唐牧洲看著手心裡的白色液體，微微一笑，低聲問：「舒服嗎？」

謝明哲很誠實地回答：「特別舒服。」

唐牧洲目光溫柔地看著他，「師兄也想要你。」

男人的聲音在黑夜裡帶著一種性感至極的沙啞，謝明哲聽到這聲音，心臟微微一顫，手指控制不住地伸出去，輕輕碰了碰唐牧洲的慾望。

唐牧洲的脊背猛然一僵，呼吸立刻變得粗重起來。

謝明哲好奇地握了握師兄的那裡，還在腦子裡對比一番——比自己的大一點，好像還長一點，此時，那上面青筋暴起，用手握住時能清晰地感覺到血管的跳動，猙獰可怕，簡直像野獸。

看不出來，師兄平時風度翩翩的，很溫柔、禮貌的樣子，那地方居然這麼大……

發現小師弟在走神，唐牧洲抓住他的手，低聲問道：「研究夠了嗎？」

謝明哲尷尬一笑，「咳……尺寸挺大。」

唐牧洲將膝蓋擠在小師弟的雙腿之間，低聲哄道：「把腿分開。」

謝明哲意識到他要幹什麼，臉頰不由發燙，「我也用手幫你，行不行？」

唐牧洲看著他，「不是你說想要師兄？我把自己給你，可不是這種給法。」

謝明哲明知故問：「那是哪種給法？」

唐牧洲的手指從他的雙腿縫隙伸過去，輕輕摸到後面那隱祕的部位，微笑著說：「我想進入你的身體，跟你徹底結合。」

謝明哲：「……」無恥！怎麼好意思說出這種話？

不過主動說「師兄我想要你」的自己，好像也挺無恥的。

真不愧是同門師兄弟。

對上男人溫柔的眼眸，謝明哲終於還是不忍心拒絕，畢竟「我想要你」是自己親口說出來的，可不能耍賴。

謝明哲下定決心，把腿輕輕分開，「好吧，我也想試試被人抱是什麼感覺，會不會跟小說裡寫的那樣，真的有快感？」

唐牧洲：「……」你看的都是什麼小說？

對上謝明哲滿是期待的眼睛，唐牧洲忽略了這個問題，迅速將小師弟壓倒在地，把那雙修長、漂亮的腿大大地分開，手指試探著摸向後面。

從沒人碰過的地方被男人放肆撫摸，謝明哲的身體顫了顫，後穴也像害怕似的縮了起來。

由於沒帶潤滑液，唐牧洲只好沾上自己的唾液，輕輕往裡面探。異物的入侵讓謝明哲難受地扭了扭腰，唐牧洲柔聲安撫道：「別怕，師兄會溫柔的。」

謝明哲相信師兄的溫柔，最初的擔心也減輕了不少。

唐牧洲小心翼翼的動作就像是害怕弄壞他一樣，手指一點一點地伸進去，謝明哲能清晰地感覺到身體在一寸一寸地撐開。

這種感覺很奇妙。

謝明哲乾脆閉上眼睛，伸出雙臂抱住師兄的肩膀，屁股也很配合地抬高了一些。

因為唐牧洲是自己喜歡的人，所以，就算把身體徹底打開在他面前，也沒有任何害怕的必要。謝明哲相信師兄會帶給他新奇舒服的體驗。

唐牧洲本就不是粗暴的人，何況阿哲這麼坦率、信任地分開雙腿抱住他，他的心裡軟成一片，根本捨不得傷害阿哲一分一毫，所以這次前戲做得格外漫長。

手指在裡面反覆潤滑，讓謝明哲的身體慢慢適應異物的侵犯。

謝明哲被他的手弄得全身發軟。

太過溫柔的前戲，讓謝明哲很快就放鬆下來，身體內部似乎也漸漸適應了手指的侵犯，最初的疼痛，被奇異的酥麻感所替代。

安靜的山頂只有他們兩個人，不知不覺，謝明哲的慾望又一次硬了起來。被師兄的手玩到硬起來，這種事似乎有些丟臉……

謝明哲紅著臉想躲藏，唐牧洲很快就察覺到他誠實的反應，微微一笑，一隻手繼續擴張後面，另一隻手卻輕輕握住前面。

前後夾擊，謝明哲的心理防線潰不成軍，嘴邊溢出的聲音讓人聽著就臉紅。

「唔……師兄……唔嗯……」

唐牧洲見他仰起脖子，舒服地瞇著眼，察覺到他的身體軟化得差不多了，便抽出手指，換上早就硬到發疼的慾望，對準後面的入口猛地頂了進去。

謝明哲的眼睛驀然瞪大，「啊──」

叫聲卡在喉嚨裡，因為唐牧洲在進入的那一刻俯身吻住了他。

謝明哲的腦子一陣發暈，感覺身體像是被撕開一樣。

相比起手指，師兄的那裡還是太粗了，哪怕身體已經適應了手指的進入，可唐牧洲真的進來，謝明哲還是疼得臉色發白。

發現師弟身體僵硬，唐牧洲沒有野蠻地繼續動作，而是立刻停了下來。

他下面脹得發疼，埋進師弟溫暖、緊窒的身體裡，他恨不得立刻摁住謝明哲瘋狂地抽送，可師弟臉上痛苦的表情，還是讓他心疼了。

今天真的有些倉促，準備不夠充分，第一次可不能傷了阿哲……

這樣想著，唐牧洲硬是忍住自身的慾望，耐心、溫柔地吻住謝明哲。

謝明哲的注意力很快就被溫柔的吻轉移，他被親得暈暈乎乎，僵硬的身體也漸漸放鬆下來。唐牧洲察覺到這一點，這才開始緩慢地律動。

「唔……嗯唔……」嘴唇被吻住，謝明哲的呻吟模模糊糊地溢出唇邊。

由於超過半小時的前戲做得非常充足，謝明哲的身體內部足夠軟化，很快就適應了唐牧洲的尺寸。雖然摩擦起來還是有些疼，可唐牧洲的動作很溫柔，那種疼痛感很快就減弱了，反而被劇烈摩擦後酥酥麻麻的奇怪感覺所代替。

謝明哲閉上眼睛，雙手用力抱緊師兄，喉嚨裡忍不住的呻吟：「唔……」

唐牧洲一邊緩慢地律動，貼著他的唇，柔聲問：「疼嗎？」

謝明哲搖頭，「還、還好……」

唐牧洲問：「那我快一些？」

謝明哲道：「嗯。」

唐牧洲漸漸加快速度，順便把謝明哲的雙腿大大分開來環在腰上。

唐牧洲抬高了謝明哲的臀部，腰部開始大力地抽送。

克制了太久的男人，終於忍不住體內咆哮的慾望，動作越來越瘋狂，每一次用力地頂進去，謝明哲都感覺五臟六腑快要被他給頂出身體。

謝明哲驚恐地睜開眼，張大嘴劇烈地喘息起來：「啊啊……師兄，太、太快了……慢點啊……慢點啊啊……」

唐牧洲這時候已經聽不進去了——別說是慢下來，反而越來越快。

他忍了半個多小時，耐心地做前戲，已經是男人的極限。此時，在柔軟的身體裡衝撞，感覺自己被緊緊地包裹，一次次摩擦帶來的滅頂快感，瘋狂地沖刷著他的神經。

終於徹底進入謝明哲的身體，心理上的滿足感，和身體的快感交織在一起，唐牧洲的大腦也是一片空白，全身燙得幾乎要燃燒起來。

瘋狂的動作帶著男人最原始的獸性，簡直像要把小師弟給揉進身體裡。

謝明哲被他弄得快要受不住，身體內部又疼又爽，聲音都叫啞了：「師兄……唔……太深了……啊啊……師兄……饒了我……」

唐牧洲粗喘著氣停了幾秒，平時總是滿含笑意的溫柔眼眸，此時已經染上慾望的紅色，就像是野獸一樣。

謝明哲見他停下，還以為他要放過自己，結果下一刻，唐牧洲將謝明哲直接抱起來，讓他坐在自己的腿上，以面對面的姿勢再次用力插了進去。

謝明哲驚喘出聲：「啊啊——」

坐在師兄身上的姿勢，讓對方進得更深了。

謝明哲被插到深處，也不知頂到了什麼地方，他的身體都在劇烈地顫抖。身體深處的快感如同一波巨浪拍打下來，讓他的腦袋一陣陣暈眩，他毫不知羞地用雙腿緊緊環住了唐牧洲的腰，嘴裡胡亂叫著：「啊啊啊……好爽……師兄用力些……」

唐牧洲立刻用力地頂進去，只弄得謝明哲尖叫連連。

這傢伙不愧被粉絲們取了個皮皮哲的外號……

在上床的時候，他還真是直率得可愛，滿嘴浪叫，帶動著唐牧洲的情緒也越來越高漲。

唐牧洲用力地幹他，謝明哲全身發抖，眼淚都快出來了，抱住唐牧洲叫個不停：「還想要……啊啊啊師兄……太爽了……啊……」

帳篷裡的溫度似乎升高了好幾度。

兩人第一次感受到性愛的樂趣，沒羞沒躁地抱在一起。

被男人從後面幹到射出來這種事，謝明哲一點都不覺得羞，兩人同時釋放的那一刻，他失神地癱在被窩裡看著頭頂的星光，閃爍的群星見證了這一場激烈的性愛，還有幾顆流星俏皮地滑過去，像是在給他倆助興。

謝明哲喘著氣休息了一陣，唐牧洲見他恢復體力，便湊過來低聲問：「還想要嗎？」

謝明哲誠實地說：「再來一次？」

唐牧洲自然不會讓師弟失望，將謝明哲抱了起來，趁著他身體放鬆又一次插進去，很快就聽到謝明哲毫不知羞的叫聲在帳篷裡響起：「啊……舒服……師兄……用力……嗯啊……」

最開始是謝明哲想要，唐牧洲當然會滿足他。

兩次之後謝明哲累了，在唐牧洲問「還要嗎」時果斷拒絕：「夠了夠了。」

唐牧洲道：「但是師兄還想要。」

謝明哲瞪大眼睛，「你差不多行了吧！」

唐牧洲微微一笑，咬著謝明哲的耳朵說：「不要懷疑師兄的精力。」

被師兄再次壓倒的謝明哲，突然有些後悔自己——這男人簡直是怪物吧？爬完山還精力旺盛，是要幾次才肯甘休？但很快，他就沒時間思考這些了，唐牧洲用熱情的動作，再次將他帶進慾望的海洋裡。

兩人劇烈的喘息、呻吟聲，被密閉良好的帳篷隔絕在狹小的空間內。

帳篷頂部全透明的設計，讓浩瀚的夜空清晰可見，會給人一種「兩個人在露天做愛」的錯覺……雖然山頂沒人，可萬一有人路過呢？緊張又刺激的環境，讓身體更加的敏感。

謝明哲數不清師兄抱著他要了多少次。

他只知道，這樣浪漫又激情的一夜，註定會讓他難忘終生。

謝明哲並不想掩飾自己對師兄的渴望。

前世的他太窮，一直為生計所迫，也沒遇到過喜歡的人。莫名重生到這個平行世界後，他起初的想法也只是養活自己，沒想到運氣不錯——他遇到了唐牧洲。

唐牧洲滿足了他對戀人的一切美好想像，顏值無可挑剔，性格也非常紳士溫柔，還很尊重他、信任他，更重要的是唐牧洲喜歡他，他也喜歡師兄。

既然兩情相悅，那還有什麼猶豫的必要？

雖然山頂這個環境不大合適，兩個人也沒做充分的事前準備，可謝明哲還是非常坦率地遵從了自己的內心，主動抱住唐牧洲。

本以為跟師兄體驗一下就夠了，沒想到唐牧洲那句「不要懷疑師兄的精力」是真的——這男人一天沒睡，爬了兩小時的山，居然一點都不累？

謝明哲身體快要散架，他躺在帳篷裡茫然地看著星空，聲音沙啞地問：「幾點了？」

唐牧洲看了眼時間，答道：「凌晨三點。」

謝明哲回頭看向唐牧洲，眼神有些古怪，「你是怪物吧？」

唐牧洲輕笑，「說了不要懷疑師兄的體力，如果不是擔心你太累，其實我還可以……」

謝明哲立刻打斷他，「夠了。我好累，我要睡覺。」

唐牧洲低聲問：「日出不看了嗎？」

謝明哲用被子蒙住腦袋，「我睡兩小時，訂個鬧鐘，五點的時候起來。」

唐牧洲點頭，「好。」

謝明哲頓了頓，又從被窩裡探出腦袋，強調道：「要是我沒醒，你一定要叫我！」

唐牧洲微笑著親了親他的額頭，「放心。」

有師兄的保證，謝明哲便安心睡下。唐牧洲拉過被子將兩人蓋住，順便將師弟輕輕摟進懷裡。

謝明哲顯然很累，沒過半分鐘就睡著了。

唐牧洲倒是不怎麼累——其實阿哲說錯了，他並不是一天沒睡，他下午睡過一覺。他的作息和普通人不一樣，大部分人中午犯睏要睡午覺，他是下午四點準時犯睏需要休息，當時謝明哲還在睡，唐牧洲開著車走在路上，兩人都睡著的話萬一有突發情況會出事，所以，唐牧洲將車停在路邊，在樹蔭下睡了一會兒。

謝明哲睡著了，因此並不知道師兄在路途中睡了一個小時。

這一個小時的休息，對唐牧洲來說已經足夠。

只要下午休息過，唐牧洲晚上的精力就會很旺盛，平時打比賽他通常都是晚上訓練，熬到兩三點也不累。今晚雖然做了消耗體力的運動，可對唐牧洲來說這並不是什麼負擔。

唐牧洲看向懷裡的人，目光更加溫柔。

這就是自己放在心尖上寵愛的人，今天第一次有些沒忍住，讓他受累了。唐牧洲抱住謝明哲，在他耳邊低聲說道：「阿哲，師兄好喜歡你。」

謝明哲沒聽到，只是腦袋很自然地往唐牧洲的懷裡靠了靠。

唐牧洲輕笑著揉揉他的頭，「你累了，好好睡吧，師兄守著你。」

謝明哲睡了兩個小時，聽見鬧鐘的刺耳聲響。

他訂了五點的鬧鐘起來看日出，可他眼皮沉重怎麼也醒不來，直到唇上一暖，唐牧洲吻住他，奪去了他的呼吸。

謝明哲被吻醒，揉著眼睛打呵欠：「天亮了嗎？」

唐牧洲道：「嗯，起來看日出吧。」

阿哲睡得很香，真不忍心叫醒他，可是唐牧洲答應過對方的事情絕對不會食言。看日出，這是謝明哲的執念，如果這次錯過的話肯定會留下遺憾。唐牧洲心想，先叫醒阿哲看一會兒日出，再帶他回去好好睡一整天。

唐牧洲將他的衣服遞過去，謝明哲迅速穿上。

兩人走出帳篷，正好看見一輪碩大的太陽從地平面冒了出來，周圍的天空被染成一片金紅的色澤，無數雲朵被鍍上了一層金光，不遠處安逸的小鎮，也像是披上了一層柔和的輕紗，整幅畫面簡直就像是童話裡的幻境。

謝明哲震撼地道：「太漂亮了！」

唐牧洲微笑著摟住他的肩膀，「不遺憾了吧？」

謝明哲激動點頭，「嗯嗯，總算是完成了一個心願！」

唐牧洲摟住他的肩膀，將他帶進自己的懷裡，讓他站得更輕鬆些。

謝明哲靠在師兄的懷裡看日出，心裡也暖洋洋的。

上輩子，他一個人爬了大半夜的山，爬到山頂卻遇到陰天，連太陽的影子都沒看見。這次，他和師兄一起爬上山，在山頂的星光下親密地相擁，早晨起來，看到了最壯觀的日出，身邊站著最喜

歡的男人，真的再無遺憾了。

謝明哲拍下不少照片和視頻，這才心滿意足。身體的疲憊讓他有些犯睏，唐牧洲見師弟打呵欠，便說道：「我們下山吧。你先回去洗個澡，再好好睡一覺。」

唐牧洲轉身迅速收起帳篷，帶著他一起下山。

意識到洗澡的意思，謝明哲的耳根微微發燙，點點頭說：「嗯。」

只是謝明哲雙腿發軟，走路不大穩。

唐牧洲看到這裡，柔聲說道：「我揹你走。」

謝明哲搖頭，「我自己可以……」

結果唐牧洲乾脆地蹲在他的面前，直接把他拉過來，「我揹你。」

謝明哲無奈，只好趴在師兄的背上，摟住他的脖子。

唐牧洲微微一笑，將小師弟揹起來緩步下山。

謝明哲發現師兄的體力真好，自己怎麼說也並不矮，師兄卻把一個大男人揹在身上，居然臉不紅氣不喘，腳步平穩得如履平地。

謝明哲趴在師兄的身上，很快就昏昏欲睡。

大概是唐牧洲的腳步真的太平穩了，山路又很長，謝明哲不知不覺居然睡著了。唐牧洲察覺到師弟的腦袋一沉，回頭一看，就發現阿哲枕著他的肩膀睡得很香。唐牧洲心裡一軟，沒有叫醒對方，腳下也更加注意，儘量不讓謝明哲感受到顛簸。

走到一半的時候，遇到兩個去山裡釣魚的老人家。

見他揹著個小帥哥，對方趴在他的背上睡得很香，老人家不由笑咪咪地問道：「你們是外地來的遊客，去山頂看日出嗎？」

唐牧洲道：「是的。」

老人家說道：「你弟弟睡著了，你走這邊的小路下山吧，這條近路會比較平坦。」

唐牧洲微笑著道了聲謝，緊跟著說：「他不是我弟弟，他是我愛人。」

老人家樂呵呵地笑笑，轉身走了。

謝明哲睡得迷迷糊糊的，正好聽見了這段對話，他心裡微微一甜，忍不住伸出胳膊抱緊了師兄。唐牧洲察覺到他這個動作，柔聲道：「睡吧，很快就到了。」

謝明哲「嗯」了一聲，繼續睡。

唐牧洲背著他回到別墅，由於阿哲睡得太沉，唐牧洲沒有叫醒他，抱他去浴室清洗了身體，自己也沖了澡，這才回到床上睡覺。

雖然是白天，可拉上窗簾屋內一片黑暗，很容易睡著。

唐牧洲這時候也察覺到累，他的體能快要到極限，此時，接觸到柔軟的床鋪，懷裡抱著心愛的人，安心的感覺充斥著腦海，他很快也沉沉睡去。

再次醒來，已經是下午四點。

唐牧洲揉著眉心醒來時，發現某個傢伙正趴在懷裡玩他的手指，一根一根地研究，似乎在琢磨手指上的紋理，唐牧洲輕握住謝明哲的手，「這是在研究什麼？」

謝明哲道：「有人說，男人的手指和那裡的長度成正比，我覺得這種說法並不科學，我倆的手指差不多長，你為什麼比我長了那麼多。」

唐牧洲：「……」小師弟太汙了，腦袋應該好好地清理一番。

唐牧洲將謝明哲一把抱進懷裡，低聲問：「大白天的討論長度的問題，你知不知道『羞恥』兩個字怎麼寫？」

謝明哲很坦然：「不知道。要是知道的話，我也不會在山頂就跟你……」

唐牧洲伸出手揉亂了小師弟的頭髮，輕笑著轉移話題：「休假期還有一個多月，看過日出了，

要不要再去別的地方轉轉？我這裡還有不少備選的景點。」

謝明哲搖頭，「不用了，今年的休假期，我們就待在青山鎮吧，這裡挺好的。」

唐牧洲問：「一直待在青山鎮這種僻靜的地方，你不覺得無聊嗎？」

謝明哲抬頭看向師兄，認真地說：「怎麼會無聊？旅遊只是順便，和你在一起才是重點。有師兄在，去哪兒都一樣。」

唐牧洲：「……」這傢伙，腦袋汙起來簡直要命，嘴甜起來也讓人無法抵抗。

唐牧洲發現，自己似乎越陷越深了。

但他不想走出來，甚至心甘情願地繼續淪陷。

如阿哲所說——有你在，去哪兒都一樣。

旅行重要的並不是風景，而是陪在身邊的人。

## （二）公開關係

在青山鎮的幾天，謝明哲簡直過得是神仙日子，每天睡到自然醒，和師兄一起買菜做飯，閒了就去小鎮上隨便逛逛，晚上相擁而眠，兩個人就像是度蜜月的新婚夫夫般甜蜜。

不像比賽期間那麼緊張，似乎連時間的流速都變慢了。

這天晚上，師兄去洗澡了，謝明哲躺在陽臺的躺椅上，懶洋洋地刷著網頁，光腦突然彈出一個視頻通話的請求，是陳千林發來的。

謝明哲立刻整理好衣服，走到沙發邊，擺出「學生聽講」的端正態度接了視頻通話，笑道：

「師父，找我有事嗎？」

陳千林說：「上次去羅老師家聚會，那位想跟涅槃合作的投資人，已經把具體的合作方案發過來，等你旅行回來後，我們再找律師仔細確認合約細節。」

謝明哲立刻點頭道：「沒問題。」

就在這時，唐牧洲突然推開浴室的門，朝謝明哲大聲喊道：「阿哲，幫我拿一條內褲進來，我忘記拿了。」

陳千林：「……」

謝明哲：「……」

這他媽太尷尬了，師兄早不開口晚不開口，自己和師父聊正事呢，他突然要什麼內褲！謝明哲臉色僵硬，唐牧洲喊那麼大聲也不知師父有沒有聽見……

他心虛地看向面前的螢幕，輕咳一聲，道：「師父，您繼續說。」

螢幕中，陳千林的臉上沒什麼表情，平靜地道：「你師兄叫你呢，你先去吧。」

謝明哲：「……」

師兄剛才聲音確實挺大，顯然陳千林聽得一清二楚。

兩人旅行住在同一間屋子裡，唐牧洲洗澡還讓他幫拿貼身衣物，這幾乎要在臉上寫一行大字「我倆有情況」，也不知該怎麼和師父解釋。

謝明哲尷尬地摸了摸鼻子，「咳，我拿東西給他，馬上回來。」

他放下光腦，迅速轉身從衣櫃裡拿了條新的內褲，到浴室門口敲了敲玻璃門。

唐牧洲打開了一個門縫，只把手伸出來，謝明哲便把內褲遞給他，結果兩人的手指剛一接觸，謝明哲突然感覺到一股大力，緊跟著，浴室的門打開了大半，唐牧洲將謝明哲一把拉了進去。

「唔……」一陣熱氣迎面撲來，謝明哲的嘴唇被男人溫柔地吻住，呼吸瞬間被奪走。他腳下站

不穩，只好用手撐住牆壁，身上因此被濺了不少水珠。

唐牧洲一邊親他，一邊低聲道：「一起洗。」

謝明哲紅著臉用力推開了師兄，唐牧洲疑惑地看向對方，謝明哲擦擦嘴巴，瞪著唐牧洲道：「我正跟師父視訊呢，你剛才叫我，師父都聽見了！」

唐牧洲：「……」

兩人在浴室裡大眼瞪小眼。

片刻後，唐牧洲無奈地按了按太陽穴，說：「要不直接告訴他吧，反正早晚瞞不住。」

謝明哲有些擔心：「他要是知道我們在一起，會不會生氣？」

唐牧洲挑眉，「有什麼好生氣的？兩個徒弟內部消化，不去禍害別人，我覺得他挺高興。」

謝明哲：「……」這說的什麼話！

謝明哲在這個世上沒有親人，他非常敬重師父陳千林，在他心裡就跟「家長」一樣，被陳千林撞破他們師兄弟在一起，就像是小孩子做壞事的時候被家長逮個正著，謝明哲忍不住有些心虛……他跟師兄偷偷摸摸在一起這麼久，看師父剛才淡定的神色，也不知是什麼態度。

「你先跟師父聊，我待會兒就過來。」唐牧洲輕輕握住謝明哲的手，像是安慰般捏了捏他的手心，柔聲說：「不用擔心，師父才懶得管我們的私事。」

「好吧，那我先探探口風。」謝明哲從浴室出來。

回到客廳時，螢幕中的陳千林還是保持著平靜的表情，他正在泡茶，見謝明哲回來，他喝了一口茶，才淡淡地問道：「你衣服怎麼濕了？」

謝明哲低頭一看，發現自己的衣服上確實沾了不少水跡，想起剛才被師兄拉進浴室裡親吻的畫面，他的臉頰微微發燙，表面上卻故作正經地道：「不小心濺到水。」

陳千林也沒多問，轉移話題道：「涅槃在下個賽季開始之前要招募一些新人，我寫了一份招募

計畫發到你的郵箱，你有空看看，有什麼建議就回覆我。」

「嗯嗯，師父辛苦。」

「你們好好玩，我掛了。」陳千林剛要掛斷視頻，結果謝明哲又說道：「對了，我跟師兄這次一起去旅行，只是互相做伴而已，住同一棟別墅能省很多住宿費，師父您別誤會。」

「我沒誤會。」陳千林道。

就在這時唐牧洲洗完澡出來，他穿著睡袍，很自然地走到謝明哲的身邊，朝螢幕中的男人打了個招呼：「師父。」

陳千林看他一眼，「是你帶阿哲去旅行的吧？」

唐牧洲：「嗯，休假期閒著無聊，出來放鬆一下。」

陳千林：「你們在一起多久了？」

謝明哲：「……」不是！我剛剛說那麼多，師父根本沒聽進去嗎？還是說師父一眼就看穿自己在說謊？

唐牧洲聽到這個問題，微微一笑，坦然說道：「全明星活動結束後我們就在一起了，是我先跟阿哲告白的，在一起半年多，阿哲不好意思告訴你。」

陳千林看向謝明哲，「嗯，所以我沒誤會。你們不就是情侶關係嗎？」

謝明哲被師父和師兄當場打臉，此時已經臉頰發紅，恨不得鑽進沙發底下。

唐牧洲看了小師弟一眼，輕輕將他摟進懷裡，對陳千林道：「師父放心，我不會欺負你最疼愛的小徒弟。要是阿哲在我這受了委屈，你大可以為他做主，親自收拾我。」

謝明哲心裡稍微有一點點暖。

結果下一刻，就聽陳千林平靜地說道：「阿哲不欺負你就行。」

「……」什麼啊！謝明哲很不服：「師父也太偏心了吧？我什麼時候欺負過師兄？」

陳千林仔細想了想，說道：「林黛玉，花卉類即死。魯智深，拔掉千年神樹。周瑜和陸遜火燒大片藤蔓，還差一張針對多肉植物的牌，你可以趁休假期的時候多想想，這樣一來，你師兄就會被你從頭欺負到尾。」

謝明哲：「……」

唐牧洲：「……」

謝明哲迅速結束通話：「師父你肯定很忙吧？哈哈，我就不打擾你了，再見。」

陳千林點頭，「再見，你們慢聊。」

等陳千林掛掉視頻，唐牧洲才似笑非笑地看向謝明哲，「師父說得對，我從來不會欺負你，倒是從認識以來，一直都是你在欺負我？」

這才是親的師父，不是撿來的。

謝明哲察覺到不妙，迅速從沙發上跑開，一邊不動聲色地往外退，一邊道：「師兄你這話說的，即死牌不是你指導我做的嗎？我們兩個狼狽為奸，針對全聯盟，我們明明是盟友，你不能過河拆橋全賴在我頭上……」

唐牧洲唇角的笑容更深，「那魯智深拔樹呢？最愛用樹木類牌卡的人就是我，你設計魯智深這張牌，專門拔我的神樹怎麼說？」

謝明哲心虛地往後退，「那個是意外！」

唐牧洲向前逼近，「是嗎？你做那張牌的時候，心裡其實在偷著樂吧？你是不是心想，終於可以坑師兄了，到時候要拔掉師兄的千年神樹，給師兄一個驚喜。」

謝明哲無辜地擺擺手，「沒有，我怎麼可能這麼想？」

唐牧洲步步緊逼，謝明哲不知不覺退到牆角，正想著怎麼解釋，結果下一刻，唐牧洲的手臂一用力，一手抱住他的腰，另一隻手托起他的臀，猛地一抬，直接將他扛到肩膀上。

謝明哲的整個身體陡然騰空，臉色一白，迅速抓緊唐牧洲的胳膊，「你幹麼？放我下來！」居然被師兄扛起來，謝明哲真是哭笑不得。

唐牧洲笑咪咪地扛著師弟往前走，「讓你體驗一下倒拔神樹的感覺，開心嗎？」

謝明哲小聲罵：「開心個屁，我從小到大沒被人扛過，快放下我……」

唐牧洲並沒有放下他，反而扛著他在屋裡轉了一圈。

謝明哲滿臉通紅，被男人扛在肩膀上，只有腹部一個受力點，上半身和雙腿都是騰空的姿態，這種沒有安全感的姿勢很容易讓人心慌，他不得不費力地用雙手死死抱著唐牧洲的胳膊。

眼看唐牧洲沒有放下他的意思，謝明哲忍不住軟著聲音求饒：「師兄，好師兄，快放我下來，我跟你認錯行不行？我以後再也不拔你的樹了，你別扛著我這麼轉啊，怪丟人的。」

唐牧洲笑道：「認錯認得毫無誠意。」

謝明哲沉默了片刻，突然機智地想到一個主意，放輕聲音說：「要不我們回臥室吧，我在臥室好好給你道歉……」

唐牧洲輕笑著拍了下他的屁股，「你臉皮怎麼這麼厚？」

謝明哲道：「在你面前沒有裝的必要……」

兩人正在鬧騰，結果，唐牧洲的腳步突然停下來，耳邊響起一聲大叫：「唐神？謝明哲？你們在做什麼？」

謝明哲由於被師兄扛在肩上，此時的視野是斜下方，聽到叫聲，他立刻僵硬地揚起脖子。

然後，他對上兩雙瞪大的眼睛——一個葉竹、一個白旭。

場面一度十分尷尬。

唐謝兩個人的住處很隱祕，別墅位於一大片花叢中，此時，唐牧洲正扛著謝明哲，在別墅的花園裡玩鬧，由於是黃昏時間，他們並沒有關門，正好被路過的葉竹和白旭看見。

對上兩雙瞪大的眼睛，謝明哲滿臉通紅，低聲道：「放我下來！」

唐牧洲把阿哲穩穩地放在地上，看向兩個小傢伙道：「你們怎麼在這兒？」

白旭繼續保持著目瞪口呆的石化姿勢。

倒是葉竹迅速反應過來，解釋道：「休假期閒著無聊，我跟小白結伴出來玩兒，路過青石鎮，想留宿一天補充些吃的。我在網上搜民宿，搜到了這裡。」他手裡還提著行李，顯然是剛到不久。

葉竹疑惑地看向兩人，問道：「唐神，你跟阿哲在做什麼？」

唐牧洲微微一笑，「打賭打輸了，阿哲讓我模仿一下魯智深拔樹的動作。」

謝明哲立刻點頭附和，「沒錯。」

白旭：「……」我信你個鬼！當我們是三歲小孩兒，編這種藉口？姑姑說，表哥談戀愛了，跟情人去旅行。而此時，唐牧洲正和謝明哲一起旅行，還在別墅裡把謝明哲扛起來……該不會，他倆其實是……

白旭的全身猛然一抖，看向謝明哲的表情如同看見了洪水猛獸。

謝明哲被瞪得有些尷尬，摸了摸鼻子，「小白，你這是什麼表情？」

白旭看看唐牧洲，又看看謝明哲，欲言又止。

倒是葉竹很快就相信了他們在打賭玩鬧，拍拍白旭的肩膀，「走了小白，我們先去放行李，晚上一起吃飯啊！」

唐牧洲微笑，「好的，待會兒餐廳見。」

等小竹和小白走了之後，唐牧洲才頭疼地道：「刻意選人少的地方，結果還能碰見這兩個傢伙，真是夠了。」

謝明哲倒不介意，笑道：「可能是有緣吧，沒想到他倆也結伴出來玩。」

唐牧洲和謝明哲表面上是「結伴」，實際是小情侶來度蜜月。

白旭和葉竹那才是真正的「結伴出遊」，兩個小少年的感情都沒開竅，思想也很單純，好朋友結伴出行，白天一起玩，晚上各自睡一間房，別人看見了也不會多想。

可剛才表哥扛著謝明哲，一隻手抱著謝明哲的腰，另一隻手往哪兒放呢？對男人來說，這動作也太親密了吧？

白旭頭皮發麻，回到住處後越想越覺得不對，乾脆給唐牧洲發語音訊息：「哥，姑姑說你在談戀愛，跟情人一起出來旅遊。你怎麼跟謝明哲在一起，你女朋友沒一起來？」

唐牧洲挑了挑眉，「你不是剛跟我男朋友打過招呼了嗎？」

白旭：「……」

白旭整個人頓時僵如雕像，腦子裡嗡嗡作響——謝明哲，那個讓全聯盟恨不得抓過去揍一頓的皮皮哲，怎麼就，成了自家哥哥的男朋友呢？

白旭坐在客廳裡發呆的時候，葉竹已經麻利地放好行李箱，並且在別墅四處轉了轉熟悉環境。三層高的別墅，一樓是客餐廳和廚房，二樓有兩間大臥室，他和白旭一人一間，三樓的露臺上種滿鮮花，還並排擺著兩個躺椅，可以躺在花叢中喝茶聊天。

葉竹一邊逛一邊讚道：「這裡的環境真不錯。小白，我睡左邊那間，右邊的臥室留給你啦！」說完，發現樓下靜悄悄地沒有回應，葉竹從二樓探出腦袋，往下看去，只見白旭抱著光腦坐在沙發上，目光呆滯地盯著前面，像是被施展了定身魔咒似的，一動也不動。

葉竹疑惑地叫了句：「小白？你發什麼呆呢？」說罷就順著樓梯走下來，快步跑到白旭的身旁坐下，伸出手指在他眼前晃了晃，「看得見嗎？」

白旭猛地一個激靈，白著臉道：「我哥和謝明哲……他們居然在一起了……」

葉竹一臉的莫名其妙，「一起旅行而已，沒什麼好奇怪的吧？我們倆不也一起出來了？一個人玩沒意思，他們師兄弟關係那麼鐵，結伴出遊很正常啊。」

白旭皺眉道：「你不覺得，我哥剛才扛著謝明哲的動作有些奇怪嗎？」

葉竹仔細回想著剛才的畫面，道：「不奇怪吧？唐神模仿倒拔垂楊柳，模仿得挺像。」

白旭道：「我的意思是，他倆在一起了！」

葉竹點頭，「嗯，我看見他們在一起。」

白旭一臉要吐血的表情，「你白癡啊！在一起的意思都聽不懂嗎？」

葉竹無辜地說：「就像我們這樣在一起？」

白旭強忍住暴揍他一頓的衝動，用力晃晃葉竹的頭，「你腦子裡是不是進了水？他倆在一起，我是說，以情侶的關係在一起！情侶，懂嗎？」

葉竹：「啊？」

對上葉竹瞬間瞪大的眼睛，白旭的心裡這才平衡了些——至少受刺激的不只他一個人。他輕嘆口氣，「我哥親口承認，謝明哲是他的男朋友。」

葉竹的眉毛糾結地擰了起來，弱弱地問：「你哥不會在開玩笑吧？」

白旭翻了個白眼，「……他不會拿這種事開玩笑的。換成是你，你會隨便說某個人是你的男朋友嗎？」

葉竹：「不會。」

兩人對視一眼，同時沉默下來。

屋內安靜得有些詭異，就像是暴風雨來臨之前的寧靜。兩人都在盯著地板發呆，似乎地板上有什麼怪物。

良久後，葉竹才猛地吸了口氣，道：「我不反對男人和男人在一起，可是，唐牧洲和謝明哲在一起算什麼啊？這感覺就像是……兩個副本的最終Boss突然組成一隊在野外晃悠？」

白旭腦補了一下大型團隊副本的最終Boss勾肩搭背虐殺玩家的畫面，不由脊背發涼——葉竹這形容真是絕了，唐牧洲和謝明哲可不就是兩個最變態的Boss嗎？他們倆在一起，還給別人活路嗎？

白旭苦著臉道：「你還好，除了打比賽不用跟他們見面，可是我……我爸媽每年假期都會把我丟去我哥那裡，以後，我每次去我哥的住處，都要看見謝明哲對我笑？」

葉竹：「……」

謝明哲大魔王露齒一笑，葉竹光是腦補那個畫面就挺崩潰的，忍不住同情地拍拍白旭的肩膀，「小白，我們要有直面Boss的勇氣。他是你哥的男朋友怎麼了？他還能越過你哥欺負你嗎？」

白旭越想越鬱悶，垂著腦袋，整個人都焉焉的，「我之前覺得我哥怎麼也不可能和謝明哲在一起，所以我姑姑問我的時候，我就保證說，他要是跟謝明哲在一起，我直播吃頭盔……」白旭恨不得抽自己耳光，「我為什麼要說這句話！」

當初，星空戰隊第一次打涅槃，白旭在接受採訪時，對記者信誓旦旦地說：「我對下一場比賽非常有信心。我會讓謝明哲知道，誰才是B組最強的黑馬！」

結果他被謝明哲以二比零打臉，賽後記者們不忘調戲他：「你在賽前放狠話，是為了證明涅槃才是B組最強的黑馬嗎？」

白旭面紅耳赤，很長一段時間都縮著脖子，不敢冒出來說話。唐牧洲當時就教訓過他，讓他不要把話說得太滿，他怎麼就不聽呢？

上賽季他很倒楣地跟謝明哲分在一組，小組賽被謝明哲來來回回地虐，謝明哲第一次試驗「送子觀音」的新卡也要拿他開刀，白旭最喜歡的「宇宙蟲洞卡」在關鍵時刻掉鏈子，懷孕生寶寶去了，網友們還調侃他「喜當爺爺」。

白旭對謝明哲簡直是咬牙切齒——真恨不得把謝明哲抓住咬一口。

要不是謝明哲這個混蛋，上賽季B組出線的就會是星空戰隊！

謝明哲一次又一次地打擊他的自信心，讓他的驕傲蕩然無存。至今，謝明哲給他寄的那個紅色

月英寶寶抱枕還擺在他的宿舍裡，天天提醒著他的愚蠢。

白旭對謝明哲簡直是愛恨交加。

本來他對謝明哲的態度和葉竹相似，是謝明哲的頭號黑粉。可如今他最崇拜、最敬重的哥哥，居然找了謝明哲當男朋友……他到底該粉轉黑，還是看在老哥的面子上黑轉粉？白旭心裡糾結極了。

就在這時，光腦再次彈出一條消息，是謝明哲發來的：「打個招呼，弟弟好。」接著發了個「微笑」的表情。

白旭：「……」這微笑的表情，怎麼看都帶著一股子嘲諷？

白旭面紅耳赤，「誰是你弟弟？」

謝明哲道：「唐牧洲的弟弟就是我弟弟，一家人不用見外，以後見了我也叫哥吧！【拍肩】」

白旭的頭髮都炸了起來，「誰要跟你當一家人！」

謝明哲發來個摸頭的表情，「乖，今年生日想要什麼禮物？哥給你買。」

白旭剛要氣得扔光腦，結果下一刻，謝明哲緊跟著發來一條消息：「聽師兄說，你一直想要個天文望遠鏡對吧？要不要哥哥幫你買一個？」

白旭猛地坐直身體，他從小就喜歡天文學，這望遠鏡他盼了好久……

不行，他要堅守住黑粉的陣地，絕不能輕易被謝明哲收買。

但謝明哲的動作實在太快了，直接給他發來一個網頁連結，道：「是這款對吧？我現在下單，收件地址寫你的，下週過生日前正好能收到。」

白旭：「……」想用禮物收買人心？我白旭是那麼容易被收買的人嗎？

謝明哲接著說：「我跟你哥在一起半年了，我們互相喜歡，對彼此都很認真。你是他弟弟，我以後也會把你當弟弟看。我知道你很想打我一頓，不過，看在唐牧洲的面子上，過去的恩怨就一筆勾銷吧，你覺得呢？」

白旭：「……我是想打你，但我不會真的動手。」

謝明哲看到回覆忍不住笑出聲：「瞭解，我有時候也挺想打自己的。」

白旭的臉頰微微發燙，猶豫片刻才道：「這個望遠鏡太貴了，專業版的上百萬，不用你給我買。我的信用卡被爸媽管著，但星空戰隊的收入都歸我自己，雖然上個賽季星空在虧本，可是易哥加入後我相信下賽季肯定會賺錢。我自己賺錢買。」

謝明哲道：「客氣什麼，哥哥給你的見面禮，已經下單了。」

這種莫名其妙被包養的感覺是怎麼回事？幾百萬的東西，說買就買，謝明哲對他也太……太好了吧？比唐牧洲好無數倍！

白旭心底的糾結一掃而空，立刻回道：「謝謝哥！」

葉竹在旁邊目瞪口呆，他親眼看見了白旭「黑轉粉」的過程，真不愧是唐牧洲的弟弟，小白同學也沒什麼節操可言，估計他們一家子的基因都是壞的。

白旭看著謝明哲發給他的望遠鏡購買記錄眉開眼笑，剛才那個滿臉糾結的白旭，似乎是錯覺。

葉竹猶豫片刻，給謝明哲發了語音訊息：「我知道你跟唐神在一起了，我這個人很喜歡在群裡發八卦，我知道的事情，不出一天，全聯盟都會知道。」

謝明哲忍著笑問：「這是想要封口費？」

葉竹發來個攤手的表情，「你給小白買望遠鏡收買他，我也見者有份吧？」

謝明哲道：「那你想要什麼？」

葉竹笑咪咪地道：「我的喜好，你懂的。」

謝明哲假裝仔細思考，片刻後才說：「你的喜好是……蹲在我的卡牌店裡偷窺是吧？要不，我讓池青給你開放卡牌店的隨時准入許可權？」

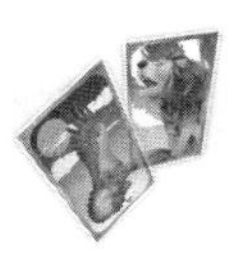



葉竹差點吐出一口老血。

——操，什麼叫蹲在你的卡牌店裡偷窺？我有那麼猥瑣嗎？被形容得跟個變態一樣。

葉竹用力揉了揉臉保持冷靜，一本正經地回覆道：「看來，我需要在聯盟群裡吼一聲——唐牧洲和謝明哲在一起了！」

謝明哲沒再逗他，正色道：「你和小白這次出來，是不是去洛城看蝶類標本展覽？」

葉竹疑惑：「你怎麼知道？」

「明天下午正好有一個蝶類標本展覽，地點在附近的洛城，你們路過青山鎮留宿一晚，不就是打算明天去看標本展覽嗎？小白對蝴蝶完全不感興趣，肯定是你拖著他來的。」

葉竹點頭，「沒錯，我們就是去看展覽。」

謝明哲爽快地說：「明天的展覽，看上什麼蝴蝶標本隨便買，我給你報銷。」

葉竹目瞪口呆，「真的假的？展覽開放出售的珍稀品種，價格都很貴……」

謝明哲微笑著說：「沒關係，我有錢。」

葉竹：「……」我也突然想轉粉了怎麼辦？

看著白旭認真研究天文望遠鏡說明的喜悅神色，葉竹用力一拍大腿，「我覺得你跟唐神真的特別般配，怎麼會有你們這樣般配的情侶呢？我雙手雙腳支持你們在一起，保證一個字都不對外透露！從此，我就是唐謝CP粉了，誰都不要攔我！」

謝明哲欣慰地道：「很好。」

唐牧洲在旁邊，全程圍觀了謝明哲收服兩個小少年的過程，看到這裡不由輕笑著豎起大拇指，「你對付這兩個小傢伙，可真有辦法。」

白旭和葉竹每次對上謝明哲都沒有還手之力。全明星的時候，他倆聯手去殺謝明哲，結果被謝明哲反殺，千里送人頭……真是情深義重。

其實謝明哲挺喜歡這兩個小傢伙，他在這個世界沒有親人，也很想認識幾個交心的朋友。白旭和葉竹表面上說是他的黑粉，可每次他被網友們罵的時候，這倆都會跳出來幫他說話。

謝明哲能感覺到兩人對他的維護和敬重，只是太彆扭不好意思說出口而已，葉竹蹲著守他的卡牌店，還不是因為太喜歡他做的牌了……當然，除去蝶類即死牌薛寶釵。

聽唐牧洲這麼說，謝明哲不由笑道：「小白是你的弟弟，我也會把他當弟弟看，他生日快到了吧？給弟弟送份見面禮也是應該的。」

唐牧洲心裡一暖，摟住謝明哲的肩膀道：「那葉竹呢？」

謝明哲道：「寵粉。」

「……」這理由真是簡單粗暴，唐牧洲感慨：「還好你們建立涅槃的時候，小白和葉竹都有了自己的隊伍，要不然，以你這收小弟的本事，他倆肯定死心塌地地跟著你混。」

謝明哲嘆氣：「是挺遺憾，要不，我問問他們願不願意加入涅槃？」

他說罷就給兩人發去一條語音訊息：「我誠摯地邀請你加入涅槃俱樂部，考慮一下吧？」

白旭：「我寧死不屈！」

葉竹：「我才不會上涅槃這條賊船。」

謝明哲：「……」有那麼可怕嗎？我們涅槃很溫馨的好吧？

當天晚上，葉竹和白旭一起來到餐廳，唐牧洲請客吃飯。

兩人以前看見謝明哲總會想辦法懟幾句，可是今天，兩人卻一改常態，一口一個「哲神」、「哲哥」叫得格外甜，關係好得就跟親兄弟一般。

唐牧洲看著兩個小傢伙，哭笑不得——以前是謝明哲的黑粉，現在成了謝明哲的「左右護法」，你們這變臉也太快了吧，節操呢？

阿哲徹底收買葉白兩人，他們在一起的祕密暫時是保住了。

目前知道兩人關係的屈指可數，陳千林絕不會跟任何人提起，他才懶得管兩個徒弟的私事。陳霄和裴景山都是唐牧洲的好哥們，早就知道，卻不是多嘴的人。如今穩住了葉竹和白旭，至少不用擔心關係會曝光。

唐牧洲不喜歡像娛樂圈明星那樣被狗仔隊爆新聞，他和阿哲需要一些私人空間，被爆隱私並不是什麼好事。

兩人現在關係很穩定，公不公開是他倆自己的選擇，具體什麼時候公布，他會掌握絕對的主動權……或許，等領證了，再給網友們發一個驚喜大禮包？

葉竹次日去逛標本展覽會，買了不少心儀的蝴蝶標本，謝明哲果然說話算數，全部給他報銷，葉竹抱著一堆標本愛不釋手，堅定不移地變成謝明哲的頭號粉絲。

沒過兩天，白旭的天文望遠鏡也收到了，兩人被謝明哲徹底收買，自此對唐謝在一起的事守口如瓶。

唐牧洲和謝明哲在青山鎮待了兩個月也玩夠了，乾脆趁著小白過生日一起回了帝都。

作為白家的獨生子，白旭每年的生日都辦得很隆重，唐牧洲從來不會缺席。

但謝明哲現在的身分並不好去參加小白生日，所以在二月底的時候兩人就分開了，唐牧洲回了家，謝明哲回到涅槃。

父母給白旭辦的生日宴請的都是白家的親戚，唐牧洲的父母當然也會出席。

一大家子圍坐一桌，白旭切了生日蛋糕分給大家，剛吃到一半，白旭的爸爸突然問道：「牧洲，你打這個遊戲也有六年了吧？有沒有想過什麼時候退役？」

唐牧洲道：「舅舅，退役的事不著急，我還想再打幾年比賽。」

唐博看向兒子，「你兩年前可不是這麼說的。我沒記錯的話，你說過最多打到十二賽季，等風華的幾個新人培養起來了你就退役，回家幫父親料理生意。」

唐牧洲道：「兩年前和現在不一樣，我改變主意了。」

唐博不悅地皺眉，「為什麼改變主意？」

唐牧洲朝父親笑了笑，說：「爸您身體健康、精力充沛，公司那邊又人才濟濟，就算我暫時不回來，對公司也不會有任何影響；再說，你們催我戀愛結婚催了那麼多年，我這不是剛找到一個合適的對象嗎？他也是職業選手，特別受歡迎，要是我這時候退役，萬一被甩了怎麼辦？」

白旭「噗」地一聲，直接把水給噴了出來。

唐牧洲可真會一本正經地說瞎話，什麼叫「他太受歡迎」，謝明哲在聯盟到處拉仇恨，沒人想跟謝明哲談戀愛，倒是有一群人排隊想要揍他。還說什麼「萬一被甩怎麼辦」，謝明哲怎麼可能甩了唐牧洲？就白旭所見到的，他倆在青山鎮的時候天天膩在一起，如膠似漆，甜蜜得讓人嫉妒……

白旭被水嗆到咳個不停，唐牧洲淡淡地掃了他一眼，白旭立刻縮起脖子，垂下頭假裝自己不存在，耳朵倒是豎起來聽得很認真。

每次家裡大聚會，哥哥日常被催婚。

其實唐牧洲也才二十四歲，這個年紀並不算晚婚，家裡人之所以著急，是因為唐牧洲從小到大對追他的男生女生全都不屑一顧，眼光太高了。

他總是很有風度，所有跟他表白的人他都會溫柔、委婉地拒絕，不讓對方太難堪，但這些年跟他表白的人不管長得多漂亮、家世多好，唐牧洲一概瞧不上……時間長了，他爸媽就有些著急，不知道兒子是什麼意思，到底要找什麼樣的對象？

如今聽唐牧洲說找到一個合適的人，唐博的態度也立刻緩和，「既然你喜歡的人也是職業選

手，你留下來穩固一下戀愛關係，我們並不反對。」

白宜秋微笑著道：「沒錯，等關係穩定了，帶他回家見一見。」

兩人頗有種「眼高於頂的兒子終於看上別人了真不容易」的心酸。

白旭正低頭降低存在感，就聽爸爸突然問道：「小白，你知道你哥在和誰談戀愛嗎？」

唐牧洲的目光朝白旭射過來，白旭立刻搖頭，「我們又不是一個戰隊的，哥哥他平時和誰來往我完全不知道！」

唐牧洲笑了笑，「小白確實不知情。你們不用急，最遲明年，我會帶他回家。」長輩們聽到這裡都鬆了口氣，明年帶回家，看來唐牧洲這次是認真的。

飯局結束後，唐牧洲和白旭一起來到天臺，白旭糾結地看著哥哥，欲言又止。

唐牧洲瞄了他一眼，道：「有話就說吧。」

白旭低下頭，慢吞吞地問：「你、你對謝明哲是認真的？你不會要和他……」

「我會和他結婚。」唐牧洲平靜又果斷地回答了弟弟的問題。

「……結、結婚？」白旭瞪大眼睛。

「沒錯。」夜風輕輕吹過男人的頭髮，讓唐牧洲臉上的表情顯得格外溫柔。唐牧洲看向白旭，聲音裡透著一絲笑意：「你知道，我從小到大被很多人告白過，我對那些人完全沒有感覺。但是，和阿哲在一起，是我先忍不住告白的。」

「……」白旭完全不敢相信，他還以為是謝明哲厚著臉皮跟哥哥告白的呢，沒想到，唐牧洲居然有主動去追求一個人的時候？

「是我先喜歡他的。」唐牧洲將雙手撐在欄杆上，看著遠處天空中模糊的星光，想到那一夜和阿哲在山頂，在星光下親密擁吻的場景，他的唇角不由揚起溫柔的笑意，「謝明哲，是我想要留在身邊，珍惜一輩子的人。」

「……」白旭神色複雜地看著哥哥，一句話都說不出來。

「我不急著帶他回來見家長，讓你保守祕密，也是想等關係穩定一些。我會先讓爸媽做好心理準備，也會讓阿哲接受我的家庭，在帶他回來之前，我打算先跟他求婚，確定關係。」唐牧洲說罷，又看向白旭，道：「他給你送那麼貴的望遠鏡，是把你當親弟弟看待，我很高興他有這種想法。」

白旭撓撓頭，對上哥哥認真的眼眸，只好說道：「既然你決定跟他走到結婚那一步，以後一定要對他好一點。」

「放心。」唐牧洲忍著笑想，小白已經徹底站在謝明哲的陣營，有這個缺根筋的弟弟，阿哲將來到家裡見家長或許會輕鬆很多。

當晚回去後，唐牧洲就立刻跟謝明哲通話：「我爸媽今天問我什麼時候退役。」

謝明哲有些緊張，卻假裝淡定地問：「你怎麼回答的？」

唐牧洲道：「我告訴他們，我遇到一個很喜歡的人。我不會退役，我想留在聯盟陪他。」

「你真的這麼想？」

「當然，師兄捨不得你。」

謝明哲心裡一暖，回道：「我也捨不得你。」

兩人相隔很遠，只能通過光腦對話，可是此刻，臉上卻同時揚起微笑。

謝明哲心想，大概愛情的美好就是這樣吧？想著對方、念著對方、捨不得對方，明明兩人在休假期天天膩在一起連續兩個月，可是現在只分開三天，就開始控制不住地想他……

謝明哲用力敲了敲腦袋，覺得自己的腦子裡似乎中了一種叫唐牧洲的毒。

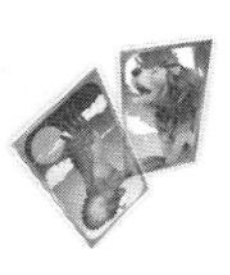



師兄抱著他睡，他每天晚上都睡得很香。如今兩個人分開，謝明哲連續幾天失眠，夢裡也全是唐牧洲，真是中毒太深沒救了。

十二賽季快要開始，兩人再見面居然是賽前籌備會議上。這賽季的規則和十一賽季一樣，上半年打團賽，下半年先打雙人，再打個人賽，最後是團戰的季後賽。

在後臺相遇的時候，唐牧洲微笑著走過來抱了一下師弟，問道：「你要參加個人賽吧？」

謝明哲點頭，「嗯，這賽季的個人賽我肯定不會缺席。」

十一賽季，謝明哲為了做團賽無盡模式的卡牌，在個人賽大膽棄權，作為聯盟史上第一個棄權的選手，引來網友們的無數謾罵，承擔巨大的輿論壓力。

事實上，當時就算他不棄權，以他的實力也很難打進四強，畢竟個人賽是七比七的模式，他的卡組、套路差不多已經被摸清，用暗牌坑對手的打法，也會被聯盟的高手針對和破解。

這個賽季卻不一樣。

經過十一賽季的磨煉，謝明哲不管是操作技術還是戰術思路都更上一層樓，他贏過眾神殿、裁決，最後還驚險地贏下風華，也比以前更有信心。這個賽季參加個人賽，謝明哲是衝著冠軍去的——師兄拿過三屆個人賽的冠軍，自己怎麼也要拿一個金牌，才能和他並肩而立。

帶著這樣的信念，謝明哲在這個賽季訓練得極為認真。

上半年的團賽，由於要帶新人，涅槃的成績起伏不定，可一到下半年，謝明哲和陳霄在雙人賽開始發力，一舉奪下雙人項目的冠軍！

接下來的個人賽，十一賽季缺席的謝明哲，連一個小局都沒輸，一路連勝打進了總決賽！而湊巧的是，他在總決賽又一次遇到唐牧洲。

這一晚，比賽的現場人山人海，雙方粉絲帶來的海報讓人眼花繚亂，尖叫聲、助威聲更是幾乎要震破耳膜。

解說席的吳月激動地聲音都在發抖：「唐牧洲在個人賽又一次打進了決賽！這麼多年來，凡是有唐牧洲參加的個人賽，他都會拿下冠軍，他在個人賽項目已經獲得三次冠軍，三冠王的榮譽，沒有任何選手能夠超越！參加個人賽，拿冠軍，似乎成了唐牧洲的光環，他甚至成了個人賽的不敗神話！這一屆，唐牧洲到底會變成四冠王，還是被師弟終結個人賽光環？就讓我們拭目以待！」

觀眾席的尖叫快要掀翻屋頂。

雖說這一屆由於聶神、老鄭的退役少了些精彩，可大量新人的加入，也讓個人賽看點十足。

謝明哲在進決賽之前是四十八小局連勝，結果決賽的第一局就被唐牧洲擊敗，唐牧洲在第一局打得很凶，似乎是給師弟的下馬威。

第二局，謝明哲的心態完全沒有受到影響，迅速扳了回來。

兩人從一比一，一直打到二比二，比分膠著不下……

這一場對決極為激烈和精彩，最後的決勝局，謝明哲以一牌之差險勝。

全場響起震耳欲聾的歡呼聲，謝明哲摘下頭盔走到舞臺的中間，唐牧洲正站在那裡對他微笑著伸開雙臂，謝明哲鼻子一酸，快步走過去撲到師兄懷裡，緊緊地抱住對方。

能遇到這個人，真是他莫大的幸運。

他們不但是對彼此知根知柢的對手，同樣也是最知心的戀人。

唐牧洲終結了他的連勝，他終結了唐牧洲在個人賽的連冠——但他們心裡都知道，這一場比賽並不能決定什麼，他們的實力已經旗鼓相當，未來還有無數場比賽在等著他們！

解說席上，蘇洋感慨道：「這兩位真像是天生的冤家，唐牧洲在個人賽的不敗神話，今天被師弟給終結了。謝明哲差點打破唐牧洲在個人賽的五十連勝紀錄，在即將四十九連勝的時候，同樣被唐牧洲給終結了！」

吳月激動地道：「旗鼓相當的對手，才能給大家帶來更精彩的比賽！不管是師兄終結師弟，還是師弟終結師兄，這一場比賽絕對會載入聯盟史冊，成為個人賽最經典的對局！」

「讓我們感謝唐牧洲和謝明哲！」

全場掌聲雷動，後臺，看比賽的白旭和葉竹心情複雜。

白旭喃喃道：「私下關係那麼親密，打比賽真是一點也不跟對方客氣……」

葉竹湊到白旭的耳邊，輕聲道：「我剛刷了一下網頁，兩邊的粉絲快掐起來了，要是知道他倆是一對，估計眼珠子會掉一地吧！」

白旭嚴肅地說：「下巴也會掉一地。」

此時，網路上一片煙硝。

「師弟比師兄厲害，這是必然結果！」

「唐神個人賽三冠王依舊沒人超越，謝明哲還嫩著呢！」

「謝明哲拿一次冠軍就翹尾巴，現在的新人這麼沉不住氣？」

「我阿哲團賽、雙人賽、個人賽的冠軍拿了一遍，不服？」

「我唐神個人賽三冠，團賽、雙人賽的冠軍也拿了一遍，需要服你？」

大部分粉絲還是比較理智，謝明哲在個人賽奪冠沒錯，可唐牧洲確實逼得他打進決勝局，最後也是一牌之差絲血險勝，兩人的實力旗鼓相當，再打一遍說不定贏的就是唐牧洲。

但總有些激進粉，為了自家男神，擼起袖子跟對面的粉絲掐了起來。

唐牧洲和謝明哲都是非常有影響力的選手，網路粉絲破億，這一掐架，各種粉黑混戰，一時鬧

得烏煙瘴氣，好幾條話題都被刷上熱搜。

沒人知道，此時，唐牧洲和謝明哲卻有說有笑，一起來到帝都的私人別墅。

這棟別墅是唐牧洲很早就買下的，之前二樓好幾個房間一直沒有裝修，為了讓謝明哲住得習慣，唐牧洲專門改造過這裡，二樓做了一間卡牌陳列室，用來收集兩人製作的卡牌；隔壁還有健身房，平時可以一起健身。兩人的主臥面積非常大，有獨立浴室，還裝了大浴缸。

雖然謝明哲來這裡的次數不多，可一進門，他就有種「回家」的溫馨感。

進屋之後，謝明哲剛換了鞋回到客廳，就見白旭給他發來一條消息：哥，你的粉絲在網上掐架，好像越掐越厲害了……

緊跟著，葉竹也發來消息：哲神，恭喜拿下個人賽冠軍，我覺得你實力很強，唐神也很強，你們特別般配，不要理網友們胡說八道。

兩個小傢伙通風報信倒是很積極。

謝明哲微微一笑，回覆他們：知道了，我不會介意的。

就在這時，唐牧洲突然走過來牽起謝明哲的手，道：「阿哲，跟我來，我有話和你說。」

難得見師兄這麼嚴肅，謝明哲很疑惑：「什麼事不能在這裡說？」

唐牧洲道：「去三樓吧。」

三樓是露天陽臺，唐牧洲在這裡種了很多植物。

他以前對植物沒什麼興趣，跟著陳千林設計木系卡牌之後，唐牧洲也喜歡上了各種花卉。陳千林愛養綠植，唐牧洲愛養各種會開花的植物，謝明哲沒記錯的話，師兄在三樓養了很多盆鮮花，還

有一些可愛的多肉。

然而，一來到三樓他就被嚇到了。

夜風吹過，花香撲面而來，今天的鮮花跟以前不大一樣，以前，所有花盆都是整齊排成一圈，可今天，那些精緻的小花盆被重新擺放過，連在一起，正好是一個巨大的「心」型。

隨著兩人走到花盆中間，三樓的露臺上突然亮起燈光，這燈光也經過精心的設計，暖色的燈正好將中間一片花壇清晰地照出來。除了巨大的「心」型之外，花盆的旁邊，還用各種可愛的小多肉植物擺出「唐」與「哲」兩個字。

這夢幻的場景嚇了謝明哲一大跳，他怔了怔，問：「你這是幹什麼？」

唐牧洲拉著謝明哲，走進那個花卉圍成的心型的圈裡。在無數鮮花的包圍下，他突然單膝跪在謝明哲的面前，輕輕握住對方的手。

男人仰起頭，目光溫柔，他看著謝明哲的眼睛，一字一句地說：「阿哲，我想正式跟你求婚……我們結婚，好嗎？」

周圍花卉的香氣讓人沉醉，面前男人溫柔的目光也讓人控制不住地想要淪陷，謝明哲的心臟猛然一顫，聲音也因為不敢相信而帶著明顯的顫抖：「你、你說什麼？」

唐牧洲從口袋裡拿出一枚戒指，在柔和光色的照射下，上面的鑽石閃閃發亮，他柔聲說：「阿哲，我愛你。這輩子我只想和你在一起。我正式跟你求婚，就是想讓你知道，我已經認定了你，非你不可。我們結婚吧，讓我給你一個家，好不好？」

那間，一股熱淚情不自禁地湧上謝明哲的眼眶，讓他的視野都變得有些模糊。

他一直沒有「家」的概念，上一世和這一世都是孤兒，只有自己知道，他多渴望能有一個家、能有自己的家人。

他和唐牧洲在一起一年半了，兩個人發生過最親密的關係，但是，在謝明哲看來，他們都是成年人，做愛也是戀愛中的情侶很正常的事情，並不是說他跟師兄上過床，就必須要認定對方一輩子。談戀愛和結婚不一樣，有無數情侶交往一段時間因為各種原因分手……

謝明哲對談戀愛是很豁達的態度，能在一起就好好珍惜，要是將來因為各種原因不能在一起了，那也沒什麼好遺憾的。

然而，結婚，這個詞太嚴肅，只有做好和對方在一起一輩子的打算，才會提出來。

他之前一直覺得跟師兄在一起能走多久就走多久，他沒想那麼多……

可現在，唐牧洲卻直接跟他求婚。

唐牧洲想得比他更多、更遠，在他覺得和師兄在一起很開心的時候，師兄已經計畫著要跟他在一起一生一世。

看著跪在面前的男人，謝明哲腦子裡嗡嗡作響，熱淚一直在眼眶裡打轉。

唐牧洲柔聲問：「是太突然，嚇到你了嗎？」

謝明哲狼狽地擦擦眼睛，「有一點……」

唐牧洲將他的手輕輕握緊，「阿哲，在遇到你之前，我沒對任何人動過心，你是第一個，也會是最後一個，你相信師兄嗎？」

謝明哲毫不猶豫：「我當然信你。」

唐牧洲道：「那你願意，和師兄結婚嗎？」

謝明哲的臉頰微微發紅，「我……」

唐牧洲的聲音溫柔得像是能被風吹散：「問問自己的心，願意嗎？」

謝明哲怔怔地看著對方，除了唐牧洲，他還能喜歡別人嗎？不可能。

有了唐牧洲，其他的人謝明哲根本就看不上。

師兄這麼溫柔、體貼、脾氣好，對他更是極為寵愛，兩人不僅默契十足，在精神層面也很合

拍，自己心中所想正好也是對方所願，這種心有靈犀的感覺實在是太美好了。問自己的心願意嗎？怎麼可能不願意啊！只是一直沒想過能走到結婚這一步，這真的太奢侈了。感覺就像是原本去抽獎抱著中個幾百塊就夠本的期待，結果一下子中了幾百萬的特等獎，讓謝明哲受寵若驚。

他真的……可以有個伴侶、有個小家嗎？

謝明哲用力吸了吸鼻子，忍耐著心中的酸澀道：「師兄，你認真的嗎？」

唐牧洲微笑，「我會拿這種事開玩笑嗎？」

謝明哲用力咬了咬牙，哽咽道：「我這個人比較固執，結了婚，難得有了家，可不能隨便離婚。結婚跟談戀愛不一樣的……」

唐牧洲仰起頭，溫柔地看著他，「我知道，所以我才正式跟你求婚。以後，我們不是情侶關係，而是法律意義上承認的伴侶……你不是我的男朋友，而是我的愛人。」

愛人，這個詞聽起來多美。

謝明哲沒再糾結，用力地點點頭說：「我答應。」

唐牧洲激動地看著他，「你真的願意？」

謝明哲含著淚點頭，「我心裡只有你一個，為什麼不願意？」

唐牧洲聽到這話，心底瞬間蕩開了一片柔軟。

他將早就訂製好的戒指拿出來，戴在謝明哲的無名指上，輕輕握住阿哲的手，吻了吻對方的手背，然後站起來，拉著謝明哲的手放在自己心臟的部位，聲音低沉又溫柔：「阿哲，相信師兄，我的心裡只有你一個，永遠都不會負你。」

手指貼在男人結實的胸膛，能清晰地感覺到心臟激烈的跳動。

唐牧洲的真誠和深情，清晰地透過心跳傳遞到手指上，然後再順著神經脈絡傳遞到謝明哲心裡。

手上的鑽戒很亮，款式設計簡潔又大方，是他喜歡的風格。

仔細一看，鑽戒的內圈刻著「唐&謝」，這是對戒，唐牧洲的那一款，內圈也刻著「唐&謝」——我把你的名字帶在身上，也將你放在心裡。

這個別致的設計讓謝明哲不由得彎起嘴角，他深吸口氣忍住想哭的衝動，主動撲到師兄的懷裡，緊緊地抱住對方，「師兄，我也不會負你。」

唐牧洲溫柔地吻了吻他的額頭，「等改天領了證，以後我們就是合法夫夫了。」

謝明哲沉默片刻，突然問道：「為什麼選在今天跟我求婚？」

唐牧洲解釋道：「認識你，是因為這個遊戲，今天是我們在個人賽總決賽對決的日子，不管最後是你贏了我，還是我贏了你，我都想跟你傳達我的心意……」

他頓了頓，又接著說：「我在星卡遊戲打了六七年的比賽，該拿的獎都拿過了，我已經站在職業聯盟的最頂端——如今，你也爬到了最頂端。」唐牧洲說到這裡時，眼裡滿是溫柔的笑意，「我很開心，身邊有你。」

謝明哲的整顆心像是注入一絲暖流，他將臉貼在師兄的胸口，笑著說：「我也是……」

——能爬到最頂端，和你一起看最美的風景，真的很開心身邊能有你。對手也好、情人也好、師兄弟也好……職業聯盟有你存在，每一場比賽都會變得更有意義。

他們曾在山頂並肩看日出，以後也會並肩站在職業聯盟的頂端看一個又一個賽季的新舊更替，等幾年之後，不想打比賽了，再退役去做點別的事。

反正手上戴了刻著兩人名字的戒指，以後就再也不會分開。

謝明哲越想越開心，抬起手把戒指在唐牧洲面前晃了晃，「這戒指我很喜歡，我會拿鏈子穿起來，戴在胸前，永遠都不摘掉。」

——就像把你永遠放在心裡。

唐牧洲看著他燦爛的笑容，再也忍不住，低下頭溫柔地吻住謝明哲的嘴唇。

求婚成功，以後就要和這個人相守一生了……

這個親吻似乎也比往常更加溫暖和甜蜜，混雜著周圍鮮花的香氣，謝明哲和唐牧洲都沉醉其中，抱住對方吻了很久很久。

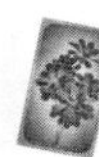

而此時，雙方的粉絲還在網上瘋狂掐架。

到底是師兄地位不可撼動，還是師弟後來居上，這個話題成了網友們爭論的焦點。理智的粉絲分析雙方卡組、實力、比賽表現，激進的粉絲直接攻擊對方，甚至爆起粗口。

一直到深夜的時候，謝明哲才突然上網發了一條消息：在我心裡，師兄一直是最優秀的選手。這次個人賽奪冠，擊敗他只是偶然，並不代表我就比他強，再打一局說不定是他贏我。師兄的五十連勝紀錄和三冠王的紀錄依舊沒人打破。師兄是我永遠的男神。

粉絲們：「……」

結果唐牧洲很快轉發了謝明哲的發文，道：阿哲是我見過最有潛力、進步最快的選手。沒有人是不敗神話，輸在他的手裡，我不覺得有什麼遺憾，很高興師弟能拿下這一屆的個人賽冠軍。師弟才是我男神。

粉絲們：「……」

——「師兄是我男神」加「師弟是我男神」，你們兩個也是夠了！

白旭和葉竹看到這消息，目瞪口呆。

公然秀恩愛秀到這個地步，真的好嗎？

唐牧洲和謝明哲互誇已經不是第一次，但白旭是為數不多知道真相的人，想來想去，他終於忍不住給唐牧洲發語音訊息：「做彼此的男神，你倆也太肉麻了吧？」

唐牧洲微笑道：「反正是快要結婚的人，適當甜蜜一些也很正常。」

白旭愣住：「要結婚的人？」

唐牧洲：「我跟阿哲求婚，他答應了。」

沒想到哥哥動作這麼快，這就求婚了？

白旭心情複雜地道：「謝明哲還不到法定年齡吧？」

「提前預定。等他到了二十二歲，我就帶他去領證。」

白旭：「……」

男性的法定結婚年齡是二十二歲，謝明哲今年才二十歲，唐牧洲居然「提前預定」——先求婚，定下婚約，等阿哲到年紀就直接去領證。這種被人等待著、一到年紀就領證的感覺，真是想想都很甜蜜，甜得讓白旭牙疼。

白旭惆悵地嘆了口氣，心想，自己要不要也去小學預定一個童養媳？

放假後，唐牧洲帶著謝明哲回家見父母。

他最近一直在跟父母洗腦，因此，唐博和白宜秋都知道自家兒子找了個男選手，雖然是孤兒，但性格開朗樂觀，很有上進心，還自己創建了俱樂部並且拿過冠軍。

在唐牧洲的描述中，謝明哲全身上下到處都是優點，兩人也越來越欣賞這個年僅二十歲卻靠自己打拚出一番天地的年輕人。

謝明哲第一次上門見家長，心裡難免緊張，他找白旭打聽了一番，提前買好禮物。唐牧洲來接他時，就發現他很認真地穿了一套西裝，跟參加頒獎典禮似的。

唐牧洲輕笑著揉揉他的頭髮，「穿這麼正式？又不是去開會。」

謝明哲解釋道：「我比你小了五歲，要是穿得太隨便，會顯得很幼稚。穿正式一點，也是對你父母的尊重嘛。」

唐牧洲湊到他耳邊，低聲讚道：「你今天很帥。」

男人的呼吸噴在耳側，讓謝明哲的臉頰不禁有些發燙。

謝明哲緊張了一路，結果到唐家之後，看見白旭也在，他心裡的緊張頓時散去三分，在看到唐牧洲的父母後，緊張便散去了一大半。

如師兄所說，他的父母真的很隨和。父親唐博雖然是唐氏掌權人，卻沒有架子，很溫和地朝謝明哲點頭打招呼。媽媽白宜秋笑咪咪的，看著也特別親切。

謝明哲恭敬地道：「叔叔好、阿姨好！」

白宜秋拉著謝明哲的手坐到客廳裡，「阿哲，以後就是一家人，千萬別客氣，不用買這麼多禮物，我們家不講究這些，你人過來就好了。」

謝明哲笑容燦爛，「阿姨，只是我一點心意，不知道你們喜不喜歡。」

白宜秋道：「你真是太客氣了！第一次見面我也不知道給你什麼，就包了個紅包，別嫌少。」

謝明哲看著那沉甸甸的紅包不好意思收，結果唐牧洲微笑著把紅包塞進他的手裡，說道：「收下吧。」

謝明哲只好笑著說：「謝謝阿姨。」

想到當初問白旭時，白旭信誓旦旦地保證「我哥要是跟他師弟謝明哲在一起，我就直播吃頭盔」，白宜秋忍不住看向白旭，「小白。」

白旭立刻縮了縮脖子，「怎、怎麼了姑姑？」

白宜秋道：「我幫你訂了個禮物，你看喜不喜歡？」

謝明哲好奇地一看，發現是個咖啡色的頭盔，「阿姨，這是最新款的遊戲頭盔嗎？」

白宜秋朝謝明哲微微一笑，柔聲說道：「其實是巧克力蛋糕，做成了頭盔形狀，看上去特別逼真。」說罷就看向白旭，「小白最愛吃蛋糕，明天送到你家，記得吃完啊。」

白旭：「……」姑姑我錯了！

他最恨的就是巧克力，這麼大一塊巧克力簡直要他的命。真不愧是唐牧洲的親媽，欺負他毫不手軟……白旭欲哭無淚，看著巧克力版本的頭盔，真想回到過去抽自己一嘴巴。

謝明哲並不知道白阿姨在打什麼主意，只覺得阿姨笑咪咪地特別親切。唐牧洲容貌像父親，但微笑的樣子卻像母親，結合了父母雙方的優良基因，怪不得顏值這麼高。

晚飯自然是一起吃的，飯局上，唐牧洲主動提起已經跟阿哲求婚的事，謝明哲心裡有些緊張，生怕他父母會反對，沒想到唐博很溫和地開口道：「你們年輕人的事，自己決定就好，需要幫忙再跟爸爸說。」

唐牧洲笑道：「婚房已經裝修好了。因為阿哲還不到法定年紀，等他滿二十二歲我們再去領證。婚禮的具體時間和細節，我會跟阿哲好好商量的。」

白宜秋微笑著看向謝明哲，「能多一個像阿哲這樣的兒子，媽媽真是太開心了！」

謝明哲受寵若驚，臉頰發紅，不知道怎麼回應。

唐牧洲湊在媽媽耳邊道：「行了，我知道妳喜歡他，改口的事等我們領了證也不遲。還是讓他先叫妳阿姨，自然一些。」

白宜秋立刻點點頭，看向謝明哲的目光愈發溫和。

她很喜歡謝明哲，長得帥，性格也好，笑起來很陽光，一看就是沒什麼壞心眼——直率又熱心

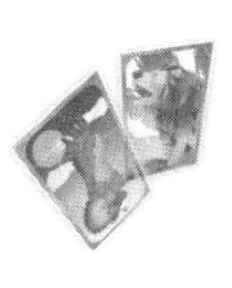



的陽光小帥哥，跟自家兒子特別般配。

這天晚上一直聊到十點，兩人才開車回家。回去的路上，街道兩旁的暖色燈光照進車窗裡，唐牧洲的嘴角微微上揚，透著一絲笑意，在夜色中更顯溫柔。他輕輕握住謝明哲的手，問道：「你對我父母，印象怎麼樣？」

謝明哲誠實地說：「叔叔比較穩重，話不多，但每句話都很有說服力；阿姨愛笑，對我也非常親切。他們都很好相處，一點架子都沒有。而且也沒問我身世，對我挺尊重的。是不是你提前打過招呼啊？」

「是。」唐牧洲溫言道：「我爸從不干涉我的決定，我媽媽特別喜歡你。他們是我最重要的親人，希望你不會反感他們。」

「怎麼會呢？結婚以後，你爸媽就是我爸媽啊……」察覺到自己說得太過直白，謝明哲的臉頰不由微微發燙，迅速移開視線。

他側過頭，車窗上正好映出唐牧洲戲謔的笑容，「喔？結婚以後？」

謝明哲低下頭，手指卻被男人以十指相扣的姿勢緊緊地握住，耳邊也響起師兄低沉的聲音：「等你到了二十二歲的法定年齡，我們就結婚吧。」

謝明哲的臉頰微微一紅，「我沒那麼迫不及待……」

唐牧洲輕笑著說：「是我迫不及待。」

男人低沉的聲音滑過耳膜，讓謝明哲的心頭猛然一顫。

——以後能跟師兄以合法夫夫的關係一起生活，想想都覺得很美好。結婚這件事，其實，我也迫不及待。

想到這裡，謝明哲便微笑起來，主動伸出手握住唐牧洲的手指，十指相扣。

謝明哲認真地說：「好。等我到了二十二歲，我們就結婚。」

唐牧洲雙眼一亮，伸出雙臂，用力地將心愛的小師弟抱進懷裡。

男人的懷抱溫暖卻又堅定，緊緊地抱著他，讓他的心底無比踏實。謝明哲知道，自己這輩子已經賴上這個人了，死都不想放開。

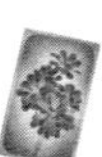

休假期時間很長，去哪裡度假又成了問題。

謝明哲對青山鎮念念不忘，那裡太安靜了，就像是無人打擾的世外桃源，上次度假要不是中途意外遇到葉竹和白旭，他跟師兄過的簡直就是神仙一樣的日子。

聽師弟提到青山鎮，唐牧洲不由疑惑：「上回去過了，今年還想去嗎？」

謝明哲說：「度假去哪兒都一樣，能和你安靜地在一起就行。」

唐牧洲莞爾，「那就再去一次青山鎮吧，這次我們直接住在山裡，更安靜。」

兩人一起來到山裡的民宿。

這裡依山傍水、環境清幽，屋子直接建在樹林裡，最原始的樹屋建築，似乎讓時光倒退回幾千年前。

山林間的木屋，再配上周圍的溪水、鳥鳴聲，真像是武俠小說裡世外高人隱居的地方。

謝明哲很喜歡這裡，跟師兄一起到木屋裡放下行李。

兩人在木屋休息片刻，閒著無聊，謝明哲就提議去找老闆借魚竿到湖邊釣魚。

山裡的湖距離住處並不遠，兩公里的路完全可以步行過去。

唐牧洲拿著魚竿，謝明哲則揹了一包的零食，兩人一前一後，邊走邊聊。

剛走到湖邊，唐牧洲猛地停下腳步，謝明哲差點撞到他的背上，想問師兄怎麼了，卻見師兄的

臉色無比嚴肅，他探出腦袋，順著師兄的目光往前看去，頓時目瞪口呆──只見樹下，兩個男人正在接吻……

主動的那人臉上始終維持著平靜的神色，只是原本清冷的淺色眼瞳，此時卻染上一些說不出的柔和。

謝明哲不敢相信地道：「師……師父？」

等察覺到自己不該出聲的時候，他已經叫出了口。

謝明哲迅速躲去唐牧洲的身後假裝自己不存在。

唐牧洲揉了揉太陽穴，看向已經冷著臉坐起身的陳千林，笑得有些無奈，「師父，真巧……」

陳千林的臉上閃過一絲不悅，目光卻迅速平靜下來，走到兩人面前，「你們怎麼在這裡？」

唐牧洲輕咳一聲：「我們來度假。」

謝明哲偷偷瞄了眼樹下的男人，只見那人整張臉都脹紅了，正手忙腳亂地整理著衣服，雖然他把頭垂得很低，可側臉越看越是眼熟，謝明哲忍不住道：「陳哥？」

陳霄：「……」你他媽就不能假裝不認識我嗎？

被認出來的陳霄恨不得挖個地縫把自己埋了，察覺到頭頂的視線，他只好僵硬地站起來，尷尬地打招呼：「咳，真巧。」

謝明哲目瞪口呆，腦子裡不斷地重播著一個詞──兄弟！

兄弟啊！師父跟陳霄這是兄弟禁斷之戀嗎？完全看不出來，師父那麼冷淡的一個人，居然把弟弟壓在樹下親……自己親眼目睹了這一幕，會不會被殺人滅口？

謝明哲脊背一涼，用力拽了一下唐牧洲的手。

唐牧洲會意，拉著謝明哲轉身就走，一邊朝陳千林道：「師父，我跟阿哲去山上轉轉。」

陳千林淡淡地說：「行，晚上一起吃飯。」

兩個徒弟落荒而逃，陳霄面紅耳赤，幾乎要原地爆炸。

自始至終很淡定的只有陳千林——他並不認為被人看見有什麼問題。見陳霄滿臉通紅，陳千林安慰道：「沒關係。唐牧洲和謝明哲都是你最好的朋友，我們在一起的事，遲早有一天他們也會知道。」

陳霄倒不怕被兩人知道，他就是覺得很尷尬。都怪自己，剛才好好地在釣魚，一時忍不住從身後抱住哥哥，結果就被陳千林禮貌地親了回來。

看著他懊惱的模樣，陳千林伸出手，輕輕握住陳霄有些冰涼的手指，道：「別擔心，有哥哥在，這件事我會給他們解釋。」

這句「有哥哥在」讓陳霄的心裡湧起一絲暖意。

手被緊緊握著，像是傳遞了一種值得信賴的力量，他的情緒很快平靜下來，道：「還是我來解釋吧，你解釋的話，他們可能會聽不懂。」

陳千林想了想自己對感情的模糊定義，理智地同意了陳霄的建議：「好。」

謝明哲拉著唐牧洲逃一樣跑上山，他覺得青山鎮這個地方真是魔咒，上回度假遇見葉竹和白旭，這回又遇見陳千林和陳霄——原本極為冷門的地方，怎麼淨是遇到熟人呢？

想到剛才那一幕，謝明哲的腦子裡就一團亂麻。

陳千林在親吻陳霄，他絕對沒有看錯……

師父是他最敬重的人，陳霄是他最好的朋友，如果他倆找到別的情人，謝明哲一定會很高興地祝福。可他倆居然內部消化了？這可是兄弟亂倫啊！

唐牧洲見阿哲眉頭緊皺，不由微笑著拉住謝明哲的手，「別跑了，停下來休息一會兒，我跟你說一些事情。」

聽到師兄溫和的聲音，謝明哲的理智終於歸位，停下腳步。

唐牧洲找了塊路邊的石頭，牽著謝明哲一起坐下，看著對方的眼睛，低聲解釋道：「其實陳霄和師父並不是親兄弟，當年我和他一起跟著師父學習做卡的時候，他就告訴過我，他是陳家的養子。他和你一樣都是孤兒。」

謝明哲聽到這話，心裡微微鬆了口氣……不是親兄弟亂倫的話，至少還能接受。

他沉默了片刻，才疑惑地問道：「所以，他們早就在一起了是嗎？」

唐牧洲道：「我覺得不像，可能是最近才在一起的。你好好想想，陳霄最近是不是比較反常？包括找我借錢買房子，還有突然提交退役申請……」

謝明哲將這些串聯起來，很快就想到一個可能性：「跟師父有關？」

唐牧洲點頭，「很可能是他們之間出了些問題。」

謝明哲仔細一琢磨，還真是不太對勁，「怪不得，之前在俱樂部的時候，陳哥每次看見師父都故意躲著走，我還以為是師父訓了他，讓他的自尊心受到打擊。他一直培養新人，不打團戰，還說要退役，我也挺奇怪的。這麼看，是他倆的感情出了問題？」

唐牧洲微微一笑，「應該是陳霄一直暗戀師父。當年和他一起學習的時候，我就覺得，他對兄長的仰慕有些過頭了，這麼一解釋倒是說得通。」

謝明哲無語片刻。他真想給陳霄豎個大拇指，陳千林那樣冷漠的人，也敢暗戀？而且還成功拿下了？陳哥可真牛逼！

唐牧洲緊跟著道：「這件事，我們不要多嘴，還是假裝不知道吧。」

謝明哲吐槽道：「假裝什麼啊？我都看見師父親他了。」

唐牧洲面不改色地道：「那就假裝沒看見。」

謝明哲：「咳，好像只能這樣了？」

這種事問出口，只會讓當事人尷尬，最好的做法確實是假裝沒看見。

於是，晚上四人一起吃飯的時候謝明哲和唐牧洲就開始演戲，兩人聊這個賽季的比賽、聊休假期的安排，對今天在湖邊看到的那一幕卻隻字不提。

這樣的態度，反倒讓陳霄臉頰發燙。

吃完飯後，他輕咳一聲，朝謝明哲道：「阿哲，你出來一下，我有話跟你說。」

謝明哲點了點頭，轉身跟上陳霄。

兩人剛要出門，陳千林將一把傘遞給弟弟，淡淡說道：「帶上，當心外面下雨。」

難得見師父主動關心人，謝明哲都愣住了。

陳霄接過雨傘，傘柄上還有哥哥手指殘留的溫熱，他心裡一暖，朝陳千林笑了笑，帶著謝明哲轉身來到屋頂。

今晚的天氣很好，夜空中掛著一輪圓月，像是給這片樹林披了一層柔軟的輕紗。

陳霄走到屋頂的躺椅上坐下，看向謝明哲道：「我跟他……並不是親兄弟。」

既然陳哥要主動解釋兩人的關係，謝明哲只好坐在旁邊，笑著說：「師兄跟我說過了，跟誰在一起是你的自由，我不會有意見的……」

陳霄沉默片刻，才道：「我喜歡他很多年，他以前只當我是弟弟。前段時間發生了一些事，我們之間有點兒誤會，所以在俱樂部的時候，我一直躲著他，你應該察覺到了吧？」

謝明哲點頭，「嗯。你突然提交退役申請，也是因為這個原因？」

陳霄尷尬地摸摸鼻子，低聲說：「對不起。」

謝明哲一怔，「跟我道歉做什麼？」

「退役這件事是我考慮不周，我只想自己，卻忽略了你的壓力。涅槃是我們一起組建起來的，你為涅槃付出那麼多，我卻因為個人原因退役，我……」他輕輕抓抓頭髮，認真地看向謝明哲道：「你叫我一聲陳哥，我卻愧對了你的信任，也欠你一句抱歉。真的很對不起。」

「別這麼說。」謝明哲爽快地擺擺手，「生活中誰沒點兒意外變故？不管你做什麼選擇，我都會支援你。再說，當初要不是你，我也不會接觸這款遊戲，是你給了我這個菜鳥最好的機會。」

回想起來，兩年前謝明哲從醫院醒來，房租到期被趕出門，卡裡只剩幾百晶幣的存款，如果不是陳霄給他機會收留他，說不定他要去睡大街。

後來，又是陳霄發現他的天賦，介紹他認了陳千林這位師父，讓他得到系統性的指導，他才能在短期內做出大量的一流卡牌。

謝明哲一直對陳霄心存感恩。

兩人對視一眼，大概是想起過去並肩作戰的歲月，不由相視一笑。

「我們之間沒必要客氣，誰都別說什麼謝謝、對不起的。」謝明哲認真地看向陳霄，問道：「陳哥，你會回來的對嗎？」

「嗯，我已經撤銷了退役申請。」陳霄鄭重地說：「下個賽季我會繼續和你一起打比賽、一起培養新人。涅槃現在才剛剛起步，這是我們共同的事業，我不會放棄。」

「太好了，一起加油！」謝明哲激動地伸出手，像是每次比完賽一樣和陳霄擊掌。

「至於，我和我哥……」一向豪爽的男人，此時耳根微微發紅，似乎有些窘迫，「我們現在確實是情侶關係，但大家都以為我們是兄弟，這件事解釋起來會比較麻煩，所以，希望你能保密。」

「那是當然。」謝明哲逼著自己迅速消化掉這個驚天祕密，沉默片刻，他又湊到陳霄耳邊，輕聲問：「師父冷冷淡淡的，好像對誰都漠不關心，你是怎麼拿下他的？陳哥你真牛逼。」

陳霄被誇得哭笑不得。他平時挺自信的，總是一副「老子很牛逼」的姿態，可在感情上他一點也不牛——是陳千林先拿下他的，他自我淪陷，最後卻無法自拔。

兩人回到房間時，陳千林和唐牧洲正在淡定地聊投資和股票。

見謝明哲回來，唐牧洲沒再繼續這個話題，微微一笑，站起身道：「師父，時間不早了，我們就不打擾了，您也早點休息。」

謝明哲配合地道：「師父，陳哥，那我們先回去了。」

陳千林點點頭，「不送。」

等兩人並肩離開之後，陳千林才上前一步，伸出手輕輕理了理陳霄被風吹亂的頭髮，淡淡地問道：「都解釋清楚了？」

陳霄點頭，「嗯。」

陳千林：「退役的事情，也跟阿哲道過歉了吧？」

陳霄怔了怔，「你怎麼知道？」

陳千林的眼底像是浮起一點笑意，聲音卻依舊平靜：「你是我養大的，我能不瞭解你？」

陳霄心裡最柔軟的地方像是突然被什麼給戳中了，又酥又麻。

「你是我養大的，我能不瞭解你」這句話裡的親密真是夠陳霄回味無數遍，被哥哥放在心上的感覺，原來這麼暖。

陳霄深吸口氣，主動伸出手輕輕抱住陳千林。被抱的男人似乎有些意外，但下一刻，他卻伸出手，配合地將弟弟擁進懷裡。

唐牧洲和謝明哲次日早晨就俐落地收拾東西離開青山鎮，畢竟，度假期間天天看見臉色冷淡的

師父，並不是什麼美好的經歷。

走的時候謝明哲忍不住吐槽：「這個地方以後再也不會來了，說不定又要遇見熟人。」

唐牧洲輕笑道：「放心，這次我選的地方，絕對沒有外人。」

他直接帶謝明哲去了一處私人度假溫泉，自然不會有任何人打擾，師兄弟兩人每天泡泡溫泉、聊聊天，日子過得甜蜜又清閒。

假期很快過去。

由於涅槃的新人們需要重點培養，陳千林下令大家提前半個月集合，謝明哲和陳霄都提前來到俱樂部報到。

見陳霄容光煥發、自信洋溢的模樣，謝明哲總算放下心來，這才是他認識的陳哥。

陳千林迅速安排好了本賽季的戰略，大家便進入井然有序的訓練。

週末的時候，涅槃慣例放一天假，陳霄突然私下找了謝明哲，「阿哲，能不能幫我個忙？」

謝明哲疑惑問道：「怎麼了？」

陳霄湊過來，輕聲說：「我不是借唐牧洲的錢買了一棟別墅嗎？那棟房子裝修的時候沒有擺任何綠植，我想你陪我去趟花卉市場，挑一些植物，再挑一些掛在屋裡的畫。我一個人拿不了那麼多，而且，我不是美術專業，對掛畫的欣賞水準很有限。」

謝明哲乾脆點頭，「沒問題。」

事實上，陳霄當初買那棟房子是打算一個人住，不擺任何綠色植物，也是想徹底抹去陳千林的痕跡。但現在不一樣了，他想跟哥哥一起住，就是不好意思直接開口。

他打算藉陳千林生日的時候請大家一起去別墅裡聚餐慶祝。哥哥那麼聰明、冷靜的人，看見那些綠色植物，應該就懂他的意思了吧？

兩人一起到花卉市場挑了好多盆花草，謝明哲則幫忙挑了些適合掛在屋裡的畫。滿滿的一車花草，送到別墅依次放好，掛畫也全部掛在牆上，等收拾好這一切，兩人都累得滿頭大汗。

謝明哲打量了一下四周，讚道：「陳哥，你這新家布置得不錯！」

陳霄笑著說：「我不懂裝修，裝潢很簡單。」

謝明哲道：「自己住的地方還是越簡單越好。」

陳霄贊同地「嗯」了一聲，看了眼時間，說：「今天辛苦你了，我請你吃飯吧。」

兩人並肩離開別墅，來到附近一家很有氣氛的餐廳吃飯，吃過飯後才一起開車回了俱樂部。

沒想到當天晚上，網上突然出現一條奇怪的爆料。

涅槃選手內部消化？陳霄和謝明哲舉止親密。

今日下午，陳霄和謝明哲一起逛街約會，兩人先去買了許多花草和掛畫，親自動手將花草搬去新家，站在門口相視微笑，陳霄還主動幫謝明哲整理頭髮，舉止親密，氣氛曖昧。

爆料文章的下面配了幾張圖。前幾張是他倆一起逛花鳥市場的照片，兩人在一堆花草中挑挑揀揀，其中還有一張是陳霄抱著一大捧玫瑰遞給謝明哲；後面還有兩人並肩去餐廳的照片，以及最後的一張壓軸照，陳霄伸出手，幫謝明哲整理頭髮，兩人相視微笑，動作也格外親密。

這爆料一發出來，評論瞬間突破五位數，並且以極快的速度增長。

緊跟著，爆料的網友又發了一堆所謂的證據。

兩年前謝明哲出了意外在醫院當了幾個月植物人，最落魄的時候是陳霄收留了他；兩人一起創建涅槃俱樂部，陳霄為了謝明哲把退役多年的哥哥都請了出來；十一賽季，他們並肩作戰，每一場比賽後都會擁抱彼此，互相鼓勵；十二賽季，兩人以雙人組合的形勢出戰，成為雙人賽最強黑馬，

一路過關斬將拿下總冠軍，默契不用多說，最後頒獎禮上還激動在一起擁抱了很久。

粉絲們都被這爆料給炸了出來。

「什麼？陳哥和阿哲在一起？」

「相互扶持，共同進步，最終變成雙人賽的最強搭檔，登上冠軍領獎，好勵志的一對CP啊！」

「涅槃粉祝陳哥和阿哲百年好合！」

「想到我們阿哲慘兮兮的時候被陳哥收留，真的有些感動。」

也有理智的粉絲表示：「我不信！都沒有接吻之類的證據，一起買植物怎麼了？」

葉竹和白旭：「……」狗仔你們是眼瞎了吧？謝明哲和唐牧洲在一起的時候，那相視微笑的畫面比這甜一百倍，你們不知道偷拍。謝明哲和唐牧洲還說對方是自己的男神，你們一點都不懷疑？身為狗仔的嗅覺呢？真是替狗仔們著急！

謝明哲完全沒想到事情會發展成這樣。

這就叫人在家中坐，禍從天上來，躺著也中槍，還把子彈給射歪了！

這一屆的狗仔行不行啊？八卦都八不到點子上。照片裡的那一幕，是因為他去逛花鳥市場，頭上沾了片葉子，陳霄順手幫他摘掉而已。至於玫瑰……可以說是他倆買珍貴的盆景買了太多，店主順手送了一束嗎？那是贈品！

謝明哲正發愁怎麼辦，結果下一刻，唐牧洲居然親自轉發，評論裡只有簡單的一句話：喔？我師弟跟陳霄在一起了？我怎麼不知道？

緊跟著，陳千林也跟著轉發：我也不知道。

粉絲們：「……」天吶，到底發生了什麼事？

極少理會八卦消息的唐神，居然連發三個問號！三個問號，怎麼有種脊背發涼的感覺？

一整年都不怎麼發文的林神，居然也轉發了八卦？

粉絲們同時覺得：狗仔要完。

謝明哲和陳霄在一起的爆料新聞很快在網上引起轟動，兩人的名字雙雙被刷上熱搜，無數粉絲徹夜難眠，但比起網友們的瘋狂，職業聯盟的群裡卻安靜得像是什麼都沒發生。

讓大家疑惑的是，就連一向愛湊熱鬧的葉竹，這次也沒有跳出來發表任何意見。

直到深夜的時候群裡才突然冒出一條消息，是後知後覺的蘇洋發來的：@陳千林難得見你轉發，你徒弟和你弟弟到底什麼情況？

陳千林淡淡回覆：沒什麼。

陳霄看見哥哥的回覆，心裡不由緊張起來，迅速解釋：我今天去花鳥市場買綠植，叫上阿哲是為了讓他幫我參謀。狗仔抓拍的照片都是捕風捉影，我們只是朋友，大家別多想。

唐牧洲發來個微笑的表情：那他手裡的玫瑰呢？

謝明哲趕緊跳出來：店家送的！

陳霄緊跟著附和：沒錯。我們買了十盆花，店家好心送我一束玫瑰，我沒手拿，就遞給阿哲讓他幫忙拿一下。

唐牧洲：你們還去情侶餐廳吃飯？

謝明哲急忙解釋：誤會大了。我們搬完東西都很餓，在街上隨便找了家裝潢不錯的餐廳進去吃飯，根本不知道那是什麼網紅情侶餐廳。

唐牧洲：是嗎？

謝明哲：我用項上人頭擔保。要是有一句假話，你把我的頭擰下來！

圍觀眾人：「……」皮皮哲你發個誓，要不要這麼血腥？

陳霄見謝明哲的求生欲這麼強，立刻私聊陳千林：「哥，你別誤會，真的只是巧合。」

陳千林淡定回覆：「你覺得，哥哥的智商有那麼低，會相信這次爆料嗎？」

陳霄愣了愣，說的也是，陳千林要是輕易信謠言，那就不是陳千林了。他微微鬆口氣，笑道：「沒誤會就好，我還以為你生氣了。」

陳千林：「是有些生氣，但並不是氣你。」

陳霄疑惑：「那你氣什麼？」

陳千林：「這些狗仔太差勁。連本職工作都做不好，真沒有存在的必要。」

陳霄：「……」看來哥哥很討厭那些狗仔，陳霄忍不住為那些狗仔隊默哀。

同一時間，唐牧洲和謝明哲也開了私聊。

謝明哲道：「像我師兄那麼聰明理智的人，肯定不會相信狗仔的爆料，對不對？」

唐牧洲挑眉道：「你誇我的技能，是越來越熟練了？」

謝明哲厚著臉皮繼續誇：「我說的都是事實。你是全世界最好的師兄，是我全心全意喜歡著的唐牧洲，你當然會相信我對吧？」

唐牧洲：「……」

謝明哲道：「所以我猜，你剛才在群裡故意那麼問，並不是懷疑我，只是藉機解釋給其他人看而已，這樣一來，聯盟的朋友們就不會誤會我跟陳哥了，對嗎？」

唐牧洲忍不住輕笑出聲，阿哲真是個機靈鬼，先使勁誇師兄順毛，再表達一下自己的忠誠，師兄即便有再大的火氣都被他兩句話給弄沒了。

當然，吃點小醋也是生活中的情趣。

雖然相信阿哲不會背叛自己，可是，看狗仔隊把阿哲和陳霄的照片發到網上，還各種推理分析，看那些粉絲們留言祝福，唐牧洲的心裡還是生起一絲明顯的不悅。

唐牧洲不大高興。他當然捨不得朝阿哲發作，也不好牽連到陳霄。

拿誰出氣呢？唐牧洲瞇起眼睛，再次看了眼爆料者「八卦工作室」，他突然覺得，有必要清理一下星卡圈內的不合格狗仔，畢竟總是爆這種不真實的料，很影響選手們的聲譽。

謝明哲和陳霄在一起的事越鬧越大，熱搜排名一路飆升，網友們用當偵探的態度搜索過去阿哲和陳哥在一起相處的細節，越搜越覺得他倆關係真好！

粉絲群中有人興奮、有人傷心，有人粉轉黑，也有人黑轉粉，熱鬧了一整夜。

然而，次日早晨一醒來，大家震驚地發現，網路上已搜不到之前爆料的人了，一點進主頁，就是一條鮮紅的資訊：該帳號涉嫌發布虛假消息，已強制登出。

這是什麼情況？昨晚的熱鬧就像是一場夢境，一覺睡醒全沒了？是什麼神祕力量出手了嗎？

網友們紛紛搜索「謝明哲、陳霄」，結果關鍵字輸進去之後，搜出來的資訊全是——

謝明哲、陳霄組合在第十二賽季雙人賽中奪下冠軍！

謝明哲、陳霄公開表示下個賽季將不再以雙人組合出戰，戰隊需要培養新人……

全是比賽相關的資訊，沒有任何曖昧的照片，更別說是關於他們關係的爆料。昨晚的全網狂歡，似乎只是錯覺。

大清早的發生這種靈異事件，粉絲群裡大家都忍不住發出疑問。

「關於阿哲和陳哥的爆料全沒了，刪得也太乾淨了吧？」

「肯定有高人出手啊！」

星卡圈內關注度最高、爆猛料最多的帳號，居然莫名其妙就這麼註銷了……

謝明哲笑咪咪地發了一條：聽說有人因為發佈虛假消息，帳號都被登出了啊？真是可憐。飯不能亂吃，話不要亂說。【摸頭】

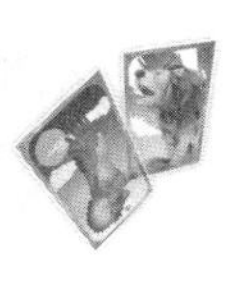



這得意洋洋的態度，最後還不忘摸頭嘲諷一下狗仔，真不愧是皮皮哲本哲。

陳霄也發了一則義正辭嚴的聲明：我跟阿哲只是好哥們，如果給人遞玫瑰就是情侶的話，那賣玫瑰的店主是不是每天要談幾百次戀愛？玫瑰是打算帶去涅槃的。情侶餐廳只是巧合，請不要捕風捉影。

後面附一張涅槃工作室休息區的茶几上，插著玫瑰花的照片。

到此為止，關於謝明哲和陳霄的緋聞徹底澄清。

粉絲群裡紛紛討論著：「阿哲和陳哥看來真是朋友？」

「我更好奇這次的事是誰幹的？狗仔的爆料官網直接被封殺，真是乾淨俐落！」

「感覺像是唐神出手？」

「我覺得也像林神的手筆？」

狗仔工作室突然被徹底封殺，明顯有高人出馬，謝明哲一個毫無背景的職業選手，應該做不到這麼快解決掉粉絲破千萬的狗仔……所以，是唐牧洲和陳千林動手了吧？

兩人昨天轉發的態度就很奇怪，唐牧洲的三連問，陳千林的難得冒泡，都表示他們在關注這件事，並且產生不悅的情緒。

唐牧洲背景成謎，粉絲們只知他是富二代，家裡具體幹什麼的完全查不到，個人資料被保護得很好。至於陳千林，同樣查不到背景資料，坊間傳言無數，還有說邵博入獄的事他就是幕後推手，反正能帶出唐、謝這樣的徒弟，當師父的肯定不簡單。

不管是誰動的手，最後的結果顯而易見。

這家狗仔工作室成立多年，大大小小的爆料無數，以前也爆過一些明星選手的隱私，最多被口頭警告一下，結果這次爆了謝明哲和陳霄……熱度還沒過兩天，次日早晨直接被封號註銷，真是屍骨無存啊！

粉絲們紛紛在謝明哲的官網下留言：「阿哲不愧是大魔王，當你的粉絲都有點害怕。」

「我們阿哲不僅自己牛逼，背後還有個牛逼的師門！」

「師兄和師父真給力，直接封殺狗仔隊。」

「所以，我們有生之年都看不到阿哲的私人感情爆料了吧？」

「除非他自爆！」

謝明哲並不打算自爆，畢竟他跟師兄在一起的真相，比和陳哥在一起還令人震驚。

但唐牧洲不這麼想。經過這件事，唐牧洲迫切地想讓所有人都知道：師弟是我的，請不要胡亂給謝明哲配對。謝明哲唯一喜歡的人就是我唐牧洲，他已經答應了我的求婚。

這種迫切地想宣布「他是我的」的心情，讓唐牧洲忍無可忍，當天晚上，唐牧洲就把謝明哲叫回去兩人在帝都的婚房。

謝明哲進門時，唐牧洲正圍著圍裙在廚房裡做飯，他換了鞋跑到廚房，厚著臉皮從背後抱住師兄，笑道：「叫我回來，是要質問我，還是想我了？」

唐牧洲轉過身，將師弟抱進懷裡，低聲說：「我想確認一下，你的心裡只有我一個人。」

謝明哲笑咪咪地道：「這不是早就確認的事嗎？」

唐牧洲輕嘆口氣，「但別人不這麼認為，昨天有很多人說你跟陳霄非常般配，甚至還有人拿你當初在全明星娛樂項目中跟山嵐求婚的事情開玩笑。」

謝明哲聞到了一絲醋味，不由心虛地移開視線，「那你的意思是？」

「我想公開關係。」

謝明哲怔了怔，「現在就公開的話，合適嗎？」

「你不是已經答應了我的求婚？」

「是答應了沒錯。」

「那有什麼好怕的？」唐牧洲輕輕握住謝明哲的手，「我不會反悔。我相信，你也不會。」

聽著對方低沉、溫柔的聲音，謝明哲原本忐忑的心慢慢地平靜下來。

是啊，有什麼好怕的？他們早就認定了彼此，他已經戴上師兄送的戒指，也見過師兄的家長。現在不結婚，只是法定年齡不夠而已，總有一天他們會領證、會辦婚禮、會向所有關注他們的人宣布，接下來的人生他們會攜手共度。

所以，早公開和晚公開，有什麼區別嗎？

很多人戀愛階段不敢公開，是因為不確定自己跟對方最後會不會走到一起，怕分手了被打臉。謝明哲不一樣，有了唐牧洲這麼好的情人，他不會愛上別人。全世界沒有人比得過唐牧洲，在他眼裡，師兄就是最好的。

他不怕公開，他愛得坦蕩，也愛得自信。

想到這裡，謝明哲爽快地一笑，「無所謂，師兄想公開的話那就公開吧。」

唐牧洲心底微微一動，目光溫柔地看著他，「你真的願意？」

謝明哲點頭，「戒指都收下了，有什麼不願意的？」

對上師弟明亮的眼睛，唐牧洲的嘴角終於浮起一絲溫柔的笑意，他低下頭，輕輕吻了吻阿哲的嘴唇，緊跟著，就伸手把阿哲戴在衣服下面的項鍊拿出來。

謝明哲配合地低下頭，讓師兄取下項鍊。

自從接受了師兄的求婚，這枚戒指謝明哲就從不離身，手上戴那麼明顯的鑽戒不方便，所以他買了條鏈子將戒指給串起來，當成項鍊貼身戴著。有了衣服的遮擋，鏈條下面的墜子到底是什麼，沒人能看見，也沒多少人會專門留意，只當是他戴的普通配飾。

此時，項鍊被唐牧洲小心翼翼地握在手中，在燈光的照射下，碩大的鑽石閃閃發亮，指環的內側刻著「唐&謝」兩個明顯的小字。唐牧洲緊跟著摘下了自己的項鍊，同款的鏈條和鑽戒，裡面刻著「謝&唐」兩個小字。

謝明哲看著師兄手裡的鑽戒，問道：「拍照發網上？」

唐牧洲微笑點頭，「嗯。」

兩人的手輕輕握在一起，手心裡放著一對情侶項鍊，吊墜是男款的鑽戒，拍攝的角度正好將鑽戒內圈的字清晰地顯露出來。

拍好照片後，謝明哲積極地道：「狗仔隊眼神不好，我們乾脆自爆。」

他將照片發到網上，並配一行評論：@唐牧洲遇到你是我最大的幸運，謝謝你願意給我一個家。

唐牧洲立刻轉發，道：@謝明哲等你到二十二歲我們就結婚，只想和你相守一生。

粉絲群徹底亂了。謝明哲的粉群和唐牧洲的粉群，出現了無數的「我去」刷屏，還有真愛粉把他倆發的照片截圖發到群裡，不知道真相的粉絲迅速爬去官網，看到兩人的爆料後，恨不得原地爆炸。

下面的留言瞬間突破六位數，粉絲們用一大堆的驚嘆號，目瞪口呆、掉眼睛、掉下巴的表情糊滿整個螢幕。

不出十分鐘，#唐謝宣布婚訊#的話題就被刷上了熱搜第一。

「我要瘋了，阿哲要跟唐神結婚？告訴我我在做夢！」

「秒師兄的花、拔師兄的樹，最後跟師兄結婚，這是欠債太多只能把自己賠進去了嗎？」

「哈哈哈，兩個大禍害，互相禍害的節奏？」

「之前他倆互相吹男神的時候，我就萌上唐謝CP了，CP粉表示原地上天！」

「狗仔們瞎啊？這麼明顯的情侶項鍊不知道拍！」

「狗仔也太菜了，怪不得唐神冷笑三連問，林神都冒出來說話。」

「這是我見過的最差的一屆狗仔，工作室被封殺了，活該！」

「狗仔們爆的不對，阿哲和唐神表示：還是我們自己爆吧，你們太弱了。」

一時間，震驚的、興奮的、粉黑互轉的、罵狗仔的，各種評論越刷越多，整個星卡圈的粉絲都出動了，官網差點被刷到癱瘓。

狗仔們心裡委屈得不行。

唐牧洲和謝明哲關係好大家都知道，兩人經常互相擁抱，而且還公開在採訪時互誇，但由於兩人表現得太正常了，大部分狗仔都認為他倆是很正直的師兄弟關係，所以大家對他倆的親密舉動都視若無睹。

仔細想想，唐謝這是一路都在撒狗糧、秀恩愛，早就在一起了！

人家小倆口光明正大地都在網上互稱「男神」了，狗仔們居然還在推測謝明哲和陳霄是一對？這不就是眼瞎嗎？果真是最差的一屆狗仔。

昨天爆料的狗仔很想自搧耳光，真他媽的丟人，被封號、被警告，怕了，以後改行吧！

片刻後，聯盟群裡也出現祝福的消息。

知道真相的白旭和葉竹憋了一年多，這個祕密總算被公開，兩人都鬆了口氣，紛紛在群裡刷：恭喜恭喜！百年好合！

聶遠道：@唐牧洲 @謝明哲 恭喜，婚禮記得發請帖。

鄭峰：什麼？兩個禍害居然要結婚了？真沒想到！恭喜。

歸思睿：我也沒想到，但還是祝福兩位。

山嵐：皮皮哲要跟師兄結婚，真好，你倆互相綁死，不要出來禍害別人！

裴景山：@唐牧洲 婚期定了通知一聲。

凌驚堂：不錯，兩位都是滿腹壞水，真的非常般配。

喻柯：發生了什麼事？怎麼突然有這麼多人在恭喜阿哲和唐神啊？

陳霄哭笑不得：他倆官宣要結婚，指路官網。

喻柯：我去看看！

片刻後，喻柯才冒出來道：恭喜恭喜！百年好合，早生貴子！

眾人：「……」一向不怎麼靠譜的喻柯，在發祝福的時候也不大靠譜。

唐牧洲和謝明哲一起出來道謝，唐牧洲還很大方地在群裡連續扔了十幾個大紅包，諸位選手紛紛開始飆手速搶紅包。

此時，唐謝兩人的官網流量過高，瀕臨癱瘓，官方緊急加開了伺服器。

正主親自爆料，還秀了情侶鑽戒，並且公開表示會結婚……粉絲和路人在最初掉了一大排的下巴之後，網路上的風向就變成一面倒的祝福。

謝明哲的粉絲對唐牧洲挺滿意，覺得師兄一直護著阿哲，肯定會是個貼心、溫柔的情人，紛紛去唐牧洲那裡留言道：「要好好對我們阿哲！」

「你敢欺負阿哲我就去燒了你的全部植物！」

唐牧洲的粉絲也去謝明哲的官網下留言：「不要欺負師兄！」

「秒鮮花、拔神樹，比賽的事情不說了，結婚以後要對他好，你親口說的他是你男神。」

親媽粉們為他倆的婚後生活操碎了心。

真愛粉們則爭相轉發送祝福，還有一些潛在的CP粉開始狂歡，她們私下做的唐謝視訊短片、表情包終於能夠派上用場。

尤其是唐謝兩人在十二賽季個人賽的針鋒相對，一比一到二比二，一路打到決勝局的精彩鏡頭剪輯，當時看只覺得兩人棋逢對手，打得異常激烈。如今知道他倆是情侶，這份激烈的對決視頻簡直成了虐狗視頻……你猜到我的技能、我預判到你的大招，那種心有靈犀的默契，每一秒都散發著狗糧的味道！

之後的頒獎禮上，唐牧洲溫柔擁抱謝明哲的畫面，更是讓粉絲們抓心撓肝地尖叫。

——原來你們兩個早就在一起了！職業聯盟成立以來最精彩的個人賽對決，居然是家暴現場？虧我們為你倆誰奪冠撕逼那麼久，結果誰奪冠都是自己人？

看著網路上越來越多的祝福和驚掉的下巴，謝明哲不由笑道：「師兄該滿意了吧？」

唐牧洲微笑著把捧著光腦正刷得起勁的傢伙抱進懷裡，道：「非常滿意。」

他之所以選擇在這個時候公開關係，只是想讓全世界都知道——

謝明哲是他的。

他早就預訂下來的伴侶，請任何人都不要覬覦。

## （三）星卡婚禮

新賽季開始後，謝明哲沒再報名個人賽和雙人賽項目，因為他休學的時間快要到了，必須返校讀書，否則學校就不再保留他的學籍。

他當初在休學申請表上填的年限是三年，家長那一欄還是唐牧洲幫忙簽字的。那時候他剛過完十八歲生日，涅槃俱樂部也才剛成立，為了專心做卡，謝明哲選擇暫停學業。

如今三年過去，涅槃俱樂部已經步入正軌，俱樂部的管理由專業的團隊負責，比賽方面有陳千林把關，指揮有陳霄，新人們也進步神速，謝明哲打算趁這個機會去學校完成學業。

陳霄很支持他的決定，拍著謝明哲的肩膀說：「你儘管放心，戰隊有我。」

陳千林道：「常規賽可以不參加，季後賽還得你出場。以你的狀況，每個月抽出幾天的時間訓練就夠了，不會影響學校的學習。這個賽季的名單還是會把你放上去，必要的時候輪換，你覺得呢？」

謝明哲乾脆地點頭，「沒問題！」

下半年淘汰賽階段，每次賽前訓練幾天，這時間他肯定抽得出來。

新學期開始後，謝明哲回到帝都大學，唐牧洲陪他一起。

擔心引來學弟學妹們的圍觀，復學手續是唐牧洲帶著謝明哲私下辦的，專門找了工作日的上課時間。

教務處的老師看見兩位一起出現，忍不住笑道：「家長帶小謝來辦復學手續啊？」

謝明哲鬧了個大紅臉，道：「老師，您就別取笑我們了，當時是為了校務會儘快審核通過，師兄才在家長那一欄簽了字。」

唐牧洲微微一笑，說：「也沒簽錯，我現在就是你的家人。」

老師點了點頭，看向謝明哲道：「小唐說得對，你們都快要結婚了，他確實可以在你的『家人』那一欄簽字。對了，結婚的時候別忘了給老師發喜糖。」

謝明哲紅著臉道：「一定。」

老師笑咪咪地將表格遞給謝明哲，「來，復學申請表在這裡，填一下。」

謝明哲迅速填好，緊跟著就去學校各部門蓋章。

到美術學院的時候，輔導員跟謝明哲說，新生宿舍正好有一間是空的，介不介意一個人住？謝明哲當然不介意。

由於唐牧洲提前打過招呼，復學手續辦得很順利，美術系很快就將「謝明哲同學復學通知」的文件發給各位任課老師，同時也發給班長。

兩人走在校園裡，謝明哲看著學校熟悉的林蔭小道，感嘆道：「三年過得真快……」

第一年他專心製作卡牌，通過大師賽獲得職業選手資格，組建了只有四位隊員的涅槃戰隊。

第二年，涅槃戰隊成為賽季最強黑馬，歷經波折，最後拿下團賽的冠軍。

第三年，涅槃拿到巨額投資，管理團隊入駐，成為規模更大也更正規的卡牌俱樂部，他和陳霄一起參加雙人賽獲得第一名，他在個人賽也拿到冠軍……

現在回想起來，這三年時間，真是過得充實又精彩，他一點也不後悔當初休學的決定。選擇回到學校，只是完成這個世界的謝明哲的另一個夙願。

他從小就學畫畫，小時候請不起專業老師，就去買便宜的教材自己琢磨，線條、色彩、人物、場景，一點一點地學起來，最後成功通過帝都大學的藝考，他沒道理放棄學業。

唐牧洲看著他容光煥發的模樣，不由伸手環住他的肩膀，「明天開始，你就恢復了大學生的身分，學校裡認識你的人很多，還有一些是你的粉絲，下課肯定會被人圍住。」

謝明哲怔了怔，師兄說的還真是個問題。

他現在粉絲破億，其中有不少就是帝都大學的迷弟迷妹。職業聯盟一線豪門中，風華、暗夜之都、涅槃都是帝都大學的學生創立的，這所學校的競技氛圍也是全國高校中最濃厚的。可想而知，一旦謝明哲復學的消息傳出去……絕對會被圍觀吧？

謝明哲頭疼地按住太陽穴，沉默片刻，他才回頭問道：「師兄你當時是怎麼做的？我記得你當初也休學了一段時間，才又回學校上課對吧？」

唐牧洲說：「平時上課的時候，我都是卡著時間，等上課鈴聲響的時候再進教室，坐在最後一排儘量不引起注意。」

謝明哲贊同點頭，「這做法確實值得學習。可中午吃飯怎麼辦？食堂那麼多……」

唐牧洲道：「不在學校吃就行了。開學後你天天住在學校，我想見你也不方便，不如我給你買輛車，你每天開車回家吃飯，我給你做。」

謝明哲雙眼一亮，「你親自給我做飯嗎？」

師兄的廚藝是真的好，謝明哲巴不得能吃上唐牧洲做的飯。而且，英俊的男人圍著圍裙下廚的樣子，謝明哲怎麼看都看不膩，他總覺得帶了些生活氣息的師兄是最暖的。

唐牧洲微笑道：「當然，想吃什麼就跟我說。」

謝明哲問：「天天做飯，你不嫌煩嗎？」

唐牧洲湊過來，貼著他耳朵說：「怎麼會呢？給老公做飯是我的榮幸。」

謝明哲的耳朵瞬間一紅，「什麼老公？別亂叫，還沒結婚呢……」

唐牧洲道：「提前演練一下。」

謝明哲哭笑不得，不過聽他叫得這麼親昵，謝明哲的心裡也軟軟的，感覺自從訂婚之後，兩人真是越來越像沒羞沒躁的老夫老妻了。

唐牧洲幫謝明哲提行李去男生宿舍，結果剛走到宿舍區，就聽身後傳來一陣尖叫：「啊啊啊，是唐神和阿哲嗎？我的天，是真的！」

一群女孩子飛快地跑過來，臉頰因為激動而微微發紅。

謝明哲被她們的熱情嚇了一跳，立刻緊張地後退一步，唐牧洲輕輕牽住他的手，很有風度地朝大家微笑道：「妳們好，我帶阿哲來學校報到。」

幾個女生看他把阿哲護在身後的樣子，真是心都要萌化了。

有個大膽的女生問道：「兩位學長，我是你們的粉絲，能簽個名嗎？」

立刻有女生飛快地從書包裡拿出紙筆，幾個本子齊刷刷遞到面前，唐牧洲接過來簽下自己的名字，再遞給謝明哲，謝明哲也配合地簽了名。

這群粉絲要到簽名後就識趣地走開了，臨走前還說：「超喜歡你們的，一定要幸福啊！」

「加油，你們參加的比賽我都會去現場看的！」

謝明哲禮貌地笑道：「謝謝。」

等她們離開後，謝明哲才鬆口氣，「好像也沒那麼恐怖？」

唐牧洲微笑著說：「這所學校的學生素質比較高，不會做出太偏激的行為，你不用太擔心。最開始被圍著要簽名很正常，等一星期後大家都習慣了你的存在，就不會再大驚小怪了。」

謝明哲點頭，「嗯，先去宿舍放行李吧。」

兩人去宿舍放好行李，謝明哲下午還要去系裡領教材，就讓唐牧洲先走，唐牧洲突然伸出手摟住謝明哲的腰，一個轉身把謝明哲按在牆上，熱情地吻下去。

謝明哲被他壓在牆上親，快要喘不過氣，滿臉通紅地推開他，「這是學校，你收斂點！」

唐牧洲瞄了眼旁邊的空房間，「我突然想來美術系當你的室友，我們談一場校園戀愛，這樣，每天晚上都可以和你……」

謝明哲一腳踹過去，「快走吧你！」

唐牧洲不再逗他，輕笑著放開謝明哲。

等師兄走後，謝明哲平復了一下心跳，打開光腦，老師正好拉他進班級群，介紹道：「謝明哲同學之前為了打比賽休學，這個學期復學，和大家一起上課。」

群裡的妹子們目瞪口呆。

——謝明哲？是涅槃的那個謝明哲嗎？

沉默三秒後，群裡頓時爆炸，一大片的鮮花、掌聲、星星眼表情刷了出來，還有不少妹子表白：「天吶，男神跟我一個班，我是不是在做夢？」

「哲神好，我是你的小迷弟！」

「哲神居然復學和我們同班，我要下樓去跑三圈！」

「弱弱地問，能要簽名嗎？」

面對同學們的熱情，謝明哲很禮貌地道：「大家好，以後請多關照。」

班裡的妹子簡直要瘋了，私下聊天的時候聲音都在發抖，很多人是謝明哲的死忠粉，知道謝明哲是帝都大學的學生，卻沒想到他今年復學正好跟她們同班……

老師看到這場面，私聊謝明哲道：「你是公眾人物，但這裡畢竟是學校，希望你能注意分寸。還有，帝都大學的很多課程有嚴格的規定，蹺課超過百分之二十的話不能參加期末考試。」

謝明哲認真回覆道：「老師放心，我回來就是好好學習的，我會儘量降低自己的影響，和大家以同學的關係相處。」

老師覺得謝明哲不像是會擺明星架子的人，看見他的保證便放下心來。

然而，謝明哲還是低估了自己的影響力。

他在學校出現的照片，很快就上了論壇的熱搜，帝都大學很多人都知道他回校上課。

開學後的第一堂課正好是美術學院的公開課，按照美術系的人數，大教室的座位還會有剩餘，結果他來到教室時被嚇了一跳——近千人的教室，座無虛席，居然還有同學站在走道裡？

謝明哲按照師兄教的方法踩著上課鈴聲趕到教室，結果教室裡黑壓壓的一片，他根本進不去……

後面的同學看見他，立刻激動地圍上來，「哲神來了！」

「啊啊啊，簽名簽名，合影合影！」

「阿哲我是你的粉……」

正好上課鈴響了，周圍迅速安靜下來，有個男生拉著謝明哲到自己的座位上，小聲說：「今天有很多別的學院的同學聽到消息來蹭課，座位不夠用，我給你占了一個，你坐我這兒。」

謝明哲尷尬地被拉到座位，這時，上課的老師也走進教室，看到這一幕嚇了一大跳。

年輕的教授推了推眼鏡，道：「這麼多人，是有多少外系的跑來蹭課？」

無數人舉起爪子，其中還有站在走道裡的，場面無比壯觀。

帝都大學的公開課教室都非常大，擠爆教室的畫面真是難得一見。

教授打趣說：「肯定不是因為我上課上得好，而是今天來了位帥哥對吧？謝明哲同學在嗎？」

謝明哲在人群裡站了起來，聲音清亮：「到！」

教授點頭：「不錯，沒蹺課，不然讓你期末考試不及格。坐下吧。」

全場一陣哄笑，老師這是在調戲阿哲嗎？

教授道：「現在是上課時間，請大家保持安靜，下課以後我就不管你們了。」

眾人會意，教室內立刻安靜下來，如唐牧洲所說，這所學校的學生素質不差，課堂紀律很好，沒有任何竊竊私語的聲音。

然而，下課鈴一響，謝明哲就被無數人包圍了……

同學們排隊找他要簽名，他也不好拒絕，只能笑著給大家人手簽一份。

本來上午的課十一點結束，結果他被圍著要簽名，直到一點半才氣喘吁吁地回到家。

唐牧洲一看他的臉色就猜到他被粉絲給圍了，走過來揉了揉他的手腕，道：「今天人多嗎？」

謝明哲嘆氣：「教室都擠不下，真是誇張！下課之後，還有人聽到風聲從別的教學樓趕過來，辛虧有位好心的同學給我占了個座位，不然，我擠在人群裡，要被擠成肉餅。」

他四肢大開癱在床上，一副生無可戀的樣子。

唐牧洲輕笑著摸摸他的頭，「這說明你人氣高，喜歡你的人很多。」

謝明哲頭痛欲裂，「唉……我的手都要斷了！」他只是單純地上個課，卻覺得今天上午比打了一場硬仗還累。

唐牧洲輕輕幫他揉捏著手腕，「別擔心，很快大家就會習慣你。」

被同學們圍著要簽名的事，持續了一週。

謝明哲走在校園裡，總是聽到「那是哲神嗎」、「天吶他回來了」之類的談論。學校論壇有不少關於他的帖子，雖然有黑粉對他冷嘲熱諷，但謝明哲人氣實在太高了，黑粉的言論簡直就像是小浪花，夾雜在一大片仰慕謝明哲學長的帖子裡毫不起眼。

謝明哲在學校的表現很低調，除了每天按時上課之外，他幾乎不參加任何活動，每次遇到粉絲也很禮貌。關鍵是，他上課還特別認真。

謝明哲低頭做筆記的照片，不知被誰發到網上，再次引發轟動。

他平時打比賽總是笑咪咪地有點賤，加上他做的卡牌，讓人很想抽他。

可如今的他卻是另一種氣質，穿著一身休閒T恤的謝明哲，顯得特別陽光和乾淨，他坐在教室裡，修長的手指握著筆，在本子上認真地做筆記，偶爾側過頭仔細思考，帥氣的側臉毫無瑕疵，簡直就是無數妹子們心目中的校園男神。

帝都大學在論壇的本年度校草評選……謝明哲毫無疑問拿下第一。

不少校友忍不住在唐牧洲那裡留言。

「唐神，你是怎麼把阿哲騙到手的，我現在搶他還來得及嗎？」

「搶阿哲+1。」

「排隊搶阿哲，加我一個！」

唐牧洲回覆：「他是我的，不接受反駁。」

眾人：「……」

一週後，大家漸漸習慣了謝明哲在學校出沒。

愛八卦的同學們很快發現謝明哲從不在食堂吃飯。

有一次，某個大膽的同學問道：「阿哲你不在學校吃嗎？我請你吃飯啊！」

謝明哲微笑著說：「不了，師兄在家等我。」

眾人：「……」狗糧吃撐，可以省一些飯錢嗎？

唐牧洲在家等他，怪不得謝明哲午飯、晚飯時間都不在學校……唐神簡直實力寵師弟啊！

謝明哲終於漸漸融入校園生活，周圍同學對他的態度也不像最開始那麼誇張。同學們這才發現，謝明哲不但打比賽厲害，還是個學霸。

上課被老師提問，他的每次回答都清晰又有條理，交的作業也總是得到老師們A+的評價，不少女生偷偷為他心動，但很快就會被身邊的閨蜜提醒：「別異想天開，他都被唐牧洲預訂了！」

「唉，跟唐神競爭，完全沒勝算啊！」

不管學校多忙，謝明哲都會風雨無阻地回家吃飯，乖得不行。

唐牧洲對他的表現非常滿意，畢竟學校裡帥哥美女太多，說不定就有人暗戀謝明哲，同學聚會的時候，私下喝醉酒也難免出事，唐牧洲覺得自己真是明智，早早就宣布了阿哲是他的，已經決定結婚，至少能讓大部分人不敢追謝明哲。

因為這時候，一旦有人跟謝明哲告白，那就是大眾眼裡不要臉的小三。

——跟唐牧洲搶人，照照鏡子，看自己有這個資格嗎？

在謝明哲回學校上課的風波過去一陣後，網上漸漸出現一些著急的親媽粉。

「阿哲今年就二十一歲了，說好二十二歲就結婚的，別忘了。」

「還有一年，不知道唐神婚禮籌備得怎麼樣？」

「唐神一定要給阿哲一個浪漫的婚禮！」

「明年阿哲還沒畢業，這麼早結婚會不會太急了？」

「大學生可以結婚的啊，只要到了年紀，法律都允許，校規也允許。」

謝明哲：「……」

被粉絲們催婚，他都有些緊張了。其實兩人在一起就好，婚禮什麼的謝明哲並不介意，簡簡單單地宣個誓，交換一下戒指就行。

當時的他，完全沒想到，唐牧洲為他們的婚禮，籌備了整整兩年。

謝明哲在學校的生活很規律，每天按時上課，閒暇時間就回俱樂部，他學習能力很強，理論課程學起來很輕鬆，繪畫功底也有了明顯的長進。

轉眼間一年過去，謝明哲快要二十二歲了。

從新年的第一天起，網上的催婚粉絲團就天天在他的官網上打卡排隊。

「你已經二十二歲了，你該學會自己去結婚了。」

「@唐牧洲說話算話嗎？結婚證呢？」

「距離阿哲的生日還有七個月，結婚倒數計時還剩七個月，同學們衝啊！」

粉絲們居然在結婚倒數計時？弄得跟高考倒數計時一樣嚴肅。

謝明哲哭笑不得，私下問唐牧洲：「法定年齡是按生日算，還是按年份算？」

「按生日算。」唐牧洲玩笑道：「怎麼，你也迫不及待想領證？」

「我倒無所謂，只不過，你之前在網路上放話說要等我滿了法定年齡就結婚，粉絲們信以為真，天天就跟上班打卡一樣，給我留言催婚……」謝明哲無奈地揉著太陽穴，「要不，我去發個聲明，就說我現在還是學生，不方便結婚，等我畢業再……」

「怎麼不方便了？」唐牧洲打斷他的提議，輕輕摟住他的肩道：「你生日正好是暑假，不耽誤結婚，也不耽誤蜜月。婚禮我想安排在今年的八月一號，你生日那天。」

「……」謝明哲一愣，「還真要生日當天結婚啊？」

「總不好放網友們鴿子。」唐牧洲微笑著看向謝明哲，「而且，生日對你來說是個很重要的日子，我想在那一天，給你一份終生難忘的驚喜。」

「……」師兄都這麼說了，謝明哲當然不好拒絕。距離婚期還有七個月時間，現在開始準備倒也來得及，想到這裡，謝明哲便爽快地點頭答應：「好吧，那就在八月一號。我需要做些什麼？」

「如果你放心的話，交給我吧，我會安排好一切。」

「我當然放心。」謝明哲對婚禮的流程完全沒概念，唐牧洲說要全權負責這件事，謝明哲求之不得。他主動握住了唐牧洲的手，笑道：「那就辛苦你了，我隨叫隨到。」

「嗯。趁著假期，先去訂一身禮服。」

「沒問題！」

於是次日，謝明哲大清早就和唐牧洲去私人訂製的禮服店挑衣服。

男士的西裝不像是女孩子的婚紗那麼複雜，樣式看著都差不多。

謝明哲不會挑西裝，唐牧洲主動選了一款料子，拿到他身上比了比，回頭朝設計師說：「把這件的樣品拿給他試穿一下。」

設計師很快拿來符合尺寸的衣服讓謝明哲試。

謝明哲去試衣間，把襯衫和西裝都換上，出來時，唐牧洲只覺得眼前一亮。

穿西裝會讓人顯得成熟一些，但謝明哲還沒有完全褪去身為大學生的朝氣蓬勃，那種夾雜在青澀和成熟之間的特殊氣質，再配上燦爛的笑容，真是帥得讓人移不開視線。

「喜歡這套嗎？」唐牧洲柔聲問。

「不錯，師兄的眼光就是好。」謝明哲慣例誇唐牧洲。

「……」唐牧洲輕笑著走過來，伸手幫他仔細整理好領帶。設計師看到唐牧洲給阿哲整理衣服的親密畫面，胃裡直冒酸水——真是讓人羨慕嫉妒，單身狗受到了一萬點暴擊傷害。

唐牧洲很有風度地幫阿哲理好了衣服，這才說：「口袋這個地方的設計要修改一下，袖口、領帶我重新挑選，你給他量尺寸吧。」

謝明哲老老實實地站在原地讓設計師量尺寸，非常配合。

唐牧洲緊跟著挑自己的衣服樣式，淺色系，布料是同一種，樣式修改了一些，領帶、袖釦也都是成雙成對的，唐牧洲跟設計師確認了圖紙，這才簽下合約。

訂完衣服後，兩人回到住處，唐牧洲問道：「婚禮要邀請哪些人參加，你給我名單，我統一印請帖。除了涅槃的隊友之外，你的朋友、同學都可以叫來。」

謝明哲點頭，「嗯，我今天就整理給你。」

他沒有家人和親戚，能來參加婚禮的也就一些朋友，不超過二十人，整理起來很容易。

唐牧洲緊跟著道：「證婚人，你有沒有想要邀請的人選？」

謝明哲想了想，「要不，請師父給我們證婚？」

唐牧洲點頭，「可以，就是不知道他願不願意。」

原本唐牧洲以為陳千林會拒絕，結果消息發過去，沒多久居然收到了回覆：「好。」

唐牧洲很意外，師父這次倒是很給他倆面子啊！

謝明哲很快就開學了，婚禮的籌備全權交給唐牧洲，他繼續把心思放在學業上。

至於網上的催婚倒數計時軍團天天打卡簽到，謝明哲假裝沒看見。

直到七月放暑假的時候，唐牧洲才發了一條公告：八月一號，我家阿哲就滿二十二歲了，師兄等你一起走進結婚的禮堂@謝明哲。

盼了一年半的粉絲們紛紛留言送上祝福：「唐神果然說話算數，提前恭喜，新婚快樂啊！」

「阿哲滿二十二歲生日當天就結婚，你是有多迫不及待？」

「說不定唐神比我們還急，又吃了一嘴狗糧！」

「提前預訂一個老婆，到了法定年齡就娶回家，唐神這波操作值得我們學習！」

婚期還剩一個月的時候，謝明哲放了暑假，婚禮也進入最後的籌備階段。

訂做的禮服很合身，兩人穿上拍了幾組照片作為留念。該請的賓客也全部落實，接下來就是等待結婚的日子。

結婚前的一個星期，唐牧洲讓謝明哲回涅槃去住，他要布置婚房。

謝明哲道：「不用麻煩吧？我倆同居這麼久，家裡什麼都不缺，你還要怎麼布置？」這個世界好像也沒有在婚房裡貼「囍」字的傳統？

唐牧洲解釋道：「婚禮不能太隨便，總要有一些儀式感。」

謝明哲只好回到涅槃的宿舍住。

一星期的時間過得很慢，謝明哲每天都在好奇，師兄到底給他準備了一場什麼樣的婚禮？越想越好奇，越好奇越期待。

平時完全沒感覺，可臨到結婚，謝明哲反倒是緊張起來。

八月一日終於到了。

一大早，謝明哲就起床洗漱，小柯、秦軒和陳霄等人都留在涅槃陪著他，謝明哲提前換好禮服，喻柯雙眼冒光地圍著他轉，「阿哲真帥啊！早知道我先下手了，怎麼就便宜了唐牧洲！」

謝明哲笑著揉揉喻柯的頭髮，道：「你一邊兒去。」

在宿舍等得無聊，謝明哲乾脆給唐牧洲發消息：「你幾點到啊？」

唐牧洲忍著笑說：「結婚也不知道矜持一點，這是催著我趕緊來娶你？」

謝明哲臉頰一熱，迅速回道：「沒催，你慢慢走，我一點都不急。」

結果，唐牧洲比他還要著急，幾乎是剛剛講完，外面就響起了敲門聲。

謝明哲心頭一跳，突然有些不好意思，畢竟被這麼多人圍觀……

喻柯很積極地跑過去把門給堵了，捏著嗓子朝外面問：「誰啊？」

唐牧洲低沉的聲音從門外傳來：「阿哲，是我，我來接你了。」

喻柯道：「接誰啊？沒聽清！我們涅槃可不是你想來就來、想走就走的地方！」

眾人：「……」小柯這臺詞說的，好像涅槃是大反派歪門邪教……

唐牧洲聽出喻柯的聲音，知道這個活寶不會輕易讓他帶走謝明哲，他只好用阿哲當初收買白旭和葉竹的方法。

片刻後，大家收到一條提示：唐牧洲加入了「涅槃俱樂部」聊天群。

喻柯看見提示，立刻說：「誰是叛徒？怎麼放這個人進我們俱樂部的群啊？」

陳千林淡淡地道：「是我放進來的，他說要表示一下誠意。」

唐牧洲的誠意，很快就鋪滿了所有人的光腦螢幕。

——唐牧洲發送了紅包x1、x2、x3……

消息連刷九十九條，每個紅包都是銀行規定的最大限額，加起來正好九萬九晶幣。

喻柯、秦軒等人被滿屏的紅包刷得目瞪口呆，涅槃的幾個新人選手搶紅包的手指都在發抖，「我的天，唐神也太土豪了吧！」

「我這輩子都沒見過這麼多紅包！」

「快搶，這簡直是年終獎金！」

一群人瘋狂搶紅包，喻柯也立刻叛變，一邊搶紅包一邊道：「阿哲和唐神這麼般配，你們忍心阻攔他們去結婚嗎？還不快開門！」

秦軒面無表情地走過去把門打開。

來接謝明哲的人，除了唐牧洲之外，還有暗夜之都的隊長裴景山，以及星空戰隊的新隊長易天揚，這兩個人都是唐牧洲的發小，加上跟謝明哲也認識，一起過來正好活躍氣氛。

唐牧洲一身禮服帥出了新高度，簡直像偶像劇的男主角，他手裡捧著鮮花，微笑著走到謝明哲的面前，單膝跪下，道：「阿哲，我們結婚吧，我會盡我的全力給你幸福。」

謝明哲的臉快要著火，他做夢都沒想過會有這樣的一天。對上師兄溫柔的眼眸，他毫不猶豫地接過鮮花，握住師兄的手，笑著說：「好。」

唐牧洲牽著他站起來，在周圍眾人的掌聲中，一起離開涅槃俱樂部。

裴景山和易天揚負責帶車隊過來，把整個涅槃的人接到酒店。

唐牧洲和謝明哲單獨坐婚車，兩個人一起坐在寬敞的後排，謝明哲有些緊張，唐牧洲察覺到之後便輕輕握住他的手道：「別擔心，有我在，流程並不複雜。」

謝明哲深吸口氣，心情也漸漸地放鬆下來。

去酒店的路程有些遠，謝明哲並沒有在意，還以為師兄訂的酒店位置比較偏……直到車子停在酒店的門口，他才嚇了一大跳。

酒店的名字叫「星卡酒店」，幾十層的建築高聳入雲、氣勢磅礡。

整棟樓做成一張扁平的卡牌形狀，光線的照耀下散發著銀白色的金屬光澤。謝明哲在帝都也有四五年了，從沒聽過這樣一家酒店，正疑惑，就聽唐牧洲道：「這是以星卡元素為主題的酒店，我親自參與了設計。上個月剛剛竣工，我想把它當成新婚禮物送給你。」

謝明哲：「……」新婚禮物？一向知道師兄土豪，可結婚送一棟酒店也太誇張了吧？

謝明哲目瞪口呆，不知道說什麼才好。

唐牧洲微笑道：「進去看看吧。」

謝明哲跟著唐牧洲走進星卡酒店——大堂的布置很像是遊戲裡的風格，設計頗有科技感。周圍的牆壁上，全是各種卡牌投影出來的幻象，有葉竹的蝴蝶、聶神的獅王、山嵐的孔雀、老鄭的大象……很多經典的卡牌幻象在這裡幾乎都能找到。

電梯像遊戲裡的傳送門，坐著電梯來到三樓的宴會大廳，謝明哲被眼前的場面給驚呆了——繁花似錦、綠樹成蔭。

明明是室內，卻讓人覺得如同置身於花叢中。

而這一切，都是通過卡牌幻象的投影來實現的！

那些花卉、藤蔓、綠樹，肉眼看上去跟真的沒有區別，人們卻可以從中間穿梭。

要布置這樣的會場，每一張卡牌擺放的位置和角度，都必須極為精準，否則，花叢中突然長出一棵樹，或者樹木歪斜，都會讓環境很不協調。

可是，整個婚禮場景，沒有任何的不協調感。

反而因為全是星卡幻象的緣故，看上去像是童話裡最美的夢境。

謝明哲看到面前夢幻般的星卡世界，鼻子猛地一酸，眼眶一陣發熱。

唐牧洲為這場婚禮，專門建了一棟星卡主題酒店，用數不清的卡牌幻象，搭建出這樣複雜、精緻又美輪美奐的婚禮現場……

他如此用心，謝明哲真是感動得無以復加。遇到這樣的男人，還有什麼好猶豫的？

結婚，馬上結！牢牢地抓住，永不放手！

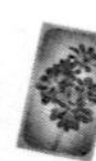

寬敞的宴會大廳裡，賓客滿座，細碎的燈光讓整個場景更添了一份浪漫。

十點整的時候，婚禮正式開始。

在柔和、溫馨的音樂中，謝明哲和唐牧洲手牽著手，走過由無數星卡幻象製造的叢林，來到最前方的主舞臺上。

大舞臺設計也很精美，用了大量的藤蔓元素，中間用小花瓣拼湊出「唐&謝」的字樣。

主婚人陳千林已經在舞臺上等待。看著攜手走來的兩個徒弟，他一向冷淡的臉色今天也難得溫和，等兩人在面前站定，陳千林微微笑了一下，道：「很榮幸作為你們婚禮的證婚人。現在，婚禮正式開始，兩位請當著所有親人、朋友的面，一起宣誓。」

陳千林頓了頓，認真問道：「唐牧洲，你願意和謝明哲結為伴侶，從此相互尊重、相互理解，不離不棄，攜手共度接下來的人生嗎？」

唐牧洲看向阿哲一眼，目光中滿是溫柔，「我願意。」

他的聲音低沉、有力，在整個宴會大廳裡清晰地迴響，也在謝明哲的心裡來回激蕩。

陳千林緊跟著問：「謝明哲，你願意和唐牧洲結為伴侶，從此相互尊重、相互理解，不離不棄，攜手共度接下來的人生嗎？」

謝明哲用力點頭，「我願意！」

清亮的嗓音，聽起來中氣十足，幾乎是吼出來。

他願意，真的太願意了，能和這個男人攜手一生是多好的事？甚至讓他覺得奢侈。

宴會廳內響起了熱烈的掌聲，兩人對視著，在親友們的祝福中交換了戒指。

唐牧洲摟住謝明哲的腰，輕輕吻住他的嘴唇。

謝明哲只覺得一陣頭暈目眩，幸福得一點都不真實。

臺下，喻柯、白旭、葉竹等人激動地鼓掌，聶遠道、鄭峰等退役的選手也專門趕來參加婚禮，職業聯盟有名有姓的選手幾乎都到齊了，唐牧洲的父母看到這一幕也眼含笑意。

很多朋友在祝福他們，這一場婚禮，謝明哲確實會終生難忘。

關於唐謝的這場婚禮，由於保密工作做得好，沒有任何記者知道他們婚禮的地點、場景以及流程，直到當天下午，唐牧洲才聯繫比較有權威的官方記者，發布了婚禮照片。

網友們簡直驚呆了！這場景也太他媽的浪漫了吧？用卡牌幻象的投影效果拼出婚禮會場，真虧唐牧洲想得到。

很快，這棟酒店的具體位置和資訊也被扒了出來。

「臥槽，星卡酒店？唐牧洲直接建了一棟新酒店？」

「據說是送給阿哲的新婚禮物。」

「別人結婚提前訂酒店，唐神直接自己建了一個，牛逼！」

「全國第一家卡牌主題酒店，想去住一晚試試看！」

「因為卡牌而相識，所以結婚當天送一棟卡牌主題酒店，唐牧洲這操作一般人真學不了。」

白天，星卡酒店的外觀看上去很像是一張銀色的牌。可一到晚上，酒店的燈光全部亮起，黑色卡牌形狀的酒店，外面包繞著一層柔和的銀色邊框，中間則會呈現象徵五系卡牌的花紋，金色的利

箭、綠色的藤蔓、藍色的水波、紅色的火焰、棕色的石塊，五種燈光花紋交替變幻，從遠處看上去，整座酒店就像是一張巨大的七星滿級黑卡，跟遊戲裡的黑卡效果一模一樣！

很快，這棟酒店就引來無數星卡遊戲愛好者的圍觀，甚至成為網紅打卡景點。

哪怕是很多年後，也會有人津津樂道地給後輩解釋，這酒店是唐牧洲和謝明哲當初結婚的地方。唐神特別土豪，直接把這棟酒店當新婚禮物送給阿哲。

唐牧洲之所以這樣做，是想讓謝明哲知道他對這段婚姻的誠意。兩人是因為星卡遊戲而認識的，這棟酒店裡到處都是卡牌元素。

第一張即死牌林黛玉、小竹的蝴蝶牌、山嵐的飛禽牌、剋制它們的薛寶釵和王昭君；第一批套卡東吳縱火隊、煩死人的紅樓水系拖節奏卡組、郭嘉核心的亡語打法、八仙音樂會……還有其他俱樂部的經典卡牌幻象，植物、動物、海洋生物、兵器、鬼牌、妖牌……

只要經歷過這一切的人，看到這些卡牌元素，總會忍不住會心一笑。

這是唐牧洲親自給謝明哲建造的世界，這裡承載著他們滿滿的回憶。

而他們的幸福生活，其實才剛剛開始。

## （四）新婚之夜

婚宴結束後，賓客們自覺散去，唐牧洲帶著謝明哲來到酒店的頂樓。

這一整層樓是專門為兩人的新婚之夜準備的，幾百平方公尺的寬敞空間，周圍種滿了漂亮的綠植，屋頂中間有一部分透明天窗的設計，可以直接仰望星空。

放在屋子中間的豪華大床，足以同時躺下十多位成年男人，床的周圍滿是鮮花，空氣中也傳來鮮花清新的氣息。

謝明哲看著這張浪漫的大床，頓時心跳如鼓。

他和唐牧洲在一起這麼久，沒羞沒躁的親密之事做過很多次，可今天晚上的感覺卻格外不同，因為這是他們的新婚夜，今天，他們正式領證、並且在親友們的見證下宣誓和結婚。以前他倆做愛，是情侶鬼。

如今他們成了合法夫夫，這個日子自然值得紀念。

唐牧洲牽著謝明哲的手來到窗邊，這裡有一個精緻的小餐桌，桌上燃著燭光，還開了一瓶紅酒，唐牧洲主動在高腳杯裡倒上酒，遞給謝明哲一杯，目光溫柔，「阿哲，慶祝我們的新婚之夜，來乾一杯吧。」

謝明哲舉起酒杯，笑著跟他碰杯。

一杯香醇的紅酒下肚，周圍暖色的燭光、空氣中植物的香氣、頭頂的漫天星光，襯托出浪漫的氛圍，謝明哲不由心醉，眼睛微微眯起，握住唐牧洲的手說：「你是我的了。」

唐牧洲輕笑著將謝明哲打橫抱起，「你也是我的。」

謝明哲沒有反抗，伸手環住了師兄的脖子，「要抱我去哪兒？」

唐牧洲低低地在他耳邊說：「去洗個澡，一起洗好不好？」

謝明哲道：「鴛鴦浴嗎？好啊！」

他完全不知道害羞，反而一臉的興奮和期待。

唐牧洲忍著笑把他抱進浴室。

兩人進入浴室後就互相脫了衣服，唐牧洲帶著謝明哲走進浴缸裡坐下。

溫熱的水熨帖著身體，謝明哲舒服地吁了口氣。

唐牧洲坐在他身後輕輕抱著他，拿了沐浴露和謝明哲一起洗澡，兩人一開始互相給對方搓泡泡，結果搓著搓著就吻在一起。

浴室裡的溫度迅速升高，謝明哲很直率地張開嘴巴抱緊師兄。

不知是紅酒的原因，還是太開心了，他被吻得暈暈乎乎，感覺自己就像是喝醉了一樣，師兄身上的味道讓他沉迷。師兄的舌頭在他口腔裡四處探索的時候，謝明哲就覺得整顆心都要軟化了，他忍不住纏住唐牧洲的舌頭不肯放開。

唐牧洲的脊背微微一僵，阿哲總是這樣熱情直率，簡直讓他把持不住。

他將謝明哲輕輕在浴缸裡放平，用膝蓋分開謝明哲的腿，聲音變得低沉沙啞：「你再這樣，師兄要忍不住了。」

謝明哲笑道：「那就別忍。」

他說罷就主動伸出手，握住唐牧洲的敏感。

唐牧洲倒抽一口氣，趕忙抓住謝明哲的手，「別鬧。」

謝明哲好奇地問道：「我還沒用手幫你弄過，試試看好不好？」

對上他亮晶晶的眼眸，唐牧洲終究不忍心拒絕，只好無奈地揉亂他的頭髮，放任了他。

謝明哲用手握住師兄的分身，看那玩意兒在自己手心裡不斷脹大，他有些不敢相信，這麼粗、這麼硬的東西，是怎麼進到自己身體裡的？

他湊過去仔細看了看，發現師兄這東西的尺寸有些嚇人，尤其是硬起來的時候，上面青筋四起，猙獰可怕，似乎能感覺到血管的跳動。

謝明哲安撫似地摸了摸它，順便摸了摸根部的兩個肉囊。

對唐牧洲來說，這簡直就是折磨。唐牧洲的呼吸越來越粗重，終於忍耐不住，一個翻身將謝明哲反壓在身下，低低地道：「阿哲，你是故意的。」

謝明哲滿眼笑意，「我就是好奇，想仔細看看你那玩意兒……」

話沒說完就被唐牧洲用力地吻住。

謝明哲唇邊溢出「唔唔」的曖昧聲音，唐牧洲主動握住他的分身，飛快地套弄起來。

剛才還在調皮搗蛋的傢伙立刻呻吟連連，聲音都變得破碎不堪，仰起脖子舒服地閉上眼睛，「啊……師兄的手……好舒服……再用點力……」

唐牧洲用手幫他，很快就讓謝明哲軟倒在浴缸裡，氣喘吁吁地射了出來。

看著師弟高潮時臉頰發紅的模樣，唐牧洲輕輕一笑，湊在他耳邊說：「這樣才叫用手，你剛才慢吞吞的摸什麼呢？好好跟師兄學。」

謝明哲紅了耳根，心想自己只是好奇摸摸，結果被師兄這麼快就弄射了。

唐牧洲起身，將謝明哲從浴缸裡抱起來，回到床上。

大床的周圍都是植物的香氣，床上還撒了一些花瓣，謝明哲臉色尷尬，心想師兄布置的婚床也太浪漫了些，但他還沒來得及細想，一個溫熱的身體就壓了下來。

隨之而來的是唐牧洲溫柔的吻。

謝明哲主動伸手抱住他，兩人吻得難捨難分，在床上滾了好幾圈。

周圍的花香似乎更加濃郁了，謝明哲迷迷糊糊地被唐牧洲分開雙腿，察覺到師兄用手指探入身體，微涼的潤滑液讓他恢復了理智。

謝明哲輕聲道：「師兄……」

唐牧洲動作微微一頓，抬頭看向他，「怎麼？弄疼你了？」

謝明哲笑著搖頭，「不疼。我只想說，這段時間辛苦你了，準備這麼一場盛大的婚禮，我很感動……謝謝你。」

唐牧洲目光溫柔，用力揉了揉他的頭髮，「說什麼傻話？這是我應該做的。」

結果謝明哲突然話鋒一轉，似笑非笑地道：「我不知道怎麼謝你，今晚就在床上謝你吧。」說罷就猛地翻身，主動壓倒了唐牧洲。

被猝不及防推倒的唐牧洲一時哭笑不得，可看著主動分開腿坐在自己身上的傢伙，他的目光中卻是滿滿的寵溺，他急忙伸手扶住謝明哲的腰，道：「小心些，別傷了自己。」

謝明哲笑道：「放心……唔……」

他用後穴對準唐牧洲挺起來的粗大分身，輕輕往下坐。

但那玩意兒太粗了，他坐到一半就額頭冷汗直流，唐牧洲趕忙心疼地叫了停，迅速從瓶子裡倒出大量的潤滑液塗在自己分身上，扶著阿哲的腰，低聲說：「慢慢來。」

在唐牧洲的幫助下，謝明哲總算是整個坐了下來。

看著自己的身體將師兄的粗大緩緩地吞沒，那種心理上奇異的快感，讓謝明哲的整個身體都浮起一絲漂亮的粉紅。

他用雙手輕輕撐住床單，努力地開始晃動腰肢。

由於重力的作用，他主動坐下來，唐牧洲的性器幾乎是連根沒入他的身體。

唐牧洲的敏感被他緊窒的後穴一絲不漏地包裹住，那種劇烈的快感，讓唐牧洲一時呼吸紊亂，立刻抱住謝明哲的腰，聲音低啞：「阿哲，別亂動。」

謝明哲停了片刻，讓自己適應師兄的粗大，這才開始一上一下地運動。

這次，由他來掌握主動權。

坐在師兄身上，看師兄因為自己的動作而呼吸紊亂，謝明哲的心裡就特別滿足，忍不住伸出手摸了摸唐牧洲的腹肌，笑著問：「師兄，我伺候你，伺候得舒服嗎？」

唐牧洲被折騰得欲仙欲死，這傢伙居然還有心思玩笑。

他的動作畢竟太輕，唐牧洲根本沒法滿足，他輕輕抓住謝明哲的腰，猛地往上一頂。

謝明哲的臉色果然變了，耳根瞬間通紅，嘴裡也忍不住叫出聲：「啊——」

這一頂正好撞到謝明哲身體深處的敏感點，讓謝明哲的整個身體都猛然一顫。

唐牧洲輕笑著道：「你的身體，還是我更瞭解……換我問你，舒服嗎？」

謝明哲不禁面紅耳赤，腳趾頭蜷縮了起來，用力地往下一坐，唐牧洲立刻倒抽了一口冷氣：「唔——」

兩人在床上較了一會兒勁，互相折騰得大汗淋漓。

片刻後，唐牧洲先服軟叫了停，兩人對視一眼，同時失笑。

唐牧洲微笑著將謝明哲的頭往下一拉，溫柔地吻住他。

這個吻無比甜蜜，謝明哲被吻得全身發軟，很快就軟在師兄懷裡。

唐牧洲一隻手扶著他的腰，另一隻手輕輕拖著他挺翹的臀部，腰部猛地發力，謝明哲被頂得喘息連連，很快就控制不住，直接射在唐牧洲的小腹上。

他的後穴一陣緊縮，逼得唐牧洲也同時射了出來。

兩人同時高潮，抱在一起輕輕地喘息著。

沒過多久，唐牧洲又精神地硬起來，一個翻身將謝明哲壓在身下，再次侵入謝明哲的身體。

已經變得柔軟的後穴輕鬆地接納了入侵者。

謝明哲的身體內部滾燙得快要融化，唐牧洲對他身體的敏感處瞭若指掌，每次都衝著深處的敏感點反覆撞擊，謝明哲腰痠腿軟，感覺自己整個人都快升天了。

他張大嘴巴，就像溺水的魚一樣拚命喘息著。

屋內的溫度越來越高，謝明哲被唐牧洲操弄得又射了一次，感覺自己快吃不消了，他忙握住唐牧洲的手，真誠地說：「師兄，新婚之夜，我們不如早點休息？」

唐牧洲微微一笑，在他耳邊低低地道：「剛才，是誰說要在床上謝我的？」

謝明哲一臉無辜，「我有說過嗎？」

唐牧洲輕輕捏了捏他的臉，「反悔無效。」

謝明哲只好無奈躺平，「好吧，那今晚就由著你。」

事實證明，唐牧洲為準備婚禮忍耐了將近一個月，爆發起來簡直可怕。

謝明哲被師兄換著姿勢要了一次又一次，感覺自己快要被榨乾。他躺在床上，失神地看著天花板，這樣瘋狂的性愛，放在以前真是想都不敢想……

唐牧洲也有些疲倦，便牽著他的手一起躺下。

謝明哲剛才太過放縱，叫得喉嚨都有些沙啞，聲音軟軟的：「師兄……」

唐牧洲回頭看他，「怎麼了？」

謝明哲認真道：「我們結婚了。」

唐牧洲心頭一動，俯身輕輕吻住他，貼著他的唇說：「是啊，結婚了。」

謝明哲笑起來，「真好。」

唐牧洲也輕笑出聲，聲音極為溫柔：「我也覺得，很好。」

兩人相視微笑，唐牧洲將他抱起來，回到浴室清洗身體裡的痕跡，謝明哲累得睡著了，唐牧洲將他體內的精液都清理過後，才抱著他回床上睡下。

今天是他們正式結婚的日子。

新婚之夜，唐牧洲抱著熟睡的小師弟，心底脹滿了幸福。

## （五）終章

謝明哲在學校讀書期間非常用功，他用兩年的時間修完了剩下的所有課程，提前通過畢業設計考核，順利拿到畢業證書。

他的畢業設計中也使用了卡牌的元素——畫出八仙聚會的群像圖，舞劍的呂洞賓、貪吃的張果老、喝酒的藍采和、飄飄欲仙的何仙姑……

八人聚會的場景非常複雜，謝明哲卻能把每個人的動作、神色、姿態都畫得惟妙惟肖，人物的個性也在這幅畫中展現得淋漓盡致。他的畢業作品得到老師們的一致好評，還被評選為本屆最佳畢業生設計，掛在學校的展覽牆上。

他在帝都大學的人氣幾乎要超過唐牧洲。畢業那天，無數本系、外系的學弟妹圍著他要求合影。唐牧洲來的時候，看到的就是這一幕畫面——阿哲穿著學士服，被圍在人群裡，笑咪咪地跟學弟、學妹們合照，就算平時看慣了他的笑臉，可是這一刻，看著被人群包圍的他燦爛微笑的模樣，唐牧洲還是忍不住心跳加速。

這個小帥哥，被自己拐回家，真是賺大了，唐牧洲快步朝謝明哲走過去。

謝明哲察覺到周圍的人都在扭頭看，疑惑地扭頭，見朝自己走來的師兄，他的眼睛不由一亮。剎那間，彷彿所有的同學都變成了空氣，他的眼裡就只有唐牧洲。

那種「滿眼都是你」的注視，讓周圍的學弟學妹們羨慕極了，大家很自覺地給唐牧洲讓了一條路出來。

唐牧洲微笑著迎著謝明哲的目光走過去，輕輕摟住他的肩膀，「畢業典禮不是下午才開始嗎？這麼早過來？」

旁邊有師妹起哄道：「是我們在群裡求謝師兄提前過來合影的！」

本來畢業拍合照一個小時足夠了，但大家這麼熱情在群裡懇求合照，他也不好意思拒絕，就配合地提前過來當道具。

一直對著攝影機笑，臉都快笑僵了。好不容易合影結束，謝明哲這才鬆口氣，整理了一下身上的學士服，道：「這衣服好大，就跟斗篷一樣。」

唐牧洲仔細打量著他，說：「你穿學士服的樣子還挺帥。」

謝明哲厚著臉皮湊過來，笑咪咪地問：「是不是在你的眼裡，我穿什麼都很帥？」

唐牧洲若有所思地摸了摸下巴，湊到他的耳邊說：「其實，你什麼都不穿的時候，也很帥。」

謝明哲臉頰一熱，「臭不要臉！」

唐牧洲道：「跟你學的。」

不要臉雙人組在學校裡手牽著手，吸引不少路人的目光，學弟、學妹們看見他們，有些大膽的也會過來打招呼：「恭喜學長順利畢業！學長以後有空回學校看看啊！」

謝明哲對大家善意的問候也會給予禮貌的回應。

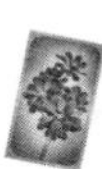

兩人一起參加完畢業典禮，唐牧洲便開車帶阿哲回家。

晚飯在家吃，唐牧洲親自下廚。

謝明哲這兩年吃慣了師兄做的美食，胃口都被養刁了。師兄做菜，他就在廚房裡幫忙洗菜，兩人一邊做飯、一邊聊天，就像是很平常的一對夫妻。

唐牧洲問道：「畢業後有什麼打算？回涅槃打比賽嗎？」

謝明哲點頭，「當然。這兩年我在學校讀書，也沒荒廢比賽，季後賽經常出戰。下個賽季我打算再整理一下涅槃的卡組，其實我之前做的那些卡牌，還不夠豐富。」

唐牧洲回頭看他，「你這還叫『不夠豐富』？其他俱樂部聽見這話會很想哭吧。」

謝明哲認真地說道：「但其實紅樓系列我只做了十三張，還有很多可以做卡牌的素材，像晴雯、香菱、鴛鴦、平兒等等，還有三國的張遼、許褚、孟獲等武將，水滸、西遊也有很多……」

等他說完，唐牧洲才低聲道：「我一直很好奇，你滿腦子的這些人物素材是哪來的？」

謝明哲猛然一怔。

兩人婚後一直住在一起，在謝明哲心裡唐牧洲是他在這個世界最親的人，所以他在唐牧洲面前不知不覺地卸下了防備，不小心說出深埋在心底的祕密。

對別人，他可以用「想像力豐富」糊弄過去，可唐牧洲是他的枕邊人，對他瞭解極深，很難瞞得過師兄，而且……他也不想瞞著了。

他是打算和唐牧洲攜手共度一生的，如果連枕邊人都不能信任的話，他們的這段婚姻，還有什麼意義？

想到這裡，謝明哲終於下定決心道：「關於這件事，我一直想找個合適的機會告訴你，既然你問起，那待會兒吃完飯，我們好好聊聊。」

唐牧洲看他的臉色無比嚴肅，不由伸出手輕輕揉了一下他的頭髮，柔聲道：「不要有心理壓力，如果你不想說的話，不說也沒關係，我會尊重你的小祕密。」

謝明哲心裡一暖，朝師兄笑了笑說：「我會告訴你的。」

飯後，兩人一起來到三樓的陽臺。

帝都的夜晚，不像是青山鎮那樣可以看到滿天的繁星，周圍璀璨的燈火、高聳入雲的大樓，讓這裡的夜景變得無比繁華，比地球時代的一線城市還要繁華數倍。

仔細算的話，他來這個世界，已經五年了。最初的恐慌早已煙消雲散，如今他對這個平行世界足夠瞭解，對唐牧洲也足夠信任。他知道，即便自己告訴師兄真相，也絲毫不會改變他們的關係，更不可能被抓去切片研究。

何況，唐牧洲對他用情至深，他不想瞞著唐牧洲一輩子。

謝明哲整理了一下思緒，看向唐牧洲問道：「師兄，你相信平行空間理論嗎？」

唐牧洲的心跳突然間加速，心底生起一絲異樣，「你的意思是，跟這個世界同時存在的，其他維度的空間？」

謝明哲點點頭，說道：「嗯，接下來我說的話你就當是一個故事，你可以選擇相信，也可以不相信。」

其實婚後唐牧洲也察覺到了一些不對勁，有時候半夜醒來，阿哲會說夢話，嘴裡念叨一些奇怪的詞彙，什麼微信、手機，還有某作者連載的小說半年沒更新……

起初以為阿哲只是做夢，後來越想越覺得奇怪，有些詞彙甚至是他沒有聽說過的。

如今謝明哲提到平行空間，唐牧洲猜到了一些事，頓時心驚膽戰。他用力抓住謝明哲的手，緊張地問道：「難道你是從什麼平行空間穿越過來的？你會不會消失？」

謝明哲從沒聽過唐牧洲用這樣微微發顫的聲音說話。

——唐牧洲最怕的，其實是失去他。

謝明哲心裡一軟，立刻回握住師兄的手，道：「別擔心，不會的。」

他將自己來到這世界的大概過程告訴了唐牧洲，並且用講故事的方式，把另一個空間的經歷簡述了一遍。這些卡牌素材的來源，他跟唐牧洲說，是另一個空間的名著小說和神話傳說，人物的創造者並不是他，但卡牌的所有技能都是他自己設計的。

唐牧洲越聽越是心驚。其實這個世界也有很多不錯的小說，但沒有人像阿哲這樣把人物改編成卡牌，一方面是版權問題不好解決，另一方面，同時兼顧製卡精神力、繪畫功底和技能設計能力的人，本來就鳳毛麟角。

謝明哲正好是美術系學生，可以將人物繪製出來；同時他精神力極高，能夠將卡牌的資料做到完美，他還擁有豐富的創意，三者合一，這才成就了獨一無二的謝明哲。

謝明哲說，那個空間的小說作者，都去世超過幾百年，版權是全開放的狀態，不管是改編遊戲還是改編電視劇，都不需要找原作者要授權。而神話素材博大精深，他只是選取了一些適合改編卡牌的人物進行加工設計。

兩人聊了很久。

唐牧洲總算徹底搞清楚了謝明哲的來歷，他皺著眉問道：「你確定不會離開這裡嗎？」

謝明哲輕輕抱住他，溫言安慰道：「別擔心，我會留在你身邊。」

唐牧洲收緊懷抱，感覺到懷裡人的溫度和心跳，都是那麼的真實。雖然平行空間這件事匪夷所思，可很多電視劇裡，也有男主角或女主角是外星人的故事，唐牧洲最擔心的其實是謝明哲會離開。

如今阿哲親口保證，他這才稍微鬆了口氣。

冷靜下來後，唐牧洲仔細一想，突然想明白了一件事：「怪不得，十一賽季結束後有人找你要卡牌故事的授權，說想拍攝電視劇，你全部拒絕了。」

十一賽季結束後，謝明哲獲得賽季最佳選手，大量卡牌被聯盟紀念牆收錄，網上也有很多粉絲繪製卡牌故事的四格漫畫，像白素貞、許仙系列，紅樓、八仙系列等等人氣都非常高。

謝明哲做的卡牌三番兩次上熱搜，當然會引起一些投資方、製片方的關注。

當時就有娛樂圈的人聯繫謝明哲想要卡牌的版權拍電影，卻被謝明哲委婉地拒絕，這件事唐牧洲是知道的，因為這事正好發生在兩人去旅行的期間。

對方當時提出的版權費很高，超過百萬。光一張卡牌故事的授權費，超過百萬這已經是天價

絕了。

了，聯盟從來沒有卡牌授權的先例，對方很有誠意，顯然是看中了謝明哲的人氣，然而謝明哲卻拒絕了。

如今看來，他之所以拒絕，就因為這些故事並不是他原創的。

謝明哲道：「我不是原作者，沒資格拿版權費，所以我不敢把卡牌的故事隨便授權出去，擔心製片方會毀掉原著，而且，我私下授權對那幾位前輩作者也很不尊重。」

唐牧洲理解地點了點頭，阿哲設計那麼多卡牌，故事如果全部授權出去的話絕對可以趁機狠賺一筆錢。但是，謝明哲在這件事上保留了底線，沒有貪這點小便宜。

事實上，到今天為止，他的收入都是來源於卡牌。

卡牌是他親自繪製、親自設計的，所以這份錢，他可以賺得心安理得。

拍電影，不是他所擅長的。很多精彩的故事影視化之後反而會毀原著，地球時代拍的三國、紅樓等影視劇，跟謝明哲心目中的原著也有很大的差距。

而且，影視化的話，演員也不好選，他不認為這個世界有任何人能演出林黛玉、白素貞等人物的氣質，與其請一些不符合形象的演員毀掉這些人物，還不如不拍。美好的東西，就讓大家保留想像吧。

他畫的卡牌只是漫畫風格的形象，一千個人的心裡會有一千個林黛玉，這樣就很好。

謝明哲仰頭看向唐牧洲，微笑著說：「我接下來還會繼續做卡牌。來到這個世界，我最開心的事，一個是接觸了好玩的星卡遊戲，成為職業牌手……另一個，就是遇見你。」

對上他明亮的目光，唐牧洲心頭巨震——這句話，真是最好的告白。

唐牧洲終於忍不住，低下頭溫柔地吻住謝明哲，想用實際行動告訴對方自己有多愛他。

良久後，謝明哲才氣喘吁吁地推開唐牧洲，眨眨眼道：「牧洲，我們要個孩子吧。」

唐牧洲怔了怔，一時沒反應過來。

謝明哲道：「做試管也好，收養也好，我特別喜歡小孩子，一直很羨慕蘇洋前輩的雙胞胎女兒……而且，你是唐家的獨生子，我又是個孤兒，我們兩個如果沒有後代的話，努力獲得的一切都得不到傳承，不也挺遺憾的嗎？」

對於小孩子唐牧洲並不是很喜歡，主要是白旭給他的印象太差……他比白旭大七歲，小白在搖籃裡哇哇大哭，哭聲幾乎要震破耳膜的時候，他已經很懂事了，所以在他的印象中，小孩就是愛哭的魔鬼，很難想像自己有了孩子會怎麼辦。

可是阿哲喜歡小孩兒。

那次去度假的時候，他帶著蘇洋前輩的兩個女兒在沙灘玩了一個晚上，和兩個小朋友有說有笑，還非常耐心地教兩個小女孩用沙子畫畫，蘇洋的兩個女兒到現在都說，全聯盟所有選手中最喜歡阿哲哥哥，他很會哄小孩兒，還那麼有愛心，將來一定會是個好父親。

想到這裡，唐牧洲輕輕揚起唇角，「這件事聽你的，你想要幾個就要幾個。」

謝明哲認真想了想，「太多也不好，就要兩個吧。一兒一女，兒女雙全。」

幾年後，聯盟成立的紀念日，邀請很多新舊選手參加。

唐牧洲和謝明哲一人抱著一個孩子來到聯盟總部

兩個孩子特別可愛，臉頰肉乎乎的，白白嫩嫩，男孩子穿著小西裝，女孩子穿了件漂亮的連衣裙，脆生生地叫著「爸爸」，謝明哲的心都要化了。

鄭峰走過來道：「你倆的寶寶，是要競爭新一屆的聯盟吉祥物啊！」

歸思睿笑咪咪地問：「漂亮的小公主，妳叫什麼名字啊？」

女孩道：「我叫謝小洲。」

歸思睿又問男孩：「你呢？」

男孩認真地說：「我叫唐小哲。」

眾人：「……」唐牧洲和謝明哲你們真是夠了！給孩子取名，都要帶上雙方的名字秀恩愛嗎？

唐小哲和謝小洲，一聽就是他倆的孩子……

一家四口，其樂融融，羨煞旁人。

謝明哲在這個世界，算是徹底地扎了根。

他有了事業、有了愛人，還有了兩個可愛的寶貝。

他的人生已經圓滿，他會珍惜上天賦予他的這一切。

（全文完）

i小說 019

# 星卡大師6 (完)

國家圖書館出版品預行編目（CIP）資料

星卡大師6/ 蝶之靈著. -- 初版. -- 臺北市：
愛呦文創, 2020.2
冊； 公分. --（i小說；019）
ISBN 978-986-98493-1-9（第6冊：平裝）

857.7 108019287



愛呦文創

作　　者　蝶之靈
封面繪圖　Leila
責任編輯　高章敏
特約編輯　劉怡如
文字校對　劉綺文
行銷企劃　羅婷婷

發 行 人　高章敏
出　　版　愛呦文創有限公司
地　　址　10691台北市忠孝東路四段59號10-2樓
電　　話　（886）2-25287229
郵電信箱　iyao.service@gmail.com
愛呦粉絲團　https://www.facebook.com/iyao.book

總 經 銷　聯合發行股份有限公司
電　　話　（886）2-29178022
地　　址　231新北市新店區寶橋路235巷6弄6號2樓

美術設計　廖婉禎
內頁排版　洸譜創意設計股份有限公司
印　　刷　沐春行銷創意有限公司
初版一刷　2020年2月
定　　價　320元
I S B N　978-986-98493-1-9